Virginia, 1948. In der beschaulichen Kleinstadt Brownsburg kennt jeder jeden und alles geht seinen gewohnten Gang. Bis eines Tages ein Fremder auftaucht, mit zwei Koffern in der Hand. Er scheint nicht viel zu besitzen, dieser Charlie, außer seinen kostbaren Messern. Damit kann er so geschickt umgehen, dass er für den Metzger am Ort zum unentbehrlichen Mitarbeiter wird – und zum Freund der Familie. Doch dann begegnet Charlie der Ehefrau des reichsten Mannes der Stadt: Sylvan. Er weiß sofort: Sie ist die Frau, von der er schon immer geträumt hat. Es ist der Beginn einer Amour fou, die nicht nur sein Leben aus der Bahn werfen wird.

Robert Goolrick wuchs im Süden der USA auf und war viele Jahre in der Werbung tätig. Heute lebt Goolrick als freier Schriftsteller in Virginia.

Robert Goolrick bei btb

Eine verlässliche Frau (74047)

Das Ende der Welt, wie wir sie kennen (Hardcover 75351)

Robert Goolrick

Ein wildes Herz

Roman

Aus dem Amerikanischen
von Judith Schwaab

btb

Die Originalausgabe erschien 2012 unter dem Titel
»Heading Out to Wonderful«
bei Algonquin Books Books of Chapel Hill.

Es gibt tatsächlich eine Stadt namens Brownsburg in Virginia, und es ist eine schöne Stadt, einer meiner Lieblingsplätze auf der ganzen Welt. Doch sie hat überhaupt keine Ähnlichkeit mit dem Brownsburg in meinem Buch. Ihre Größe, ihre Einwohnerzahl und andere Besonderheiten sind ebenso fiktiv wie das Leben, das ihre Bewohner führen. Übrigens gibt es in Virginia auch eine Stadt namens Ordinary, und am liebsten hätte ich das Buch dort spielen lassen, aber das hätte mir keiner abgenommen.

FSC
www.fsc.org
MIX
Papier aus verantwortungsvollen Quellen
FSC® C083411

Verlagsgruppe Random House FSC® N001967
Das für dieses Buch verwendete FSC®-zertifizierte
Papier *Lux Cream* liefert Stora Enso, Finnland.

1. Auflage
Genehmigte Taschenbuchausgabe August 2014
btb Verlag in der Verlagsgruppe Random House GmbH

Umschlaggestaltung: semper smile, München
Umschlagfoto: Trevillion Images/Daniel Murtagh
Druck und Einband: CPI – Clausen & Bosse, Leck
MK · Herstellung: sc
Printed in Germany
ISBN 978-3-442-74766-5

www.btb-verlag.de
www.facebook.com/btbverlag
Besuchen Sie auch unseren LiteraturBlog www.transatlantik.de

Dieses Buch ist meinen
bemerkenswerten und geliebten Cousins und Cousinen
John Esten, Alexandra und Sally Page Byers
gewidmet.
Und Stephen Carrière,
der mein wahrer Vater ist.

It wasn't the cold river bottom I felt rushing over me
It wasn't the bitterness of a dream that didn't come true
It wasn't the wind in the gray fields I felt rushing
through my arms
No no baby, baby it was you.

BRUCE SPRINGSTEEN, »Valentine's Day«

TEIL EINS

DER MANN, DER SÜNDIGT

1. KAPITEL

Tatsache ist: All unsere Erinnerung ist Fiktion. Das darf man nie vergessen. Natürlich gibt es Dinge, die wirklich und nachgewiesenermaßen geschehen sind, Dinge, die man bis auf den Tag, die Stunde, die Minute festmachen kann. Wenn man allerdings recht darüber nachdenkt, so sind das meistens Dinge, die anderen Leuten passieren.

Diese Geschichte ist wirklich passiert, und zwar ziemlich genau so, wie ich sie erzählen werde. Es ist eine wahre Geschichte, so wahr, wie sie eben nach sechs Jahrzehnten des Erinnerns und Erzählens sein kann. Die Zeit verändert Dinge, und manchmal trügt die Erinnerung. Zum Beispiel erinnert man sich deutlich an Einzelheiten wie eine Glocke oder das Wetter oder wie sich das Licht auf den Stromschnellen spiegelte, während die Sonne hinter den schwarzen Kiefern unterging, Dinge, die nicht einmal unbedingt etwas mit der Sache zu tun haben, während andere, möglicherweise sogar wichtige Details auf einmal von der Bildfläche verschwunden sind und nicht einmal mehr eine Form oder einen Klang haben. Und es sind die kleinen Dinge, die auf einmal wirklicher erscheinen als die großen.

Bis zum heutigen Tag fragen mich die Leute manchmal danach, wie es geschehen konnte, und was ich glaube, warum, als wüsste ich das jetzt noch, nach all dieser Zeit, wo doch alles längst der Vergangenheit angehört, bis auf das Gerede und die Legende, die sich darum rankt – ich weiß nicht, wie man es sonst nennen soll. Jung bin ich nicht mehr, und so kann ich manchmal nicht mehr auseinanderhalten, an welche Dinge ich mich wirklich erinnere und was mir die Leute nur erzählt haben. Dann sagen sie mir, was ich alles getan habe, obwohl ich mich an vieles gar nicht mehr erinnern kann, aber die meisten Leute hier sind keine Lügner, und so bleibt mir nichts anderes übrig, als ihnen zu glauben, bis es mir so vorkommt, als könnte ich mich wirklich an die Dinge erinnern, die sie erzählen.

Manchmal, spät nachts, frage ich mich aber doch, was geschehen ist, wie das alles so gekommen ist, dieses Leben, das ich gelebt habe, Sie wissen schon, alles eben. Ich stelle mir die gleichen Fragen, die sie mir auch stellen, die Leute, die nur davon gehört haben, die nicht einmal dort waren, als das alles geschah. Was ist damals geschehen, und warum musste es so geschehen?

Ob ich einen Schaden davongetragen habe, wollen sie wissen, und ob es mich in irgendeiner Weise verletzt hat. Und ich sage immer, nein. Ich glaube nicht, dass ich einen Knacks davon bekommen habe. Doch verändert hat es mich schon, zutiefst und für immer verändert auf eine Weise, die mir von Tag zu Tag mehr bewusst wird. Jedenfalls ist es jetzt zu spät, um noch einmal die Uhren anzuhalten und jenen Stein wieder aus dem Fluss zu holen, den Stein, der den Lauf des Flusses veränderte.

So begann sie, diese Geschichte. Und sie begann hier, vor mehr als sechzig Jahren.

Damals war das hier eine Stadt, in der niemals ein Verbrechen begangen worden war. Natürlich hatte es so manches Unglück gegeben, Scheunen hatten gebrannt, es gab Überschwemmungen, Hausbrände, schreckliche Krankheiten. So viele anständige junge Männer der Stadt waren nicht aus dem Krieg zurückgekommen, oder sie waren mit schweren Verwundungen aus Frankreich oder Deutschland heimgekehrt, krank an Körper und Seele, Männer, die scheu und ängstlich waren und bei jedem lauten Klirren oder Zischen in der Dunkelheit zusammenzuckten. Auch die Sünde gab es. Neid und Habgier und Begehrlichkeit und Stolz, es gab schrecklichen Stolz. Verbrechen jedoch gab es keine. Nicht in dieser Stadt.

Brownsburg, Virginia, war im Jahre 1948 eine der Städte, wie es sie in den Jahren nach dem Krieg eben gab. Diese schreckliche amerikanische Gier hatte noch nicht um sich gegriffen, die meisten Menschen lebten ein einfaches Leben, ohne sich nach Dingen zu sehnen, die sie nicht haben konnten. Der Krämerladen hatte Merita-Brot-Griffe anstelle von Türklinken, und drinnen gab es Speckseiten und große Laibe dünn aufgeschnittenes Brot und Dosengemüse und Mehl und Flanellhemden und Stoffballen und Kinozeitschriften für die Träumer, und für die Kinder Süßigkeiten zu einem Penny in großen Bonbongläsern auf dem Tresen. Cola-Flaschen und bunte Nehi-Brause-Flaschen lagerten in einer Metallwanne mit Eiswasser, und wenn man eine wollte, musste man sie sich durch einen Metallschlitz aus dem Eiswasser holen. Prickelbrause nannte meine Mutter das, und manchmal sagte sie zu meinem Vater: »Komm, wir gehen in den Laden und kaufen uns eine Prickelbrause.« Sie war Lehrerin und brachte unbändigen und unwilligen Jungs Latein bei, aber sie sehnte sich nach einer anderen Zeit zurück. Ihr hatte es vor dem Krieg viel besser gefallen. In ihren Augen konnte es keine Veränderung geben, die schneller war als ihr Herzschlag.

Der Krämerladen lag mitten in einer schmalen und kurzen Reihe von anderen Geschäften: einem Metzger, einem Friseur, einem Eisenwarenladen mit Eimern voller Nägel und Schrauben, einfachem Werkzeug, Draht und Brennholz auf dem Hof. Für alles andere musste man nach Lexington fahren, das zwölf Meilen auf einer zweispurigen Straße entfernt lag. Brownsburg war eine Stadt, in der die Menschen fest damit rechneten, in Ruhe zu leben und zu sterben und irgendwann in den Himmel zu kommen.

Auf einem Hügel hinter der Stadt gab es eine Schule, die man von der ersten Klasse bis zur Hochschulreife besuchte, zumindest diejenigen, die es so weit schafften. Daneben stand eine kleine, nur dürftig ausgestattete Bibliothek. Dort erzählte meine Mutter ihre Geschichten von Kriegen und Göttern. *Arma virumque cano/Troiae qui primus ab oris.* Beheizt wurde die Schule mit Holzöfen, und im Winter war es manchmal so kalt, dass die Kinder schulfrei bekamen, selbst wenn es nicht schneite. Anfang Mai war das Schuljahr zu Ende, damit die Kinder auf den Feldern beim Pflanzen helfen konnten.

Ampeln brauchte man keine. Die wenigen Straßen, die es gab, waren schnurgerade und glatt und führten nicht besonders weit. Niemand fuhr schnell, bis auf die Fremden, die gelegentlich durch die Stadt kamen, weil sie sich auf dem Weg von A nach B verfahren hatten, Menschen, die überallhin wollten, nur nicht nach Brownsburg.

Es gab zwei Plakatwände, eine an jedem Ende der Stadt. In groben Lettern hieß es da: CHARLIE CARTER KEHRT KAMINE, und darunter: *Wartung, Abdichtung, Reparatur.* Das war alles. Keine Telefonnummer, keine Adresse, sodass jemand, der nicht wusste, wer Charlie Carter war, auch nicht die geringste Ahnung hatte, an wen er sich wenden sollte, wenn er einen undichten Schornstein hatte. Doch Charlie Carter wohnte sowieso direkt hinter einer der Werbetafeln, sodass die wenigen Leute, die seine Dienste brauchten, auch keine Schwierigkeiten hatten, ihn zu finden.

Damals glaubten die Leute hier noch an Gott und die Heilige Schrift. Sie glaubten daran, dass Gottes Wort Fleisch geworden war und unter uns lebte, denn sie hielten es für *wahr* – nein, für eine Tatsache, denn die Propheten und Heiligen hatten es direkt von Gott empfangen. Der Glaube der Väter wurde von der Mutter zum Sohn weitergegeben, vom Sohn zu Tochter und Sohn, und es bevölkerte die Städte, die diese erbauten.

Die Menschen hofften auf ihre eigene Rettung, und sie fürchteten den Ruin ihres Nachbarn.

Man ließ sich nicht scheiden. Scheidungen gab es in der ganzen Stadt nicht, hatte es nie gegeben. Die Kirche predigte dagegen, und es war einfach nicht üblich.

Die Häuser in Brownsburg schauten mit ihren aufrechten und ehrlichen Fassaden in Richtung Straße. Sie bestanden hauptsächlich aus Backstein oder Schindeln und waren, eins nach dem anderen, vor etwa hundert Jahren errichtet worden. Zur Straße hin hatte jedes von ihnen einen kleinen Garten und nach hinten einen größeren. Diese Gärten waren mit den Jahren zum Austragungsort eines unausgesprochenen, freundschaftlichen Wettbewerbs geworden. Denn in jedem Haus gab es jemanden mit grünem Daumen, und so wollte jeder dieser Hobbygärtner seine Künste unter Beweis stellen, mit Blumen zur Straßenseite und Gemüse nach hinten, die Frauen und Mädchen vorne, die Männer und Jungen an der Gemüsefront, und jedes Jahr trug ein anderer den Sieg davon, ob es nun mit den herrlichsten blühenden

Blumen war oder mit der Anzahl von Einmachgläsern voller Gemüse und Obst, das an heißen Sommertagen eingekocht und später im Winter verspeist wurde.

Abends saßen die Mütter und Väter auf der Veranda, tranken Eistee und plauderten mit leiser Stimme über die Ereignisse des Tages, während die Mädchen auf dem Rasen saßen und Blütenketten aus Löwenzahn flochten und die Jungs versuchten, Grashalmen zwischen ihren Daumen schrille, einsame Pfiffe zu entlocken. Abends hörte man auch Radio, doch da es nur einen einzigen Sender gab, wurde die Stadt für diese ein oder zwei Stunden zu einer Symphonie in Stereo.

Damals lebten fünfhundertachtunddreißig Menschen hier, eine Zahl, die sich nur selten veränderte, weil sich die Zahl der Geburten mit den Todesfällen die Waage hielt.

Türen wurden niemals abgeschlossen. Hunde mussten nicht an die Leine. Wenn Schnee lag, fuhren die Kinder auf der Straße Schlitten. Die meisten Männer rauchten, und auch einige der Frauen hatten es sich angewöhnt, während ihre Männer im Krieg waren.

Die Schwarzen, etwa fünfzig Erwachsene und zwanzig Kinder, lebten in sauberen kleinen Holzhäuschen, die nah beieinander am Rande der Stadt standen, noch nicht ganz vor der Stadt, aber auch nicht mehr drinnen. Die Leute arbeiteten hart, und im Grunde waren sie es, die die Stadt am Laufen hielten, die dafür sorgten, dass die Häuser sauber waren und die Wäsche blütenrein und dass die Felder reichlich Früchte trugen, wofür sie selten ein Wort des Dankes hörten und nur sehr wenig Lohn erhielten. Geld, das sie von Weißen bekamen und in deren Läden wieder ausgaben. Sie hatten ihre eigene Kirche, die sich in die Ladenfront am Ende der Hauptstraße einfügte und wo jede zweite Woche ein eigens angereister Prediger sie in Gebet und Gesang unterwies, ein Gottesdienst, der von zehn Uhr morgens bis sechs Uhr abends andauerte, mit einer kurzen Mittagspause. Die schwarzen Kinder lernten zu Hause lesen, schreiben und rechnen. Ihr Wissen von der Welt beschränkte sich hauptsächlich auf das, was innerhalb der Stadtgrenzen vor sich ging.

Niemand machte Urlaub. Auf den Gedanken kam man gar nicht. Wenn man verreiste, fuhr man zu einem Begräbnis, gelegentlich einer Hochzeit oder zu einem Familientreffen.

Kinder erinnern sich am besten an den Sommer, dessen Genüsse sie auf der Haut spüren. Je älter man jedoch wird, desto mehr sind es die Winter, die im Gedächtnis hängen bleiben und die man in den Knochen spürt. Wenn etwas geschieht, dann im Winter. Die Menschen sterben im Februar.

Kinder erinnern sich daran, dass sie manchmal lang aufbleiben durften, Erwachsene daran, dass sie beizeiten aufstanden.

Und so war Brownsburg also eine besondere Stadt zu einer besonderen Zeit und an einem besonderen Ort. Für die meisten Leute dort war »Glück« ein Fremdwort, etwas, über das sie einfach nicht weiter nachdachten, denn das Leben behandelte sie recht gut, und auch wenn es in der Stadt mindestens zwei oder drei Männer gab, die sich jedes Wochenende betranken und ihre Kinder und Frauen verprügelten, und obwohl Kinder, die frech waren oder sich schlecht benahmen, hart bestraft wurden, bedeutete auch das Wort »Unglück« nur für die wenigsten etwas.

Sie nahmen einfach ihr Schicksal hin, diese gut fünfhundert Männer, Frauen und Kinder, schwarz und weiß. Die

Schwarzen kannten ihren Platz, wie man damals sagte, und auch die Weißen wussten, wo sie standen, und waren mit ihrer Stellung im Prozess der Evolution recht zufrieden. Man ging seinen täglichen Geschäften nach und tat das, was das Leben einem eben abverlangte, und abends saß man auf der Veranda und betrachtete die Berge rund um die Stadt, blau im sommerlichen Zwielicht, und das Licht, das zuerst weiß und dann golden und schließlich rosa wurde. Im finsteren Winter hockte man vor dem Holzofen und hörte Radio, lauschte den traurigen und fröhlichen Liedern der Frauen aus den Bergen und denen der Cowboys aus der Ebene, und dann ging man früh zu Bett.

Die Menschen gehörten zum Land, diesem ganz besonderen Fleckchen Erde, so wie ihnen ihr Auto oder ihre Teelöffel gehörten.

Es waren fromme Leute, und ihr Glaube ließ sie all das überstehen, was ihnen widerfuhr, der Glaube und das Land und die Berge, die einen jeden, der sein bescheidenes Dasein inmitten ihrer alten, geschwungenen Hügel fristete, beschützten wie einen Vogel in seinem Nest.

In dem Sommer, in dem Charlie Beale in die Stadt kam, prangte frisches Grün an den Bäumen, die Tage waren heiß und der Regen reichlich. Meistens beklagten sich die Leute über das Wetter, nur nicht, wenn es regnete, denn dann musste man zwar alle nützlichen Tätigkeiten unterbrechen, doch die Leute fanden, der Regen würde dringend gebraucht, auch wenn es erst drei Tage zuvor geregnet hatte.

Charlie Beale kam von nirgendwoher in die Stadt, und er kam in einem alten, ramponierten Pick-up. Auf dem Sitz neben ihm lagen zwei Koffer. Der eine war aus dünnem Karton, hatte schon allerhand mitgemacht und enthielt sämtliche Klamotten von Charlie Beale sowie einen Satz Metzgermesser, scharf wie Rasierklingen.

Der andere war aus Stahlblech und hatte ein Schloss, denn er war randvoll mit Geld. Einer Menge Geld. Den Schlüssel zu dem Schloss trug Charlie an einer Kette um seinen Hals.

Er bezahlte Russell Hostetter einen Dollar pro Nacht dafür, dass er seinen Pick-up drei Meilen außerhalb der Stadt auf einem Feld am Fluss parken durfte, und er schlief auf einer alten Steppdecke auf der Ladefläche des Pick-up, zugedeckt mit einer anderen, und wenn es dunkel war, wusch er sich am Fluss mit Seife und einem Handtuch, das er im Krämerladen gekauft hatte. Das sommerliche Mondlicht stahl sich durch die Äste der Weiden und warf Schatten auf seinen bleichen, glänzenden Rücken. Das schwarze, kühle Wasser glitzerte, wenn er seine nassen Haare ausschüttelte, die nicht mehr braun, sondern schwarz wie das Wasser und die sternenübersäte Nacht waren. Denn eines musste man Charlie Beale lassen: Er war immer sauber. Er rieb sich mit dem rauen Handtuch trocken und rubbelte so lange, bis die Haut ganz rot war, als hätte ihm jemand eine Ohrfeige verpasst.

Jede Nacht, bevor er sich schlafen legte und die Kerosinlampe herunterdrehte, um noch eine Weile auf dem Rücken zu liegen und den Sternenhimmel zu betrachten, trank er ein Glas Whiskey und rauchte eine Lucky Strike, und dann schrieb er Tagebuch. Meistens handelte es sich nur um kurze Angaben wie die Temperatur, wie viel Regen gefallen war, lauter kleine Dinge. Heiß heute, schrieb er zum Beispiel. Schnee, fünfundzwanzig Zentimeter. Oder: Hab einen Adler gesehen. Ein poetischer Mensch war er nicht. Die neununddreißig Jahre, die er bereits auf dem Planeten Erde weilte, hatten ihm jede Poesie ausgetrieben.

Wenn er schrieb, dachte er oft daran zurück, wie es früher gewesen war, daheim, dort wo er aufgewachsen war, bei den Leuten, die seine Leute waren, und an die anderen Menschen, denen er auf seinem langen Weg begegnet war. Dann notierte er sich manche Dinge und fand während des Schreibens zu einer Art bescheidenem Redefluss, wobei er seine Freunde immer nur mit Initialen benannte, und wenn er alt war, würde er auf diese Weise auf die Tage zurückblicken können, die vergangen waren, und auf die Orte, an denen er gewesen war. Das tat er schon, seit er ein Junge gewesen war, dessen Faszination für die Welt noch größer war als jetzt, und obwohl ihn das Leben heute, wo es tatsächlich passierte, weniger interessierte als damals, als er noch darauf wartete, dass es endlich anfing, hatte er diese Gewohnheit beibehalten. Wenn er zurückblätterte, dann stieß er manchmal auf Initialen, die er niedergeschrieben hatte, konnte sie aber keiner Person, keinem Gesicht und keinem Ort mehr zuordnen.

Tagebuch zu führen war für ihn eine Methode zu beurteilen, wie weit er von dem entfernt war, was er als einen guten Menschen bezeichnete, und oft fügte er seinen Notizen noch ein kleines Plus oder Minus hinzu, einfach nur um festzuhalten, wie weit der Weg zu diesem Ziel noch war, als wäre sein Tagebuch ein moralischer Kompass. In einem kleinen Karton im Pick-up lagen bereits elf dieser Tagebücher, und gerade hatte er sich das zwölfte vorgenommen.

Wenn er mit Schreiben fertig war, kniete er neben dem Pick-up, begleitet vom lauten Zirpen der Grillen in der Dunkelheit und dem Flattern der Nachtfalter, das so leise war wie ein winziges Flirren in seinem Herzen, und sprach seine Gebete, obwohl er sehr wohl wusste, dass ihm irgendwann auf seinem Weg sein Glaube abhandengekommen war. Er betete für seine Familie, dafür, dass sich die leuchtenden Hoffnungen seiner Kindheit eines Tages doch noch erfüllen würden. Er betete, dass sich endlich alles zum Guten wenden würde und dass das hier der Ort war, an dem er sich zu Hause fühlen konnte.

Er kaufte einen Laib Weißbrot im Laden, dazu etwas Aufschnitt, Erdnussbutter, Gelee und einen Karton Cola-Flaschen, und dann saß er draußen am Fluss, aß Sandwiches und legte die Flaschen zum Kühlen in das dunkle, fließende Wasser.

Jeden Tag jener ersten Woche spazierte er, scheinbar ohne Plan und Ziel, durch die Straßen der Stadt. Wenn er an jemandem vorbeikam, nickte er ihm höflich zu, doch er sprach mit keiner Menschenseele. Nur die Geschäfte betrachtete er mit ruhigem, unauffälligem Blick: vom Kurzwarenladen bis zum Friseur mit seinem Wahrzeichen, einer gestreiften Stange, die sich immer drehte. Auch die Häuser mit ihren ordentlichen Lattenzäunen und den Gärten schaute er sich genau an. Er blickte in die Gesichter der Menschen, und die schauten verstohlen zurück, und wenn er dann später im Dunkeln am Fluss lag, sah er sie wieder vor sich, all diese Gesichter, und er fragte sich, ob das wohl Menschen seien, die er gerne kennen lernen wollte.

An manchen Tagen stieg er in seinen Pick-up und fuhr ziellos in der Gegend herum, die Koffer auf dem Beifahrersitz neben sich. Manchmal hielt er an und schaute in die Berge, über bewirtschaftete Felder, die jetzt im Sommer nach Hitze und Trockenheit und dem zweiten Mähen nur noch graugoldene Stoppelfelder waren. Er sah sich das Land einfach an. Er betrachtete es aus jedem Winkel.

Nichts, was er tat, blieb unbemerkt. Wonach suchte er

bloß?, fragte man sich überall in der Stadt. Und *was genau* schaute er sich eigentlich an?

Man wartete. Man wartete darauf, dass er etwas tun würde, und bis er den ersten Schritt machte, würde niemand ihm die Hand reichen, und keiner würde seinen sanften Blick erwidern.

Er war einfach da wie eine Vogelscheuche im Garten.

Nach einer Woche kam endlich Bewegung in die Sache. Charlie Beale stand beim ersten Tageslicht auf, als noch immer eine bleiche Mondsichel am Himmel stand, und rasierte sich im Rückspiegel seines Pick-up. Er zog sich ein frisches weißes Hemd an, fuhr in die Stadt, setzte sich zu Russell Hostetter an den Frühstückstisch und kaufte ihm die fünfzig Morgen Land ab, auf denen sein Pick-up geparkt war.

Er bezahlte mit tausend Dollar in bar.

»Wollen Sie bauen?«, fragte Russell.

»Ich glaube nicht«, antwortete Charlie. »Es ist ein friedliches Fleckchen. Ich möchte einfach nur meine Ruhe.«

»Nun, ruhig ist es da draußen«, sagte Russell. »Aber eins muss ich Ihnen sagen«, fügte er mit einem Blick auf das Bündel Hundertdollarscheine hinzu. »Zu mehr als Ruhe und Frieden taugt das Land nicht.«

»Mehr will ich auch nicht.«

»Ist feucht.«

»Ich will dort draußen nicht bauen.«

Man gab sich die Hand, und Charlie sagte, er werde das Land vermessen lassen und für einen Eintrag beim Katasteramt sorgen. Dann widmete sich Russell wieder seinem Frühstück, und Charlie kehrte zu seinem Pick-up zurück, dessen Ledersitze bereits warm von der Morgensonne waren, fuhr los und setzte sich an den Fluss, auf dem Land, das jetzt ihm gehörte, bis es später Morgen war. Er zog sein Hemd aus und ließ sich die Sonne auf die nackte Haut scheinen.

In ihm herrschte vollkommener Frieden, während er da saß und das Wasser vorbeiströmen sah, denn er wusste, wo auch immer er den Fuß hinsetzte, gehörte das Land ihm. Und wenn das Wasser stieg – und früher oder später würde es das –, dann würde es sein Land eben überfluten.

Zu Beginn seiner zweiten Woche in der Stadt holte er seine Messer aus dem Koffer und schliff sie. Dann fuhr er in die Stadt und parkte seinen Wagen vor Will Haisletts Metzgerei. Die Geschäfte schlossen bereits für die Mittagspause, und die Ladenbesitzer gingen zum Essen nach Hause.

Er stieg aus, schloss den Pick-up ab, ging hinüber zum Eingang der Metzgerei, zog an dem Türknauf, auf dem GWALTNEY'S HAM stand, und trat ein. Die Glocke über der Tür klingelte. Ein kleiner Junge stand mitten im Laden, in Shorts, T-Shirt und barfuß auf dem mit Sägespänen bestreuten Boden. Charlie Beale sah niemand anderen als dieses Kind. Das blonde Haar des Jungen war kurz geschoren und schien in dem Lichtstrahl, der von der Straße hereinfiel, und der blendenden Reflexion von der Windschutzscheibe eines vorüberfahrenden Autos beinahe zu glühen. Staubflusen schwebten in der Luft rund um diesen ruhigen, goldenen Haarschopf.

Sie standen still da, ein erwachsener Mann und ein kleiner Junge. Alles kam einen Moment lang zum Stillstand, bis auf das Summen der Fliegen und die winzigen Staubpartikel in der Luft, und auf einmal fühlte sich der Mann unbeholfen, zeichnete mit dem Fuß Linien in die Sägespäne am Boden, und der Junge bannte ihn mit einem durchdringenden Blick, als würde er durch ihn hindurch auf eine Landschaft blicken und Charlie wäre gar nicht da. Ein winziges Stückchen Zeit in einer kleinen Stadt, vor vielen, vielen Jahren.

»Ich bin Charlie Beale.«

»Beebo«, war alles, was der kleine Junge sagte. Er schüttelte den Kopf und schaute weiter an Charlie vorbei auf jene andere Landschaft. Sein Gesicht war todernst.

»Ich weiß, wer Sie sind«, sagte eine Stimme aus dem hinteren Teil des Ladens, und die schwere Tür des Kühlraums ging auf. »Jeder weiß, wer Sie sind. Niemand weiß, was Sie wollen, aber es gibt in der ganzen Stadt keinen einzigen Menschen, der nicht weiß, dass Sie Charlie Beale heißen. Wenigstens seit dem Tag, an dem Sie von Russell Land gekauft haben. Wir wissen, wie Sie heißen, wir wissen, was Sie dafür bezahlt haben. Die Frage ist, was wollen Sie damit machen? Warum sind Sie hier? Das ist die Frage, Mister Beale.«

»Ich bin Metzger, Mr. Haislett. Ein guter. Ich suche Arbeit. Das ist alles, was ich will. Arbeit.«

»Sehen Sie hier einen vollen Laden? Sehen Sie lauter Kundschaft, die vergeblich darauf wartet, bedient zu werden? Denn wenn es das ist, was Sie sehen, dann habe ich wahrlich bessere Augen als Sie.«

»Ein guter Metzger. Mit jeder Menge Erfahrung. Es gibt nichts, was ich nicht weiß.«

Der Junge ließ Charlie keine Sekunde aus den Augen, sondern ging nur zu dem Mann mit den weißen Haaren hinüber und hielt sich an seinem Hosenbein fest.

»Mann o Mann. *Ich* bin ein guter Metzger und führe einen netten, sauberen Laden. Die Leute kommen und gehen, keiner hat sich je beschwert. Seit über dreißig Jahren mache ich das jetzt, seit ich aus der Armee entlassen wurde, und ich hab es von meinem Vater gelernt, der es von seinem Vater gelernt hat.«

Der kleine Junge lachte. »Beebo«, sagte er fröhlich. »Beebo, Beebo.« Sein Vater blickte zu ihm hinab und strich ihm über den Kopf.

»Das hier, Mr. Beale, ist Sam Haislett. Er ist mein Sohn, er ist fünf Jahre alt, und er ist mein Ein und Alles. Gib Mr. Beale die Hand, mein Junge.«

»Beebo!«, lachte der Junge wieder, trat nach vorne und streckte ihm die Hand hin, sah zu, wie sie in Charlies breiter Faust verschwand. »Freut mich sehr, dich kennen zu lernen, Sam. Ist mir wirklich ein Vergnügen. Nenn mich Charlie.«

»Ich werde Sie Beebo nennen, Sir. Ist das okay?«

»Wie du willst, mein Sohn. Was dir am besten gefällt.«

Der Junge ging wieder zu seinem Vater und drückte sich an sein Bein. Will nahm ein Metzgermesser in die Hand und wischte es mit einem sauberen Tuch ab.

»Ich würde nichts für meine Arbeit verlangen.«

»Genau so viel ist die Arbeit dann auch wert – nichts.«

»Ich arbeite einen Monat umsonst für Sie. Dann entscheiden Sie, was Sie tun wollen. Ob Sie mich immer noch hier haben wollen. Ich bin es wert, das werden Sie sehen.«

»Warum würden Sie etwas so Dummes tun?«

»Ich möchte mich hier niederlassen, Mr. Haislett. Ich hab genug von der Welt gesehen. Ich will nur einfach ein kleines Eckchen davon für mich haben. Einen Ort, an dem ich mich zu Hause fühle.«

»Und wo ist ›zu Hause‹?«

»Mittlerweile nirgendwo mehr. Ich bin im Norden aufgewachsen. Geboren in Ohio.«

»Warum sind Sie dort weg?«

»Die alte Geschichte. Kam aus dem Krieg zurück. Daddy war tot. Mama hat bei Verwandten gewohnt. Die ganze Familie war in alle Winde verstreut. Und so bin ich rumgereist. Hab mir das Land angeschaut, nach etwas gesucht, ich weiß nicht was. Ja, doch, ich weiß es. Nach etwas Wundervollem. Irgendwas Besonderem. Ich hab mir Brownsburg angeschaut. Ich habe es mir eine Woche gut überlegt.«

»Lassen Sie sich von mir was sagen, mein Sohn. Wenn man jung ist und etwas Wundervolles erleben will, dann ist alles noch frisch und unverbraucht wie ein nagelneuer Penny. Doch auf dem Weg zu den Wundern dieser Welt kommt erst einmal das, was man als ›ganz okay‹ bezeichnen könnte, und wenn man dort angelangt ist, dann sollte man es sich ganz genau anschauen, weil man vielleicht gar nicht mehr weiter kommt. Brownsburg ist kein Himmel, in keiner Hinsicht. Aber es ist vollkommen in Ordnung. Es ist ›ganz okay‹.«

»Ich habe vor zu bleiben. Ich habe niemanden und keinen Ort, an dem ich sonst sein möchte. Ich muss etwas mit meiner Zeit anfangen.«

»Und Geld bedeutet nichts?«

»Wie ich bereits gesagt habe, Sir, ich habe niemanden. Ich besitze das, was in meinen Koffern ist. Ich möchte ein Haus finden, möchte mir ein Zuhause schaffen, wo ich abends meinen Kopf hinlegen kann, und für all das braucht man Geld und Arbeit. Ich bin Metzger, das ist es, was ich kann.«

»Schlachten auch?«

»Alles. Ich kann eine Kuh so schnell schlachten, dass sie friedlich aussieht, als wäre sie im Schlaf gestorben. Es heißt, das Fleisch würde besser und zarter, wenn das Tier schnell und friedlich gestorben ist.«

»Ach, ich weiß nicht. Ich sag Ihnen was. Es ist fast Mittagessenszeit. Gehen Sie da in den Kühlraum, schneiden Sie uns vom Rind ein paar Steaks ab und kommen Sie mit uns nach Hause. Meine Frau Alma ist schlauer als ich. Sie ist

Lehrerin. Sie wird wissen, was zu tun ist. Ich rufe sie jetzt an.«

Charlie trat in den Kühlraum und hörte, wie Will leise in das Telefon an der Wand sprach. Er suchte eine Rinderseite aus, nahm sie ab und schaffte es, sie auf den Metzgerblock zu wuchten, ohne sich das Hemd schmutzig zu machen. Er öffnete seine Ledertasche und legte die Messer nebeneinander auf den Tresen.

»Ich hab meine eigenen Messer.«

»Das sehe ich.«

»Aus Deutschland.«

Charlie nahm ein Messer und prüfte die Klinge an seinem Daumen.

»T-Bone? Lende? Filet?«

»T-Bone. Für die Pfanne. Sie wissen schon.«

»Mit Knochen?«

»Ja. Aber dünn.«

»Wie viele?«

»Vier.«

Mit Hilfe eines Messers und eines Hackbeils für das Rückgrat schnitt Charlie vier Steaks zurecht, zog an der Rolle mit Wachspapier über seinem Kopf und wickelte die Steaks so ordentlich ein wie ein Weihnachtsgeschenk.

»Recht so?«

»Wunderbar. Gehen wir essen. Wir fragen meine Frau, was wir mit Ihnen machen. Sie wird es wissen. Sie weiß alles.«

Sie traten in den Tag hinaus, der heiß geworden war, und Will schloss sorgfältig die Tür hinter ihnen ab.

Um sie herum, in der heißen Stille des mittäglichen Brownsburg, setzten sich die Leute zum Mittagessen. Die beiden Männer und der Junge gingen die Main Street entlang. Brownsburg war die Art von Stadt, die von allem nur eins hat, und viele Dinge hatte sie überhaupt nicht. Sie sprachen kein Wort.

Schließlich blieben sie vor einem hohen, blitzsauberen viktorianischen Haus stehen, das ein wenig an ein Pfefferkuchenhaus erinnerte. Zinnien blühten rund um die Treppe, die zu einer Veranda mit filigran geschnitzter Balustrade und üppig wuchernden Glyzinien führte, welche längst ihre Blüten verloren hatten. Über allem lag das sommerliche Summen von Fliegen und der Geruch von Teer, der in der Hitze langsam weich wurde. Das Haus war ein solides Gebäude, das perfekte Zuhause für eine Familie, die hier ihr Leben, ihre Liebe, ihre Sorgen auslebte, all das Widersprüchliche und Profane, das einen solchen Alltag ausmacht. Das alles atmete Charlie Beale ein, als wäre es der süße, betörende Duft einer Blume, die nur des Nachts erblüht.

Will Haislett schloss die Tür auf, und Charlie Beale trat in die dunkle, warme Diele. Schon beim ersten Atemzug bemerkte er, dass er ein Haus betrat, das immer sauber war und in dem es nur abgestaubte Tische, blitzblanke Gläser in den Vitrinen und blütenweißes Bettzeug gab, das nach Bleiche und frischer Luft roch. Es war anders als alles, an das er sich erinnerte, hatte nichts mit seiner eigenen, haltlosen Kindheit zu tun, und doch war es ihm so vertraut wie seine eigene Haut, wie etwas, das er schon sein ganzes Leben kannte, ohne es jemals gekostet oder gerochen zu haben.

Ein Zuhause, wie es Charlie nicht hatte, ein Heim, das jedem, der unter seinem Dach schlief, Geborgenheit und Liebe schenkte, ob es nun ein Verwandter, ein Freund oder ein Fremder war, der hier durch die Tür trat. Ihm schien, als wäre es ein Haus, das allzeit bereit war – bereit, jemanden willkommen zu heißen.

Damals gab es keine Antiquitäten. Es gab einfach nur Neues und Altes, Dinge, die man aus seinem eigenen Elternhaus mitgebracht hatte und an denen man hing, die man in turbulenten Ehejahren gehegt und gepflegt hatte, Dinge, die man sich zur Hochzeit angeschafft hatte und die ein Leben lang halten mussten.

Die Möbel in dem Wohnzimmer, in das Will Haislett Charlie führte, waren zum größten Teil alt und jetzt im Sommer mit Schonbezügen aus Chintz und Leinen abgedeckt. Will bot Charlie keinen Stuhl an, und so standen sie etwas verlegen herum. Der kleine Sam klammerte sich an das Hosenbein seines Vaters. Die beiden ähnelten sich sehr, das gleiche Gesicht, die gleichen blauen Augen. Es duftete nach Essen, nach guten, frischen Zutaten, und Charlie spürte, dass sich irgendwo im Haus jemand zu schaffen machte, während dort, wo sie standen, alles ganz still und unberührt war.

»Alma?«, rief Will leise. »Alma, ich hab ihn zum Essen mitgebracht.«

Und dann war sie da, mit einem winzigen Hauch warmer Sommerluft, so wie sie jeden Tag um Viertel nach zwölf da war, und alles, was sie zu Will sagte, war: »Liebling«, und es gibt einfach keine Worte, um auszudrücken, wie liebevoll sie das sagte, mit einem weichen Akzent, gebildet, nicht vom Lande, und mit einer Stimme, die atemlos war vor Freude über seine Gesellschaft.

Sie war vierzig Jahre alt, nur ein Jahr älter, als Charlie Beale es damals war, und vierzehn Jahre jünger als ihr Ehemann. Ihr rotes Haar begann gerade zu verblassen, wie Blätter im November, und ihre hellgrauen Augen blickten erwartungsvoll, als würde gleich etwas Wundervolles geschehen.

Sie stellte sich auf die Zehenspitzen, um ihrem Mann einen Kuss zu geben, kniete dann auf dem Boden, um ihren Sohn zu begrüßen, der ihr die Arme um den Hals schlang und sein Gesicht an ihrer Schulter barg.

Sie blickte auf. »Natürlich«, sagte sie. »Charlie Beale«, als würde sie ihn schon ihr ganzes Leben lang kennen. »Sie sind hier.« Als hätte er bereits einen Platz in ihrem Herzen, als einer der vielen guten Menschen, die ihr Leben bevölkerten. Dann stand sie auf, streckte ihm die Hand hin und sagte: »Sie sind in unserem Haus mehr als willkommen.«

»Das ist meine Frau Alma«, sagte Will. »Sie hat mich armen Kerl vor Ruin und Verdammnis bewahrt.«

Sie lachte. »Ach, Will, Liebling, mal doch nicht gleich den Teufel an die Wand.« Wieder dieses Wort – Liebling. Charlie spürte es so greifbar und zart wie einen Gutenachtkuss.

»›Ruin und Verdammnis‹. Verzeihen Sie uns, Mr. Beale, aber wir verbringen hier so viel Zeit in der Kirche, dass wir schon selber reden wie die Prediger, die ständig aus der Bibel zitieren.«

Sie ließ seine Hand los. »Willkommen bei uns. Das müssen unsere Steaks sein.«

Er reichte ihr schüchtern das Fleischpäckchen. »Danke für die Einladung. Langsam hatte ich genug von Sandwiches draußen am Fluss.« Charlie hatte schon seit Wochen nicht mehr mit einer Frau gesprochen. Und ihm wurde bewusst, dass er diese einfachen Freuden des Lebens vergessen hatte. Insbesondere wusste er nicht, wie er mit verheirateten Frauen sprechen sollte.

Charlie hatte seine Vergangenheit, seine ehemals draufgängerische Art hinter sich gelassen, doch einen Neuanfang hatte er noch nicht gewagt. Fast das ganze Jahr 1948, ja im Grunde sogar die ganze Zeit seit dem Ende des Krieges, war er einfach nur herumgefahren, eine Ziellosigkeit, die ihn schließlich bis hierher nach Brownsburg, Virginia, gebracht hatte, in das Wohnzimmer von Leuten, die er nicht kannte und mit denen er überhaupt nichts zu reden hatte, jedenfalls nichts, was ihm auf dem Herzen lag, und so wäre es ihm auch unmöglich gewesen, ihnen einzugestehen, dass er vergessen hatte, wie schön es sein konnte, andere Menschen, Kinder, um sich zu haben, den Geruch von gutem Essen in der Nase und das Gefühl, ehrliche, warme Herzen in einem sauberen, freundlichen Haus schlagen zu hören.

Er war es nicht gewohnt, willkommen geheißen zu werden. Er war es nicht gewohnt, dass man ihm andere Gefühle entgegenbrachte als Überdruss oder Angst oder Misstrauen. Auf einmal schüchtern geworden, spürte er, wie er errötete.

Alma stand nahe bei ihm, unangenehm nahe. Er schaute ihr in die Augen, und sie erwiderte seinen Blick, einen Moment zu lange, aber unerwarteterweise fast zu freundlich. Er wandte den Blick ab.

Schließlich holte sie ihn in die Wirklichkeit zurück. »Mr. Beale.« Er schaute in ihre grauen Augen.

»Charlie«, korrigierte er sie. »Bitte.«

Sie schaute ihn unverwandt an. »Mr. Beale, sind Sie Christ?«

»Nicht wirklich, Ma'am. Früher ja … aber das ist eine Weile her.«

»Aber Sie sind ein guter Mensch?«

»Ich versuche es. Schätze, das weiß man nie, bis es vorbei ist.«

Sie hob die Hand und berührte ihn ganz leicht am Gesicht, so wie eine blinde Mutter vielleicht das Gesicht ihres einzigen Kindes erkundet. Dabei ließ sie ihn nicht aus den Augen. Er wurde noch röter, und seine Haut fühlte sich heiß an. Bestimmt hatte sie mit ihrer kühlen Hand diese Hitze gespürt, wie ein Fieber.

»Er möchte einen Job«, sagte Will.

Ohne die Augen von ihm zu lassen, sagte sie, über ihre Schulter hinweg: »Natürlich, Will. Natürlich wird er es machen. Du könntest Hilfe gebrauchen. Ich weiß nicht, warum du mich fragen musstest.«

Sie wandte sich ab, ging in die Knie und nahm den kleinen Jungen in die Arme. »So, und jetzt essen wir.«

Und so geschah es. Wozu auch immer Will ihre Meinung gewollt hatte, jetzt war alles geklärt.

Und das war der Beginn der Geschichte.

2. KAPITEL

Charlie lebte noch immer draußen am Fluss, bis auf die Tage, an denen es regnete und er nach dem Essen bei den Haisletts blieb und in ihrem Gästezimmer übernachtete, gleich neben dem Zimmer des Jungen, der ihm gegenüber noch immer schüchtern war. Manchmal, in den Nächten draußen am Fluss, zog unerwartet ein Gewitter auf, und dann kroch er unter den Pick-up und dachte an Almas blitzsauberes, sorgfältig gebügeltes Bettzeug, das nach Wäschebleiche und Sonnenschein duftete.

Draußen am Fluss gefiel es ihm besser. Er war daran gewöhnt, allein zu sein, und die Nähe all der menschlichen Leiber um ihn herum in dem Haus machte seinen Schlaf so unruhig, dass er am nächsten Tag unausgeruht war. An den meisten Tagen und Abenden aß er das, was Alma für ihn gekocht hatte, und war dankbar darum, nicht mehr von Sandwiches und Cola zu leben.

Wenn er dann im Dunkeln zum Fluss zurückfuhr, rauchte er und beobachtete die Tiere. Er mochte es, das brennende Ende seiner Zigarette aus dem Fenster zu schnippen und zuzuschauen, wie es auf die Straße neben ihm fiel und dabei einen Meteorenschwarm von Funken abgab, der dann in der Ferne immer kleiner wurde, ein feuerrotes Leuchten in der vorbeiziehenden Schwärze, wie Flintstein auf Stahl, ein Glühen, das nur einen kurzen Moment andauerte und doch noch lange auf seiner Netzhaut brannte. Was für ein Wunderwerk in seinem Rückspiegel – seine Augen, die vorbeirasende Straße, das Verglühen einer Lucky im Dunkeln.

Einmal warf er genau in dem Moment seine Zigarette aus dem Fenster, als seine Scheinwerfer auf den reglosen Körper eines verendeten Tieres fielen, einer stattlichen Hirschkuh, die, von einem Auto angefahren, tot am Straßenrand lag, die Augen starr vor Todesangst. Danach dachte er jedes Mal, wenn er den Funkenregen seiner Zigarette sah, an jenes tote Reh, und an die Beständigkeit von Angst, die dich nicht mehr loslässt, wenn sie dich erst einmal gepackt hat. Und er hoffte, dass sie ihn niemals packen würde.

Er dachte an seinen Bruder Ned, der immer diesen starren, staunenden Blick eines verendeten Tieres im Scheinwerferlicht gehabt hatte. Er hatte Ned seit Kriegsende nicht mehr gesehen, doch jetzt stand ihm sein Gesicht so klar und deutlich vor Augen, als könnte er die Hand danach ausstrecken und es berühren. Von da an sagte er jeden Abend, wenn er seine Zigarette aus dem Fenster warf und ihr im Rückspiegel beim Verglühen zuschaute, den Namen seines Bruders, und der Funkenregen war untrennbar verbunden mit Neds Gesicht und seinem Namen. Eines Tages, dachte er dann, werde ich sehen, wie er heute aussieht, als Erwachsener. Doch dann waren die Funken verglüht, und auch Ned war verschwunden, bis zum nächsten Abend und zur nächsten Lucky auf dem Asphalt.

Am Fluss, auf dem Land, das jetzt ihm gehörte, erwachte er jeden Morgen vor Sonnenaufgang, ihm war warm von seiner Steppdecke und der aufkommenden Hitze und seinen gewöhnlich angenehmen Träumen. Auch dieser Tag würde wohl ein guter Tag werden, dachte er, wusch sich leichten Herzens das Gesicht und rasierte sich.

Es wurde gerade hell, wenn er beim Metzgerladen eintraf. Das mochte er am meisten am Alleinsein: Man konnte die Dinge genau so haben, wie man sie wollte, und es gab niemanden, der einem über die Schulter schaute.

Die Stunde, bis Will auftauchte, nutzte er, um den Laden zu putzen, den Holzboden zu wischen und frische Sägespäne auszustreuen. Jeden Morgen. Er verteilte Salz auf dem Metzgerblock und rieb es mit einer Stahlbürste ein, um die Spuren all der Steaks und Koteletts und Bratenstücke, all das Blut von gestern zu beseitigen. Er wusch den Marmortresen mit Lauge und warmem Wasser ab. Er schaute im Kühlraum nach den Beständen und notierte, was gebraucht wurde, was sich gut verkaufte und was nicht.

Um das Radio einzuschalten, war es zu früh. Vor neun Uhr kam nichts auf dem Sender, der sowieso nur fern und von statischem Rauschen begleitet zu hören war, und so summte Charlie vor sich hin, während er alles bereit machte: alte Lieder, die ihm seine Großmutter vorgesungen hatte, und Songs, die er gerade gestern erst gehört hatte, Neues aus Nashville.

All diese Country-Musik war ihm neu, und er mochte sie. Sie fühlte sich an wie Zuhause, all diese hellen, hohen Stimmen aus den Bergen, die vom Himmel und der Hölle, von Betrug und Verlust sangen. Es gab Lieder über Liebe und Mord. Etwas an diesen Songs weckte in Charlie die Erinnerung daran, wie es war, wenn man verliebt war, und die Sehnsucht, es wieder zu sein.

Er legte die dicken Speckstreifen in ordentlichen Reihen aus, Speck, den Will selbst geräuchert hatte, lecker und salzig, und drapierte Petersiliensträußchen um den Aufschnitt, der von gestern übrig war. Mit der sauberen Knochensäge schnitt er die Koteletts von gestern an und drehte die Steaks und Bratenstücke herum, damit sie frisch aussahen, wie gerade erst geschnitten. Will versuchte, am Ende des Tages nicht allzu viel übrig zu haben, doch was tatsächlich nicht verkauft wurde, richtete Charlie so her, dass es picobello aussah.

Wenn die anderen Läden öffneten, rollte Charlie den Schlauch ab, der seitlich am Gebäude angebracht war, und spritzte damit den Gehsteig sauber, sodass das Backsteinpflaster nicht mehr staubig rosa, sondern tief blutrot aussah und in der Sonne zu Altrosa trocknen konnte, die gleiche Farbe wie die meisten Häuser, die die Straßen der Stadt säumten.

Wenn Will da war, immer in Begleitung des Jungen, brachte er Charlie ein Sandwich mit Rührei und ein paar frisch gebrutzelten Speckstreifen mit, das er in Wachspapier gewickelt hatte, und Charlie setzte sich auf den einzigen Stuhl des Ladens und verzehrte sein Frühstück, während Will das Kassenbuch überprüfte, im Schlachthof anrief, das Geld in der Kasse zählte. Wobei er manchmal eine große Rolle Geldscheine aus seiner eigenen Tasche zog und entweder etwas aus der Kasse hinzufügte oder den Inhalt der Kasse mit Geld aus seiner privaten Börse aufstockte. Dann füllte er ein Einzahlungsformular für die Bank aus, ging über die Straße und ließ Charlie in aller Ruhe sein Frühstück beenden, während der Junge auf dem Boden saß, immer noch in seiner sommerlichen kurzen Hose und T-Shirt, und Gesichter in die Sägespäne zeichnete.

Jeden Morgen brachte Will zwei strahlend weiße Metzgerschürzen mit – er sagte, es gäbe keine Blutflecken, die Alma nicht herausbekäme –, und Charlie zog seine Schürze an, wenn Will von der Bank zurückkam, die Türglocke bimmelte und die ersten Kunden eintraten.

Zuerst kamen die schwarzen Frauen, von der Neunzehnjährigen bis zu alten Damen mit Achtzig, in ihren dünnen Kleidern, die nach Handseife und galvanisierten Waschbrettern rochen, als wollten sie ihre Einkäufe möglichst früh erledigen, bevor die weißen Frauen ihre Häuser verließen. Manchmal machten die schwarzen Frauen auch Besorgungen für die weißen Damen, für die sie arbeiteten. Selten kamen sie allein, sondern meistens mit einer Freundin, Cousine oder Tante, und an manchen Tagen standen sie auch alle auf einmal an der Tür, noch bevor der abgespritzte Gehsteig getrocknet war, und waren ebenso schnell wieder verschwunden, die säuberlich eingewickelten Fleischpäckchen in der Hand. Manchmal hatten sie ihre Kinder dabei, Kinder, die Sam anstarrten, aber weder mit ihm sprachen noch ihn grüßten.

Sie kauften so viel wie die weißen Frauen, wenn nicht mehr, und Charlie brachte ihnen allen den gleichen Respekt entgegen, obwohl er keine Einzige mit Namen kannte und sie auch ihn nicht fragten, wie er hieß.

Er blickte auf ihre Hände, schaute, ob sie Eheringe trugen, und sprach sie dementsprechend mit »Miss« oder »Ma'am« an. Nie lächelten sie, und er lächelte nie zurück, sondern schaute sie nur mit seinen aufrichtigen Augen an und schenkte der kurzen Begegnung am Ladentisch den gleichen Ernst wie sie, während er zusah, wie die Frauen bei Will bezahlten, manchmal mit Scheinen, manchmal auch in Münzen.

Gewöhnlich waren die schwarzen Kundinnen weg, sobald die ersten weißen Frauen kamen, und wenn nicht, dann senkten sie den Blick und verließen rasch den Laden.

Die Damen der Stadt kamen und fächelten sich mit den

Papierfächern aus dem Beerdigungsinstitut oder der Methodisten-Kirche Luft zu. Man hätte nicht sagen können, dass es mehr Kundinnen gab, seit Charlie begonnen hatte, in der Metzgerei zu arbeiten, da praktisch alle Frauen in der Stadt hier zur Kundschaft gehörten, zusammen mit den wenigen alleinstehenden Männern. Doch ihre Besuche waren ein wenig zu einem gesellschaftlichen Ereignis geworden, denn sie kauften meistens nur noch für den Tag selbst ein oder für das Mittagessen, damit sie gleich am nächsten Tag oder sogar am späten Nachmittag noch einmal einkaufen konnten. Mittlerweile besaßen die meisten Frauen elektrische Kühlschränke und hätten auch nur ein Mal pro Woche einkaufen können, doch so war es ihnen lieber. Nur einige wenige, die meisten von ihnen schwarz, hatten noch Eisboxen. Und es gab noch immer einen Eismann, der alle zwei Tage seine immer kürzer werdende Runde durch die Stadt machte und vor jedem Haus seiner Kundschaft mit einer Zange einen großen Eisblock aus seinem Lastwagen wuchtete, und wenn er aus der eisigen Kälte in seinem Wagen heraustrat, bildeten sich auf seinem Hemd Schweißflecken zwischen den Schulterblättern, und seine riesigen Oberarme glitzerten, wenn er die Blöcke zum Haus trug, um sie in den Eichenboxen mit ihrer Blechverkleidung abzulegen.

Ein Mann kam jeden Tag, ein dicker Mann, den Will Boaty nannte, obwohl jeder andere im Laden ihn mit Harrison oder sogar mit Mr. Glass ansprach. Er war in etwa so alt wie Will, obwohl man das bei dicken Leuten schlecht sagen kann, und die beiden gingen miteinander um wie zwei Männer, die sich schon ein Leben lang kannten und deren Lebenspfade sich immer wieder gekreuzt hatten.

»Charlie Beale. Das ist Boaty Glass. Entschuldigung. Harrison. Harrison Boatwright Glass.«

»Guten Morgen, Mr. Glass. Schön, Sie kennen zu lernen.«

»Harrison und ich, wir haben uns schon als kleine Jungs gekannt.«

»Das stimmt«, sagte der Dicke. »Damals haben wir jede Menge Abenteuer erlebt.«

»Boaty traut seiner Frau nicht zu, dass sie ihm sein Abendessen kaufen kann.«

»Meine Frau ist eine gute Köchin, aber sie ist nicht gerade eine Frühaufsteherin. Sie braucht an die zwei Stunden, bis sie sich für die Stadt fertig gemacht hat, und bis dahin sind alle guten Sachen verkauft.«

»Du hast immer schon gerne vorausgedacht, Boaty. Ausgezeichnete Qualität. Geben Sie Boaty immer nur das Allerbeste, Charlie. Er hat hart dafür gearbeitet. Und er verdient es.« Und dann konnte sich Will eine letzte Bemerkung nicht verkneifen. »Er verdient eine ganze Menge davon.«

»Blödmann«, erwiderte Harrison Glass. »Du warst immer schon so bissig.«

»Kein bisschen, Boaty. Du hast einfach nur den Appetit, den ein Mann deines Umfangs haben sollte. Das ist schlichtweg eine Tatsache. Nichts für ungut.«

Boaty bekam tatsächlich das Beste, und er bezahlte nichts dafür, sondern schaute nur dabei zu, wie Will seine Einkäufe in ein Büchlein eintrug, und weil er eine Menge einkaufte, gab ihm Will immer ein wenig Rabatt, obwohl Boaty nicht danach aussah, als hätte er es nötig, dass man ihm etwas billiger gab.

So wie andere Leute sich ständig kratzten oder ein zuckendes Auge hatten, erzählte Boaty gerne Witze. Oft waren es unanständige Witze, doch wenn Frauen anwesend waren, gab er meistens nur ein paar uralte Cowboy-Witze zum Besten, die er in der Opry gehört oder im *Grit*, der Zeitung, gelesen hatte.

»Geht der neue Cowboy in den Stall, und es fällt ihm ein Hufeisen auf den Kopf. Als er sich beschwert, sagt sein Kumpel zu ihm: ›Sei froh, dass das Pferd nicht mehr dran hängt.‹«

Er lachte so heftig über seinen eigenen Witz, dass man das Zäpfchen in seinem offenen Mund sah. Das Kind im Manne, hätten manche gesagt. Macht sich zum Gespött der Leute, hätten andere es vielleicht besser getroffen. Gewöhnlich kam er auf dem Weg nach Staunton vorbei, wo er sein Geschäft hatte. Alle behandelten ihn mit Ehrerbietung, als wäre er wie Charlie ein Fremder für sie, obwohl sie ihn doch schon ihr ganzes Leben lang kannten.

»Niemand mag ihn«, sagte Will eines Tages, als Boaty weg war. »Traurig. Nicht einmal ich. Nicht mehr. Dem Jungen, den ich mal mochte, ähnelt er nicht mehr als Eleanor Roosevelt. Und das liegt nicht bloß daran, dass er reich ist. Er war mal ein netter Junge, füllig, aber nicht so dick wie jetzt. Jetzt ist er richtig fett. Hat sich ein Mädel vom Land geholt, das er stolz wie einen Ring am kleinen Finger trägt. Sonst wollte ihn keine haben, und er hat weiß Gott alles versucht. Stellen Sie sich das mal vor – so reich wie er ist, und keine wollte ihn haben. Vielleicht hat ihn das ja so böse gemacht. Er ist ein knallharter Geschäftsmann, behandelt die Leute ohne Respekt. Hat jedem, der nicht schnell genug auf den Bäumen war, das Fell über die Ohren gezogen. Hält sich für besonders gut, dabei weiß jeder ganz genau, was er ist – einfach ein fetter, reicher Mann, der alles vergessen hat, was ihm seine Mutter mal beigebracht hat. Und das war eine gute Christin, Gott hab sie selig.

Früher waren wir Freunde. Aber irgendwann fand er, ich

bin nicht gut genug für ihn. Wir treffen uns nächste Woche, sagte er, aber die nächste Woche hat es nie gegeben, und schließlich hat er auch nicht mehr danach gefragt, und mir war es egal.

Es ist traurig, mit anzusehen, wie dein bester Freund zu jemandem wird, den man nicht mehr kennt. Oder auch nur kennen will. In so kleinen Städten wie hier ist das einfach so: Man *lebt* mit diesen Leuten, sieht sie zwei Mal am Tag. Hat keinen Sinn, sich dagegen zu wehren. Sie sind einfach immer da, jeden Tag, damit muss man sich einfach arrangieren. Und er gibt gutes Geld aus. Trotzdem eine traurige Geschichte.

Zeigt einem bloß, dass es noch lange keinen guten Menschen aus dir macht, wenn du einen guten Namen hast und aus gutem Hause kommst. Ich kenne ihn überhaupt nicht mehr.

Und dann diese Frau, die er hat. Warten Sie nur ab. Die ist eine ganz besondere Nummer.«

Die weißen Frauen nannten Charlie Mr. Beale, und er korrigierte sie jedes Mal freundlich, bis sie ihn tatsächlich irgendwann Charlie nannten, obwohl er sie umgekehrt mit ihren Nachnamen ansprach, auch wenn sie ihn baten, damit aufzuhören.

Charlie war ein besserer Metzger als Will, und die Frauen waren beeindruckt, ohne ein Wort darüber zu verlieren, weil sie Will nicht kränken wollten. Charlies Steaks sahen besser aus, sie hatten genau den richtigen schmalen Fettrand. Den Braten band er ihnen mit Schnur zusammen, damit er fix und fertig für den Ofen war, und die Schweinekoteletts belegte er mit hauchfein geschnittenen Speckscheiben.

Und so tranchierte Charlie das Fleisch und bezirzte die Damen, eine nach der anderen, aber ganz abgesehen vom

Bezirzen behandelte er jede von ihnen, ob schwarz oder weiß, ob reich oder bettelarm, ob sie nun Dollarscheine in der Tasche hatte oder nur Münzen, mit der gleichen Ehrerbietung und scheuen Freundlichkeit, und so gewann er ihre Herzen, während Will das Geld entgegennahm und Sam aus dem *Richmond Times Dispatch* vorlas. Was er Tag für Tag tat, von vorne bis hinten, von Politik bis Sport, einschließlich der Bildüberschriften und der praktischen Hausfrauentipps, zum Beispiel, dass Strumpfhosen länger hielten und keine Laufmaschen bekamen, wenn man sie ins Gefrierfach legte.

Sam war verrückt nach allen möglichen Sportarten, auch wenn er etwa eine Tennispartie noch nie gesehen hatte, und natürlich mochte er Comics, die er beinahe schon selbst lesen konnte, obwohl er erst in einem Jahr eingeschult würde.

Er sprach über Joe DiMaggio und Steve Canyon und Popeye und Harry Truman, als wären das Leute, die er wirklich kannte und die jederzeit in Brownsburg auftauchen könnten. Sein besonderer Held war jedoch Jackie Robinson, und er redete endlos darüber, wie Jackie auf dem Spielfeld den Ball schlug, was er einen Allrounder nannte, obwohl niemand wusste, woher er diesen Ausdruck hatte. Es gab Dinge, die ein Junge einfach wusste.

Am Ende von Charlies erster Arbeitswoche, an einem Freitag Ende August des Jahres 1948, betrat eine Frau die Metzgerei, und das ist der Punkt, an dem die Geschichte einen anderen Verlauf nimmt und zu einer Legende wird, zum mahnenden Beispiel, wie es ein Vater seinem Sohn weitergibt oder eine Mutter ihrer Tochter, wenn das Mädchen beginnt, von romantischer Liebe zu träumen, der Art von romantischer Liebe, wie man sie oft in Kinosälen zu sehen bekommt. Die Lichter gehen aus, mit leisem Rattern wandert die Filmrolle über den Projektor, und selbst die alltäglichste Geste wird zu etwas ganz Besonderem. Alles kommt zum Stillstand, und es beginnt etwas Neues, das sich niemand erklären kann.

Die Glocke über der Tür bimmelte, und alle drehten sich um, um zu schauen, wer da reinkam, so wie das immer der Fall war. Sie betrat die Metzgerei auf leisen Sohlen, und alle schauten sie an, doch anstatt sich wie sonst einfach wieder umzudrehen und das Gespräch fortzusetzen, starrten alle sie an, und keine der Frauen, keine Einzige, grüßte sie.

Charlie hatte sie noch nie gesehen, kein einziges Mal, und dabei hatte er geglaubt, alle in der Stadt zu kennen. Es war sofort klar, dass sie anders war als andere Frauen. Sie hatte das junge frische Gesicht eines Mädchens vom Lande und war gerade mal zwanzig Jahre alt. Sie trug einen Ehering und einen Verlobungsring, so viel war klar, aber dabei sah sie aus, als käme sie aus einer anderen Welt direkt in diese Metzgerei, aus irgendeiner der Städte, durch die Charlie in der Zeit, die er unterwegs verbracht hatte, gekommen war.

Sie trug ein weißes Sommerkleid aus Leinen, obwohl der Sommer fast vorüber war – damals hatten solche Dinge noch eine Bedeutung –, ein weißes Kleid mit einem olivgrünen Gürtel um die schmale Taille und einem tiefen Dekolleté, das so elegant und modisch geschnitten war, dass das Kleid auf keinen Fall aus Brownsburg kommen konnte. Ihr Mund war ein purpurroter Strich, und ihre Haare türmten sich in schimmernden blonden Wellen auf ihrem Kopf, wo mehrere strassbesetzte Schildpattkämmchen sie an ihrem Platz hielten. Sie trug eine dunkle Sonnenbrille, etwas, das auch nur zu besitzen keiner Frau in der Stadt in den Sinn gekommen wäre, dazu Espadrilles, die mit Ripsband um ihre schmalen Fesseln gebunden waren.

Der einzige andere Schmuck, den sie trug, war ein kleines Goldkreuz an einer zarten Kette. Unter dem Arm hatte sie eine kleine grüne Ledertasche.

Sie trat rasch in die Mitte des Ladens, und keiner richtete das Wort an sie. Charlie hörte mit dem Schneiden der Koteletts für Helen Anderson auf, wischte die Klinge seines Messers mit einem sauberen Tuch ab. Es schimmerte im Licht, als er es leise auf den Tresen legte.

Will, der auf dem Stuhl saß, den Jungen auf dem Schoß, durchbrach endlich die Stille und das Schweigen. Er stand auf, stellte den Jungen auf den Boden und begrüßte sie. »Morgen, Sylvan. Wie geht's? Wie geht's Boaty?«

»Alles bestens«, sagte sie. »Uns geht's gut. Alles wie immer.«

Sie hatte eine hübsche, mädchenhafte Stimme. Als wäre sie fast noch ein Backfisch. Und sie klang nicht so, als käme sie aus der Nähe von Brownsburg, sondern hatte einen Akzent, als käme sie von weit her, wie eine Prinzessin oder Schauspielerin.

Sie nahm ganz langsam die dunkle Brille ab und beugte dazu mit großer Anmut den Kopf. Dann schaute sie kurz zu Will auf, nickte ihm zu und wandte schließlich den Blick zu Charlie Beale. Fünf Sekunden. Zehn vielleicht, nicht mehr, aber ihm kam es wie eine Ewigkeit vor.

Seine Hände lagen auf dem Tresen. Er verspürte den Drang, irgendetwas zu tun, den Metzgerblock abzuwischen, mit dem Münzgeld in seiner Tasche zu spielen, doch niemand rührte sich, und so tat er es auch nicht.

»Kann ich Ihnen helfen, Ma'am? Gibt es …«

»Nein. Nein danke. Ich habe gerade keinen Hunger.« Das sagte sie mit dem gespielt englischen Akzent, den Charlie bisher nur im Kino gehört hatte, aus dem Munde dieser strahlend schönen Frauen mit dem glänzenden Haar und den tiefroten Lippen.

Fünf Sekunden.

»Im Moment jedenfalls. Habe ich keinen Hunger.«

Mit diesen Worten wandte sie sich um und ging zur Tür. Die Glocke bimmelte, als sie hinausging. Draußen war es so hell, dass sie einen kurzen Moment lang ihre Augen mit der Hand beschatten musste. Schließlich setzte sie ihre Sonnenbrille wieder auf, stieg in einen schwarzen Cadillac ein, ließ den Motor an und fuhr davon.

Er wollte ihr so gerne hinterherschauen. Man sah genau, wie er dieser Frau am liebsten mit den Augen gefolgt wäre, in denen kurz ein Licht aufblitzte, aber dann war es wieder erloschen, und er wandte sich der nächsten Kundin zu. Er zuckte zusammen, wie jemand, der aus einem tiefen Schlaf hochfährt und merkt, dass er viel zu spät dran ist. Seine Klinge fuhr in ein Kotelett, die Damen setzten ihre Plauderei fort und beobachteten, wie er sich bemühte, ihr nicht hinterherzustarren.

»Diese Frau«, sagte Will, »hat einen Gang wie ein Bauer.«

»Wie meinen Sie das?«, erkundigte sich Charlie.

»Sie geht«, sagte Will und hielt kurz inne, »als hätte sie einen Ballen Heu auf der einen und ein Bündel Klee auf der anderen und müsste beim Gehen«, er hielt kurz inne, um seinen Worten Nachdruck zu verleihen, »all ihre Felder auf einmal bewirtschaften.« Alle Frauen lachten, obwohl man diesen Witz über alle flotten Mädchen in der Gegend machte, und auch Charlie lachte. Dabei fand er den Witz vulgär, denn ihm hätten schlicht und ergreifend die Worte gefehlt, um die Anmut und Eleganz zu umschreiben, mit der dieses Mädchen seine Hüften bewegte.

Als wäre der Film zu Ende, geriet alles wieder in Bewegung, die Frauen schnatterten weiter, als hätte die junge Frau den Laden nie betreten, Charlie machte die Koteletts fertig und wickelte sie sorgfältig in ein Stück sauberes, weißes Wachspapier ein, das er von der Rolle über seinem Kopf abriss. Seine Hände zitterten, und sein ganzer Körper stand unter der Kleidung wie unter Strom. Will hatte wieder Platz genommen und spielte mit dem Jungen Abnehmen, der Stuhl unter ihnen knarzte, während Vater und Sohn den Faden in immer komplizierteren Mustern über Sams ausgestreckten Händen verschlangen.

»Arme Sylvan«, sagte Eleanor Cooke.

»Armer Boaty Glass, meinen Sie wohl«, sagte Mary Page. »Der hat gekriegt, wofür er bezahlt hat.«

»Wie man sich bettet, so liegt man«, sagte Eleanor. Damit war das Gespräch beendet, und alle Damen nickten zustimmend.

Doch Charlie hatte ihren Namen gehört. Sylvan Glass. Sie ging in seinem Herzen und seinem Verstand ab wie eine Rakete am Unabhängigkeitstag. Ein Zischen. Ein bunter Funkenregen.

Etwas, das endlich und wirklich und auf geheimnisvolle Weise wundervoll war.

3. KAPITEL

Schimmern und Stille, alles auf einmal. Charlie ist auf dem Land unterwegs, er summt ein Lied, aber im Vergleich zur Landschaft ist er reglos und stumm wie ein Fels. Im Vergleich zu den Tieren, die ihn umgeben, ohne dass er sie sehen kann, die surren und summen, die äsen und brüten, ist er eine Statue.

Die tausend und abertausend Gräser, die in der Hitze des Spätsommers längst vertrocknet sind, knistern wie die brüchigen Seiten abertausender uralter Bücher, die von unsichtbaren Gelehrten umgeblättert werden. Jeder Grashalm, jedes Blatt und jeder Stein spricht jetzt im Spätsommer bei Einbruch der Dunkelheit von Verlust und Beständigkeit, und die Vögel beschließen, sich vor ihrem langen Flug in den Süden noch ein oder zwei Nächte auszuruhen. Die Landschaft, in der er spazieren geht, ist eine endlose Kaskade aus Verlust und Tod und Wiedererwachen, und er spürt die gewaltige Stille der Toten und den ewigen Pulsschlag der Lebenden unter seinen Füßen.

Er befindet sich im Tal der Blue Ridge Mountains in Virginia, am Ufer des Maury River. Das Tal hält ihn umschlossen, so wie sich die Hand einer Mutter behutsam um ein rohes Ei schließt.

Er hat seine Steppdecken auf dem Boden ausgebreitet, hat

sein Sandwich gegessen, den Blechteller im Fluss abgewaschen, und das letzte Licht des Tages schwebt wie ein dünner Schleier zwischen ihm und der moosigen Schwärze der Nacht. Er summt das Lied, das er vor zwei Tagen gehört hat. Zwei alte Männer haben es auf der Veranda vor dem Lebensmittelladen zum Besten gegeben, zwei Brüder im Arbeitsoverall mit Mist an den Stiefeln, weißhaarig und bärtig, ein Banjo und eine Mandoline, das gleiche Gesicht, nur mit ein paar Jahren Altersunterschied. Es war ein Lied, das sie schon seit Jahren sangen und spielten, und ihre Stimmen flossen zusammen wie das Wasser um ihn herum, bis es ein einziger Fluss aus Klängen war. Jetzt fallen Charlie die Worte wieder ein, der Klang ihrer brüchigen Stimmen, erfüllt von einem Glauben an das, wovon sie wussten, dass es die Wahrheit ist.

Life is like a mountain railway
With an engineer so brave
You must make this run successful
From the cradle
To the grave
Watch the curves, the fills, the tunnels
Never falter, never fail
Keep your hands upon the throttle
And your eyes upon the rail.

Es war Musik. Es war das Evangelium. Es war die tiefste Überzeugung dieser alten Männer, und auch Charlie, der ihnen lauschte, glaubte daran, nicht so sehr an das Evangelium, aber daran, dass das alles für immer existieren würde – die Musik, die Brüder, das Tal selbst, und das war mehr, als ein Mann je in sich aufnehmen konnte.

Und woran glaubt er eigentlich, fragt er sich jetzt, während er vor sich hin summt und an die Worte des Liedes denkt, das er sich zu ihrer Belustigung drei Mal von ihnen vorsingen ließ, bis er den Text notiert hatte. In dieser Minute glaubt er an dieses Tal, an dieses Land, auf dem er steht, an dieses Wasser, das an ihm vorbei und durch sein Leben fließt, während der Nachmittag langsam in den Abend übergeht, an diese Schwärze, in der nichts ist als Sicherheit und Einsamkeit. Er glaubt an den Frieden, der darin liegt, an die Ewigkeit.

Blessed Savior, that will guide us
'Til we reach that blissful shore.

Das hier, dieses Tal im schönen Virginia, sind die glücklichen Gestade, von denen in dem Lied die Rede ist. Nach mehr braucht man nicht zu streben. Und während er summt, weiß er. Er weiß, woran er glaubt. Er glaubt an die Kraft der Muskeln, an die Freuden des Körpers, an die Güte des Herzens. Er glaubt an diese Güte, und das ist etwas Neues, ein Geschenk des Flusses und des Landes und des blauen Lichts, das allmählich schwarz wird, an ihn, ein Geschenk der Tinte des Himmels, mit Sternen betupft. Das ist es, was ihm das Tal und seine Gewässer ins Ohr flüstern, an diesem Abend, der langsam zur Nacht wird. In diesem Moment glaubt er, und er wird immer daran glauben, dass die Menschen gut sind und dass auch er in ihrer Mitte gut sein kann.

Where the angels wait to join us
In God's grace forevermore.

Jetzt weiß er, dass die Engel aus dem Lied zu ihm gekommen sind, dass sie in ihm sind. Was für eine Überraschung, nach all der Zeit. So viele lebendige Dinge, Schlangen und Vögel und Fische und Menschen, und ein jedes wirkt an der Erschaffung des Ganzen mit, an dieser Herrlichkeit aus Klang und Stille, und die Stimmen von Mensch und Tier fließen zusammen zu einer Stimme, und diese Stimme ist die gesamte Welt des Südens, ist dieser Verlust und dieses Leben. Denn was sonst hat das Land getan, als fortzubestehen, und was bleibt Charlie und allen anderen Menschen angesichts dessen übrig, als auch fortzubestehen, zusammen mit der Scholle, die ihnen Nahrung gibt, ihrem Körper ebenso wie ihrem Herzen?

Als er sich auf seine Decke legt, erinnert er sich an all das, nimmt es mit seinem Körper in sich auf, und er weiß, jetzt ist er das geworden, was er bis ans Ende seiner Tage sein wird, es sei denn, etwas Schreckliches, Unvorstellbares geschieht, doch er glaubt nicht daran, dass es geschehen wird. Um ihn herum ist tiefste Stille. Und in dieser Stille ist Klang und Lärm und Musik. Es ist so vieles.

Und so wie jeden Abend, bevor er einschläft, denkt er: Was hat das alles für einen Sinn, und was ist der Grund für diese Ruhelosigkeit, für diese Einsamkeit in einer bevölkerten Welt, wenn er nicht eines Tages Kinder haben wird, ein eigenes Kind, einen Sohn, dem er etwas beibringen kann, der aufwachsen wird und alles werden könnte, ganz gleich, ob Wissenschaftler oder Metzger oder Baseballstar? Und wie jeden Abend, bevor er einschläft, vermisst er das sanfte und friedliche Atmen dieses erträumten Sohnes, der friedlich neben ihm schläft.

Er schließt die Augen und sieht den Traum, der auf ihn wartet, und er hört wieder die Brüder, die endlich nicht mehr über ihn lachen, weil ihnen bewusst wird, dass sie dabei sind, einen Sünder zu einem Gläubigen zu bekehren, und so singen sie noch einmal voller Inbrunst und Würde, und dann winken sie ab, nein, jetzt reicht es, winken sie, jetzt musst du allein weitermachen. Es ist genug, winken sie. Wenn du es jetzt nicht begriffen hast, dann haben wir versagt, dann kannst du nicht gerettet werden.

As you roll across the trestle
Spanning Jordan's swelling tide
You'll behold a Union depot
Into which your train will glide
There you'll meet the Superintendant
God the Father, God the Son.

Jetzt schläft er, friedlich und geborgen, das rechte Ohr in die Hand gebettet, und lauscht im Schlaf, ohne die letzten Worte zu hören, die ihm die beiden alten Männer so schön vorgesungen haben.

With that hearty joyous plaudit
»Weary Pilgrim
Welcome home.«

4. KAPITEL

Das alljährliche Austernessen der Ebenezer Baptist Church direkt vor der Stadt auf einer Anhöhe beim Highway war ein voller Erfolg. Praktisch alle Weißen der Stadt gingen hin, manche kamen sogar aus Lexington. Es begann um drei Uhr nachmittags mit Spielen und geselligem Beisammensein und dauerte bis Einbruch der Dunkelheit. Der alte Rooster Ruley spielte auf der Fiedel, und die Damen der Gemeinde kochten wie die Weltmeister.

Die Austern kamen aus der Chesapeake Bay und wurden ein paar Tage vorher in großen Holzfässern, die mit geschabtem Eis gefüllt waren, angeliefert. Bis zum Verzehr wurden sie in der dunklen Kühle des Kirchenkellers aufbewahrt, wo die Damen der Gemeinde sie jeden Tag mit Maismehl fütterten, weil sie glaubten, dann würden sie fetter, und vielleicht war das ja auch so.

Aus den Austern wurden verschiedene Gerichte zubereitet: Austerneintopf, überbackene Austern mit Sahne, Butter und Muskatnuss, die so reichhaltig waren, dass sie jede Arterie sogleich verstopften, Austernküchlein und gebratene Austern. Es gab auch einen Stand mit rohen Austern, wo die Delikatesse ausgenommen wurde oder die Männer sie direkt aus der Schale schlürften, nachdem sie sie mit einer

Sauce beträufelt hatten, die so scharf war, dass sie einem die Zunge verbrannte.

In einem Tal, das rundum von Land eingeschlossen war, galten Austern weniger als Nahrungsmittel denn als seltene Kostbarkeit, und sie zu essen war ein herrlicher Zeitvertreib an einem Spätsommernachmittag.

Es gab heiße Brötchen mit Landbutter, weich und dottergelb, und Maiskolben, am Morgen frisch gepflückt, und Tomaten vom Strauch und Krautsalat, süßen Eistee und Limonade.

Und es gab Eiscreme, zwei Sorten, Pekannuss und Pfirsich, nach dem Rezept von Louisa Stephens Großmutter angerührt aus dicker Sahne, Zucker und frischen Eiern. Das Eis wurde von den jungen Leuten der Gemeinde am Abend zuvor zubereitet und in alten Holzfässern voller Schabeeis vom Eismann, das durch das Bestreuen mit Steinsalz kalt gehalten wurde, kalt gerührt. Die Jungen und Mädchen mussten sich beim Rühren abwechseln, weil es so anstrengend war. Am Schluss wurde noch mehr Eis, in Musselin gewickelt, darauf gepackt, und so ruhte die Eiscreme im kühlen Keller bis zum nächsten Tag, wo Behälter für Behälter nach oben gebracht wurde.

Auf einem frisch gemähten Feld hinter der Kirche wurde Softball gespielt. Die Jungen spielten den ganzen Nachmittag, und am Abend waren die Männer an der Reihe. Auch ein paar Frauen – diejenigen, die begonnen hatten, Hosen zu tragen, und sich im Krieg das Rauchen angewöhnt hatten – waren mit von der Partie.

Sogar die Zwillingsschwestern Elinor und Ansolette Gadsden kamen, zwei alte Jungfern, die sich so ähnlich sahen, dass sie sich selbst kaum auseinanderhalten konnten. Die Trennlinie, die sie als Menschen voneinander unterschied, war längst verschwunden. Natürlich sahen sie sich ähnlich, sogar die Falten in ihren sechzigjährigen Gesichtern waren identisch. Sie trugen auch die gleiche Kleidung, gingen Hand in Hand, und wenn die eine einen Satz begann, sprach die andere ihn für sie zu Ende.

Als junge Frauen seien sie Schönheiten gewesen, sagten die alten Leute, die sie noch als Mädchen gekannt hatten, und das merkte man Elinor und Ansolette auch an, die immer eine Anmut besaßen, mit der sie sich von anderen abhoben. Ihre Familie, deren allerletzte Sprösslinge sie waren, weil sie sich immer geweigert hatten, zu heiraten und für den Fortbestand der Sippe zu sorgen, hatte schon von Anbeginn in der Stadt gelebt. Weil sie die einzigen noch lebenden Gadsdens waren und massenhaft Geld besaßen, galten sie als alter Adel.

Es hieß, sie hätten deshalb nie geheiratet, weil sie sich einen Spaß daraus machten, die Jungs an der Nase herumzuführen, indem sie manchmal die Rollen tauschten, sodass ein ahnungsloser junger Mann, der um Elinors Hand anhielt, nur großes Gelächter erntete, wenn sich herausstellte, dass er in Wirklichkeit ihrer Schwester Ansolette einen Antrag gemacht hatte. Sie hörten beide auf den Namen Miss Allie, die ganze Stadt nannte sie so, und selbst Boaty Glass behandelte sie mit großem Respekt und sogar mit einer gewissen Zuneigung.

Einmal im Jahr, anlässlich des Austernessens, spielten die alten Damen Softball. Sie spielten nicht im Feld, sondern wechselten sich am Schlag ab, wo sie die weichen Würfe der Männer mit dem Schläger abzuwehren versuchten. Da standen sie in ihren gleichen Kleidern, und jeder ihrer sechs Schläge sah genau gleich aus. Dann waren ihre sportlichen Aktivitäten für ein weiteres Jahr erledigt.

Doch an diesem Tag, diesem Tag des Jahres 1948, war es Charlie Beale, der auf dem Spielfeld alle Herzen für sich gewann. Er spielte unermüdlich, zuerst mit den Jungs, dann mit den Erwachsenen, und es war einfach nur herrlich anzusehen. Er zog sein weißes Hemd aus und spielte im Unterhemd, sodass man gut erkennen konnte, wie wohlgeformt er war, nicht massig, sondern stark und schlank und jung. Die Haut an seinem Hals und den Schultern war rosig von der Anstrengung. Er hatte die Kraft und die Anmut eines sportlichen Naturtalents, und es war ein wunderbarer Anblick, wenn seine Augen zu strahlen begannen, wenn der Ball in seiner Nähe war oder er den Schläger in die Hand bekam.

Er konnte jeden Ball zurückschlagen, der ihm zugeworfen wurde, indem er ihn gleich mit dem ersten Schlag traf und mit einem eleganten Sprung zur Base zurückbeförderte, ehe der Runner der gegnerischen Mannschaft dorthin gelangen konnte. Kam ein harter Ball auf ihn zu, warf er sich mit vollem Einsatz ins Gras, sprang blitzschnell wieder auf, und sein Wurf verfehlte sein Ziel nie.

Sam Haislett war wie verzaubert und konnte durch kein Bitten und kein Betteln vom Spielfeldrand wegbewegt werden. Er musste einfach jeden Spielzug sehen.

Wenn Charlie an der Home Plate stand, sah es so aus, als wäre der Schläger eine natürliche Verlängerung seines Armes. Er stand wie ein Profi hinter der Markierung, die Beine weit gespreizt, und wenn ihm der Ball zugeworfen wurde, selbst von den schnellsten Werfern, beugte er sich leicht zurück, holte aus und schlug das Ding einfach weg, jedes Mal, bei jedem Wurf.

Sam ließ ihn bei keiner seiner Bewegungen aus den Augen, um ihn war es geschehen. Sein Beebo war wie all die Baseball-Bilder aus den Zeitungen, nur in echt. Ihn ausholen und schlagen oder werfen zu sehen, mit unfehlbarem Blick und absoluter Treffsicherheit, schenkte Sam eine erste Ahnung davon, welche Kraft und welche Möglichkeiten in seinem kleinen Körper noch schlummerten. Etwas so Schönes hatte er noch nie gesehen.

Das hatte auch sonst niemand. Die Kanten des wie ein Diamant geschnittenen Spielfeldes füllten sich mit Zuschauern, und sie alle nahmen den Spitznamen auf, den Sam rief, bis schließlich jeder den Atem anhielt, wenn Charlie den Schläger schwang, und alle schrieen: »BEEEEEEBOOOO!«, sobald der harte Holzschläger auf das abgewetzte Leder des Balles traf. Sie sahen etwas, das sie im realen Leben noch nie zuvor gesehen hatten, und niemand dort würde es jemals vergessen. Von diesem Tage an blieb der Spitzname an ihm haften.

»Muss wohl lange gespielt haben, der Junge«, sagte einer der Männer. »War vielleicht sogar Profi.«

»Glaube ich nicht. Vielleicht Triple A. Aber gespielt hat er auf jeden Fall.«

Als er das Feld endlich verließ, waren Charlie Beales Hals und seine Schultern rosig und schweißnass, und die Zuschauermenge zerstreute sich, weil sie das Interesse am Spiel verloren hatte. Ohne ihn war das Match vorüber.

Jemand holte ein Handtuch aus seinem Kofferraum, und er dankte, wischte sich trocken, zog sein Hemd wieder an, und es gab keine einzige Frau in der Nähe, die ihm nicht dabei zugeschaut hätte, bis auch der letzte Knopf geschlossen war. Die Männer standen herum, klopften ihm anerkennend auf den Rücken. Feine Sache, Beebo. Feine Sache. Das war ihre Art, Beebo zu sagen, dass er in Ordnung war, ganz gleich, wo er herkam, ganz gleich, wie seltsam er redete. Für sie war er in Ordnung.

Als die Menge sich zerstreute, bemerkte Charlie Sam und ging mit ihm aufs Spielfeld, kniete hinter der Batter's Box und erteilte ihm die erste Lektion. Er zeigte ihm, wie man den Schläger hält, wie man den Ball mit den Augen fixiert, ohne zu wanken, und dann aus den Hüften heraus zum Schlag ansetzt. Sam sollte nie wieder in seinem Leben einen Schlag ausführen, ohne das Gefühl zu haben, dass Charlie hinter ihm stand, dass Charlies Hände auf seinen lagen, dass er sie zurück und wieder nach vorne zog, hin zum Ball, den er dann in die entferntesten Winkel des Spielfeldes donnerte, so schnell, dass man ihm mit den Augen nicht folgen konnte. Für den Rest seines Lebens hörte er jedes Mal, wenn er auf einen Pitch wartete, Charlies Stimme in seinem Ohr, die ihm sagte, die Kraft komme nicht aus den Armen, sondern aus der Hüfte.

Später saß Charlie mit Will und Alma zusammen, um sich abzukühlen, während Sam immer noch am Spielfeldrand herumlungerte und auf den Moment wartete, in dem Charlie wieder den Schläger in die Hand nehmen würde. Bitten wollte er ihn nicht darum, aber er wollte auch nichts verpassen. Alma erzählte Charlie Geschichten über die anderen Besucher des Austernessens.

»Scheinen alle nett zu sein«, sagte Charlie und betrachtete die Leute, alle in sauberen Hemden und Kleidern, wie sie sich begrüßten, als hätten sie sich lange, lange nicht mehr gesehen.

»Ich erzähl Ihnen eine Geschichte«, sagte Alma. »Eine Geschichte, die mir meine Mutter mal erzählt hat, aus den Zeiten der großen Depression. Der Säufer der Stadt sitzt auf der Treppe zum Gerichtsgebäude. Da kommt ein Landstreicher in die Stadt, irgendeine Stadt, bleibt stehen und fragt:

›Was für eine Stadt ist das hier?‹ und der Säufer zieht die Augenbrauen hoch, schaut ihn an und sagt: ›Ach, das ist eine schreckliche Stadt. Sie ist voller Lügner und Betrüger und lauter Leuten, die nichts anderes im Sinn haben als Gemeinheiten.‹

Und der Landstreicher dankt ihm und zieht weiter, in der Hoffnung, was Besseres zu finden. Kurze Zeit später kommt wieder einer vorbei und fragt: ›Was für eine Stadt ist das hier?‹, und der alte Säufer sagt zu ihm: ›Es ist eine wundervolle Stadt. Die Leute sind freundlich und nett, behandeln Fremde gut und erziehen ihre Kinder zu anständigen Menschen.‹

Da beschließt der Landstreicher, ein wenig zu bleiben, und er kriegt hier was zugesteckt und da, und dann findet er sogar Arbeit und noch mehr Arbeit, und bald, als die Zeiten besser werden, nimmt er sich eine Frau, kauft sich ein kleines Haus und zieht ein paar Kinder groß. Und erzieht sie, wie der Rest der Stadt, zu anständigen Menschen.«

Einen Moment lang beobachteten sie die Menge, dann schaute Charlie sie an. »Geht es in dieser Geschichte um die Stadt, um den Säufer oder um den Landstreicher?«

»Ich glaube, es geht darum, wie man das findet, wonach man sucht. Was möchten Sie finden, Mr. Beale?«

»Werden Sie mich eigentlich nie Charlie nennen?«

»Mensch, Alma, der Mann schläft unter unserem Dach.«

»Will, es wird noch eine ganze Weile so bleiben zwischen Mr. Beale und mir. Das hier sind gute Menschen, Mr. Beale. Ich unterrichte ihre Kinder. Da bekommt man viel mit.« Sie wandte sich an Charlie und lächelte ihm zu. »Ich bin einfach nur schüchtern. Will mag das nicht, aber so bin ich eben. So wird man, wenn man nicht viele neue Leute kennen lernt.«

»Wie Sie meinen, Ma'am.«

Sie lachte, berührte ihn leicht an der Hand. »Bloß weil ich schüchtern bin, heißt das noch lange nicht, dass ich auch Ihre Mutter bin. Nennen Sie mich Alma.«

»Kommt mir ein bisschen unausgewogen vor.«

»Wird nicht lange dauern. Eines Tages werde ich Sie bei Ihrem Vornamen nennen.«

»Ich bin ein geduldiger Mensch.«

Will wandte sich an ihn. »Alma hat recht. Gute Menschen. Und unterm Strich sind die meisten glücklich.«

»Und wir haben gute Manieren. Das gleicht das aus, was am Glück noch fehlt.«

Will lachte. »Sam Mohler hat mal zu mir gesagt, als ich noch richtig jung war: ›Weißt du‹, sagte er, ›ich glaube, die Leute entscheiden sich relativ früh, wie glücklich sie werden. Und dann legen sie einfach los und werden es.‹ Das war etwa einen Monat, bevor er in seinem eigenen Garten von Jackson Taylors Sohn überfahren wurde, der mit sechzehn betrunken am Steuer saß. Jackson Taylor verkaufte Autos, und Jack Junior hatte sich sieben Minuten zuvor im Gebrauchtwagenhandel seines Vaters ein Auto ausgeliehen, mit dem er Sam dann überfuhr. Ist nicht alles Friede, Freude, Eierkuchen, was auch immer Alma sagt.« Er stand auf. »Apropos, lasst uns ein bisschen Eis holen. Unter die Leute gehen.«

Die Frauen kannte Charlie aus der Metzgerei. Die Männer stellte Will ihm vor, und so setzte sich die Stadt allmählich für ihn zusammen wie ein Puzzle, Ehemänner und Ehefrauen und Kinder, und sie alle grüßten ihn mit der gleichen freundlichen Distanz, und keiner fragte ihn, wie er eigentlich dazu gekommen war, in einer Metzgerei in Brownsburg, Virginia, zu arbeiten.

Will holte drei Schalen mit Eis und setzte sich wieder zu

Alma und Charlie, die an einen Picknicktisch im Schatten umgezogen waren. Das Eis begann bereits zu schmelzen. In diesem Moment fuhr ein langes, schwarzes Automobil vor, und Boaty Glass stieg aus, ging zur Beifahrertür hinüber und öffnete die Tür – damals machten die Männer das noch –, und dann stieg sie aus. Da war sie wieder. Und alles ging von vorne los.

Sie trug ein Kleid mit ausgestelltem Rock, königsblau, seidig, ärmellos, wie man es auf einer Cocktailparty tragen würde, aber bestimmt nicht zu einem Gartenfest der Baptisten. Sie hatte eine perfekte Figur, leicht gerundet, weich und füllig für eine so junge Frau, obgleich sie neben ihrem ausladenden Ehemann gertenschlank wirkte. Ihre Beine waren lang und wohlgeformt, und sie hatte ihr blondes Haar auf eine Weise mit einem Haarband zurückgestrichen, die Charlie an irgendein Mädchen aus einer Zeitschrift erinnerte.

Sie war groß, größer als ihr Mann. Hätte sie neben Charlie gestanden, wäre sie sogar ein winziges bisschen größer gewesen als er, erst recht in diesen Schuhen.

Sie sah wie eines dieser Pin-up-Girls aus, deren Bilder die Männer mit in den Krieg genommen hatten und die sie sich in einsamen Nächten anschauten, nachdem sie ihren Freundinnen nach Hause geschrieben hatten. Ein Pin-up-Girl mit Sonnenbrille, die Augen vor der Welt verborgen. Zusammen sahen Boaty und Sylvan wichtig aus, wie Leute, die man in der Zeitschrift *Life* sehen konnte.

»Ihn kennen Sie«, sagte Will. »Aber über sie wollen Sie bestimmt mehr erfahren. Erzähl's ihm, Alma.«

»Ich weiß nur, was jeder in der Stadt weiß.« Alma hielt inne, als versuchte sie sich an irgendeine besondere Geschichte zu erinnern, eine Legende, die sie als Kind gehört hatte. »Es gibt einen Ort, etwa fünfzehn Meilen von hier, namens Arnold's Valley. Ist schwer zu erreichen, aber dennoch ein sehr schönes, wildes Fleckchen Erde. Wie unberührt von der Zeit, ein Garten Eden. Ich bin nur ein einziges Mal dort gewesen, vor langer Zeit. Seit Generationen leben dort die gleichen fünfzehn, sechzehn Familien, seit Gründung des Ortes, und sie mögen weder Fremde noch das moderne Leben.

Niemand fährt dorthin, es sei denn, die Behörden wollen die Bewohner dort mal wieder dazu bringen, dass sie ihre Kinder in die Schule schicken, und vor ein paar Jahren hat auch die Armee versucht, einige Jungs von dort zu rekrutieren. Die Jungs haben sich in den Wäldern versteckt, bis die Soldaten wieder abzogen. Aber ihre Kinder gehen immer noch nicht zur Schule, und von ihren Jungs ist keiner in die Armee gegangen. Wenn etwas schiefläuft, dann entscheiden sie es selbst. Wenn sie heiraten – sofern man sich dort überhaupt kirchlich trauen lässt – oder wenn jemand stirbt, dann kümmern sie sich selbst darum. Niemand verlässt das Tal.

Ab und zu sieht man mal jemanden in der Stadt, Schuhe kaufen oder Zucker, Sachen, die sie selber nicht herstellen oder anbauen können. Aber das kommt nicht oft vor.

Harrison Glass war bis zu seinem achtundvierzigsten Lebensjahr Junggeselle. Immerhin kümmerte er sich um seine Mutter, eine launische Dame, die oft irgendwelche Anfälle hatte und nicht nur krank, sondern auch noch eine Hypochonderin war. Schmal und hinfällig, als wäre sie in schlechter Erde gepflanzt worden. Drei Wochen nachdem sie gestorben war und er sie zu Grabe getragen hatte, fuhr er zum ersten Mal nach Arnold's Valley. Jeder dachte, er wolle dort Land kaufen. Er redete mit niemandem, und niemand redete mit ihm. Man sah nur, wie er in diesem großen Auto auf den schlammigen Landstraßen unterwegs war. Aber es war nicht das Land, auf das er aus war.

Es heißt, er sei zwölf Mal dort gewesen. Bei seinem dritten Besuch sah er ein Mädchen in einem Garten, und dann fuhr er noch öfter hin und suchte nach ihr, in dem Garten, auf den Feldern oder auf der Veranda, wo sie manchmal saß.

Bei seinem letzten Besuch hielt er seinen Wagen an und stieg vor ihrem Haus aus. Er betrat den Garten, klopfte an die Tür und sprach mit ihrem Vater. Und er kaufte sie gegen Bares, zusammen mit der Farm, die, was ich kaum glauben kann, keiner von beiden jemals wieder betrat. Er kaufte sie für ein oder zweitausend Dollar, kann mehr gewesen sein oder weniger. Sie war siebzehn.«

»Er hat sie gekauft wie ein Stück Vieh.«

»Das war vor drei Jahren. Er brachte sie in die Stadt, und er heiratete sie. Übrigens waren wir, Will und ich, bei der Trauung. Mehr als ›Ja‹ hat sie nicht gesagt, den ganzen Tag nicht. Dann fuhr er mit ihr an den einzigen Ort, wo sie hinwollte, nämlich nach Hollywood, wo sie in einen Bus steigen und sich all die Häuser der Filmstars anschauen konnte – fünf Tage hin, eine Woche dort, fünf Tage zurück.

Und seit der Zeit hat sie auch nicht viel mehr geredet. Er hat ihr einen eigenen Wagen gekauft, und damit fährt sie jeden zweiten Tag nach Lexington ins Kino. Sie ist verrückt nach Filmen.

Ihr Name ist Sylvan. Ist das nicht ein hübscher Name? Könnte ihr richtiger Name sein, irgendein alter Name aus den Bergen, oder sie hat ihn im Radio gehört oder in irgendeinem Film aufgeschnappt. Sylvan Glass.

Wenn sie im Kino oder in einer Filmzeitschrift ein Kleid sieht, das ihr gefällt, schneidet sie sich das Bild aus und lässt sich dann von einer Frau aus der Stadt eine günstige Version von dem nähen, was man in Hollywood trägt. So hat sie sich auch diese besondere Art zu sprechen zugelegt. Schon als kleines Mädchen hat sie irgendwelche Soaps im Radio gehört, und als ihr Boaty später dann das Auto gekauft hatte, eben die Hollywoodfilme im Kino gesehen.

Ach, und das ist ihre echte Haarfarbe. So blond ist so ziemlich jeder in Arnold's Valley. Sie wird nie mehr dorthin zurückkehren.«

»Alma ist mal zu Boatys Haus gefahren – das ist dieses große Haus auf dem Weg zum Schlachthof – und hat sie gefragt, ob sie auf einen Eistee zu uns in die Stadt kommen möchte.« Will schaute seine Frau an.

»Sie sagte, das würde sie gern«, fügte Alma lächelnd hinzu. »Ganz freundlich hat sie das gesagt. Aber gekommen ist sie nie. Und ich hab sie nie wieder eingeladen.«

Charlie schaute Sylvan kein einziges Mal an, während Alma sprach. Er nahm einfach nur alles in sich auf. Seit jenem Tag in der Metzgerei, als er sie zum ersten Mal sah, hatte sich diese Frau in sein Hirn gebrannt, lebendig und schön, eine Wirkung, die sie auf die meisten Männer und auch Frauen hatte.

»Das ist ein Paradies, da draußen in Arnold's Valley«, sagte Alma. »Gehegt und gepflegt. Diese Leute haben nichts, kein Geld, keine Bildung – keine wirkliche Moral, sagen viele Leute, obwohl ich das nicht glaube –, nichts außer ihrem Land. Sie wissen nichts darüber, was in der Welt vorgeht. Sie scheren sich nur um das Land, auf dem sie leben, um ihre Farmen. Die verlassen sie nie. Vielleicht ist das ihre Religion. Vielleicht sind die Leute auch nur einfach gern für sich. Alles, was Sylvan weiß, das hat sie aus dem Radio und, in den letzten Jahren, aus dem Kino.«

»Sie ist schön«, sagte Charlie und warf einen verstohlenen

Blick zu Harrison hinüber, der laut lachte, während Sylvan still an seiner Seite stand.

»Sagen Sie das nicht zu laut«, warnte Will. »Boaty Glass würde Ihnen das Ohr abschneiden, ehe Sie sich's versehen. Er war mal ein guter Kerl, mein bester Freund, aber jetzt ist er ein böser Mann mit einer Menge Geld, der aufbrausend und unberechenbar sein kann.«

Charlie stand auf. »Komm, Sam, lass uns Mr. und Mrs. Glass Hallo sagen.«

Er nahm den Jungen an der Hand, und sie gingen zu dem Paar hinüber. Charlie schüttelte schüchtern Boatys Hand. Dann schüttelte auch Sam sie.

Sylvan wandte sich ihm zu, nahm ihre Sonnenbrille ab, sodass ihre grünen Augen im Sonnenlicht aufblitzten, und dann gab sie ihnen auch die Hand, zuerst dem Jungen, dann Charlie, ohne ein Wort. Doch man sah an der Art und Weise, wie Charlie seine Hand einen Moment lang in der Luft schweben ließ, nachdem sie sich begrüßt hatten, dass doch etwas gesagt worden war, als würden sie sich schon länger kennen. So als wäre all das, was zwischen ihnen vorfallen würde, längst geschehen.

Wäre es Winter gewesen, hätte es vielleicht einen statischen Funken gegeben, etwas Sichtbares, aber dazu war es zu warm. Es war etwas gesagt worden, doch sie war die Einzige, die wusste, was.

Charlie ließ die Hand noch einen Moment lang in der Luft schweben, einen langen Moment, sah das letzte Flackern ihres Blicks, ehe sie die Sonnenbrille wieder aufsetzte, und dann steckte er die Hand in die Tasche, um sich die Wärme ihrer kurzen Berührung zu bewahren. Er nickte, zuerst in ihre Richtung, dann in die ihres Mannes, anschließend kehrten er und der Junge an ihre Plätze zurück.

»Sie riecht gut, Mama«, sagte der Junge. »Als würde sie eine Menge Geld kosten.«

Es war später Nachmittag, als er sie das zweite Mal sah. Doch zwei Mal waren genug. Etwas war gesagt worden. Der Film hatte begonnen.

Sie blieben nicht lange. Harrison Glass und seine Frau blieben nicht länger als eine Stunde, während der Boaty von allen Gerichten probierte, den rotgesichtigen Baptistenmännern schmutzige Witze erzählte und selber darüber lachte, während ihm die Essenssäfte über das Kinn liefen, und er schwitzte wie ein Schwein. Sylvan nickte jedem charmant zu, sprach dabei jedoch kaum, sondern schaute einfach in die Gegend. Ein, zwei Blicke warf sie auch in Charlies Richtung, aber nicht mehr. Ihre großen grünen Augen funkelten und schienen sich einen Moment lang zu konzentrieren, wenn sie auf sein Gesicht fielen, scheinbar zufällige Blicke, ein Mal, zwei Mal, drei Mal, während ihr Ehemann die Autotür für sie zumachte. Nicht mehr als das, aber das war genug.

Nachdem sie gegangen waren, wurde noch mehr gegessen und ein wenig getanzt – obwohl die Kirche damit offiziell nicht einverstanden war –, bis die Schatten auf dem improvisierten Spielfeld lang wurden und alle Kinder müde waren, bis der Geruch des Bratfetts allen in den Kleidern hing und alle Austern aufgegessen waren.

Die Dämmerung brach herein, um dann der Dunkelheit zu weichen, und jemand schaltete die Weihnachtslichterkette von irgendeinem Dachboden an, doch die Kinder fingen an zu quengeln, und Ray Turner fuhr die beiden Gadsden-Zwillinge nach Hause in ihr großes Haus, das größte in der ganzen Stadt, weil sie nicht selbst Auto fuhren und er als guter, vorsichtiger Fahrer galt. Danach brachen alle auf, und die Gemeindemitglieder begannen all das aufzuräumen, was sonst Ungeziefer angelockt hätte, und ließen den Rest bis morgen liegen.

Charlie winkte den Haisletts zu, stieg in seinen Pick-up und fuhr hinaus zu seinem Stück Land am Fluss. Es war eine klare Nacht, die Sterne über den Weiden am Flussufer schienen zum Greifen nah, und er zündete sich eine Lucky Strike an und schrieb einen einzigen Namen in sein Tagebuch. Dann trank er sein Glas Whiskey, sprach seine gottlosen Gebete, legte sich hin und schlief ein. In ihm war nur ein einziger Gedanke, der hell in seinen Augen leuchtete und sein wildes Herz in Brand setzte wie Musik.

5. KAPITEL

Eines sollte zunächst einmal klargestellt werden: Sie war kein schlechtes Mädchen. Sie war eine Träumerin, und sie wünschte sich etwas, irgendetwas, das nur ihr allein gehörte. Welches Mädchen wünscht sich das nicht? Welches Mädchen ihres Alters und ihrer Herkunft würde nicht alles tun, um dem Platz auf der Welt, den es sich für sich wünscht, näher zu kommen? Sie hatte schon viele Jahre, bevor sie ihren ersten Film gesehen hatte, von Filmstars geträumt, und als dann der Moment gekommen war und sie wie gebannt in der Dunkelheit des State Theater saß, konnte sie dem, was sie sich immer gewünscht hatte, endlich einen Namen geben.

Woher hatte sie nur solche Ideen? Seit sie sechs Jahre alt gewesen war, hatte sie *The Romance of Helen Trent* im Radio verfolgt. Immer war Helen Trent in Gil Whitney verliebt, der sie von ganzem Herzen liebte, und doch nahm Helen, obwohl sie doch schon fünfunddreißig war, niemals seinen Heiratsantrag an. In der Sendung war sie immer und ewig fünfunddreißig, und Sylvan hing ihr buchstäblich an den Lippen, sie war stets dabei, wenn Helen Gils Anträge ablehnte, sprach die Worte mit, die die Schauspieler sagten, ahmte sie nach, und vielleicht lernte sie dort ja auch, so zu sprechen. Für sie war Helen Trent eine reale Person, eingefroren in der Zeit, sie sprach makelloses Englisch und entwarf Kleider für Filmstars. Sylvan wollte so sein wie sie, wollte das Leben, das sie hatte. Vielleicht hatte das mit dem Träumen dort angefangen, vielleicht war das der Grund, warum dieses Leben ihre Phantasie anregte, sie entzündete. Hollywood. Die Menschen und die Kleider. Die hoffnungslos trügerische Beschaffenheit wahrer Liebe. Der Art von Liebe, die nur kleine Mädchen für möglich hielten.

Wie kam ein Mädchen auf solche Gedanken? Woher bekam man Porzellanhaut, blondes Haar oder grüne Augen? Sie werden mit einem geboren, diese Gedanken, und die Geduldigen warten einfach ab, die Glücklichen finden, was sie suchen, und die Schlauen holen es sich.

Man muss begreifen, woher sie kam, aus welchen Umständen sie kam. Wenn Sie ihren Mädchennamen hören würden, den Namen, den sie vor ihrer Ehe mit Boaty Glass getragen hatte, dann würden Sie lachen. Die meisten Leute lachten über sie. In der ersten Zeit lachten sie ständig über sie. Damals war sie erst siebzehn und wusste, dass über sie gelacht wurde, aber sie machte ganz ruhig mit ihrem Leben weiter und tat der Welt gegenüber so, als würde nichts von dem geschehen, was jedes Mal geschah, wenn sie einen Fuß in die Stadt setzte.

Das ist Amerika. Sie hatte ein Recht darauf. Sie hatte ein Recht darauf, diejenige zu sein, die sie sein wollte, und diese Person wurde sie von Minute zu Minute, von Tag zu Tag mehr, lange bevor sie auch nur wusste, wer die Person eigentlich war. Wie der Rest des Landes war sie immer dabei, etwas zu werden, nie war sie einfach nur da, nie kam sie zur Ruhe, und da sie jetzt ein Teil der Geschichte ist, einer Geschichte, die wieder und wieder erzählt wird, macht sie einfach weiter mit dem Werden, auch wenn alle, die sie einmal gekannt haben, längst tot sind. Die meisten von uns werden, wenn sie tot sind, aufhören zu sein, weil sie etwas geworden sind, doch sie nicht. Und so kam es, dass sie auf ihre Weise ein Filmstar wurde.

Ich habe sie gekannt. Ich habe sie gesehen. Und sie war, das kann ich Ihnen versichern, eine Frau von Klasse.

Sie war bemerkenswert, insbesondere, wenn man bedenkt, woher sie kam, aus was für einer Familie. Aus dem Nirgendwo, das war es, woher sie kam. Sie war wie ein vergrabener Schatz gewesen, ehe Boaty Glass es sich in den Kopf gesetzt hatte, sich eine Frau zu holen, die wie alles andere, was Boaty sich holte, günstig zu haben war und doch von allerbester Qualität. Er war so reich geworden, weil er schon als kleiner Junge Geschäfte machen konnte wie ein ausgebuffter New Yorker Anwalt, und so fett musste er sein, weil er einfach kein Maß kannte und nie wusste, wann es genug war.

Ist jemandem schon einmal aufgefallen, dass die Hemden eines Dicken niemals knittern? Bei einem dünnen Mann ist ein Hemd schon um die Mittagszeit voller Falten, doch ein Dicker füllt den Stoff so aus, dass sein Hemd immer noch glatt ist, wenn er abends zu Bett geht und es auszieht.

Und so stelle man sich Boaty vor, wie er Nacht für Nacht in seinem Bett liegt, in diesem großen Haus, in dem er schon sein ganzes Leben wohnt und das er einfach nicht loswerden kann. Nach dem Krieg wollten die Leute so etwas einfach nicht mehr, weil viele Familien, die zweihundert Jahre lang auf ein und demselben Grund gelebt hatten, ihrer eigenen Wege gingen und außer den alten Leuten niemand zurückblieb, der sich um das kümmern konnte, was die Jungen »Zuhause« nannten.

Man denke sich Boaty, wie er mit seinen achtundvierzig Jahren, seinen knapp eins siebzig, seinen hundertvierzig Kilo des Nachts in seinem kalten Bett liegt und von einem jungen blonden Mädchen träumt, das er heiraten und mit dem er eine Familie gründen könnte. Nicht, dass er nicht gewusst hätte, dass er ein unansehnlicher und gieriger Mann war – allerdings findig genug, seine Gier zu befriedigen. Es war ihm einfach nur gleichgültig, so war er eben. Boaty war ein dicker Klumpen Teig, der nie zu Brot gebacken worden war, wertlos als Nahrung, unförmig wie Sauerteig.

Boaty war noch nie mit einer Frau zusammen gewesen. Selbst als er noch nicht so dick war, war er immer ein ungehobelter Klotz gewesen, hochmütig, was seine Herkunft betraf, aber dabei zügellos und nachlässig sich selbst gegenüber, sowohl in der Öffentlichkeit als auch privat. Seine Kenntnisse über Frauen bezog er aus den Männermagazinen, die er in Staunton kaufte und in einer Schachtel unter seinem Bett aufbewahrte. Er trug fleischfarbene Krawatten, auf deren Rückseite Pin-up-Girls ihre Brüste zeigten, und machte sich einen Spaß daraus, diese bei Sitzungen des Rotary-Clubs gläubigen Männern zu zeigen.

Doch selbst jemand wie Boaty Glass hatte Gefühle, obwohl dies nie jemand bemerkte. Man mochte von ihm sagen, was man wollte – er hatte sein ganzes Leben lang hart gearbeitet und lebte trotz seines Reichtums immer noch allein. Er hatte den traurigen und besorgten Ausdruck auf dem Gesicht seiner Mutter gesehen, als sie starb und einen letzten Blick auf ihren Sohn warf – einen schweren, traurigen, kinderlosen, reichen Mann. Er hatte das Gefühl, es ihr und sich selbst schuldig zu sein, sich eine Frau und Kinder zuzulegen: eine umwerfende Frau, nur vom Allerfeinsten, die er günstig bekommen und so gewieft an Land ziehen würde wie bei allen anderen Geschäften, die er anpackte, mit der er Kinder zeugen würde, deren Gesichtszüge mit jeder Nacht, die er von ihnen träumte, bezaubernder wurden – seine Sprösslinge in seinem eigenen, immer größer werdenden Reich. Große, gutaussehende, muskulöse Jungs und schlanke Mädchen mit guten Manieren. Beliebte Kinder, Kinder, bei allen begehrt, die als Erwachsene ebenso erfolgreich und respektiert sein würden wie er, Boaty, das wusste er, es niemals sein würde.

Und so lag er in seinem Bett und träumte, bis er es schließlich nicht mehr aushielt, all die Zurückweisungen von den richtigen Mädchen aus den richtigen Familien, und so ging er eines Tages auf Einkaufstour. Man stelle sich das vor: wie er in seinem schwarzen Cadillac auf den Straßen im Hinterland unterwegs war, wie er an einsamen Bauernhöfen vorbeikam, wo man noch vor zehn Jahren ohne Strom und fließendes Wasser ausgekommen war, wo es Kinder gab, die noch nie jemanden getroffen hatten, der nicht mit ihnen verwandt war. Man stelle sich Boaty vor, wie er fuhr und schaute und sich jedes weibliche Gesicht ansah, dem er begegnete. Mädchen von zwölf oder dreizehn, bestenfalls fünfzehn, barfüßige Mädchen, die die Kleider ihrer Mütter oder älteren Schwestern auftrugen, die ihnen schlaff um die Schultern hingen und sich über den noch flachen Brüsten im Wind bauschten. Die blonden Mädchen gefielen ihm am besten.

Er fand ein Mädchen. Sie war vierzehn. Sie stand auf einer Veranda in einer Talsenke, hatte ein Baby auf dem Arm und schaute in den Himmel. Boaty hielt seinen Wagen an, stieg aus und ging zu der Veranda, um an die Tür zu klopfen. Zuerst sprach er mit der Mutter, während das Mädchen nach draußen ging, um sich den Wagen anzuschauen und die kleine Hand des Babys schüchtern auf die heiße, glänzende Oberfläche zu legen. Dann holte er eine Rolle Geldscheine hervor und redete mit dem Vater, oder dem Mann, den er für den Vater hielt. Ein Mann, der eigentlich zu alt und zu müde aussah, um ihr Vater zu sein, der dies aber behauptete, ein Mann, der bucklig in der Tür stand, mit dicken Armen und einer Hühnerbrust, und der sich ganz ruhig anhörte, was Boaty zu sagen hatte, was für ein Angebot er ihm machte, und dann ging er hinein und holte sein Gewehr und stand nur einfach da in der Tür, ohne etwas zu sagen, während Boaty die Hände hob, in denen immer noch die Geldscheine sichtbar waren, und langsam rückwärts die Treppe hinab und zu seinem Wagen ging. Er stieg vorsichtig ein, ließ den Motor an und surrte davon, ohne noch etwas zu sagen.

Zwei Meilen die Straße hinunter hielt er den Wagen an und übergab sich in einen Graben. Er zitterte auf dem ganzen Weg nach Hause, zitterte, bis er wieder bei sich daheim in Sicherheit war.

Doch dann hatte er sie endlich gefunden, in Arnold's Valley. Sie pflückte Bohnen in einem Garten und trug ein weißes Männer-T-Shirt und eine Hose, die vermutlich einem Bruder gehörte. Sie war größer als erhofft, vielleicht ein bisschen größer als er und auch älter als gewünscht, denn sie musste mindestens fünfzehn sein.

Sie war mädchenhaft, aber bereits voll entwickelt, mit breiten Hüften und Brüsten, die unter dem Männerhemd deutlich zu erkennen waren. Das schöne blonde Haar reichte ihr bis zur Taille und fiel ihr ins Gesicht, als sie sich über die Bohnenranken beugte, doch wenn sie sich aufrichtete, um das gepflückte Gemüse in einen Korb zu legen, der an einem Lederriemen über ihrer Schulter hing, sah man ihre engelsgleichen Züge. Sie war nicht exakt das, was er gesucht hatte, doch in dem Augenblick, als er sie sah, wusste er: Das ist sie.

Dieses Mal verliefen die Verhandlungen besser, denn er hatte sich etwas diplomatisches Geschick zugelegt, das verhinderte, dass ein Vater gleich zum Gewehr griff. Die Mutter öffnete die Tür, warf einen Blick auf den Mann in dem schwarzen Anzug, der da vor ihr stand, auf seinen Bauch, über dem die Knöpfe des weißen Hemdes spannten. Die Mutter stand mit bloßen Füßen auf dem Holzboden und hielt, wie zu erwarten, ein weiteres Baby auf dem Arm. Sie schenkte ihm einen Blick, sagte »Ich hole meinen Mann«, und trat in die Dunkelheit der Küche zurück.

Kurze Zeit darauf tauchte der Vater der Familie in der Tür auf, ein starker blonder Mann, offenbar zehn Jahre jünger als seine Frau, oder zumindest sah es so aus, obwohl man das bei diesen Leuten nicht immer sagen kann. Die Männer hier blieben von der harten Arbeit jung, während die Frauen von all den Babys, die sie Jahr für Jahr bekamen, früh alterten.

»Ja, Sir?«, fragte der Mann. Er sah misstrauisch, aber nicht angriffslustig aus, wie ein Hofhund, der Fremde argwöhnisch beäugt, aber nur bellt.

»Ich will kein Blatt vor den Mund nehmen. Ich möchte Ihnen ein Geschäft vorschlagen. Eines, das gut für uns beide sein wird, das garantiere ich Ihnen.«

»Was für ein Geschäft denn?«

»Ein Geschäft, das Ihr Leben verändern wird. Ein Geschäft, das Ihnen jede Menge Geld einbringt und ein Lächeln auf Ihr Gesicht zaubert.«

»Eine Lebensversicherung brauche ich nicht, und ich will auch kein Lexikon.« Der Mann wollte die Tür wieder schließen.

»Es geht darum, dass Sie Geld verdienen, Sir, nicht dass Sie Ihr sauer verdientes Geld ausgeben.«

Es trat eine lange Pause ein, während der Mann sich das durch den Kopf gehen ließ. »Na gut, dann kommen Sie mal besser rein.« Boaty trat ins Haus, und als sich seine Augen an die Lichtverhältnisse gewöhnt hatten, sah er, wo er sich befand: ein armseliges Zuhause, das man nie mehr richtig sauber bekam, weil die Frau mit all den Babys, die überall herumzukrabbeln schienen, keine Zeit zum Putzen hatte.

In einem sauberen Haus sind die Klinken und Griffe von Türen und Schränken das Erste, was schmutzig wird, weil sie ständig von unsauberen Händen berührt werden. In einem schmutzigen Haus sind sie das Einzige, was frei von Schmutz ist, denn die Hände, die die Türen öffnen und schließen, wischen den Ruß und das Fett weg.

Im Haus roch es nach gebratenem Speck und nach Waschmittel. Die Menschen rochen nach gebratenem Speck, nach Schweinemist und nach Schweiß.

»Möchten Sie was? Whiskey? Kaffee? Wasser?« Boaty wusste, dass es besser war, nicht alles abzulehnen, doch da ihm vor dem Wasser grauste, nahm er ein kleines Glas klaren Whiskey an, der ihn wahrscheinlich trotzdem umbringen würde, aber irgendetwas musste er nehmen. Der Mann hatte bereits ein Glas mit Schnaps auf dem Küchentisch stehen, ein Krug stand daneben, und da das Zeug ihn offenbar noch nicht ins Jenseits befördert hatte, beschloss Boaty, es damit zu probieren.

Das Gesöff schmeckte nach Kupfer und Kerosin, aber er kippte es schnell hinunter, weil er wusste, dass das von ihm erwartet wurde. Dann fingen sie zu reden an.

»Lassen Sie mich ganz offen zu Ihnen sein, mein Freund. Ich möchte Ihre Farm kaufen.«

Der Mann kippte seinen Selbstgebrannten herunter und war eine Weile mucksmäuschenstill. Er lachte.

»Diese Farm? Meine Farm?«

»Wie groß ist sie?«

»Hundertzweiundvierzig Morgen, von denen aber bis auf zwölf alles schlechtes, saumiserables Gelände ist. Nur Fels und Kalkstein und irgendwelches Kraut, das da mal gepflanzt wurde und langsam vor sich hin welkt. Reicht kaum, um eine Familie zu ernähren.«

»Ich zahle Ihnen zweitausend Dollar. Bar. Aber das ist noch nicht alles.«

»Wir könnten nirgendwo hin.«

»Das ist ja das Beste daran. Sie könnten hier bleiben. Nichts würde sich ändern, bloß müssten Sie die Grundsteuer nicht mehr zahlen.«

»Und wo ist der Haken?«

Boaty wartete, bis der andere Mann sich noch einen Schnaps eingeschenkt und ihn runtergekippt hatte. Seine Lippen schlossen sich um den Rand des Glases wie die eines Babys um die Mutterbrust. Als er das Glas wieder abgestellt, sich das Haar aus dem Gesicht gestrichen hatte und wieder aufblickte, ließ Boaty endlich die Katze aus dem Sack. Er sprach ganz ruhig, senkte die Augen und ließ das Kinn so tief auf seine Brust sinken, dass sich das Fleisch über dem Hemdkragen wölbte. »Ich möchte das Mädchen.«

»Sie möchten was?«

»Ich möchte das Mädchen. Ich möchte sie heiraten. Ihr ein besseres Leben ermöglichen.«

»Wie alt sind Sie?«

»Dreiundvierzig.« Boaty hatte vorgehabt, sogar ein noch geringeres Alter anzugeben, aber er wollte sein Glück nicht zu sehr strapazieren.

»Das kann ich nicht machen.«

»Natürlich können Sie das. Sie hätten einen Mund weniger zu stopfen. Und sie kriegt ein besseres Leben, als Sie ihr bieten können. Sagen wir dreitausend Dollar, das ist eine Menge Geld. Und einen Traktor. Ich kaufe Ihnen einen neuen Traktor.«

Der Mann schaute ihn hilflos an, doch sein Interesse schien geweckt. Man hatte ihn nie vor irgendeine Wahl gestellt – nicht einmal seine Frau hatte er sich selbst ausgesucht, denn sie war nach einem einzigen kurzen Techtelmechtel schwanger geworden, und er hatte sie mit seinen eben sechzehn Jahren heiraten müssen –, und so wusste er damals wie heute nicht, wie er mit Anstand und Respekt eine Entscheidung treffen sollte. Nein, er wusste nicht, was er tun sollte, und um Rat fragen konnte er auch niemanden.

»Welches Mädchen denn?«

»Die gerade draußen ist und im Garten Bohnen pflückt.«

»Sylvan. Meine Älteste. Sie ist mein Ein und Alles.«

»Und was ist dieses Ein und Alles Ihnen jetzt wert, was schätzen Sie? Wie alt ist sie?«

Der Mann hielt inne, zählte ihr Alter rasch an den Fingern ab. »Sechzehn, glaube ich. Nein, siebzehn.«

»Was nutzt Ihnen das Mädchen auf der Farm? Was nutzt sie Ihnen? Möchten Sie, dass irgendein dahergelaufener Kerl sie sich unter den Nagel reißt? Vielleicht ist das ja schon passiert. Sie ist siebzehn. Für gebrauchte Ware zahle ich keinen solchen Preis. Vielleicht sollte ich's mir noch mal überlegen.«

»Sylvan ist ein gutes Mädchen. Sie ist was Besonderes. Nicht nur für mich. Und niemand ist auch nur in ihre Nähe gekommen. Ich passe auf. Wirklich.«

»Kann sie lesen?«

»Natürlich kann sie lesen.«

»Rechnen?«

»Bisschen. Teilen nicht. Aber sie ist klug. Hört sich all die Sendungen im Radio an.«

»Gut. Ein gutes Mädchen. Ein bisschen älter, als ich gehofft hatte, aber sie wird genügen.«

»Sie sind derjenige, der was will, Mister. Wenn Sie sie nicht wollen, und damit sage ich nicht, dass wir schon handelseinig sind, wenn Sie sie also nicht wollen – da ist die Tür.«

»Ich biete Ihnen dreitausend Dollar, einen neuen Traktor und ein besseres Leben für Sie, Ihre Familie und für Sylvan.«

»Und ich hab's gehört und werde drüber nachdenken. Und jetzt möchte ich Sie bei allem Respekt bitten, mein Haus zu verlassen.«

»Eine Bedingung gäbe es noch«, sagte Boaty, während er aufstand.

»Hab ich mir schon gedacht«, sagte der Vater.

»Wenn sie wegläuft, verlieren Sie die Farm. Dann gehört sie mir, und Sie haben kein Zuhause mehr. Kapiert?«

Es gab eine lange Pause. »Was, wenn sie stirbt oder so was?«

So weit hatte Boaty noch nicht gedacht. »Es gibt kein ›so was‹«, sagte er. »Keine Scheidung. Kein Weglaufen. Aber ich würde sagen, wenn sie stirbt, bleiben Sie, wo Sie sind. Solange sie als meine Frau stirbt. Das heißt, für Sie gilt also auch das ›in guten wie in schlechten Tagen‹. Haben Sie das verstanden? Wenn sie weg ist, ist sie weg. Sie wird nicht zurückkommen, und Sie werden sie nicht wiedersehen. Nicht an Weihnachten und nicht an Ostern. Sie werden Ihre Enkelkinder nie sehen, zumindest nicht die von ihr.«

»Das ist ziemlich hart.«

»Das Leben ist hart, oder nicht?«

Der Mann schaute durch das Fenster auf seine älteste Tochter, die sich im heißen Sonnenschein bemühte, auch die letzte Bohne am Strauch zu finden. Das weiße Hemd war schweißgetränkt, und ihr Haar ringelte sich feucht im Nacken. Boaty fand, sie war das Schönste, was er je gesehen hatte.

»Wann kann ich wiederkommen?«

Wieder gab es eine lange Pause. Zwei Männer in einer Küche, der Holzofen, der immer brannte, die verkrustete Tapete, die sich von der Wand schälte, der Whiskey, der klar und still im Krug stand, das Mädchen im Garten, die Jungen, die quengelten, weil sie ihr Mittagessen haben wollten, und das Baby, das gestillt werden musste. Ganze drei Minuten saß er da und wartete.

»Sonntag in einer Woche.«

»Wir verstehen uns. Sie haben begriffen, was ich gesagt habe?«

»Ich bin nicht blöd, Sir. Ich hab jedes Wort gehört. Und ich werde drüber nachdenken.«

»Sonntag in einer Woche?«

»Das habe ich gesagt, ja.«

»Ich bringe Bares mit.«

»Ich habe Sie gebeten zu gehen. Und zwar jetzt.«

Sie gaben sich ernst die Hand, wie zwei Männer auf einer Beerdigung. Boaty achtete darauf, sich die Hände erst an der Hose abzuwischen, als er im Auto saß und weggefahren war. Das Mädchen stand im Garten, mit vollem Korb, und schaute dem Cadillac hinterher, bis sich die Staubwolke über der Straße wieder gelegt hatte und statt des Zischens der Wagenräder auf der Straße wieder das laute Zirpen der Grillen und das Rauschen des Windes im Maisfeld zu hören waren und der Staub von der Schotterpiste dem Mädchen in die Augen wehte.

Als er nach zwei Wochen zurückkehrte, stand das Mädchen auf der Veranda und trug ein altes Kleid, das sauber war und nach Sonne und frischer Nachtluft roch. Neben ihr stand ein Koffer, den sie, wie Boaty ihr erklärte, nicht benötigen würde. Bis auf den Vater hatte sich ihre gesamte Familie versammelt, stumm, im Festtagsgewand, als sei man auf dem Weg in die Kirche.

Drinnen saß der blonde Mann am Küchentisch. Er sah betrunken aus, der Krug vor ihm auf dem fettigen geblümten Plastiktischtuch war leer. Es sah so aus, als hätte er geweint, aber das war schwer zu sagen. Boaty legte ein Schriftstück vor ihn auf den Tisch, ein Papier, das Harrison Boatwright Glass das Recht zubilligte, das Mädchen zu heiraten, und ihm die Farm als Besitz überschrieb. Der Mann fragte nicht einmal, worum es sich bei dem Papier handelte. Er unterschrieb mit seinem vollen Namen.

Boaty holte das Geld heraus und zögerte. »Sie haben dem Mädchen klargemacht, dass das hier für immer ist? Weggelaufen wird nicht.«

»Das weiß sie.«

»Es steht in dem Vertrag, den Sie gerade unterzeichnet haben. Nur dass wir uns verstehen.«

»Wir verstehen uns. Sie weiß, worum es geht. Sie gehört Ihnen, Mister.«

Und dann, nachdem Boaty das Bargeld auf den Tisch gelegt hatte, reichte der Vater ihm, ohne es zu zählen, ihre Geburtsurkunde, vergilbt und fleckig, und fragte: »Wann krieg ich meinen Traktor?«

6. KAPITEL

Als sie zum Viehgatter am Ende des mit Schlaglöchern übersäten Feldweges kamen, der zurück auf die Schotterstraße und dann auf die asphaltierte Landstraße in die Stadt führte, berührte Sylvan Boaty am Arm und sagte drei von den nur vier Wörtern, die sie an diesem Tag sagen würde: »Bitte halten Sie.« Sie sagte es mit sanfter Stimme und einem Akzent, der fremd und seltsam vornehm klang.

Als er angehalten hatte, drehte sie den Kopf und blickte durch die Staubwolke hindurch zu ihrer Familie, die sich auf der Veranda versammelt hatte. Der Vater stand neben seiner Frau, hielt ihre Hand, und beide sahen schüchtern und traurig aus. Um sie herum waren die Geschwister versammelt, ein Junge hatte bereits ein eigenes kleines Kind auf dem Arm. Alle schauten zu ihr. Sylvan hielt ihren Blicken ganze zwei Minuten stand, ohne sich zu rühren, als würde sie ein Photo knipsen, um es auf ewig in ihrer Erinnerung aufzubewahren. In der heißen Brise von der Straße lagen die blonden Härchen ihres Haarschopfes wie ein zartes Spinnennetz um ihren Kopf. Dann verstreute sich die Familie in alle Winde, die Kinder, um zu spielen, die Größeren, um ihren Pflichten im Haus oder auf dem Feld nachzugehen.

Nur der Vater stand noch alleine auf der Veranda, und das

Licht fiel auf die Tränen in seinen Augen, als er verzweifelt seinem Kind hinterherwinkte, das ihn verließ, und Sylvan winkte zurück, obwohl er das gar nicht mehr sehen konnte. Fast schien es, als wolle sie noch etwas rufen, irgendein letztes Wort, aber es kam kein Laut aus ihrer Kehle. Nach einer Weile wandte sie sich um und schaute starr nach vorne. Auf ihren Wangen glitzerten Tränen. Sie wischte sie nicht weg und versuchte auch nicht, sie zu verbergen.

»Jetzt?«, fragte Boaty.

Sie nickte, und schweigend fuhren sie die zwanzig Meilen nach Hause. In Boatys Haus wartete ein Friedensrichter auf sie, sowie Will Haislett und Alma, die Boaty darum gebeten hatte, seine Trauzeugen zu sein, weil Will praktisch der Einzige weit und breit war, der dies für ihn tun wollte. Neben ihnen standen die Vormänner von zwei Farmen, die Boaty gehörten, Landarbeiter mit schmutzigen Schuhen und sauberen weißen Hemden, bis zum Hals zugeknöpft. Ihre großen roten Hände kneteten in der Hitze zerknüllte Taschentücher.

Sylvan unterschrieb ein paar Papiere, ohne sie vorher durchzulesen. Was bedeutete es schon, was auf dem Papier stand? Dann traten sie beide vor den Friedensrichter, er sprach seinen Text, und dann sagte sie das einzige weitere Wort, das sie an diesem Tag von sich geben würde: »Ja.« Das war alles.

Louise, die farbige Haushälterin, hatte etwas aufgeschnittenen Schinken und Kartoffelsalat sowie einen Kokoskuchen hergerichtet, aber es wurde nicht viel gegessen. Will und Boaty hatten sich bis auf ein paar Erinnerungen an die alten Zeiten nicht viel zu sagen, und da das an einem Hochzeitstag unangebracht war, schwiegen sie lieber. Alma versuchte, ein Gespräch mit Sylvan anzufangen, doch die junge

Braut saß einfach nur da, sah hübsch aus und nickte, als wäre sie hypnotisiert. Der Friedensrichter dachte wehmütig an sein warmes Abendessen, das zu Hause auf ihn wartete, und den Vormännern war es peinlich, für ihren Arbeitgeber ebenso wie für das Mädchen, weshalb sie das wenige, was sie überhaupt aßen, schnell verzehrten und dann gingen. Will und Alma hielten in der unbeholfenen Stille etwas länger durch, während Sylvan, jetzt Mrs. Glass, still und reglos dasaß wie eine Porzellanpuppe, doch recht bald waren auch sie weg, und die Farbige räumte auf, während Boaty und seine frischgebackene Braut im Salon saßen. Als sie allein waren, zog Sylvan ihre Schuhe aus.

Boaty dachte, es sei vielleicht besser, mit ihr zu reden, doch bis auf seine Mutter war er nie mit einer Frau allein gewesen, und so hatte er keine Ahnung, was er sagen sollte.

»Brauchst du ein Badezimmer?«, war alles, was ihm einfiel, und so zeigte er ihr den Weg und blieb draußen vor der Tür stehen und lauschte, während sie drinnen war, bemerkte, dass sie sich nicht die Hände wusch, nachdem sie die Toilettenspülung bedient hatte. Irgendwie machte ihn das nervös.

Als sie herauskam, warf er ihr einen Blick zu, ging kommentarlos ins Bad und begann, ihr ein Bad einzulassen. Er reichte ihr ein Stück teure französische Seife, die er ihr – das einzige Hochzeitsgeschenk – gekauft hatte, nahm sie sanft am Ellbogen und führte sie ins Bad, wo er sie allein ließ. Lange Zeit war kein Mucks zu hören, als wüsste sie nicht, was sie tun sollte, dann hörte Boaty, wie ihre Kleider zu Boden fielen und sie sich leise ins Wasser gleiten ließ.

Das alles hörte er. Die Vorstellung von ihr, nackt in dem heißen Wasser, erregte ihn.

Nach etwa einer halben Stunde kam sie heraus, angezogen, das Haar klebte an ihrem feuchten Hals. Sie kehrten in den Salon zurück und setzten sich, aber er roch ihn immer noch an ihr oder bildete es sich zumindest ein: den Geruch nach Schweinemist, nach Abort, nach dem schwarzgebrannten Whiskey, der ihrer Familie seit Generationen durch die Adern floss. Er stand auf, füllte noch einmal die Wanne, und sie schien zu wissen, was zu tun war, und wieder stand er vor der Tür und lauschte.

Den ganzen Tag über sagte sie kein Wort zu ihm. Sie lächelte nicht, aber sie wirkte auch nicht besorgt. Sie zeigte überhaupt keine Regung.

An jenem Nachmittag ließ er sie drei Mal baden, bis alle Handtücher feucht an den Haken hingen und er sich endlich mit seiner frischgebackenen Frau in sein Wohnzimmer setzen konnte und nicht mehr den Dorfgestank an ihr wahrnahm. Bis das alles erledigt war und sie zu seiner Zufriedenheit sauber war, hatte ihre Haut die Farbe des Sonnenuntergangs, der draußen gerade am Himmel stand, es war wieder Zeit zu essen, und so setzten sie sich an den Tisch vor die beiden Teller, die Louise hatte stehen lassen, mit Wachspapier bedeckt, aßen ein wenig, und dann gingen sie nach oben ins Bett.

Sie war so schüchtern und unerfahren, dass Boaty wusste, ihr Vater hatte die Wahrheit gesagt. Er hatte nicht damit gerechnet, dass sie den ersten Schritt machen würde, doch ihm wurde auch bewusst, dass er selber gar nicht genau wusste, was er tun sollte.

Und so zog er sich einfach aus, bis auf seine Boxershorts, eine riesige, ausladende, bunt bedruckte Hose, peinlicherweise vorne leicht ausgebeult. Er legte seinen Anzug, die Krawatte und das Hemd ordentlich auf einen Stuhl. Dann ließ er sich aufs Bett nieder, wobei er wegen der körperlichen Anstrengung leise ächzte, eine große haarige Melone auf einer Bettdecke aus Chenille. Nach einer Weile begann auch sie sich zu entkleiden, jedoch nicht, ohne vorher die Jalousien herunterzuziehen, obwohl es draußen noch gar nicht richtig dunkel war und es in dem Raum dadurch noch stickiger wurde. Sylvan drehte sich züchtig von ihm weg, als sie nackt war, und ging rückwärts auf das Bett zu. So wie ihre Mutter es ihr gesagt hatte. Sie war gerade mal siebzehn Jahre alt, doch sie fühlte sich älter als ihre eigene Mutter.

Es überraschte sie, als sie mit den Kniekehlen an die Kante der Matratze stieß und gegen seinen Bauch fiel, und da sah er sie zum ersten Mal, es war das erste Mal überhaupt, dass er eine Frau nackt sah, was ihn tatsächlich erschreckte, obwohl er gewusst hatte, was ihn erwartete. Denn ihre schiere Nähe und Größe, die Fläche ihrer Haut, ihre Brüste, die tiefrosa Brustwarzen, das Schimmern ihrer Haut, die bis auf die Arme und das Gesicht ganz blass und pudrig war, erfüllten ihn mit Staunen. Jetzt waren sie alle bei ihm, all die Frauen aus den Zeitschriften unter seinem Bett, sie berührten seine Haut mit einer Haut, die weich und süß war, die ihn aber doch seltsam beängstigte, anders als bei den Mädchen auf den Bildern, deren Haut glänzend und einladend war.

Er zog sie auf sich und küsste sie. Sie erwiderte seinen Kuss nicht. Dann rollte er sie herum und legte sich auf sie, sie schloss die Augen, und dann tat er das, was er tun musste, das, worauf er achtundvierzig Jahre lang gewartet hatte und das er jetzt tun konnte, in seinem eigenen Bett. Sie reagierte nicht, aber es schien ihr auch nichts auszumachen.

Es dauerte nicht lang. Als es vorüber war, lag er neben ihr in dem Zimmer, in dem es mittlerweile ganz dunkel war, und bei keinem von ihnen wollte sich der Schlaf einstellen. Sie stand auf, ging ins Bad, und als sie zurückkam, war kein Blut mehr an ihren Beinen, und Boaty schaute an sich herab und entdeckte mit Schrecken, dass auch an seinen Shorts Blut war, und so holte er sich ein sauberes Paar aus der Schublade und ging ins Bad, um es anzuziehen. Er wusste nicht, was er mit den schmutzigen Boxershorts machen sollte. Auf keinen Fall wollte er, dass Louise sie im Wäschekorb finden würde, und so rollte er, als er in seiner grünen Lieblingsshorts in der Farbe von frühlingsfrischen Blättern anstelle der neuen blauen Unterhose aus dem Bad kam, die blaue zusammen und legte sie ganz hinten unter ein paar Schuhe in seinen Schrank, um sie später auf den Müll zu werfen.

Als er sich, wieder mit einem lauten Ächzen, auf dem Bett niederließ, drehte sie sich nicht einmal zu ihm um. Er griff nach ihr, wie sie da im Dunkeln lagen und auf den Schlaf warteten, und hielt ihre trockene Hand in seiner verschwitzten, bis sie die ihre wegzog und an der Bettdecke abwischte.

Als er hinterher dalag und in die Nacht hinein lauschte, beschloss er, nicht besonders viel davon zu halten. Er verstand nicht, was die Leute für ein Aufhebens darum machten. Vielleicht hatte er es nicht richtig gemacht, aber eigentlich glaubte er schon. Jedenfalls war es nichts, mit dem sich Boaty groß beschäftigen wollte, und außerdem – auf wie viele Arten sollte man es schon tun?

Nein, er fand nicht, dass das eine so tolle Sache war, diese Sache, auf die er so lange gewartet und von der er in all den achtundvierzig einsamen Jahren geträumt hatte, und er hatte nicht vor, sie zur Regel werden zu lassen. Vielleicht ein Mal die Woche. Vielleicht.

7. KAPITEL

Doch alles in allem war Boaty Glass ziemlich zufrieden mit sich selbst. Am darauffolgenden Tag fuhr er seine frischgebackene Ehefrau nach Lexington, um ihr ein paar Kleider zu kaufen, Kleider, nach denen sich die Frauen in der Stadt bestimmt die Köpfe verdrehen würden. Sie gingen zu Grossman's. In fast jeder Stadt im Süden gab es ein Kleidergeschäft, das von Juden geführt wurde, und in Lexington waren es die Grossmans, die dafür sorgten, dass die Damen der Stadt immer modisch gekleidet waren. Boaty schaute dabei zu, wie Sylvan die Sachen anprobierte, und jedes Mal, wenn sie aus der Umkleidekabine kam, war er noch zufriedener mit sich selbst als zuvor. Sie hatte eine hübsche Figur, üppig und wohl gerundet, und die Grossmans schauten sie von Kopf bis Fuß an und brachten Kleidung und Accessoires herbei, die allesamt aussahen wie für sie gemacht. Es war für ihn ein komisches Gefühl, ihr zuzusehen und dann alles eilig zusammenpacken zu lassen, die Kleider und Kostüme und Hüte und Handschuhe, die sie laut den Grossmans unbedingt tragen sollte, um sie dann zu Hause damit auszustaffieren und den ganzen Tag mit ihr auf der Hauptstraße von Brownsburg spazieren zu gehen.

In Arthur und Ginger Grossmans Händen wurde Sylvan

zu dem, wofür er all die Meilen auf den Landstraßen zurückgelegt hatte – die Frau, die er in all den Salons in Staunton und Charlottesville vergeblich gesucht hatte, bei endlos vielen Tassen Tee in Gesellschaft herablassender Matronen, die ihn mit ihren harten, unerbittlichen Blicken peinigten und am Schluss doch nichts hatten, das er mit nach Hause nehmen konnte. Möglicherweise war sie auch nur ein Abklatsch dessen, was er gesucht hatte, doch eines war klar – Boatys Geld machte aus ihr etwas, das ziemlich beeindruckend war.

Sylvan hatte eine ganz natürliche Anmut: die Art, wie sie ging, die Art, wie sie sich das Haar hinter die Ohren schob oder sich über die Augenbraue strich. Und sie schien Boaty zu nehmen, wie er war – seinen ausladenden Körper, der immer leicht nach Schweiß roch, sein Alter, wie hoch auch immer es sein mochte, was sie nicht wusste und offenbar auch nicht wissen wollte; solange er älter war als achtzehn, hätte er für sie ebenso gut hundert Lenze zählen können. Auf seine Art liebte er sie, aber er liebte auch seinen Wagen, ebenso wie er sein Geld und seine angebetete Mutter geliebt hatte, aber dieses Mädchen war nicht wie die zarte, hinfällige Frau, die ihn in die Welt gesetzt hatte. Dies hier war eine Frau aus Fleisch und Blut. Er hatte sie nackt gesehen. Den Mut, sich zu fragen, ob sie ihn denn auch liebte, brachte er nie auf.

Manche Dinge musste er ihr beibringen, zum Beispiel, wie man Messer und Gabel richtig hielt, wie man die Serviette auf dem Schoß platzierte, aber das meiste davon musste er ihr nur ein einziges Mal sagen, denn sie war schnell von Begriff.

Beim ersten Mal, als er sie in die Stadt mitnahm, am Sonntag zur Kirche, erregte sie viel Aufsehen. Die Leute verdrehten sich die Hälse nach ihr. Sie war mit Abstand das hübscheste Mädchen in der Stadt, und im Vergleich zu ihr sahen die anderen Backfische irgendwie unfertig aus. Sylvan hatte Formen, wo die anderen noch mager waren, und natürlich war sie mit Boaty verheiratet, von dem jeder wusste, wie verzweifelt seine Brautschau gewesen war und wie desaströs sie geendet hatte. Genau wusste niemand, wer sie war, außer Alma, die früher manchmal nach Arnold's Valley gefahren war, um den Kindern dort ein paar schlichte Dinge über den Lauf der Welt beizubringen. Alma wusste, dass sich das Mädchen nicht mehr an sie erinnerte, oder wenn, dann würde sie es leugnen, und so hatte Alma erst später, beim Abendessen, zu Will gesagt, sie wisse, woher sie komme, und der hatte sich scheckig gelacht. »Arnold's Valley?« Er hatte den Gedanken zum Schreien komisch gefunden.

Auch Will hatte es dann ein oder zwei Leuten erzählt, und das genügte, denn bis zum Ende der Woche wusste auch der Letzte in der Stadt, wer Sylvan war und woher und aus welcher Umgebung sie stammte. Und trotzdem. Trotzdem.

Sie sprach nicht wie ein Mädchen vom Lande, das war das eine, das bemerkenswert war. Sie sprach auch nicht wie jemand aus Brownsburg, überhaupt nicht wie jemand aus dem County. Sie sprach wie jemand aus dem Radio, und natürlich hatte sie sich ihren Akzent auch genau von dort abgehört. Sie sprach wie Helen Trent.

Es gefiel Boaty, sie vorzuführen, und so brachte er sie, als er das Gefühl hatte, Brownsburg gebührend beeindruckt zu haben, wieder nach Lexington, wo sie im Dutch Inn zu Abend aßen. Danach gingen sie ins Kino. Der Film, den sie damals sahen, kostete einen Vierteldollar Eintritt, doch damals wusste Boaty noch nicht – wie sollte er auch? –, dass er ihn noch viel, viel mehr kosten würde. Das Kino kostete ihn seine Frau, denn nachdem das Licht im State Theater erloschen war, die ersten Bilder über die Leinwand flackerten und sie zum ersten Mal diese riesigen, schönen Gesichter sah und sie auf diese ganz besondere Weise reden hörte, die aus keinem Land zu stammen schien außer dem Land des Kintopps, gehörte Sylvan ihm bereits nicht mehr. Von jenem Abend an war sie dem Kino verfallen, und zwar mit Haut und Haaren.

Der Film, den sie sahen, war *Tote schlafen fest.* Die Handlung erschloss sich Sylvan überhaupt nicht, doch da war Lauren Bacall, ein Mädchen, fast so jung wie sie, das sich sozusagen selbst erfunden hatte – so schien es wenigstens –, und sie verliebte sich in Humphrey Bogart, einen Mann, der so total und komplett er selbst war wie nur möglich. Sylvan spürte tief in ihrem Herzen, dass er nicht einmal schauspielerte; er war einfach der Mann, der so redete, wie er redete, der rauchte wie ein Schlot und ganz offensichtlich so alt war, dass er Bacalls Vater hätte sein können. Sie wusste auf der Stelle, dass sie die Bacall war, und auf einmal fühlte sich das schwarze Seidenkleid von Grossman langweilig und kratzig auf ihrer Haut an, als würde es ihr nicht richtig passen, gar nicht ihr gehören. Und dass Boaty nicht Bogart war, lag auf der Hand.

Sylvan merkte sich jede Naht an den Kleidern, die Bacall trug, den Schnitt eines Kostüms, das Fließen eines Rocks, das Glitzern einer Brosche, und all die Worte, die die Figuren sprachen, strömten an ihr vorbei, als wäre es eine Sprache, die sie nie gehört hatte, eine Sprache des Geldes und der Musik. Sie stellte sich vor, wie ihr eigenes Haar aussehen würde, wenn es so fiel, lauter schimmernde Wellen rund um ihr Gesicht. Sie sah sich weniger den Film selbst an als die

Art und Weise, wie Lauren ihre schönen Lippen bewegte, und sie hörte, wie sie jedem Wort Sexappeal und Glamour einhauchte. Sie stellte sich Lauren Bacalls Körper vor, wie er sich unter diesen Kleidungsstücken bewegte, und sah in Bogarts Augen, dass er das Gleiche dachte.

Am nächsten Tag, als Boaty weg war, stand sie vor dem Spiegel, senkte das Kinn, hob den Blick und schaute ihr Spiegelbild genau so an, wie Bacall Bogart angeschaut hatte, versuchte mit den Lippen die Töne und Silben zu bilden, wie sie aus Bacalls Mund gekommen waren. Stundenlang übte sie, bis ihr schließlich bewusst wurde, dass sie nicht die Bacall war, dass sie nicht ihren Körper hatte, und dass ihr von all dem Senken des Kinns auf die Brust der Nacken wehtat. Sie war jemand, aber Lauren Bacall war sie nicht.

An diesem Abend, beim Essen, sagte Sylvan zu Boaty: »Harrison? Werden wir Flitterwochen machen?«

Die Frage kam für ihn völlig überraschend. Er hatte eigentlich gedacht, genug Geld für sie ausgegeben zu haben.

»Hatte ich nicht vor, Baby.«

Sie stand vom Tisch auf, setzte sich auf seinen Schoß und schlang die Arme um ihn. »Aber, Harrison, Liebling, ich würde gerne. Das macht man doch so. Selbst mein Daddy und meine Mama haben das damals gemacht. Und ich will auch.«

Er sagte nichts. Sie küsste ihn auf den Hals, und er roch das Parfüm, das er ihr bei Grossman's gekauft, hatte: Eau de Nile von Elizabeth Arden. »Ich finde, das wäre toll.« Sie küsste ihn wieder, und er spürte, wie ihre Zunge über seinen Hals wanderte und eine kleine feuchte Stelle hinterließ, die er eigentlich nicht mit der Hand abwischen wollte, aber dann tat er es doch.

»Und wo würdest du gerne hinfahren? Ich sag ja noch nicht, dass … Was meinst du? Niagara-Fälle? Ich höre, das ist sehr beliebt.«

»Ich möchte nach Hollywood, Kalifornien.«

Er lachte. »Was redest du da? Bis da rüber? Wozu zum Teufel?«

»Ich möchte sehen, wo sie leben. Diese Filmstars. Ich möchte in den Restaurants essen, wo sie essen. Im Brown Derby. Ich will das Studio von Warner Brothers besichtigen, wenn das geht, und anschauen, wo sie diese Filme drehen. Ist das weit weg?«

»Es ist auf der anderen Seite des Kontinents. Quer rüber. Dauert fünf Tage mit dem Zug.«

»Ich bin noch nie mit dem Zug gefahren. Ich möchte mit dem Zug nach Hollywood fahren und einen Filmstar in echt sehen. Bitte, Daddy.«

Er schien etwas verwirrt.

»Werden wir im Zug schlafen?«, fragte sie.

»Ja, wenn … ja, wir könnten einen Schlafwagen nehmen und im Zug schlafen. Und in diesem verdammten Zug auch essen und uns die Zähne putzen.«

»Ganz allein?«

»Ja, natürlich ganz allein.«

»Ich würde *so* nett zu dir sein, mein Schatz. Ganz, ganz lieb würde ich sein.«

Boaty war sich nicht ganz sicher, was sie damit meinte, doch in seinem Gehirn hatte es zu arbeiten begonnen, und tatsächlich gab es da ein paar Dinge, von denen er gehört hatte, dass Mädchen sie tun, und obwohl er sich nicht ganz sicher war, ob er sie tun wollte, wusste er, dass man von ihm erwartete, dass er sie sich wünschte, und wenn Hollywood ihm dabei half, das herauszufinden, dann würde er es wohl in der Tat einmal probieren. Irgendwie schien ihm das keine so schlechte Idee zu sein.

Und so fuhren sie tatsächlich, fünf Tage hin und fünf Tage zurück, in einem Pullman, und die Woche, die sie in einem schicken Hotel am Hollywood Boulevard verbrachten, kostete ein Vermögen. Boaty sprach nie darüber, aber was auch immer er über die Dinge herausfand, die Frauen so tun konnten – es nahm ihm nicht sein schlechtes Gewissen.

Für Boaty war's das, nicht mehr und nicht weniger. Er hatte die Welt gesehen, zumindest glaubte er das, obwohl die Grenzen dieser Welt außerhalb von Brownsburg für immer in Fort Bragg, North Carolina, und in Hollywood, Kalifornien, liegen würden, und das war vollkommen in Ordnung für ihn. Als Boaty damals von letzterem Ort zurückkam, einem Ort, der hässlich und voller ungehobelter Leute war, wo selbst die kleinsten Dinge überteuert waren, wo jeder zu viel Haut zeigte und zu viele Zähne im Mund hatte, hatte er genug gesehen.

Doch für Sylvan war das etwas ganz anderes. Sylvan Glass fing gerade erst an. Und dafür brauchte sie Claudie Wiley.

8. KAPITEL

Claudetta Wiley war ein Genie. Und sie war es immer schon gewesen. Sie lebte in einem klapprigen alten Haus mit Schindelwänden, draußen am Stadtrand, inmitten von anderen Schwarzen, mit einer geistig zurückgebliebenen Tochter, die niemand zu Gesicht bekommen hatte, seit sie ein Baby war, weshalb sie vielleicht da war und vielleicht auch nicht, vielleicht war sie auch gar nicht geistig zurückgeblieben. Claudie wohnte in dem letzten Haus, bevor die Felder anfingen, und ihre Behausung war so heruntergekommen, dass sogar die anderen Schwarzen nur hingingen, wenn sie mussten, und einige Leute sagten, das Haus sei grün, andere, es sei grau, doch es gab niemanden, der nicht wusste, dass Claudie Wiley eine ganz besondere Begabung hatte. Claudie Wiley konnte nähen.

Sie war eine kleine, aber stolze Frau mit wildem Haarschopf und einer ausgeprägt hellen Haut, was man damals »high yellow« nannte. Von der Taille aufwärts war sie schmal gebaut, doch ihre Oberschenkel und Beine waren unförmig und dick. Ihre Augen schauten den Betrachter direkt an, ohne das Zögern oder die Schüchternheit, die die meisten Schwarzen den Weißen entgegenbrachten. Unterwürfig war sie nie, denn sie wusste von der genialen Begabung, die in ihren langen schlanken Fingern steckte, Fingern, die sich unablässig mit Nadel und Faden zu schaffen machten, und dabei war sie sich ihrer selbst so sicher, dass sie gar nicht hätte sagen können, warum. Jemanden wie sie gab es sonst einfach nicht, und wie bei Sylvan Glass war die Festigkeit ihres Charakters und ihrer Art etwas, das sich schon in jungen Jahren entwickelt hatte. Dennoch war es eine Begabung, die einzig und allein von Gott kommen konnte.

In diesem Haus mit seinen nackten Holzböden, den zerbrochenen Fensterscheiben und den zerrissenen Spitzenvorhängen gab es nur einen einzigen Raum, den Besucher zu sehen bekamen, und das war derjenige, in dem sie ihre Kundschaft empfing. Claudie Wiley schneiderte Kleider für die meisten Frauen in der Stadt, ganz gleich, ob schwarz oder weiß. Jedenfalls schneiderte sie das, was die Frauen trugen, wenn sie besonders gut aussehen wollten. Auch die Änderungen für Grossman's machte sie, und seit ihrem fünfzehnten Lebensjahr rüstete sie jede Braut, jede Brautjungfer und Brautmutter in der Stadt aus.

Ihre eigene Großmutter, die sie großgezogen hatte, nachdem ihre Mutter auf der Suche nach einem besseren Leben – ohne Bödenschrubben – nach Kalifornien durchgebrannt war, sagte, ihre Begabung sei ihr angeboren. Mit vier Jahren konnte Claudie eine Nadel einfädeln und nähte Puppen. Sie machte sie aus irgendwelchen Resten, die sie auftreiben konnte, aus Geschirrtüchern, Leinensäcken, abgelegten Kleidern, und im Gegensatz zu ihr selbst lächelten diese Puppen immer. Als sie sechs war, begann sie für sich selbst zu nähen. Sie zog sich an wie ein weißes Mädchen, und es gab einiges Gerede. Ein kleines, mutterloses schwarzes Mädchen, sagten die Leute, das sich was einbildete, und doch konnte keiner umhin, beeindruckt von ihr zu sein.

Jedes Jahr zu Ostern zog sie eine richtige Show ab, und hätte es in dieser Stadt einen offiziellen Osterspaziergang gegeben, bei dem jeder seine neuesten Kleider vorführte, so wäre sie jedes Jahr der Star gewesen. Als sie zehn Jahre alt war, begann Claudie andere kleine Mädchen auszustaffieren, weiße Mädchen, und die waren immer höchst zufrieden, auch wenn Claudie ihre Fähigkeiten am liebsten für ihre eigene Garderobe anwandte. Manchmal benutzte sie ein Schnittmuster, aber allermeistens dachte sie sich einen Schnitt einfach aus.

Claudie besuchte die kleine Schule, die zur Kirche gehörte, doch eine besonders aufmerksame Schülerin war sie nicht, weil sie sich immer mit Nadel und Faden zu schaffen machte, während sie doch Geschichte oder Rechnen hätte pauken sollen, und nach einer Weile gaben die Lehrer einfach auf, ihr etwas beizubringen. Und so war es gekommen, dass sie in gewisser Weise vollkommen ahnungslos durch die Welt ging, während sie doch in anderen Bereichen alles wusste, was sie brauchte. Ihre Großmutter arbeitete als Putzfrau und versah an verschiedenen Tagen in verschiedenen Haushalten ihren Dienst, und die Frauen in diesen Häusern schenkten ihr alte Zeitschriften, in denen moderne Frauen in Kleidern und Abendroben und Kostümen abgebildet waren, und dann gab ihre Großmutter die Hefte an Claudie weiter, die sie so genau studierte, als würde sie die Bibel lesen. Manchmal nähte sie dann mit leeren Händen und nicht vorhandenem Material unsichtbare Kleider, genau wie die, die sie in den Zeitschriften der weißen Frauen gesehen hatte, bei denen ihre Mutter und Großmutter die Böden wischten.

Irgendwann bekam sie dann doch ihre ersten Aufträge, und wenn Claudie ihnen dann ihre neuen Kleider brachte, fragten die weißen Frauen immer: »Was sind wir dir schuldig?«

»Was Sie für richtig halten, Madam«, antwortete Claudie, weil sie keine Ahnung hatte, was Kleider kosteten. Und die meisten Frauen, die die Fingerfertigkeit dieses Mädchens bewunderten, gaben ihr mehr, als sie eigentlich vorgehabt hatten. Claudie hatte das geschickt eingefädelt. Im Alter von vierzehn Jahren war sie eine der wenigen Schwarzen in der Stadt, die ein Giro- und ein Sparkonto bei der Bank besaßen. Auch das hob sie von den anderen ab – zusammen mit der Farbe ihrer Haut, die sehr hell im Vergleich zu der ihrer Nachbarn war –, und so gab sie ihrer Umwelt das Gefühl, zu niemandem zu gehören und keine Regeln zu befolgen, außer denen, die ihr nützlich waren, zum Beispiel immer höflich zu ihren Kundinnen zu sein. Niemals schmierte sie ihnen Honig um den Bart oder wäre sogar so weit gegangen, den Mädchen und Frauen zu sagen, sie sähen besser aus denn je. Sie gab ihnen einfach nur das Gefühl, dass sie besser aussahen, als wenn sie nicht zu Claudie Wiley gekommen wären, und das genügte, um ihre Börsen zu öffnen und das Geld fließen zu lassen.

Claudies Großmutter war gestorben, als sie fünfzehn war, und ihre Enkelin war allein zurückgeblieben – ein Mädchen praktisch ohne Schulbildung, das weder kochen noch sein Haus sauber halten konnte. Doch Claudie machte mit ihrem Leben weiter, ohne mit der Wimper zu zucken, lebte auf so geringem Raum wie nur möglich und ließ den Rest des Hauses langsam zur Ruine verkommen. Nur das eine Zimmer im Erdgeschoss, in dem sie ihre Kundinnen empfing, hielt sie makellos sauber, während das Haus um sie herum allmählich verwahrloste.

Die Leute machten sich Sorgen. Schwarze wie Weiße redeten bei sich zu Hause darüber, was zu tun wäre, doch niemand konnte sich recht vorstellen, was genau das sein könnte, und an Claudie perlte die Besorgnis der anderen einfach ab, es ließ sie unberührt. »Mir geht's gut«, pflegte sie zu denjenigen zu sagen, die kühn genug waren, sie zu fragen. »Macht euch um mich keine Gedanken.«

Und es ging ihr tatsächlich gut, soweit das jemand beurteilen konnte. Claudie war erwachsen geworden. Das magere kleine Mädchen, das sie einmal gewesen war, gab es nicht mehr. Sie war zu einer großen Frau mit einem großen Hintern und einem großen Busen herangewachsen. Schön war sie nicht, aber sie sah gut aus, und ihre besondere Gabe schenkte ihr eine Aura, die der Schönheit nicht bedurfte. Manche hätten sie für hässlich gehalten, bis man ihren Gesichtsausdruck sah, wenn das Gespräch auf Frauenkleidung kam – dann änderte jeder sofort seine Meinung. Und sie hatte diese Finger, diese langen, dünnen Finger, wie die Zinken einer Gabel, Finger, die taten, was sie wollte, lange bevor sie es ihnen sagte.

Die Frauen begannen von überall her zu ihr zu kommen und brachten immer schickere Ideen und immer außergewöhnlichere Photos mit, aus Zeitschriften, von denen Claudie noch nie gehört hatte. Sie nahm sie alle bei sich auf, behandelte sie mit der gleichen Höflichkeit, sah mit dem präzisen Auge eines Chirurgen, wie sie gebaut waren, hörte sich die oft absurden Vorstellungen an, die sie von sich selbst hatten, und dann führte sie eine jede mit sanfter Hand von ihren Schnapsideen weg und zu dem, was für sie möglich und gut war, und dafür waren die Frauen ihr dankbar. Sie bezahlten ihr sogar noch mehr dafür.

Eine von ihnen, eine Frau, die jeden Monat ein Mal den weiten Weg von Charlottesville über die Berge fuhr, hatte die Idee, Claudie solle eine schicke Modeschule besuchen. Claudie hatte seit ihrer Kindheit heimlich Modezeichnungen angefertigt und sie eines Tages schüchtern jener Frau gezeigt, Seite um Seite voller dünner, weißer Frauen in Ballkleidern und Hochzeitsgewändern und Cocktailkleidern und Kleidern für nachmittägliche Einladungen zum Tee, die Claudie niemals besuchen würde. Die Frau war davon überzeugt, dass Claudie eine große Zukunft habe; sie sah für sie eine Möglichkeit, aus dieser Stadt, ihrem schmutzigen Haus und diesem einsamen Leben herauszukommen, und bot Claudie dafür ihre Hilfe und ihr Scheckbuch an.

Sie hatte alles für Claudie getan. Sie wählte die Schule, weit weg in Boston. Sie suchte aus den Zeichnungen die zwei Dutzend schicksten und schönsten aus, füllte für Claudie die Bewerbungsformulare aus und las ihr sogar das Antwortschreiben vor, das im Frühjahr kam und in dem ihr mitgeteilt wurde, dass sie angenommen war. In jener Nacht träumte Claudie von Pelzen und Hüten und von Schmuck, von Kaufhäusern – alles Dinge, die sie noch nicht einmal auf Bildern gesehen hatte, während die Frau bei sich zu Hause am Tisch saß, sich von schwarzem Personal bedienen ließ und ihrem Mann erzählte, wie wichtig dieser Moment sei, in dem sie Claudie ein neues Leben aufbauen würde, ein Leben, das keine schwarze Frau zuvor jemals hatte führen können.

In jenem Sommer nähte sich Claudie, die gerade siebzehn wurde, die Kleider, die sie brauchen würde, um eine Schule in einer Großstadt im Norden zu besuchen. Die Frau kaufte ihr Strickjacken und dünne Pullover dazu, die man darunter tragen konnte, und schenkte ihr eine zweitklassige Perlenkette, die sie im Jahr zuvor beim Bazar der episkopalen Kirche erstanden hatte. Sie schenkte ihr Kniestrümpfe, die für

Claudie vollkommen ungeeignet waren, weil sie den größten Teil des Tages barfuß und in unförmigen Kleidern herumlief und die Kleider aus ihrem vollgestopften Schrank nur für sich allein trug, Kleider, die es mit Modellen aus aller Welt hätten aufnehmen können. Doch zugleich war sie auch sehr aufgeregt und arbeitete hart daran, aus sich jemanden zu machen, der sie nie gewesen war, eine Art Phantasmagorie jener Frau, die sie vielleicht einmal sein könnte.

Zwei Tage, bevor sie nach Boston reisen sollte, kam die Frau von Charlottesville herüber und holte sie ab. Claudie schloss ihr Haus ab und verließ die Stadt, ohne sich von einer Menschenseele zu verabschieden. Sie verbrachte die Nacht im Gästezimmer der Frau in Charlottesville, nicht einmal im Zimmer des Dienstmädchens, und schlief in jener Nacht im besten Bett unter dem besten Bettzeug, das sie je auf ihrer Haut gespürt hatte.

Mitten in der Nacht richtete sie sich in dem Bett auf und betrachtete lange Zeit all die funkelnagelneuen Kleider in ihrem Koffer, so säuberlich gefaltet und noch nach den Läden riechend, aus denen der Stoff kam. Dann packte sie alles aus, hängte jedes Teil auf einen Kleiderbügel im Schrank, und dann nahm sie ihren leeren Koffer und machte sich dafür bereit, jenes Haus und jenes Leben und jene Bettlaken für immer hinter sich zu lassen.

Sie ließ alles, was die Frau ihr geschenkt hatte, auf der Spiegelkommode liegen – ihr Zugticket in die Zukunft, selbst die Perlen, und ging durch die fremden Straßen dieser größten Stadt, die sie jemals gesehen hatte, vorbei an den Schaufenstern der Läden voller Tweedsakkos für die Jungs auf dem College und züchtigen Kleidern für die Ehefrauen der Universitätsangestellten, und wunderte sich darüber, wie üppig und prachtvoll das alles war. An der Bushaltestelle wartete sie, ein ungebildetes schwarzes Mädchen vom Lande, ganz ruhig auf den ersten Bus, der sie zurück nach Brownsburg bringen würde. Die Frau und ihr Mann taten nichts, um sie von ihrer Entscheidung abzubringen. Mit Claudie legte sich niemand an, das war klar.

Und so kam sie wieder nach Hause und nähte, und niemand fragte sie danach, warum sie in das alte Haus zurückgekehrt war. Sie wurde älter. Irgendwann hatte sie ein Baby bekommen, ein kleines Mädchen namens Evelyn Hope, von dem es hieß, es sei geistig zurückgeblieben oder auch nicht, und von dem niemand wusste oder je danach fragte, wer sein Vater war.

Sie musste sich einen Telefonanschluss legen lassen, damit ihre Kundinnen sie anrufen konnten, und war damit die erste Schwarze in der ganzen Stadt, die ein Telefon hatte. Niemals rief sie selber jemanden an. Sie *bekam* Anrufe. Sie verdiente so viel Geld wie die meisten Weißen, arbeitete dafür aber doppelt so viel, meist bis spät in die Nacht, und oft war sie unterwegs, um den reichen Frauen, die nun nicht mehr zu ihr kommen mussten, die Kleider anzupassen. Schließlich kaufte sie sich ein Auto. Es war ein Packard Super Clipper, zweifarbig und ihr Ein und Alles, auch wenn er vorher Boaty Glass gehört hatte. Die Jungs aus der Nachbarschaft wuschen ihn jeden Samstag für sie, und ein Mal im Monat wachsten sie ihn, bis seine rot-silberne Karosserie in der Sonne funkelte. Claudie brauchte nichts und niemanden, und niemand trat ihr zu nahe. Man redete auch nicht viel mit ihr, außer wenn es um Stoffmengen und Falten und Abnäher ging, und ihr war das vollkommen recht so. Männer wurden von ihrer Selbstständigkeit und dem offenkundigen Fehlen eines Bedürfnisses nach einem Mann abgeschreckt, und die Frauen hatten schlicht und ergreifend

Angst vor ihr, wie vor jeder schwarzen Frau, die es schaffte, ganz allein ihren Mann zu stehen, Nadelstich für Nadelstich.

Mit diesem Auto fuhr sie, wo auch immer die Kundinnen sie hin baten, und dann hielt sie vor großen Häusern, ging zur Hintertür, blieb manchmal über Nacht in einem Dienstbotenzimmer und machte überall im Land Kleider für Damen aus gutem Hause und von Lampenfieber geplagte Debütantinnen. Man behandelte sie nicht schlechter als jeden anderen Schwarzen ihrer Generation, vielleicht auch besser, weil klar war, dass Claudie etwas Besonderes war, ja dass sie beinahe über die magischen Kräfte einer Hexe verfügte, wenn es darum ging, aus einem Stoffballen ein Kleid zu zaubern.

Und dann war es so weit. Strahlend gingen die Bräute den Mittelgang der Kirche entlang, vor ihnen die Brautjungfern, die selber aussahen wie Feen aus dem Märchen. Die Damen des Garden Clubs saßen in ihren eigens angefertigten Kleidern zum Lunch zusammen und nahmen die Komplimente entgegen, als wäre das alles gar nichts Besonderes, aber dann gaben sie doch Claudies Namen und ihre Telefonnummer unter ihren Freundinnen weiter, und diese hatten es eilig, nach Hause zu kommen und sie anzurufen. Debütantinnen schwebten in Kleidern aus der Schneiderwerkstatt von Claudie Wiley zur Tanzfläche und senkten den Kopf so tief, dass er den Boden berührte, der sogenannte »Texas-Knicks«, den man zum Beispiel im Jefferson Hotel in Richmond bewundern konnte, während an den Tischen silber- und blauhaarige Frauen und Männer über die Zukunft der Mädchen beratschlagten und Ehen schlossen.

An Boston dachte Claudie nie mehr, ebenso wenig wie an die wohlmeinende weiße Frau oder an das, was sie vielleicht aus ihrem Leben hätte machen können. Sie tat das, was sie konnte, und allein der Gedanke, eine schwarze Frau hätte damals noch etwas anderes erreichen können, kam jedem so töricht vor, wie er für sie selbst beängstigend gewesen war.

Claudie wusste, dass sie zu vielem fähig war, und langsam sammelte sich ihr Geld auf der Bank an, mehr als bei jedem anderen Schwarzen in der Stadt, mehr auch als bei vielen Weißen, obwohl sie nie darüber nachdachte, wie viel sie denn nun tatsächlich bereits auf der hohen Kante hatte. Sie wartete einfach nur darauf, dass ein Teil ihres Jungmädchentraums wahr wurde, und nur gelegentlich ging noch die Phantasie mit ihr durch, und sie griff nach dem Zeichenpapier in ihrer Küchenschublade, um mit ein paar kühnen Strichen ein Kleid zu zeichnen, so prachtvoll, dass es niemals einen Anlass geben würde, zu dem sie es tatsächlich nähen konnte.

Bis eines Tages Sylvan Glass durch ihre Tür kam, siebzehn Jahre alt und mit einem Stapel Zeitschriften aus Hollywood in den Händen, und Claudie mit einem Blick wusste, wer und was sie war, woher sie kam und was sie von ihr wollte.

Es war wie ein Kribbeln in ihren Fingern.

9. KAPITEL

»Ich bin Sylvan Glass und möchte mir von Ihnen ein paar Kleider machen lassen.«

Claudie betrachtete dieses große Mädchen, das da auf ihrer Veranda stand, in den Händen einen Stapel Zeitschriften. In diesem Moment durchlief sie ein Schauder, denn ihr schien, als habe sie genau das Modell vor sich, für das sie bereits ihr ganzes Leben lang Kleider entwarf. Die Formen. Die Kurven. Die Haltung. Und da war sie nun, stand vor ihr auf der Veranda neben dem modrigen alten Sofa, auf dem ihre Großmutter gestorben war. Das alles ließ Claudie auf sich wirken, und sie sah die Modelliermasse, auf die sie ihr Leben lang gewartet hatte, die Grundlage für das perfekte Modell weißer Frauen, das sie schon immer beschäftigt und fasziniert hatte.

»Nun, dann kommen Sie doch mal rein, Ma'am.«

Sylvan lachte. »Bitte nennen Sie mich nicht Ma'am. Ich bin erst siebzehn Jahre alt und fühle mich wie eine alte Dame, wenn Sie das sagen. Nennen Sie mich Sylvan. Es heißt, Sie könnten alles nähen, was man will. Ich konnte es nicht erwarten, Sie kennen zu lernen. Bin buchstäblich *verrückt* darauf. Hier, nehmen Sie«, sagte sie, drückte Claudie die Zeitschriften in die Hände, lief zu dem schnittigen weißen Cabrio, das Boaty ihr gekauft hatte, und kam mit einem Dutzend Stoffballen zurück.

Sie traten durch die löchrige Fliegentür in den schummrigen Flur, der zur Schneiderwerkstatt führte. Sylvan entgingen weder die kaputten Stühle und der staubige Plattenspieler mit Schlagseite noch die Stoffreste auf dem Boden und der Geruch nach Katze. Sie hoffte bloß, dass es in dem Haus keine Schlangen gab. Da, wo sie herkam, hatte sie Schlimmeres gesehen. Und es störte sie nicht im Geringsten.

In der Schneiderei standen ein großer Holztisch und zwei Stühle, und Claudie ging im Zimmer umher, schaltete die Lichter ein, bis alles hell erleuchtet war und Sylvan sehen konnte, dass es hier blitzsauber war. Auch eine Schneiderpuppe gab es, eine alte Holzkiste mit verschiedensten Arten von Scheren, ein Nähkästchen sowie eine funkelnagelneue Singer-Nähmaschine. Nirgendwo war zu erkennen, dass hier auch jemand lebte oder wohnte, nur Hinweise auf Claudies Arbeit. Sylvan hatte gehört, dass sie eine Tochter habe, doch es war niemand zu hören oder zu sehen, und man hatte auch nicht das Gefühl, der Raum werde zu etwas anderem genutzt als seinem eigentlichen Zweck.

»Ich habe Sie schon gesehen. Sie sind mit Mr. Glass verheiratet.«

»Bitte nennen Sie mich Sylvan.«

»Das kann ich nicht.«

»Warum nicht?«

»Ich weiß nicht. Ist nicht meine Art. Die Leute hier... Was genau haben Sie denn im Sinn?«

»Kleider. Ein Kostüm. Ein paar Röcke und Blusen. Ich weiß nicht, ob Sie die auch machen können.«

»Ich kann alles machen.«

»Das habe ich schon gehört. Von Bildern?«

»Von Bildern. Von Schnittmustern. Von irgendeiner Idee, die Sie im Kopf haben, wenn Sie mir genau erklären können, was Sie meinen.«

»Ein paar Bilder habe ich.« Sylvan zeigte auf die Zeitschriften, die eine Menge Eselsohren hatten. »Ich war gerade in Hollywood, Kalifornien, und habe so viele Sachen gesehen. Ich glaube, ich habe sogar Miss Joan Crawford gesehen. Sah jedenfalls so aus wie sie. Und ich besitze all die Zeitschriften über Filmstars. Miss Lauren Bacall. Sie ist auch mit einem alten Mann verheiratet, wie ich. Es gibt Bilder davon, was die Filmstars anhaben, wenn sie im Brown Derby essen, und was sie tragen, wenn sie sich gegenseitig besuchen, zum Tee oder zum Kartenspielen und so weiter.«

»Woher kommen Sie? Nicht aus der Gegend, oder?«

»Doch, schon. Von ganz in der Nähe, auf dem Land.« Sylvan ließ es so klingen, als käme sie von einer großen Plantage, wo es viele Bedienstete und Fuchsjagden gab. Aber Claudie wusste es besser.

»Und wie war das für Sie?«

»Na ja, jetzt bin ich hier in der Stadt, stimmt's?«

»Sie reden wie jemand aus dem Radio.«

»Ich hoffe. Das übe ich schon eine ganze Weile. Lächeln tun Sie aber nicht viel.«

»Gibt hier auch nicht viel zu lachen.«

»Die meisten farbigen Frauen hier lachen die ganze Zeit.«

»Ich nicht.«

»Nein. Denke ich mir.«

»Ich nähe Kleider. Und ich bin richtig gut. Da können Sie jeden fragen. Ansonsten kümmere ich mich um meinen eigenen Kram. Diese Crawford kenne ich nicht, und all die anderen Frauen auch nicht. Im Kino bin ich noch nie gewesen. Warum sollte ich?«

»So schöne Leute haben Sie noch nie gesehen. Jede von ihnen. Deshalb nennt man sie auch Stars, schätze ich. Weil sie glänzen und funkeln wie Sterne.«

Da lächelte Claudie endlich, ein breites, liebes Lächeln, mit dem sie plötzlich aussah wie vierzehn. »Wie alt, sagten Sie, sind Sie?«

»Ich bin siebzehn. Und schon verheiratet. Sehen Sie, jetzt haben Sie gelächelt.«

»Sie würden nicht glauben, was ich hier so alles zu hören bekomme und wie manche Frauen sich zum Narren machen. Die halten sich für dünn, wenn sie dick sind, oder andersrum. Die tun so, als wären sie stinkreich, dabei können sie kaum ihre alte Putzfrau bezahlen. Und Sie, Sie denken, Sie können jemand werden, der Sie nicht sind, so wie die, die Sie gesehen haben und von der Sie geglaubt haben, es sei die aus dem Film. Nun, ich mag Träumer, ich bin selbst eine Träumerin. Ich möchte nicht behaupten, ich könnte Sie in diese Miss Cranford oder wie sie heißt verwandeln, aber ganz bestimmt kann ich Ihnen ein paar verdammt hübsche Kleider machen. Schauen wir doch mal, was Sie sich so vorgestellt haben. Zeigen Sie mir diese Zeitschriften.«

Und so setzten sie sich hin und blätterten in *Photoplay,* in *Motion Picture, Screenland* und wie sie alle hießen, und Sylvan schlug mit einer Ehrfurcht die Seiten um, als wären es die Seiten einer alten Familienbibel, auf dem Gesicht eine Mischung aus Sehnsucht und Hoffnung. Sie wies auf leichte Kleider für den Tag, so ausgefallen, dass sie aussahen wie aus dem Märchen. Auf Kostüme, bei denen Claudie gleich Lust bekam, die Schere zu holen und loszuschneidern. Auf elegante, luxuriöse Roben, strotzend vor Lebenslust, getragen von üppigen, sinnlichen Körpern. Claudie spürte, wie ihr Herz schneller schlug.

Dies hier war das Mädchen, das genau die Kleider tragen würde, die Claudie nähen wollte, das den wohlgeformten, weiblichen Körper hatte, für den sie so gerne etwas erschaffen wollte. Sie fragte nicht, warum oder zu welchen Gelegenheiten Sylvan diese Kleider in dieser Stadt tragen wollte, sie wusste nur, dass sich dieses Mädchen in den Kopf gesetzt hatte, jemand Besonderes zu sein, und das erregte sie.

Sie gingen alle Zeitschriften durch. Während sie sich die Bilder anschauten, erzählte Sylvan Claudie von den tollen Plätzen, an denen sie gewesen war, von Hollywood, ihrer Unterkunft, einem Hotel namens Roosevelt, wo die Zimmermädchen jeden Tag die Bettwäsche wechselten, sie erzählte, wie sie Bus und Taxi gefahren waren und Hummer gegessen hatten, wie sie ein Filmstudio besucht und einige der Häuser gesehen hatten, wo diese unglaublich schönen Menschen wohnten, und gelegentlich hatten sie sogar durch die dicken, mit Efeu bewachsenen Tore am Eingang einen Blick auf sie erhaschen können.

Sie war in einem Kaufhaus gewesen, mit ihrem Ehemann im Schlepptau. Dort hatte sie so viel Stoff für Kleider gekauft, dass sie bei der Rückkehr ein extra Gepäckabteil im Zug mieten mussten, solche Mengen Stoff, wie selbst Claudie sie nie gesehen hatte. Seide und Wolle, so fein, dass man ein großes Stück durch einen Ehering hätte ziehen können, und Leinen, so fein wie ein Taschentuch.

Sie suchten sechs Modelle aus und wählten das entsprechende Material dazu. Sylvan zog sich bis auf die Unterwäsche aus, und Claudie nahm Maß.

»Sie haben ein gutes Hinterteil für Kleider«, sagte Claudie an einem bestimmten Punkt.

Sylvan lachte. »Das soll heißen, groß«, meinte sie. »Jedenfalls ist es noch für etwas anderes gut als nur fürs Sitzen.«

»Wir farbigen Frauen haben alle große Hinterteile«, meinte Claudie.

»Wirklich?«

»Die Klamotten passen einfach besser. Und den Männern gefällt's.«

»Haben Sie denn einen Mann?«

»Die Männer mögen mich nicht. Die Männer hier, die wollen keine starke Frau, die ihr eigenes Geld und ein eigenes Auto hat. Ich könnte ihnen ja davonlaufen.« Sie lachte. »Und wahrscheinlich würde ich das auch, wenn ich nur wüsste, wohin.«

Es dauerte den ganzen Nachmittag. Bis es Abend wurde, waren zwölf Kleider in Planung, und Claudie wusste bereits, dass sie für die Arbeit, die sie hineinstecken würde, niemals genug bekommen werden würde. Aber das war ihr egal.

Und genau das war das Großartige an Claudie. Es war ihr einfach egal.

10. KAPITEL

Charlie Beale brauchte ein Haus zum Wohnen. Die Nächte würden nicht immer so warm bleiben, und Alma wollte, dass er ein Dach über dem Kopf hatte, ehe die Tage kürzer wurden. Er wollte auf dem Land leben, doch sie sah ihn eher in der Stadt, in der Nähe der Metzgerei, und fand, allein da draußen sei es zu einsam für ihn, obwohl Charlie meinte, er sei nie einsam und möge es ruhig. Sie wollte, dass er zu Fuß zur Arbeit gehen und nach dem Abendessen seinen Rasen sprengen konnte, so wie es all die anderen Männer und Frauen in der Stadt taten, einfach, um dazuzugehören.

Für Alma hatte das Leben in der Stadt nie seinen Reiz verloren. Sie war weit draußen auf dem Land aufgewachsen, in einer zwölfköpfigen Familie, und obwohl sie nur allzu gerne dorthin fuhr, um ihre Geschwister zu besuchen, war für sie nichts mit der Stadt zu vergleichen. Sie liebte es, abends das leise Geplauder ihrer Nachbarn auf der Veranda zu hören, hasste es, wenn sie manchmal stritten, spät in der Nacht, im Obergeschoss, und so nah, dass man meistens hören konnte, worum es bei dem Streit ging.

Es war nicht sehr schwer, ein Haus für Charlie zu finden. In der ganzen Stadt standen nur drei zum Verkauf, und eins davon war zu groß und eins zu klein, weshalb nur noch eins übrig blieb. Das wählte Alma aus, und obwohl Charlie meinte, das kleine würde vollauf genügen, bestand sie darauf, denn, wie sie meinte, würde er bestimmt irgendwann eine Frau finden, eine Familie gründen, und dann wäre das kleinere Haus zu klein, und er müsste sowieso wieder umziehen.

Er bezahlte bar für das Haus, so wie er für alles bar bezahlte. Achtzehnhundert Dollar für drei Schlafzimmer, zwei Bäder und eine breite, große Veranda, die sich um die gesamte Vorderfront und die beiden Seiten zog. Die Bäume im Garten waren groß und alt und umgaben das Haus von allen Seiten, und Alma meinte, sie würden dem Gebäude Schatten spenden und die Luft reinigen, auch wenn Charlie bestimmt die Schönheit des Sonnenaufgangs draußen über dem Fluss vermissen würde.

Er und Will strichen einige der Räume frisch an, abends, nach der Arbeit, und Alma besorgte ein Mädchen, das die Böden wischte und schrubbte. Und so kam es, dass Charlie Beale das erste richtige Zuhause seit langer, langer Zeit hatte.

In den Wochen, bevor die Schule wieder begann, fuhren sie überall auf dem Land herum und besuchten Versteigerungen und Haushaltsauflösungen, von denen jeden Samstag ein oder zwei stattfanden. Sie fuhren mit zwei Fahrzeugen hin, Charlie und Will in dem Pick-up, um die Sachen, die Alma für Charlies Haus aussuchte, nach Hause zu transportieren, und Alma nahm mit Sam den alten Buick. Seite an Seite parkten sie auf Feldwegen, und wenn Alma aus dem Wagen ausstieg, war sie schon so aufgeregt, dass sie fast losgelaufen wäre.

Charlie war nicht an Auktionen gewöhnt. Nie verstand er,

was die Versteigerer in ihrem ratternden Singsang sagten – in seinen Ohren klang es wie Country-Songs ohne Melodie –, doch Alma hob die Hand, wenn etwas kam, das er brauchte, und hielt sie so lange hoch, bis der Versteigerer sein Hämmerchen niedersausen ließ.

Meistens leitete Ray Miller die Auktionen, und was sich nicht versteigern ließ, kaufte er für einen Apfel und ein Ei auf. All diese Dinge hortete er in zwei großen Scheunen außerhalb von Glasgow, denn er ahnte, dass man ihm all dieses Zeug vom Lande, das die Leute heute nicht wollten – Stopfeier aus Milchglas und Butterfässer und was noch alles – in ein paar Jahren aus den Händen reißen würde. Dann würden die Leute anfangen, wehmütig an ihre Großeltern zurückzudenken, an die gute alte Zeit, an ihr Zuhause aus Kindertagen, und sie würden sich die Nischen und Regale ihrer modernen Häuser mit Nippes vollstellen, der ihnen noch von früher vertraut war, auch wenn der Kram früher anderen Leuten gehört hatte, die ihre eigene Kindheit gehabt hatten.

Gewöhnlich gab es bei diesen Versteigerungen auch etwas zu essen, und dann saß man an langen Tischen und aß Brunswick Stew oder Hot Dogs, während die Familie des Hauses sittsam und mit traurigen Gesichtern von der Veranda aus zuschaute, die sie schon bald würde verlassen müssen. Es waren ebenso festliche wie traurige Angelegenheiten, diese Auktionen, betriebsam und deprimierend zugleich, und es gab nichts, was man nicht kaufen konnte, wenn man sich einbildete, es zu brauchen. Betten und Stühle und Tische und Teppiche natürlich, aber auch Teller und Gläser, Besteck, selbst Bettzeug und Rührschüsseln und handbetriebene Mixer und Holzlöffel. Ein richtiges Schnäppchen war eine alte Wäschetruhe aus Kiefernholz, in der sich noch acht gute Steppdecken befanden.

Manche der Leute waren das Leben auf dem Land einfach leid, sie waren es leid, immer noch inmitten all der Dinge zu leben, die sich bereits seit Generationen im Haus befanden. Nach dem Krieg wollten sie einen Neuanfang, sehnten sich nach dem Neuen, dem Modernen, und empfanden einen immer größer werdenden Überdruss für ein Leben in gottesfürchtiger Abgeschiedenheit, auf Land, das von Vätern und Söhnen gleichzeitig bewirtschaftet wurde, und in Häusern, wo man tagaus, tagein dieselben steilen Treppen erklimmen musste, die bereits die Urgroßeltern benutzt und nicht selten auch selbst erbaut hatten.

Ein ganzes Hotel, das Alum Springs, war einfach aus dem Grund pleite gegangen, weil die Menschen nicht mehr an die heilenden Kräfte der nahen Quelle glaubten, und Alma erstand für Charlie ein komplettes Besteck aus schwerem Hotelsilber, Messer, Gabeln und Löffel für zwölf Personen, obwohl Charlie nicht einmal zwölf Leute in der Stadt kannte, die er hätte einladen können. Sie kaufte für ihn eine Schaukel für die Veranda (Preis: ein Dollar) und schwere, braune Samtvorhänge sowie alles, was er für die Einrichtung einer Küche brauchte. Auch ein Teppich aus der Zeit, als die Damen noch so lange Röcke trugen, dass sie über den Boden schleiften, war dabei.

Es gab sogar einen Flügel, und Alma hob die Hand, um dafür zu bieten, obwohl Charlie und Will sie anflehten, es nicht zu tun – niemand von ihnen konnte Klavier spielen, ganz gleich wie schön oder wie billig das Instrument war, und so hörte sie bei vierunddreißig Dollar auf. Für achtundvierzig wechselte das Klavier schließlich den Besitzer, und Alma bemühte sich stattdessen um zwölf riesige Badetücher mit der Aufschrift ALUM SPRINGS darauf, alle zusammen für zwei Dollar.

Alma hatte eine bestimmte Vorstellung von Charlies Haus, die den Männern ein Rätsel war und sie zugleich amüsierte. Alma wollte, dass es nicht einfach nur eine Behausung war, sondern ein gemütliches Zuhause, das eine Anziehung ausüben würde, obwohl nicht ganz klar wurde, auf wen oder was. Es schien, als habe sie bereits genau vor Augen, wer Charlie einmal werden solle, und richtete die Räume danach aus, dass eine Frau sich darin wohlfühlen könnte.

Am letzten Freitag im September zog er ein. Der größte Teil des Mobiliars war bereits da, doch Will und Charlie waren den ganzen Tag damit beschäftigt, alles dorthin zu verfrachten, wo Alma sie anwies. Sie rissen alle Fenster auf, und die warme Spätsommerluft strömte durch das Haus, während die Männer mit Schwitzflecken unter den Achseln Sofas und Schränke von einem Zimmer ins nächste wuchteten.

Charlie wählte eines der Schlafzimmer für sich aus, nicht das größte, sondern dasjenige, das nach Osten ging, sodass er schon mit dem ersten Morgenlicht aufwachen und den ersten Lufthauch des Tages schnuppern konnte. Alma bezog das Bett und zurrte die Laken sorgfältig unter der Matratze fest, damit sich nachts nichts verhedderte. Dann legte sie eine besonders prächtige und eindrucksvolle Steppdecke darauf, die ein Muster namens Crown of Thomas hatte, obwohl Charlie sie wegen der nächtlichen Wärme noch einige Wochen lang gar nicht brauchen würde, einfach nur, um etwas Farbe in den Raum zu bringen.

Während er werkelte, sang Will lächelnd einige Strophen eines traurigen Liedes vor sich hin:

Oh, I wish I had someone to love me
Someone to call me their own,
Oh, I wish I had someone to live with
Cause I'm tired of living alone.

Irgendwann sagte Charlie ihm, er solle damit aufhören, und Will gehorchte. Doch Alma summte das Lied immer noch, vielleicht weil sie vergessen hatte, dass es zwar eine fröhliche Melodie hatte, es darin jedoch um Gefängnis und Tod ging.

Now I have a grand ship on the ocean
All mounted in silver and gold
And before my poor darling would suffer,
Oh, that ship would be anchored and sold.

Dieses Lied sang Mac Wiseman im Radio. Es war wunderschön, es zu hören.

Nachbarn kamen vorbei, brachten kleine Willkommensgeschenke und sagten, wie froh sie seien, dass das Haus nicht mehr leer stand. Sie brachten etwas zu essen mit, Eiersalat auf dicken, locker gebackenen Brötchen und Kartoffelchips, und Krüge voller süßem Tee mit Minze und Zitrone.

Betty Fowler von nebenan schenkte Charlie eine Chrysantheme im Topf, rostbraun, eine wuchtige Pflanze, die vom Herbst und vom letzten Aufbäumen der Natur vor dem Winter kündete. Sie suchte sogar einen Platz auf der Veranda dafür aus, damit sie möglichst viel Licht abbekam, und riet Charlie, jeden Tag die abgestorbenen Blüten abzuzupfen, damit immer reichlich etwas nachwuchs. Im Licht des Spätnachmittags hängten sie die Schaukel auf die Veranda, während Alma in den Töpfen und Pfannen aus dem alten Hotel etwas zu essen machte.

Als sie damit fertig waren, waren alle erschöpft vom vielen Schleppen in der Hitze, doch es war ein gutes Gefühl und die Mühen schnell vergessen. Man setzte sich an den dunklen Tisch im Speisezimmer und verzehrte das, was Alma gekocht hatte – die erste Mahlzeit in Charlies neuem Haus.

Nach dem Abendessen nahm Charlie mit seinen besten Freunden auf der Veranda Platz, überall in den Nachbarhäusern brannte Licht, und er beobachtete seine Nachbarn, so wie sie ihn beobachteten, und seine Stimme mischte sich unter die anderen Stimmen, während die Leute aus der Stadt über dies oder jenes plauderten oder auch mal stritten und die Kinder auf der menschenleeren Straße Fangen spielten.

»Ich habe eine Frage«, sagte Will.

»Schießen Sie los.« Charlie nippte an seinem Tee und wippte mit dem Fuß, während die anderen auf der Schaukel saßen und sich sanft hin und her wiegten.

»Wie sind Sie Metzger geworden?«

»Zufall, schätze ich. Ich hab nach der Schule in einem Krämerladen gearbeitet, als ich noch …«

»Wo war das?«

»Will.« Alma legte ihre Hand auf die seine. »Lass den Mann doch erzählen.«

»Bei mir daheim. Ich war sechzehn. Ich habe an der Kasse beim Einpacken geholfen und so. Dann versetzte mich der Geschäftsführer an die Fleischtheke, das Letzte, was ich mir gewünscht hätte. Ich mochte Fleisch, aber ich wollte nichts mit seiner Produktion zu tun haben. Aber dann habe ich es doch gemacht. So war ich damals. Hab einfach das gemacht, was von mir verlangt wurde.

Und irgendwann gefiel es mir. Ich dachte, wenn du Fleisch essen willst, kannst du auch gleich lernen, woher es kommt, und so habe ich alles gelernt, habe mir gemerkt, wie man das Fleisch richtig schneidet. Ich lernte, wie man Tiere schlachtet, wie man vor dem Schlachten auf sie zugeht, damit sie einem vertrauen und keine Angst haben, weil sie sonst Stoffe entwickeln, die das Fleisch zäh machen.

Bis ich dann zwanzig war, war ich der leitende Metzger in dem Laden. Einem großen Laden. Damals habe ich mir meine Messer gekauft. Haben eine Menge Geld gekostet, direkt aus Deutschland geliefert. Aber, um ehrlich zu sein, hatte ich es jetzt eine ganze Weile nicht mehr gemacht.«

»Seit damals?«

»Es ist allerhand passiert. Andere Dinge, mit denen ich nicht gerechnet hatte. Aber das ist wie Fahrradfahren. Wenn man es einmal richtig gelernt hat, dann vergisst man es nicht.«

»Und jetzt lass es gut sein, Will«, beschwichtigte Alma ihren Mann. »Dring nicht so sehr in ihn.« Eine Weile saßen sie noch schweigend da und schaukelten, der weiße Rauch von Charlies Lucky Strike schwebte wie ein Geist in der Luft, und der Junge saß still und müde auf dem Schoß seiner Mutter. Es lag eine wunderbar schlichte ländliche Ruhe in der Luft, in der schimmernden Weichheit der dunklen Straße. Die Verandalichter brannten, und die letzten Falter des Sommers taumelten in ihrem hellen Lichtkreis, während die Nachbarn schaukelten und rauchten oder schliefen oder leise miteinander redeten.

Als es ganz dunkel geworden war, tauchten über Charlies Garten die ersten Glühwürmchen auf, Fledermäuse zogen ihre Kreise und erkundeten die Höhlen in den Giebeln des Hauses und die dunklen, schweren Äste der Bäume. Charlie empfand eine seltsame Mischung aus Freiheitsgefühl und Beklemmung, die er schon lange nicht mehr verspürt hatte.

Dann spülten sie ab, Alma stand am Spülbecken, während

die beiden Männer abtrockneten und Sam schläfrig in dem neuen Haus herumtapste und sich alles genau anschaute. Er fragte, wann Beebo sich ein Radio anschaffen würde, wo der Weihnachtsbaum hinsollte, und wollte wissen, was denn mit den Leuten geschehen war, die vorher hier gewohnt hatten. Als sie mit dem Abwasch fertig waren, zeigte Alma Charlie, wo alles untergebracht war, säuberlich aufgeräumt, geschrubbt und jederzeit zum Gebrauch bereit.

Sam war müde, und Will nahm ihn ächzend auf den Arm – »Langsam werde ich zu alt dafür« –, sie wünschten sich nickend eine gute Nacht, ohne sich zu berühren, und so ließen sie Charlie die allererste Nacht in seinem neuen Zuhause allein. Charlie machte die Tür hinter ihnen zu und bemerkte mit großer Genugtuung, dass das Haus bei seinem Spaziergang durch die Räume gar nicht leer und hohl wirkte und auch nicht so neu. Man hatte das Gefühl, als würde bereits jemand darin leben.

In jener ersten Nacht in seinem neuen Haus saß er noch draußen auf seiner abgedunkelten Veranda, rauchte eine Lucky Strike und schaute dabei zu, wie auch die anderen Lichter auf den Veranden allmählich erloschen, bis nur noch eines übrig war, gegenüber und etwas weiter die Straße entlang, im Haus der alten Mrs. Entsminger, die in einem Schaukelstuhl auf ihrer Veranda saß, einen Schal um die Schultern. Ihr Enkel saß auf einem Hocker zu ihren Füßen und hatte eine Fiedel an sein Kinn gedrückt.

Der Junge spielte acht Noten, und die alte Dame begann in der hohen Tonlage zu singen, wie sie hier in den Bergen die meisten Frauen hatten. In ihrer etwas brüchigen Stimme lag Traurigkeit, doch aus den Worten des Liedes sprach nur Hoffnung. Dieses Lied hatte sie schon gesungen, als sie ein Mädchen war, jünger als ihr Enkelsohn jetzt.

The water is wide
I can't cross over
And neither have
I wings to fly
Build me a boat
That can carry two
And both shall row
My love and I.

In dem Lied lag eine wundervolle Traurigkeit, eine bittersüße Melancholie, die in den Bergen geboren war und sich wie ein sanfter Nebel durch das Tal wand. Irgendwann schien sich die Stimme zu verlieren, als wäre die alte Dame eingeschlafen oder hinge ihren Gedanken nach, doch der Junge spielte weiter, und als er noch eine weitere Strophe gespielt hatte, öffnete sie die Augen und tätschelte seinen Kopf. »Spiel zu Ende, Henry«, sagte sie. »Bring uns nach Hause.«

Er war noch ein Junge, vielleicht elf oder zwölf, noch vor dem Stimmbruch, doch er hatte die Musik im Blut, und was er sang – Worte, die viel älter waren, als er es vielleicht jemals werden würde –, erfüllte Charlies Herz und veränderte es für immer.

Oh love is handsome
And love is fine
The sweetest flower
When first it's new
But love grows old
And waxes cold
And fades away
Like summer dew.

Trotz seiner jungen Jahre und seiner Kinderstimme schien der Junge wirklich zu begreifen, was er da sang, und auch Charlie erkannte in dem Lied etwas, das er schon lange aus seinen Gedanken verbannt hatte.

Die Stimme des Jungen erstarb. Er half seiner Großmutter beim Aufstehen und brachte sie hinein, dann erlosch ihr Licht auf der Veranda als letztes in dieser Nacht. Auch Charlie ging nach drinnen und zog die Tür hinter sich zu, schloss ab, grundlos, wie er durchaus wusste. Er stieg die Treppe hoch, mit einem Glas Whiskey in der Hand, entkleidete sich, legte sich auf sein Bett und trank in langsamen Schlucken den Whiskey. Alma hatte ihm gesagt, er solle niemals im Bett rauchen, doch er tat es trotzdem. Die leinernen Bettlaken waren alt und schwer, ohne zu warm zu sein, und er fühlte sich wohl in seinem Körper. Nur das große Pfostenbett, das Alma für ihn ausgesucht hatte, kam ihm für ihn allein viel zu groß vor.

Als er seinen Whiskey getrunken hatte, sprach er seine Gebete und gedachte dabei, wie er es immer tat, eines jeden Menschen, den er jemals geliebt hatte, sah jedes Gesicht vor sich. Bevor er das Licht ausmachte, holte er sein Tagebuch, benetzte das Ende eines Bleistifts mit der Zunge, blätterte zum 30. September 1948 und schrieb: Main Street 126, Brownsburg, Virginia, USA. Mein Zuhause.

Er klappte das Buch zu und richtete die Kissen so aus, dass keines davon seinen Körper berührte, während er schlief. Doch so sehr er sich auch drehte und wendete, so sehr er sich dem beruhigenden Surren seines neuen Ventilators von Sears hingab, er konnte nicht schlafen. Er versuchte es drei Stunden lang, dann gab er auf. Und so stand Charlie Beale aus dem Bett auf, machte es so ordentlich wie eine Krankenschwester, zog sich an, ging hinaus und ließ den Motor seines Pick-ups an. Es war das einzige Geräusch in der Straße.

Er fuhr auf sein Stück Land hinaus und breitete seine Steppdecke auf dem Boden aus. Es dauerte keine fünf Minuten, bis er eingeschlafen war, während die silbernen Fische des Flusses durch seine Träume schwammen.

Als ihm das erste Licht des Tages in die Augen schien, erwachte er.

11. KAPITEL

Es gab zwei Dinge, die Charlie Beale sich wünschte, doch eine Frau war nicht darunter.

Das Erste, was er sich wünschte, war ein Hund. Er sagte, es sei weniger die Tatsache, dass er selbst einen Hund wollte, obwohl er in seinem innersten Herzen spürte, dass man, wenn man ein Haus besaß, auch einen Hund besitzen sollte, doch Sam wollte einen Hund und durfte keinen haben. Der Junge redete Tag für Tag davon und brachte das Thema immer wieder auf, als wäre es das allererste Mal, dass es zur Sprache kam. Er kannte jeden Hund auf der Straße beim Namen, und jedes Mal, wenn er einen dieser Vierbeiner streichelte, trat eine ganz besondere Mischung aus zärtlicher Traurigkeit und Verzauberung in seine Augen.

Das Zweite war Land. Charlie wollte Land ansammeln, so wie kleine Jungen Baseballbildchen sammeln oder junge Burschen kaputte Autos, in der Hoffnung, eines Tages alle Ersatzteile zusammenzukriegen und daraus ein schnittiges Fahrzeug zu basteln, mit dem man die Aufmerksamkeit der Mädchen wecken konnte.

Vielleicht lag es daran, dass Charlie kein großer, kräftiger Mann war und das Land wie eine Rüstung wollte, die ihn beschützen würde. Vielleicht aber wünschte er es sich auch, weil er all die langen Jahre kein Zuhause gehabt hatte, kein Gefühl der Zugehörigkeit. Denn es war schön, das Tal von Virginia, und Charlie hungerte nach Schönheit.

Natürlich war das eine ein kleiner Wunsch und das andere ein großer. Doch sowohl Hunde als auch Land begleiteten ihn auf Schritt und Tritt, und zumindest, was den Hund betraf, wusste er genau, welchen er wollte, welcher Sam gefallen würde, denn bei einem seiner vielen Streifzüge durch die Gegend war er auch an dem Haus von Andy Myer vorbeigekommen.

Andy Myer hatte mehr Hunde als Kinder, und er besaß eine ganze Rasselbande von Kindern. Beides zog er ebenso zu seinem Nutzen wie zu seinem Vergnügen auf, die Hunde zum Jagen und damit sie am Abend zu seinen Füßen saßen, und die Kinder, damit sie ihm im Haushalt halfen. Seine Beagles waren bunt gefleckt und fast immer gut gelaunt, und die Kinder sommersprossig und glücklich mit ihrem Los.

Eines Tages fuhr Charlie zu Myers hinaus und schaute sich die neuen Hunde an, einen Wurf zwölf Wochen alter Welpen.

»Jagen Sie?«, erkundigte sich Andy.

»Nein«, sagte Charlie knapp. »Bin aber auch nicht dagegen. Ist mir bloß nie in den Sinn gekommen, zum Vergnügen zu töten.«

»Ich töte, um zu essen.«

»Na ja, sehen sie, und das ist in gewisser Weise mein Beruf«, sagte Charlie und schaute sich die wuselnden Welpen zu seinen Füßen an. Ihm gefielen ihre Flecken, all die Schattierungen auf ihrem Fell, honiggelb und schwarz und weiß, und wie ihre Zungen aus den kleinen Mäulern baumelten. Er fühlte sich, als wäre er wieder fünf Jahre alt und suchte gerade seinen ersten Hund aus. »Ich bin Metzger von Beruf, und Hunger habe ich nie gelitten.«

»Ich verkaufe keine Hunde fürs Haus oder für den Garten. Ich verkaufe Jagdhunde.«

»Er könnte mit Will Haislett auf die Jagd gehen.«

»Ach, Sie sind ein Freund von Will? Seine Mutter war die zweite Cousine meiner Mutter. Ich weiß zwar nicht, in welcher Weise wir damit verwandt sind, aber seine und meine Leute liegen auf demselben Friedhof, deshalb denke ich, wir gehören zu ein und derselben Familie. Klar können Sie einen Hund haben. Rüde oder Weibchen? Es gibt beides.«

»Ich möchte den da, den starken Rüden da drüben.«

»Er würde einen guten Jagdhund ausmachen. Den wollte ich eigentlich für mich selbst behalten.« Doch Charlie vermutete, dass Andy dergleichen immer sagte, um ein paar Dollar mehr herauszuschinden.

»Wie viel?«

»Für den da? Für die anderen nehme ich jeweils fünfzehn, aber für den da will ich mehr.«

»Achtzehn.«

»Mindestens zwanzig.«

»Ich will wegen zwei Dollar nicht rumstreiten. Er ist der, den ich haben will, und zufällig sind zwanzig Dollar genau das, was ich ausgeben wollte.« Als Andy die Geldscheinrolle sah, die Charlie aus der Tasche zog, sah er so aus, als wünschte er sich, er hätte erst bei zwanzig angefangen und ihn dann hochgehandelt. Jetzt konnte er nicht mehr zurück, und Charlie setzte den kleinen Hund in das Führerhaus seines Pick-ups und fuhr mit ihm nach Hause, der Hund ein wuselndes Etwas in der Decke, die er für ihn mitgebracht hatte.

Sam war vollkommen außer Rand und Band, als er den Hund am Abend sah. Zuerst schaute er den kleinen Beagle nur staunend an, doch dann lachte er. »Kann ich ihn streicheln?«, fragte er mit einem Blick zu seiner Mutter.

»Natürlich, Sam.«

Der Welpe mochte ihn auf Anhieb, und schon bald tollten die beiden auf dem Boden der Veranda herum. »Sei nicht grob, Sam«, sagte Charlie leise. »Er ist nur ein Baby.«

Alle spielten mit dem kleinen Hund, bis es für Sam Zeit war, ins Bett zu gehen. Am nächsten Morgen war der Junge schon vor dem Frühstück, fast noch vor Tagesanbruch, zurück, Charlie holte sich einen Kaffee auf die Veranda, und er und Sam suchten einen Namen für den Hund. Charlie hatte die ganze Nacht darüber nachgedacht.

»Sam, ich kann mir zwei Möglichkeiten denken. Wir könnten ihn Popeye nennen. Du weißt schon, wie der aus den Comics. Das ist irgendwie nett. Oder wir nennen ihn Jackie Robinson.« Sam war vor ein paar Wochen voller Ehrfurcht gewesen, als Jackie Robinson einen Homerun, einen Triple, einen Double und einen Single geschafft hatte, und das alles in einem Spiel.

Sam schaute dem Hund ins Auge. »Jackie Robinson!«, rief er, und der kleine Hund legte den Kopf schief, als er es hörte. »Siehst du? Siehst du, Beebo? Er weiß schon, wie er heißt.«

Charlie lachte, und die Sache war erledigt. Charlie nahm den Hund jeden Tag mit in die Arbeit. Genau genommen war es eigentlich nicht erlaubt, einen Hund in eine Metzgerei mitzunehmen, aber es störte niemanden, und selbst Boaty Glass fand, dass es ein schöner Hund war.

»Verrückter Name«, sagte er. »Einen Hund nach einem Nigger zu benennen. Könnte aber einen guten Jagdhund abgeben.«

»Ich gehe nicht mit ihm auf die Jagd, Sir. Nicht mit diesem Hund.« Charlie schaute von seinem Schneidebrett auf.

»Dann lassen Sie ihn besser nicht in die Nähe eines Hühnerstalls. Wenn diese Beagles erst mal Blut geleckt haben, können sie nicht mehr mit dem Reißen aufhören. Entweder bildet man sie für die Jagd aus – oder man erschießt sie.«

Nachdem er gegangen war und Will Boatys Einkäufe in sein Buch notierte, sagte er: »Boaty hat nicht viel übrig für weitere Haustiere. Er hat schon eins.«

»Und was für eins?«, wollte Charlie wissen.

»Seine Frau.«

Als die kleine Sache mit dem Hund erledigt war, begab sich Charlie an sein großes Vorhaben. Das County war sechshundert Quadratmeilen groß und wurde von einer zweispurigen Asphaltstraße durchquert, die im Grunde von nirgendwo nach nirgendwo führte und nicht selten in absoluter Wildnis endete.

Jeden Sonntagnachmittag stieg Charlie mit seinem Geldkoffer und dem Hund in seinen Pick-up und fuhr los. Die Straßen waren schmal und gewunden, auch nicht immer befestigt, doch er schaute sich das ganze County an, ohne ganz genau zu wissen, was er eigentlich suchte. Nur eins wusste er: Wenn er es sah, würde er es wissen.

Er fuhr zum Goshen-Pass hinaus, am Maury River entlang und weiter, bis in die Stadt Goshen, wo die Eisenbahn durchfuhr. Er aß sein Mittagessen im Cozy Corners, einem Diner, wo man am Sonntag ein Bier bekam. Charlie trank gar kein Bier, doch er aß Schinkenbrötchen und schäkerte mit den Kellnerinnen, Mädchen, die in ihrem ganzen Leben noch nirgendwo gewesen waren, obwohl der Zug, der jeden Tag hier durchkam, nach Staunton fuhr und weiter, an Orte, von denen sie auf ihre mädchenhafte Weise träumten: New York und Chicago, große Städte, wo Mädchen wie sie in Büros arbeiteten, Lippenstift trugen und auf der Straße rauchten. Doch sie wussten, dass sie es nie an einen dieser Orte schaffen würden, und waren damit auch zufrieden.

Charlie fuhr nach Lexington, die Hauptstadt des Countys, nach Natural Bridge mit seinem alten Hotel, in dem berühmte Leute abstiegen und an kühlen Abenden auf der Veranda schaukelten, und nach Collierstown, wo das beste Rindfleisch herkam. In all diesen Städten stieg er kein einziges Mal aus seinem Wagen.

Oft genug ertappte er sich dabei, wie er am Ende einer solchen Tour an Boaty Glass' Haus vorbeifuhr, in der Hoffnung, sie im Garten zu sehen, und ein Mal erblickte er sie auch wirklich, drosselte seine Geschwindigkeit und kurbelte das Fenster herunter, doch ihm fiel einfach nichts ein, was er hätte sagen können. Sie drehte sich ein Mal um die eigene Achse, um ihm hinterherzuschauen, ließ ihre grünen Augen auf ihm ruhen, und vielleicht hörte sie ihn oder auch nicht, als er schließlich ein schüchternes »Hallo« von sich gab, ihr kurz zuwinkte, was sie nicht erwiderte, und dann weiterfuhr. *Ich bin hier,* wollte er ihr sagen und hätte es auch gesagt, wäre seine Kehle bei ihrem Anblick nicht so trocken geworden. *Ich bin hier. Ich bin's.*

Es war die Schönheit des Landes, die ihn in ihren Bann zog, und er fuhr, bis es dunkel wurde und kaum mehr Verkehr war, redete mit Jackie Robinson und erzählte ihm von dem, was er sah, vom funkelnden Fluss, den dicken Holzstapeln, die in Goshen auf den Zug warteten, der sie an all die Orte bringen würde, die die Mädchen im Diner nie besuchen würden. Ab und zu stoppte er den Pick-up am Straßenrand und stieg aus. Vielleicht hatte ein Feld mit Goldrute seine Aufmerksamkeit geweckt oder ein gelber Teppich über einer Teppichstange, der im Wind flatterte, ein Wäldchen aus Kiefern oder Ahorn, oder eine kleine Quelle, deren Wasser so süß war, dass man es trinken konnte.

Er fuhr zu dem alten Hotel, wo die Versteigerung stattgefunden hatte und dessen Überreste nun sein eigenes Haus füllten, und ihm gefiel es, wie das Gebäude jetzt aussah, so verlassen und voller Wehmut und doch immer noch stolz, ein Haus, zur Zeit eines Krieges erbaut, der ein halbes Jahrhundert vor seiner Geburt zu Ende gewesen war, eines Krieges, der alles verändert hatte und von dem die Menschen immer noch redeten, als dauere er noch an. Ein Mal verschaffte er sich sogar Zugang zu dem Hotel, wanderte in den leeren Räumlichkeiten umher und stellte sich die Generäle und ihre Frauen vor, die früher hierher gekommen waren, um der Hitze in Richmond und Louisiana zu entfliehen, er sah die Wachposten vor sich, die nur bei Nacht in der kühlen Luft ein wenig entspannen konnten, und die Ladies in ihren langen Röcken, die kamen und gingen.

Dieses Land brach ihm das Herz, und das wurde an jeder Straßenbiegung schlimmer. Es war ein Gefühl, so intensiv, dass es ihn immer wieder von Neuem umhaute. Dieses Land war wild und sanft zugleich. Es war tröstlich, ein Balsam auf seiner Seele. *Sweet Virginia.*

Nach ein paar Wochen hatte er gelernt, das Land, das ihm bloß gefiel, von jenem zu unterscheiden, das wirklich sein Herz berührte, und wenn er dann tatsächlich etwas sah, das sein Herz in gewisser Weise höherschlagen ließ, stieg er aus, kletterte durch einen Stacheldrahtzaun oder wanderte einen Hügel hoch, und dann ließ er sich die Sonne ins Gesicht scheinen, der Wind pustete ihm die Haare aus der Stirn, Jackie Robinson lief schnüffelnd durch die Gegend, rannte wie verrückt im Kreis herum oder jagte wilde Truthähne, und dann wusste Charlie, dass er dieses Stück Land einfach haben musste.

Manchmal zog er sich aus und legte sich mit seinem Hund aufs Feld oder in den Wald, und dann schlief er zehn Minuten, im Herzen einen Frieden, den er nie gekannt hatte.

All dieses Land zu kaufen, das er wollte, war nicht schwierig. Es gab viel Land, und es war nicht viel wert.

In dem Tagebuch, das er immer dabeihatte, schrieb er sich genau auf, wo das Land lag, er notierte sich die Nummer der Landstraße und merkte sich markante Punkte in der Landschaft. Manchmal war ein Bauernhaus in Sicht, wo er klopfte, um herauszufinden, ob er den rechtmäßigen Besitzer vor sich hatte, und dann einigte man sich auf einen Preis. Manchmal handelte es sich nur um zehn Morgen, manchmal auch um hundert, einmal sogar um fünfhundert.

Niemals bezahlte er weniger als achtzehn Dollar für den Morgen, und nie mehr als dreißig. Er bot einen guten, ehrlichen Preis und sorgte dafür, dass sich der Besitzer nie über den Tisch gezogen fühlte. Wenn man sich auf einen Preis geeinigt hatte, zählte er sorgfältig das Geld auf den Tisch, denn er bezahlte immer bar. »Das einzige Geld, das zählt«, pflegte er zu sagen, »ist Bargeld.«

Alles notierte er sich in seinem Büchlein, und manchmal zeichnete er noch eine grobe Karte dazu oder schilderte in wenigen Worten, was dieses Stück Land für ihn so besonders machte. Und es gab immer etwas an einem solchen Fleckchen Erde, das ihm das Herz weit aufgehen ließ.

Am Montagmorgen, wenn das Geschäft nach dem ersten Andrang etwas gemächlicher lief, ging er dann zu Bobby Hostetter, dem Anwalt, und sie brachten den Grundstückskauf unter Dach und Fach. Die Landbesitzer kamen in die Kanzlei, in ihrer besten Kleidung, die immer noch nach

Bleiche und heißem Bügeleisen roch, und dann wurden die Papiere aufgesetzt, damit sie später vor Gericht in Lexington ins Katasteramt eingetragen werden konnten.

Eines Tages fragte er Will: »Wem gehört hier in der Stadt das meiste Land?«

»Darüber hat noch nie jemand nachgedacht. Aber eigentlich müsste das Boaty Glass sein. Sie könnten es nachschauen.«

Alle wussten, was Charlie da tat. Landverkäufe wurden in der *Rockbridge Gazette* öffentlich gemacht: die Fläche des Landes, der Verkaufspreis, wer das Land verkauft und wer es erworben hatte. Am Mittwochabend, wenn die Leute auf ihrer Veranda saßen und Zeitung lasen, redeten sie hinter vorgehaltener Hand darüber. Doch mit Charlie sprach niemand über das Thema. Er war ein Fremder, und Fremde tun seltsame Dinge, und irgendwie schien er in dem Land ihres Countys etwas zu sehen, woran sie nie einen Gedanken verschwendet hatten.

Charlie Beale hatte seine Gründe, doch die behielt er für sich, so wie er alles, was er tat, für sich behielt. Doch es gab einen Grund, und den kannte er tief in seinem Herzen. Einen Grund, sich ein kleines Reich aufzubauen, und damit jemanden zu beeindrucken. Der Grund, der ihn bei seinen Streifzügen immer an einem bestimmten Haus vorbeiführte, hatte einen Namen, und dieser Name lautete seit jenem ersten Tag in der Metzgerei, als sie in einem weißen Leinenkleid sein Leben betreten hatte, Sylvan Glass.

12. KAPITEL

Er hörte ihren Namen überall. Er hörte ihn im Rauschen der Bäume vor seinem Schlafzimmer, während er schlief. Er hörte ihn im Plätschern der Bäche auf seinem Land, im Zischen seiner Reifen auf dem Asphalt. Er spürte ihn wie einen süßen Duft auf seiner Haut, eine Frische in der Luft, die er atmete, wie einen Segen in den Bettlaken, auf die er des Nachts seinen Körper bettete.

Sylvan. Er hatte nie mit ihr gesprochen, hatte ihre Kinderstimme nur ein einziges Mal gehört. Und doch konnte er an nichts anderes mehr denken, und jedes Mal, wenn er an sie dachte, war es wie ein Schlag in die Magengrube.

Er hatte an so vielen Dingen Gefallen gefunden. Daran, wie sich das Wetter änderte, das im Tal immer unvorhersehbar und darin verlässlich war, die Art und Weise, wie sich eine duftende Dunkelheit über das Tal senkte, bis es so schwarz war wie die moosige Unterseite eines Blatts, nur um sich wenige Stunden später wieder im schimmernden Morgenlicht zu erheben, als würde es wieder und wieder neu geboren. Das Geplauder der Männer über Sport oder Jagdhunde oder die kleinen häuslichen Sorgen, das Klacken eines Faustballs auf dem abgewetzten Lederhandschuh eines Catchers. Das alles, so hatte er gedacht, sei genug. Genug, um sein Herz zu erfüllen.

Jetzt jedoch war das Einzige, was ihn von Sylvan fernhielt, Sam Haislett. Wo auch immer Charlie hinging, war Jackie Robinson an seiner Seite, und wo Jackie hinging, war Sam nicht fern. Sein endloses Geplapper war wie Vogelzwitschern, »Beebo, Beebo!«, und Sam wusste viel mehr, als er auszudrücken vermochte, über Prinz Eisenherz, dessen Abenteuer er jeden Tag auf den Comicseiten der Zeitung verfolgte, über Baseball und über das Gewehr, das er bekommen würde, wenn er zehn war – was für ihn noch ein halbes Leben weit weg war und doch gleich um die Ecke, weshalb seine Gedanken auch manchmal einfach losrannten wie ein galoppierendes Pferd. Es war Charlie, der ihn an die Zügel nahm und ihn bremste, nur um ihn dann zu noch mehr Reden anzustacheln. Manchmal fiel Sam ein Wort nicht ein, und Charlie half ihm, es zu finden. Manchmal gingen die Gedanken dennoch mit ihm durch wie ein Zug, der entgleiste, und Charlie musste ihn wieder auf die Spur bringen.

Sam war der Einzige außer Will und Alma, der ihn nicht wie einen Fremden behandelte, sondern ihn einfach so nahm, wie er war. Es berührte Charlie, wie selbstverständlich der Junge nach seiner Hand griff, wenn sie einen Bach überquerten oder einen steilen Hang hochkletterten. Es bezauberte ihn, wie der Junge ihn Beebo nannte, ganz gleich, wie oft er Sam seinen richtigen Namen nannte.

Charlie hatte nie begriffen, worin der Charme von Kindern lag, und er hatte geglaubt, es sei Beständigkeit, die er suchte, wenn er von seinem eigenen Kind träumte, und nicht etwa Kameradschaft. Charlie war einer der Jungen gewesen, für die die Kindheit eine Art Gefängnis war, aus dem er so schnell wie nur möglich hatte herauswachsen wollen, um ein Mann zu werden, doch durch Sam begann er die

Dinge anders zu sehen. Weil Charlie ein Gefangener seiner eigenen Kindheit gewesen war, hatte er nie wirklich aufgehört, selbst ein Kind zu sein. Er merkte, wie leicht es ihm fiel, mit Sam zu reden und ihm alles Mögliche zu erzählen – wo er gewesen war, welche Menschen er kennen gelernt hatte –, denn er wusste, dass Sam ihn niemals verpetzen würde. Er sagte ihm einfach, er müsse alles, was er ihm erzählte, für sich behalten, und sorgte dafür, dass Sam auch ganz genau wusste, was er damit meinte.

Die Kindheit ist der gefährlichste Ort von allen, und niemand verlässt ihn ohne Narben. In Charlies Herz wuchs das Bedürfnis heran, einst nicht zu den Narben in Sams Leben zu gehören und diesem Jungen zu helfen, statt ihm wehzutun.

Umgekehrt erzählte auch Sam Charlie alles. Er erzählte ihm von Will und Alma, von Baseballstars und all den Plätzen auf der Welt, die er anschauen wollte, all den Dingen, über die er etwas erfahren hatte, wenn sein Vater ihm aus der Zeitung vorlas.

Vielleicht lag es ja daran, dass Charlie jünger und jungenhafter war als Will oder näher an seiner eigenen Größe – jedenfalls stellte Sam fest, dass er Charlie Dinge sagen konnte, die er seinen Eltern nicht erzählte, vor allem, was seine Gefühle anging. Will interessierte sich immer dafür, was Sam tat, doch es kam ihm gar nicht in den Sinn, ihn zu fragen, was er dabei *empfand*, solange der Junge den Eindruck machte, dass er glücklich war, und das war er ja auch. Alles war neu für ihn, jeden Tag, jede Stunde von Neuem.

Ende September rückte die Zeit des Schlachtens heran. Die Schweine wurden schwer, ohne jedoch so fett zu werden, dass ihre Nieren im Fett versanken, die Lämmer standen kurz davor, geschlechtsreif zu werden, und die

Nächte im Tal waren so kühl geworden, dass die Fliegen starben.

Jeden Mittwoch fuhr Charlie zum Schlachthaus, um das Fleisch der Woche abzuholen, und Sam fuhr mit, so wie er auch Will begleitete, seit er laufen gelernt hatte. Angst hatte er nie davor; er wusste, worum es ging, schien der Sache jedoch einfach keine große Aufmerksamkeit zu schenken. Das Töten oder Abhäuten selbst sah er nie, auch sah er nie lebendige Tiere, sondern immer nur die riesigen Seiten Fleisch, die im Kühlraum hingen, und vielleicht hatte er noch gar nicht die Verbindung hergestellt zwischen dem Fleisch, das er sah, und den Tieren, die auf den Weiden grasten.

Wenn sie am Mittwochnachmittag zusammen unterwegs waren, zeigte Sam Charlie jedes Haus, an dem sie vorüberkamen, und sagte ihm die Namen der Familien, die dort lebten, die Hostetters, die Ploggers, die Willards, die Mutispaughs, Namen, die überall in der Gegend zu hören waren, die Namen der Frauen, die jeden Morgen in die Metzgerei kamen, um das Fleisch für den Tag zu kaufen. Sam kannte alle Namen und die Namen der Hunde, und jedes Mal zählte er sie auf, als hätte Charlie noch nie von diesen Leuten gehört.

Bei ihrer allerersten Fahrt zum Schlachthaus zeigte Sam auf ein großes Bauernhaus auf einer Anhöhe direkt vor den Toren der Stadt, das Haus, das Charlie bereits so gut kannte, denn es war ihr Haus. Seine Wuchtigkeit wurde von den filigran geschnitzten Zierleisten, die über der Veranda hingen, aufgefangen. Sam sagte: »Mr. und Mrs. Glass.« Er sprach es »Miz« aus, so wie es hier üblich war. Charlie schaltete herunter, wie er es so viele Male getan hatte, und hielt nach ihr Ausschau, und dann fuhr er weiter, ging seinen Geschäften nach.

Auf dem Weg nach Hause ließ er den Pick-up noch etwas langsamer werden als sonst. Eine blonde Frau stand auf der Veranda, in einem geblümten Hauskleid, das sich in nichts von den Kitteln unterschied, wie man sie sonst so in der Stadt sah, doch in diesem Moment kam eine leichte Brise auf, und das Kleid bauschte sich ein wenig. Dieses Mal folgten ihre Augen ihm nicht, als er vorbeifuhr, und er winkte nicht.

»Das ist Miz Glass«, sagte Sam, und Charlie nickte einfach nur, ohne ein Wort zu sagen. Doch an jenem Abend, nachdem er die Metzgerei abgeschlossen hatte, kaufte er im Laden eine Schachtel Buntstifte und füllte, während er im Bett lag, drei Seiten seines Tagebuchs, indem er solange ihren Namen hineinschrieb, bis er alle vierundzwanzig Farben in der Box benutzt hatte.

Nach einer weiteren Fahrt ins Schlachthaus sagte Charlie zu Will, er sei nicht sehr glücklich über die Art und Weise, wie man dort schlachte, die Methode sei nicht effizient, weil man nicht darauf achte, das Gute vom weniger Guten zu trennen, und als er meinte, er könne das besser, sagte Will, er solle es auf einen Versuch ankommen lassen. Danach nahm Charlie seine Messer mit, und die Fahrten dauerten fast den ganzen Nachmittag, weil Charlie das Schlachtgut zuerst mit einer Metallsäge in der Mitte durchtrennte und dann Teil für Teil mit dem Messer tranchierte.

Auch darüber, dass Will seiner Meinung nach das Fleisch nicht lange genug abhängen ließ, machte er sich Gedanken. Will wehrte sich dagegen und sagte, seine Methode sei immer gut genug gewesen, doch als Charlie darauf bestand, gab er nach, Charlie senkte die Temperatur im Kühlraum um ein paar Grad und dafür ließen sie das Fleisch zehn Tage mehr abhängen, bis es gute zwei Wochen waren, bevor es über den Ladentisch ging. Doch all ihre Kundinnen, ob schwarz oder weiß, lobten das Fleisch über den grünen Klee, selbst Boaty meinte, es sei wundervoll, und so ein gutes Rindfleisch hätten sie noch nie gegessen.

Charlie prahlte nicht mit diesem kleinen Sieg, denn das war nicht seine Art; aber man sah ihm an, dass er zufrieden war, obwohl sich Will mit keinem Wort bei ihm bedankte.

Seit Neuestem kam Sylvan Glass in die Metzgerei, ganz allein, nachdem ihr Mann bereits dagewesen war, seine Zoten vom Stapel gelassen hatte und dann weiter nach Staunton gefahren war. Sie kaufte Dinge, von denen alle wussten, dass sie sie weder brauchte noch wollte. Manchmal bestellte sie fast genau das Gleiche wie Boaty, und was sie mit all dem Fleisch veranstaltete, konnte sich keiner vorstellen, denn zwei Leute, selbst wenn einer von ihnen Boaty Glass war, waren unmöglich in der Lage, so viel Fleisch zu essen.

Bei einem ihrer Besuche nahm Charlie das Päckchen mit Steaks und Koteletts und Braten und folgte ihr wortlos hinaus zu ihrem Wagen. Sie schien seine Hilfe nicht nur zu akzeptieren, sondern sogar zu erwarten.

Als sie auf der Fahrerseite ihres schicken Wagens einstieg, öffnete Charlie die andere Tür und legte die Päckchen behutsam auf den Beifahrersitz. »Wissen Sie, Mrs. Glass«, sagte er, ohne zu wissen, wo er die Worte oder den Mut hernahm, dies zu sagen, es war ihm einfach schlicht und ergreifend ein Bedürfnis, »wenn Sie nicht verheiratet wären, würde ich Ihnen mit Sicherheit den Hof machen. Passen Sie jetzt also auf, okay?« Er lächelte sie an, so offen und ehrlich und bis über beide Ohren verschossen wie ein Junge.

Sylvan Glass, Mrs. Harrison Glass, wandte sich ihm zu und schaute ihn an, die Hand am Zündschlüssel. Sie ließ den Motor an, und kaum hatte sein teures Schnurren eingesetzt, sagte sie, gerade laut genug, dass man es über dem Motorgeräusch hören konnte: »Mr. Beale, ich weiß beim besten Willen nicht, was das für einen Unterschied machen soll, ob ich verheiratet bin oder nicht. Und außerdem«, fuhr sie fort, »gehe ich mit meinem Herzen sehr sorgfältig und vorsichtig um. Sie bitte auch.« Sie legte den ersten Gang ein.

Und dann waren sie ganz still, schauten sich an, nicht lange genug, dass es Gerede geben würde, aber lange genug, um dem anderen das zu sagen, was es zu sagen gab, und zu einer Übereinkunft zu kommen.

»Passen Sie auf sich auf«, sagte er, machte die Tür zu und der Wagen fuhr los. Und als sie bereits an ihm vorbei war und unmöglich noch von ihm gehört werden konnte, fügte er noch hinzu, während ihm das Blut heiß in den Kopf stieg: »Bis bald.«

Bei einer seiner Touren zum Landkaufen hörte er, die Familie Potter in Collierstown produziere das beste Rindfleisch in der Gegend, und so begann er das Fleisch für die Metzgerei dort zu kaufen, obwohl es damals fast eine Stunde Fahrt bis dorthin war. Die Potters schlachteten anders als die meisten Farmer der Gegend. Niemals erschossen sie ein Rind vor den Augen der übrigen Herde. Stattdessen führten sie das Tier ganz sanft auf eine andere Weide, wobei sie sich seinem Tempo anpassten und es nie antrieben, und dort schossen sie ihm dann einmal in den Kopf, aus nächster Nähe, und schlitzten ihm mit einem schnellen, sauberen Schnitt die Kehle auf, während das Herz immer noch schlug, sodass die Kuh nie in Panik geriet, sondern praktisch ausgeblutet war, wenn sie zu Boden sank, und all die chemischen Stoffe, die das Fleisch bei anderen Schlachtmethoden oft nach Angst und Tod schmecken ließen, gar nicht erst in die Blutbahn gerieten.

Allerdings ließ Charlie Mr. Potter das Schlachtfleisch nicht selbst tranchieren. Stets fuhr er es zum Schlachthaus und zerlegte das Tier dort mit eigener Hand. Seine Messer hatte er mittwochs immer dabei.

Am 3. November 1948, einem Mittwoch, machten sich Charlie und Sam auf den Weg ins Schlachthaus, so wie jede Woche. Sam zählte noch immer die Namen der Bewohner aller Häuser auf und benannte jeden Hund in jedem Garten. Als sie an Boatys Haus vorbeikamen, stand sie wieder da, und Charlie bremste nicht nur ab, sondern hielt mit dem Pick-up an, draußen vor dem geschlossenen Tor, und schaute zu der Frau empor, die auf der Veranda stand. Sie lehnte an einem Pfosten und rauchte eine Zigarette. Diesmal trug sie eines ihrer Filmstar-Kleider und dazu scharlachroten Lippenstift, so rot, dass man es sogar von der Straße aus sah. Sie lächelte nicht und schaute nicht einmal in ihre Richtung; sie stand einfach nur da und wartete darauf, gesehen zu werden, wartete auf etwas, von dem sie vielleicht selbst nicht wusste, was es war.

Nachdem ganze zwei Minuten vergangen waren, fuhren sie weiter. Charlie zerlegte das Fleisch, während Sam und Jackie Robinson ihm von außerhalb des Schlachthauses dabei zusahen. Ihre Umrisse zeichneten sich in der klaren Herbstluft deutlich ab, hinter ihnen die Bäume, goldbraun wie Honig und Bernstein und Kupfer, und selbst die Berge, die im Sommer so blau wirkten, waren in Orange entflammt.

Dann luden sie ein. Charlies Kleidung war blutverschmiert, doch er schrubbte seine Hände blitzsauber, wie er es immer tat, bis sie so weich und rein waren wie die einer Frau.

Auf dem Weg nach Hause, als sie am Haus der Glass' vorbeikamen, stand das Tor offen. Sie war immer noch da, oder wieder, und trug ein weiches, rosenfarbenes Kleid, das im goldenen Spätmittagslicht schimmerte. Charlie hielt an.

»Warum halten wir?«

»Sei einfach mal still, Sam. Nur für eine Minute, bitte.«

Er ließ den Pick-up ganze fünf Minuten im Leerlauf und schaute sie so lange an, bis sie sich endlich zu ihm drehte und seinen Blick erwiderte. Dann fuhr er durch das offene Tor hinein, hielt an und stieg aus, um das Tor hinter ihnen zuzumachen. Sylvan kam aus der Küchentür, stand einfach nur da und schaute ihn an, ohne etwas zu sagen, ohne zu winken oder ihn sonst irgendwie zu begrüßen, als gehörten er und sie einfach genau dorthin, wo sie waren, in diesem Moment, wo es Abend wurde und der herannahende Herbst die Luft so knackig und frisch machte, dass sie förmlich nach Wärme und Behaglichkeit schrie.

Er wandte sich dem Jungen zu. »Warte hier, Sam, okay? Steig nicht aus. Spiel einfach mit Jackie und warte. Ich geh jetzt ins Haus und rede eine Weile mit Mrs. Glass. Es dauert nicht lang.« Er zog ein Päckchen Wint-O-Green-Life Savers aus der Tasche und gab es Sam, weil er wusste, dass seine Eltern ihm diese scharfen Pfefferminzbonbons nicht erlaubten.

»Wenn du richtig fest draufbeißt, gibt es einen Funken in deinem Mund. Aber mach dir nicht die Zähne kaputt. Deine Mutter bringt mich um.« Er stieg aus und ging zur Tür, wobei er wieder und wieder ganz leise ihren Namen sagte, Sylvan, Sylvan, bis zum Haus, wo sie stand und wartete, ohne sich zu rühren. Sie redeten ein paar Minuten lang, nicht mehr als zwei oder drei. Charlie legte ein Mal ganz sanft die Hand an ihre Wange, so wie Sams Mutter es manchmal tat, wenn der Junge sein Abendgebet sprach. Sam sah, wie sich ihre Lippen bewegten, obwohl er nicht hören konnte, was gesagt wurde, weil die Fenster zum Schutz gegen die abendliche Kühle hochgekurbelt waren.

Dann gingen sie ins Haus. Es brannte kein Licht, und Sam sah nur ihre Umrisse in dem schräg einfallenden Licht. Sie hatten kaum gesprochen, schienen jedoch zu einer Übereinkunft, einer Entscheidung gelangt zu sein.

Als Charlie wieder herauskam und sich in den Pick-up setzte, war das Licht nicht mehr golden, sondern silberfarben. Er sagte kein Wort, schaute den Jungen auf dem Beifahrersitz nicht einmal an. Er fuhr die Auffahrt entlang, öffnete und schloss das Tor, fuhr holpernd über das Viehgitter und machte sich gemächlich auf den Rückweg nach Brownsburg.

Am Rande der Stadt hielt er an und starrte ein paar Minuten lang auf die Straße, sah sich die Lichter der vertrauten Häuser an, dachte an die Menschen, die darin lebten und sich vermutlich gerade an den Abendbrottisch setzten. Brownsburg machte sich bereit für die Nacht. Schließlich wandte er sich an Sam.

»Und, hat's Funken gegeben?«

»Hab keine gesehen.«

»Gib mir eins.« Er legte sich das Life Saver sorgfältig zwischen die Zähne. »Schau mal.«

Er biss schnell zu, und ein winziger Funke prallte an seiner Wange ab. »Und jetzt du.«

Sam steckte das letzte Bonbon zwischen seine Zähne, genau so, wie Charlie es getan hatte, und spürte, ohne es zu sehen, den winzigen Funken, als er zubiss. Charlie lächelte. »Siehst du? Ein Trick.« Dann starrte er erneut eine Weile auf die Straße, und als er dann wieder sprach, klang seine Stimme ganz anders, viel ernster. Er redete mit Sam zum allerersten Mal wie mit einem Erwachsenen, den er nicht besonders gut kannte.

»Sam. Pass jetzt mal ganz genau auf, mein Sohn. Wir sind doch Freunde, oder?«

»Klar, Beebo.«

»Weißt du, was ein Versprechen ist?«

»Ja, weiß ich.«

»Ein Versprechen ist ein Geheimnis, das man für sich behält, das man niemandem verrät, und zwar niemals. Verstehst du das? Großes Indianerehrenwort?«

»Ja. Großes Indianerehrenwort.«

»Nicht einmal deiner Mutter und deinem Vater. Verstanden?«

»Ich denke mir manchmal Sachen, die ich ihnen nicht sage.«

»Dann sag ihnen das auch nicht. Sag niemandem, dass wir heute bei diesem Haus angehalten haben. Und sag auch niemandem, dass du gesehen hast, wie ich mit Mrs. Glass gesprochen habe. Es ist wichtig, Sam. Versprich es mir.«

»Klar, Beebo. Ich verspreche es dir. Großes Indianerehrenwort.«

»Wenn du es jemandem, irgendjemandem sagst, hörst du, dann wird mir etwas ganz Schlimmes passieren, und Mrs. Glass vielleicht auch.«

»Kommst du dann ins Gefängnis?«

»Vielleicht. Oder noch was Schlimmeres. Versprich es einfach.«

»Ich versprech's.«

Charlie ließ den Motor wieder an, und sie fuhren schweigend zur Metzgerei zurück, während Sam sich mit aller Kraft bemühte, das zu vergessen, was er versprochen hatte, niemandem zu verraten. Und als er später auf den Schoß seines Vaters kletterte, hatte er es tatsächlich so gut wie vergessen.

Er verriet so lange niemandem etwas, bis es sowieso keine Bedeutung mehr hatte. Doch in der Stunde, die er im Führerhaus des Pick-ups gesessen und mit Jackie Robinson geredet hatte, war etwas geschehen, etwas, für das er in seinem Denken noch keinen Platz hatte, und manchmal, bevor er einschlief, dachte er darüber nach und wusste, dass er sich an all das ganz genau erinnern würde, bis ins kleinste Detail – an den kalten Nachmittag, an die Funken des Bonbons in Charlies Mund, an das Wort *wintergrün,* an die Art und Weise, wie sie gelacht hatte, als Charlie durch den Garten auf sie zuging und dabei leise ihren Namen sagte, so wie wenn er Jackie von einem Opossum weglockte, sanft, aber auch drängend, und das entfernte Klicken der Fliegentür, die sich hinter ihnen geschlossen hatte, als sie ins Haus gingen. Und das alles hatte in ihm eine Mischung aus Neugier und einem Gefühl der Einsamkeit geweckt. Es war etwas geschehen, und er war ebenso ein Teil davon, wie man ihn komplett davon ausgeschlossen hatte, und das wühlte ihn auf und machte ihn so ruhelos, dass er nicht schlafen konnte. Und er konnte weder jemanden fragen noch es jemandem erzählen. So viel wusste er.

Ja. Die Kindheit ist der gefährlichste Ort von allen. Wenn wir für immer dort bleiben müssten, würden wir nicht sehr lange leben.

13. KAPITEL

Das ist hier, denkt er. Das ist das Einzige. Dieser Furor in seinem Hirn und diese Sanftheit in seinen starken Händen, die langsam über ihren Körper wandern, die Zartheit ihrer Haut, die Dankbarkeit in seinem Herzen. Dafür, dass sie seine Berührung zulässt, sich ihm öffnet. Nur dies, dieses Beben auf seiner Haut, wie Wind, der über einen Teich streicht, ein silbriges Kräuseln, ein Schimmern der Nerven, ein Röten des Fleisches, eine Glätte überall, die sich von seinen Schultern ausbreitet und bis tief in sein Kreuz ergießt, wo ihre Hände liegen, still wie Kinderhände.

Vor sechzig Jahren, dieses Bett, dieses Haus, diese Stunde der untergehenden Sonne, die rot entflammt und dann langsam zu Lavendel und Blau verblasst, doch hier und jetzt, unveränderlich, unvergessen, etwas, das nie wiederkehrt. Immer etwas, das gänzlich neu erschaffen wird, immer auch der Verlust von etwas, das kostbar war, das sich aufbaut, das bewahrt wird, nur um geschenkt zu werden, ein Geschenk jenseits von Geld, von Arbeit, ein Geschenk jenseits von Habgier oder Diebstahl.

Dieser Überwurf aus Chenille, diese Kissen unter ihrem Kopf, eingebettet in geblümte Baumwolle, ihr blondes Haar, das sich ausbreitet wie goldene Engelsflügel in einem weißen

Garten, das Daunenbett an ihren Ohrläppchen, ihr purpurroter Lippenstift, der seinen Mund verschmiert, seine Schulter, seine Brust. Nur das, sonst nichts.

Ihr geheimes Paaren. Ihre verborgenen Herzen und Leiber, das Kind, das im Pick-up wartet, mit einem angeleinten Beagle namens Jackie Robinson. Das wäre die Momentaufnahme von damals, von vor sechzig Jahren, hätte jemand ein Bild gemacht.

Nichts sonst. Nur dieser Herzschlag, der aussetzt, und auch sein Gegenteil, das Schnellerwerden, so sehr ersehnt, so unerwartet, wenn es kommt, und wie es sich dann durch die Adern brennt und brennt. Er kann nicht genug von ihr kriegen, ein Kuss reicht nicht für all ihre Haut. Seine Zunge kostet ihr Parfüm und darunter den Duft ihrer Haut, wieder und wieder saubergewaschen von seinem Kuss, während sie sich unter ihm windet und schlängelt wie der Lauf eines Flusses, und ihr Atem ist süß an seinem Ohr, er erstickt ihn vor Begierde, und es drängt ihn, ihr alles zu sagen, alles über sein Leben und sein wildes Herz und seine Erinnerung, es ihr nicht mit Worten zu sagen, sondern mit seinem Körper, mit jedem Zoll seiner Haut, die er ihr mit solcher Hoffnung darbietet, mit etwas, von dem er hofft, es ist Zuneigung, obwohl er weiß, dass es auch eine Art von Egoismus ist. Denn in dieser Minute ist sie, dort in der Kühle, die Einzige, die einzige Frau, die jemals gelebt hat, die Einzige, die er je berührt hat und der er jemals mit seinem Körper all die Geheimnisse verraten hat, die Tag für Tag in seinem Herzen lebendig waren, die Dinge, an die er sich erinnert, die Dinge, die er so lange vergessen hatte.

Doch das ist hier, das ist jetzt. Das ist das Einzige, und sie ist nicht die Erste, aber sie ist die Einzige, das Einzige, und jedes Kosten ihrer Haut ist ein neues Gefühl in seinem Mund, und jeder Atemzug aus ihrem Mund eine Zärtlichkeit, die er nie erwartet hat und nicht verdient. Genau hier, in diesem Bett, auf dieser Bettdecke aus Chenille, in diesem Sonnenuntergang, inmitten dieser geblümten Kissen und ihrem blonden, blonden Körper, wird die Wildnis seines Begehrens überschaubar, wie ein gerodeter Pfad, der immer klarer wird, denn er führt nur zu ihr, zu dem hier, zu ihnen beiden, in Gänze begehrt und in Gänze zugehörig zum Hier und zum Jetzt.

In diesem Moment ist er schön, schön wie ein Tier in der Wildnis. Sie ist schön und zugleich gänzlich vertraut und gänzlich fremd, und ihre Stimme ist eine neue Stimme, und ihr Atem ist ein starker Windstoß, der ihn wegpusten könnte, und ihr Mund ist etwas Neues, ohne den Lippenstift. Wie ihre Augen in die seinen blicken, dunkel wie tiefe Tümpel, das Blau ist schwarz geworden, unergründliche Tiefen, die fragen, ist das alles richtig? Ist es das, was du willst?

Denn auch ihr Begehren, ihre Lust, hat gewartet. Denn sie ist, was sie immer gewesen ist, seit sie ein kleines Kind in einem Schuppen draußen in jenem Tal war, sie ist das, was sie gewesen ist, bevor sie zur Frau wurde. Sie ist bereit. Für das, für ihn, für ihren Filmstar, der im Sonnenuntergang auf sie zureiten wird, hierher, für den Geruch seines Schweißes, so süß wie Regenwasser, für seine Hände, die nach Blut riechen, für den roten Schimmer des Sonnenuntergangs auf seiner Haut und den des Blutes, das direkt unter seiner Haut durch seine Adern rauscht, ihren Montgomery Clift, ihren Clark Gable.

Jetzt liegen seine Arme um sie, seine Hände ruhen auf ihr, seine Beine drücken ihre Beine auf das Bett, und sie ist die Hayworth, sie ist Betty Grable, das Gesicht und der Körper, die eine Million Jungs mit in den Krieg genommen haben, von denen sie geträumt haben. Endlich weiß sie, wer sie ist, denn sie wusste es vom allerersten Blick an, wer sie war und wer sie für ihn sein sollte, und so wird sie es auch, hier, unter seinen

Händen, seiner Zunge, die sie erschaffen, so wie Claudie mit ihren geschickten Händen ein Kleid nur aus schlichtem Stoff erschafft, sie wird zu etwas, das weit und eng und bauschig und gerüscht und schimmernd und duftig und schmeichelnd ist, wie Seide, an der er seine Haut kühlen kann, ein prachtvolles Wunderwerk, das sie wie die Schleppe eines Brautkleides, das sie nie getragen hat, hinter sich her ziehen kann, etwas, das nur für ihn und für jetzt gemacht ist.

Alles, was sie sagen kann, ist jetzt *und* jetzt, *wieder und wieder, bis er von dort, wo er war, zurückkehrt und sie hört und sich endlich gestattet, sich das zu nehmen, was sie ihm darbietet, es voller Scheu zu nehmen, es mit einer Wucht zu nehmen, die doch nicht wehtut, es zu nehmen mit der ganzen Wärme und Dankbarkeit, die er in seinem Herzen empfindet, weil eine so schöne Frau sich ihm geschenkt hat. Jeder von ihnen – Charlie für Sylvan und Sylvan für ihn – ist zum Einzigen geworden, das existiert, und zu gar nichts. Sie sind verbunden und doch allein, ein jeder braucht den anderen, um jene Einsamkeit wiederaufleben zu lassen, die sie durchgestanden haben, um sich zu finden, ein jeder braucht den Aufruhr im Körper des anderen, um jene Gänze zu erschaffen, die ab jetzt der einzige Ort scheint, an dem es sich zu leben lohnt, für jetzt, und für jetzt, und für den Moment danach.*

Jeder Moment würde ewig andauern. Jeder Moment würde im Bruchteil einer Sekunde enden. Und am Ende würden sie aufschrecken und feststellen, dass sie immer noch die sind, die sie waren, dass auch dieses Jetzt irgendwann zu Ende geht und dass auch das hier eine Grenze hat, die sie mit halsbrecherischer Geschwindigkeit überschreiten, die sie mit Bedauern überschreiten, und mit Dankbarkeit, denn auch wenn der Verstand es vergisst, weiß der Körper es dennoch, dass es Länder gibt, in denen man sich nicht für immer aufhalten kann, denn manche Länder würden dich umbringen, wenn du zu lange in ihnen verweilst.

Doch noch während es langsam zu Ende geht, wissen sie beide, dass sie bis zu ihrem letzten Atemzug Bewohner im Lande des anderen sein werden. Die Frauen, die er vor ihr gekannt hat, leben in einem anderen Land, weit weg. Das Gefühl, in ihnen zu Hause zu sein, ist immer eine Lüge gewesen, die ihm das Herz brach, auch wenn er sich an jedes der Gesichter erinnert, an jede Einzelheit, jeden Körper. Doch das hier, sie, hier, jetzt, das ist die Wahrheit, von der er als Junge immer geträumt hat, etwas, das, einmal gekannt, nie mehr verlorengehen kann.

Und für sie, für Sylvan, ist er einfach nur eines: Hollywood.

14. KAPITEL

In Brownsburg ging jeder in die Kirche, jeder außer ein paar alten Männern und einer Frau, die am Sonntagmorgen noch zu betrunken vom Vorabend waren, um irgendwohin zu gehen. Und so meinte Alma, Charlie müsse auch in die Kirche gehen. Er beklagte sich höflich darüber, dass Sonntag sein freier Tag sei und er Jackie Robinson nicht gerne allein lasse, doch auf ihre sanfte Art bekam Alma schließlich ihren Willen, indem sie sagte, es müsse sein, weil man es von ihm erwarte. Und so gab er nach und ging in die Kirche.

Es gab fünf Kirchen im Ort – eine episkopale, eine presbyterianische, eine methodistische und eine Baptistengemeinde für die Weißen sowie eine eigene methodistisch-episkopale für die Schwarzen. Letztere war eigentlich gar keine richtige Kirche, oder sie sah zumindest nicht so aus. Man – das heißt, insgesamt etwa zwei Dutzend Leute einschließlich Babys und einem Wanderprediger, Reverend Mr. Shadwell, der nur alle zwei Wochen hier predigte – traf sich in einem Raum am anderen Ende der Main Street, ganz in der Nähe des Viertels, wo alle lebten. So musste man für den Kirchgang nicht einmal in die Stadt hinein.

Alma und Will besuchten die presbyterianische Kirche,

und auch wenn Charlie nicht von Geburt an dieser Glaubensrichtung angehörte, dachte er, er könne es ja einmal probieren und mit den Menschen beten, die er am besten kannte. Am ersten Sonntag im November, vier Tage nachdem er zum ersten Mal mit seinem Pick-up vor Boatys Haus gehalten hatte, wachte er bei Morgengrauen auf, so wie immer, und bügelte ein sauberes weißes Hemd, während er seine erste starke Tasse Kaffee trank. Er wusste nicht, was für ein Gefühl es war, in die Kirche zu gehen; es war so lange her, dass er sich kaum mehr daran erinnerte.

Einen Anzug oder eine Krawatte besaß er nicht, und so lieh er sich einen Binder von Will, was ihm jedoch etwas unangenehm war. Alma meinte, es mache nichts, niemand würde es bemerken.

Doch Charlie machte es durchaus etwas aus. Er war der einzige Mann in der Kirche, der keinen Anzug trug, obwohl man auch den anderen anmerkte, dass sie dies nur am Sonntagmorgen oder bei einer Hochzeit oder Beerdigung taten. Die meisten Anzüge waren braun und alt, einige fadenscheinig; viele waren zu klein, als wären sie zu einer Zeit gekauft worden, als die Männer noch mindestens zwanzig Pfund weniger auf die Waage brachten. Die Frauen jedoch sahen hübsch aus. Einfache, saubere Kleider, viele davon von Claudie Wiley angefertigt, und jede Frau trug einen Hut; Alma hatte sogar kurze weiße Handschuhe an, die sie über ihre kleinen Hände zog und am Handgelenk zuknöpfte, während sie zur Kirche gingen, nachdem Charlie sie abgeholt hatte. Selbst Sam besaß einen Anzug, und auch der war braun, wie von jedermann sonst.

Natürlich war sie da. Als Charlie und die Haisletts in die Kirche kamen und ihre Plätze mit der Selbstsicherheit von Menschen einnahmen, die jede Woche auf ihrer angestammten Kirchenbank sitzen, saßen Boaty und Sylvan Glass bereits drei Reihen vor ihnen.

Sylvan war die einzige Frau in Schwarz. Sie trug ein schwarzes Wollkostüm, soweit Charlie das erkennen konnte, denn er sah sie nur von den Schulterblättern aufwärts. Das Haar hatte sie unter einem knapp sitzenden Hütchen mit Feder hochgesteckt. Sie drehte sich kein einziges Mal um, grüßte niemanden aus der Gemeinde, und Charlie verbrachte die paar Minuten vor dem Beginn des Gottesdienstes damit, ihren Nacken anzustarren. Sie trug Ohrringe aus schwarzem Jett und war damit die einzige Frau in der Kirche mit Schmuck.

George McLaughlin begann mit dem Orgelspiel, und ein Junge mit einem Holzkreuz führte den kleinen, etwas kümmerlichen Chor den Mittelgang entlang, gefolgt von Reverend Morgan. Sie alle blickten so angestrengt in ihre Gesangbücher, dass sie wie Blinde gingen. Man sang *Fairest Lord Jesus, Ruler of the Morning*, und zu seiner Überraschung stellte Charlie fest, dass er Text und Melodie kannte, und so stimmte er in den Gesang ein, allerdings so leise, dass selbst Sam ihn kaum hören konnte.

Fair is the sunshine, fairer still the moonlight,
and all the twinkling starry host:
Jesus shines brighter, Jesus shines purer
Than all the angels heaven can boast.

Charlie hatte gedacht, es würde nicht so schlimm sein, in die Kirche zu gehen, und das war es auch nicht. Alles sah so gepflegt und vertraut aus, die Männer schauten gelangweilt, die Frauen aufmerksam, die Kinder wanden sich auf ihren Plätzen, blieben aber still. Er starrte auf Sylvans Hinterkopf, das ganze Singen und die ganzen Morgengebete hindurch, und dabei flehte er den Herrgott an, sie möge sich herumdrehen und ihn anschauen, ihn oder auch nur eines der viktorianischen Glasfenster mit den Heiligen, damit er wenigstens ihr Gesicht sehen konnte. Doch sie rührte sich nicht. Er zählte die Tage bis Mittwoch, die Stunden, die Minuten.

Reverend Morgan war groß und dünn und mindestens fünfundsiebzig, und in Brownsburg war er bereits seit dreißig Jahren Priester, sodass jeder in der Gemeinde ihn an Hunderten von Sonntagen die gleichen Gebete hatte sprechen hören. Es schenkte seinen Schäflein Trost – diese Unveränderlichkeit der Dinge, die immer gleichen Worte, jede Bewegung vorgeplant, das Knien, das Stehen, das gestärkte Weiß der langen Ärmel des Chorhemds, das sich vom Schwarz des Talars abhob.

Alles in allem also nicht so schlecht. Wenigstens bis zur Predigt. Bevor sie sich dafür hinsetzten, sangen sie noch »Lord Jesus Think on Me«, und Charlie begann sich unwohl zu fühlen, denn auf einmal wusste er wieder, warum er nicht mehr in die Kirche ging.

Lord Jesus think on me
And purge away my skin;
From earth-borne passions set me free
And make me pure within.

Charlie fühlte sich nicht unrein. Und von Sünde wollte er nichts hören. Der Anblick von Sylvans goldenem Haar war das einzig Leuchtende in diesem Raum.

Er schien der Einzige zu sein, dem es etwas ausmachte. Alle sangen das Lied mit ebenso viel Inbrunst wie das erste, und es ging darum, wie man seine Seele von den Sünden reinigt, die eines jeden Geist und Leben untergraben, jeden Tag, mit jedem Handeln. Während sie sangen, kramten die Leuten in ihren Taschen und Geldbörsen nach Münzen für den Klingelbeutel, der herumging. Charlie legte einen Dollar hinein.

Lord Jesus think on me
Nor let me go astray;
Through darkness and perplexity
Point thou the heavenly way.

Sie sangen so inbrünstig, als glaubten sie mehr daran, dass sie vom rechten Weg abkommen würden, als an das strahlende Licht des Morgens. Sie sangen, als würde ihr Leben davon abhängen, damit die Worte des Liedes sie durch den Sündenpfuhl geleiten und in die Arme der Vergebung und der himmlischen Erlösung führten.

Dann trat Reverend Morgan an die Kanzel, und man sah, dass der alte Mann buchstäblich zitterte – vor Verachtung, erfüllt von einem Zorn, von einer Wut im Dienste seines Herrn Jesus, die ihn in einem halben Jahrhundert des Predigens niemals im Stich gelassen hatte.

Für einen so dünnen Mann hatte er eine tiefe, dröhnende Stimme, und man wusste von der Minute an, wo er zu sprechen anhub, dass er es ernst meinte.

»Die Bibelstelle für unsere heutige Predigt ist aus der Offenbarung Johannes, Kapitel acht, Vers vierunddreißig. Merket auf. Johannes sagt: ›Wer Sünde tut, der ist der Sünde Knecht.‹ Das hat er vor fast zweitausend Jahren gesagt, doch er hat dich damit gemeint, mein Bruder, und dich, meine Schwester. Auch die Alten und Kinder unter euch. Jeden von uns hat er gemeint.« Jetzt schaute er sie direkt an, blickte jedem ins Auge.

Charlie wusste, dass er ein Sünder war. Denn er wusste, auch wenn er es nicht schaffte, den Blick abzuwenden, sondern immer nur Sylvans Hinterkopf betrachten konnte, während er noch immer den Geschmack ihrer Zunge in seinem Mund spürte, dass er mindestens zwei Todsünden beging. Doch das war ihm gleichgültig. Für ihn war es in Ordnung so, und es war ihm auch egal, welchen Preis er dafür würde zahlen müssen.

»Und das Traurige, liebe Freunde, ist, dass die Sünde Wirklichkeit ist. So wirklich wie der Cadillac eines reichen Mannes, so wirklich wie die Brotkante eines Armen. Sie ist so wirklich wie die Ehefrau eures Nachbarn, sein Land. Und sie ist *für immer* da. Für immer und immer.«

Keiner in der Gemeinde rührte sich. Sie waren wie gebannt. Selbst die Kinder waren beim Klang dieser tiefen, schrecklichen Stimme verstummt.

»Wenn ihr sündigt… und wer unter uns tut das nicht, wer sündigt nicht jeden Tag, auf jede erdenkliche Weise, von dem Moment an, wo wir unsere Augen öffnen, bis tief in den Schlaf, wenn wir uns lüsternen Träumen hingeben? Wenn ihr sündigt, lässt euch Gott nicht im Stich. Nein. Nein. Es liegt nicht in Gottes Natur, euch zu verlassen, ganz gleich, welche Hölle in eurem Herzen brennt, ganz gleich, wie sündhaft eure Träume und wie begehrlich eure Wünsche sind. Nein. Nein. Gott lässt euch nicht im Stich. Wenn ihr sündigt, dann lasst *ihr ihn* im Stich, den Gott, der euch ohne Grund erschaffen hat und der euch doch gegen alle guten Gründe liebt, ihr verlasst Gott und stürzt euch in den offenen, weit aufgerissenen Schlund der Hölle.

Wisst ihr denn, was Hölle ist? Hölle, das ist einfach das,

meine lieben Freunde. Hölle ist dort, wo Gott nicht ist. Ihr mögt dort unsägliche Reichtümer finden – den Cadillac, von dem ihr träumt, oder diese Frau oder jenen Mann, jenes Land voller Reichtümer und Juwelen und Geld, immer Geld, jenes Land, von dem ihr des Nachts träumt mit Lust in eurem Herzen –, doch Gott werdet ihr dort nicht finden. Gott wartet auf euch. Im Himmel. Gott ruft euch nach Hause. Inmitten eurer Lust und eures Neids und eurer Trägheit und eurer Völlerei haltet inne und lauscht. Und ihr werdet es hören, das verspreche ich euch, Gott verspricht es euch. Ihr werdet es hören, so wie ich es gehört habe.«

Seine Stimme wurde lauter, fordernder, und sie saßen da, gehorchten der Furcht, die er in ihren Herzen gesät hatte, und der Macht in der Stimme des alten Mannes. Morgan schrie jetzt fast, er war heiser, krächzte, und es war genau so, wie man sich die Stimme des Teufels vorstellte.

»Es ist Gott. Er ruft euch nach Hause. Heim zu sich. Heim in den Himmel. Die Sünde ist Wirklichkeit. Die Hölle ist Wirklichkeit. Und Gott ruft euch nach Hause. Und was werdet ihr wählen, an jenem großen Tag? Was werdet ihr heute Abend wählen? Morgen? *Für immer?*«

Er hielt inne und blickte eine ganze Minute lang die Gemeinde an. Keiner von ihnen, außer Sylvan, hielt seinem Blick stand. Sie schweiften ab, schauten zum Jesuskind in den Buntglasfenstern, auf ihre Hände, kramten in ihren Taschen nach einem sauberen Taschentuch.

Für Charlie sahen diese Leute um ihn herum nicht nach Sündern aus. Sünder waren geschminkt, sie tranken Alkohol und wetteten bei Pferderennen. Sünder erschossen Menschen. Sünder logen. Sie gingen nicht mit Ruhe und Würde ihren Geschäften nach wie die Menschen, die er in der Stadt oder im County kennen gelernt hatte. Doch offensichtlich *fühlten* sich diese Menschen wie Sünder. Sie mussten sich als solche fühlen, wenigstens die zwanzig Minuten in der Woche, in denen Morgan ihnen von der Kanzel die Leviten las.

Er fragte sich, warum diese Menschen, die so hart daran arbeiteten, ihr Bestes zu geben und ihrem Tagwerk nachzugehen, ohne dabei jemandem allzu sehr zu schaden, das alles hier brauchten – Woche um Woche angebrüllt zu werden und Woche um Woche gesagt zu bekommen, dass sie am Ende in der Hölle landen würden –, und warum es ihnen Trost spendete und Kraft gab. Sie begehrten nicht, waren nicht von Neid erfüllt, sie arbeiteten hart und sagten sicher meistens die Wahrheit, denn schließlich lebten sie in einer kleinen Stadt. Sie mussten mit sich selbst und miteinander auskommen.

Sie sahen beschämt aus – wofür, fragte er sich. Nach der Predigt sprach die Gemeinde die verbleibenden Gebete wie benommen, und dann sangen alle »Alleluja, Sing to Jesus« für den Auszug aus der Kirche. Ihre Stimmen erhoben sich, als sie zu der Stelle kamen: *»Alleluja, not as orphans, are we left in sorrow now«*, und dann nickten sie feierlich, während Reverend Morgan den Gang entlang schritt und dabei einen jeden von ihnen in seinen stählernen Blick einschloss. Dann verließen auch sie der Reihe nach die Kirche und traten hinaus in die frische, helle Morgenluft. Alles in allem hatte es eine Stunde gedauert. Nicht mehr und nicht weniger.

Charlie konnte es kaum erwarten, hinauszukommen.

Draußen vor der Kirche standen die Gemeindemitglieder noch eine Weile herum und plauderten, als hätten sie sich nicht jeden Tag der Woche gesehen, wie bereits ihr ganzes Leben zuvor. Jeder, der bei Will und Alma und Charlie stehen blieb, beugte sich gedankenverloren zu Sam hinab und strich ihm über den Kopf, zerzauste ihm das Haar. Bis auf ein oder zwei Babys war er das jüngste Kind hier, der letzte Sprössling der Generation seiner Eltern, und die Leute waren ihm ganz besonders zugetan. Sam mochte es gern, wenn man ihm über den Kopf streichelte, oft drückte er die Stirn gegen die Hände, die ihn berührten, und lächelte zu den Menschen empor, fragte sie mit aufrichtigem Interesse und Betroffenheit, wie es ihnen gehe.

Boaty und Sylvan Glass gingen nicht umher; sie standen nur an einem schattigen Plätzchen, und alle kamen zu ihnen, um sie zu begrüßen, blieben jedoch nur einen Moment stehen. Sylvan lächelte. Ihre Lippen waren rot geschminkt, ihre Augen jedoch unter ihrer Hutkrempe und der tiefdunklen Schildpattsonnenbrille verborgen.

Als es an Charlie war, mit ihnen zu reden, konnte er den Blick nicht von ihr wenden. Er schaffte es nicht einmal, so zu tun, als würde er Boaty anschauen, und hörte nichts von dem, was er sagte. Er hätte so gerne ihre Augen gesehen, ihre grünen Augen, wünschte sich nichts so sehr, als dass sie ihn ansehen und etwas sagen würde, irgendetwas, doch sie tat es nicht. Sie sprach nur mit Alma, und auch das kaum, und so bemerkte niemand, wie Charlie sie anstarrte, nicht einmal Boaty, der wahrscheinlich sowieso daran gewöhnt war, dass man seine Frau anstarrte. Niemand bemerkte es außer Sam, jedoch aus anderen Gründen, Gründen, die der Junge nicht hätte benennen können. Als hätte er Sylvan noch nie zuvor gesehen oder als würde er diese auffallend glamouröse Frau nicht mit der Frau in Verbindung bringen, die er nur drei Tage zuvor auf der Veranda eines großen weißen Farmhauses hatte warten sehen.

Von allen Erwachsenen berührten nur Boaty und Sylvan Sam nicht am Kopf, sie lächelten ihn nicht an und fragten, wie es ihm gehe, als wäre er bereits erwachsen, und er stand da und wünschte sich, ihre kleine weiße Hand an seinem Kopf zu spüren, zu spüren, wie die Finger mit den roten Nägeln ihm durchs Haar fuhren. Es war ein körperlicher Wunsch, und das war etwas, das er noch nie empfunden hatte. Er wollte Charlie sein, so groß wie er, wollte ihr so intensiv in die Augen schauen, auch wenn sie seinen Blick nie erwiderte. Er wollte wissen, was Charlie sah, wenn er sie anschaute, worüber sie an jenem Tag geredet hatten, als sich die Tür hinter ihnen schloss, denn geredet haben mussten sie; das war es schließlich, was Erwachsene taten.

Vielleicht hatten sie Radio gehört. Vielleicht hatten sie Zeitung gelesen. Er wusste nicht, was sie getan hatten, aber er wollte es wissen.

Sam beobachtete sie, wie sie mit seiner Mutter sprach, während Charlie sie anstarrte, nach ihrem Blick suchte, und urplötzlich wusste Sam, dass Männer anders waren als Frauen und dass die Männer etwas von ihnen wollten, was er nicht hätte benennen können, dass die Frauen etwas hatten, was die Männer wollten und das sie immer versuchen würden zu erlangen. Dieser Gedanke war ihm noch nie gekommen.

Er wusste, dass seine Mutter und sein Vater sich unterschiedlich kleideten, wie alle Mütter und Väter, und dass sie über unterschiedliche Dinge redeten, mit ihm wie auch miteinander. Doch ihm war es immer so vorgekommen, als bestehe kein grundlegender Unterschied zwischen ihnen. Nun jedoch wusste er, dass dies doch der Fall war. Er wusste nicht, welcher Unterschied es war, doch er wusste, dass er existierte und daran bemessen werden konnte, wie Charlie dort im Kirchhof einen Blick von Sylvan Glass zu erhaschen suchte. Es erinnerte ihn an die Art und Weise, wie ein Beagle erstarrte, wenn er die Witterung eines Vogels aufnahm, ein Hund, der vor Erregung zittert, nur weil er weiß, dass da irgendwo dieses Tier ist, unsichtbar, wie gebannt im Gebüsch.

Es dauerte nicht länger als ein paar Sekunden. Seine Mutter nahm ihn an der Hand. Und sie gingen weiter – zu anderen Familien, anderen Männern und Frauen und Kindern, die ihm alle vertraut waren. In Charlies Augen erlosch das Licht, und an seine Stelle trat ein wärmerer, angenehmerer Schein, wie das Licht in Jackie Robinsons Augen, wenn der Vogel weggeflattert und seine Witterung verflogen war. Doch Sam hatte es gesehen, und er wusste, dass es Charlie angeboren war, wie ein Teil seiner Natur, so wie es Jackie Robinson angeboren war. Und er wusste auch, dass er es wieder bei ihm sehen würde.

Auf dem Weg nach Hause wandte sich Charlie an Alma. »Tut mir leid, aber dort gehe ich nicht mehr hin.«

»Na ja, dieser Morgan ist ein zäher alter Brocken, das ist gewiss«, erwiderte Will. »Aber ich höre ihn schon seit vierzig Jahren diesen Mist von sich geben, und er hat mir immer noch keine Angst einjagen können.«

»Will«, sagte Alma. »Nicht so. Hör nicht auf deinen Vater, Sam. Sie haben recht, Mr. Beale, manchmal ist er schwer zu ertragen. Ein bisschen fanatisch. Aber unterm Strich tut er Ihnen gut. Und, wie ich sagte, alle gehen hin.«

»Mrs. Haislett«, erwiderte Charlie. »Ich will nicht respektlos sein. Ich versuche auch, ein guter Mensch zu sein. Das Richtige zu tun. Aber ich werde nicht ein Mal in der Woche dorthin gehen und mich von einem alten Mann zusammenstauchen lassen, was für ein schlechter und schrecklicher Mensch ich bin. Höllenfeuer und so weiter. Ich glaube nicht dran. Und so was brauche ich mir nicht anzuhören.«

»Dann versuchen Sie es mit einer anderen Kirche. Es ist

mir nicht wichtig, wohin Sie gehen, solange Sie gehen. Ich glaube auch nicht an die Hölle, nein, daran glaube ich nicht. Ich weiß nicht mal, ob ich an den Himmel glaube. Aber ich glaube an das Gute im Menschen. Und ich finde, das ist das Einzige, worauf es ankommt. Es ist das Einzige, woran man sich erinnern wird, wenn wir nicht mehr da sind. Es ist das einzige Guthaben, das wir auf der Bank des Lebens haben – lach nicht, Will –, und die Kirche ist einfach nur der Ort, den man einmal in der Woche besucht und in dem man darüber nachdenkt, ob man nun der Mensch ist, der man gerne sein wollte, und wo man versuchen kann zu ermessen, wie weit man von diesem Menschen noch entfernt ist. Ich höre Morgan gar nicht mehr richtig zu. Ich sitze nur still da und lausche meinem Herzen, meinen eigenen Gedanken. Sie können hingehen, wo Sie wollen, solange Sie irgendwo hingehen. In der Stadt wird es erwartet, und ich würde mich darüber freuen.«

Und das tat Charlie. In den nächsten paar Wochen probierte er die anderen Kirchen aus und stellte fest, dass auch dort überall nur von der Hölle geredet wurde. Selbst bei den Mitgliedern der Episkopalkirche, die hochanständig und eher wohlhabend und ruhig waren und die ihn warmherzig in ihrer kleinen Gemeinde willkommenhießen und zu sich zum Essen einluden. Selbst sie redeten von der Hölle.

»Wisst ihr, was die Hölle ist?«, fragte ihr Pfarrer, Mr. Farrar, beim zweiten Mal, als Charlie es dort ausprobierte. »Die Hölle ist euer Herz. Sie ist das Blut in euren Adern. Sie ist das, was ihr seid, wenn ihr nicht auf das Wort Gottes hört. Die Hölle, das seid ihr.« Farrar schrie sie nicht an wie Morgan. Bei der Episkopalkirche tat man das nicht.

Er sprach mit einer traurigen, warmen Stimme, als wollte er nichts anderes, als seine Schäflein vor der schrecklichen und unvermeidlichen Wahrheit zu beschützen. Doch sie blieb dennoch nicht unausgesprochen, und das Roastbeef hinterher schmeckte talgig in Charlies Mund, obwohl er es erst zwei Tage zuvor selbst aufgeschnitten und den Gadsden-Schwestern verkauft hatte. Er erwiderte freundlich ihr mädchenhaftes Geplauder, hatte dabei jedoch die ganze Zeit, während er lächelte und schäkerte, das unangenehme Gefühl, in viel zu engen Kleidern zu stecken, als trüge er die Unterwäsche eines anderen Mannes.

Jede Kirche besuchte er mindestens ein Mal. Die Episkopalkirche bekam zwei Chancen. Und am Sonntagabend erzählte er Will und Alma alles. Mittlerweile saß man in der Küche zusammen, weil es auf der Veranda zu kalt wurde und es früh dunkel war.

»Machen Sie weiter, Mr. Beale. Sie werden es hören. Und wenn nicht, sitzen Sie einfach nur ganz still da und hören Sie auf Ihr eigenes Herz.«

Am Ende hatte er alle weißen Kirchen durch und marschierte eines Sonntags durch die Tür der methodistisch-episkopalen Kirche der Schwarzen. Charlie war der einzige Weiße, der jemals einen Fuß hier hereingesetzt hatte, und machte sich in der letzten Reihe von Klappstühlen so klein, wie er nur konnte. Und er fühlte sich gleich zu Hause.

Er kam ein paar Minuten zu spät, nachdem er draußen nervös auf und ab gegangen war und mit sich selbst gerungen hatte, doch wo er auch hinschaute, war Farbe und Licht und Musik und Freude. Die Menschen in der Gemeinde – weniger als vierzig inklusive Babys – schauten ihn an und erstarrten einen Moment lang, während er sich seinen Platz suchte, doch dann wandten sie den Blick wieder ab und konzentrierten sich auf ihre Gebete und Lieder und auf ihre Entrückung. Der Priester, Reverend Shadwell, sprach mit tiefer, weicher Stimme. Er sprach mit dem Eifer eines Missionars, und er sprach über den Himmel und über die Reichtümer, die sie dort oben erwarteten, an jenem glücklichen Tag des Jüngsten Gerichts.

Jeder, selbst der Ärmste von allen, roch sauber, und ihre Kleidung war bunt, es gab Rot und Purpur und blendendes Weiß. Die Frauen und selbst die kleinsten Mädchen trugen Hüte, und die Männer Hemden, die so blütenweiß und frisch gestärkt waren, dass sie im Kerzenlicht funkelten. Die Worte, die gesungen und die Gebete, die gesprochen wurden, schienen brandneu zu sein, nicht abgedroschen oder auswendig gelernt, sondern ganz frisch und neu und voller Freude, in jeder Hinsicht, als würden sie direkt dem Quell ihrer Herzen entspringen.

Claudie Wiley hatte die meisten Kleider genäht, die die Frauen trugen, doch sie selbst ging niemals in die Kirche, da konnte Shadwell noch so oft an ihre Tür klopfen.

Und so hörte Charlie es schließlich hier, in der Kirche der Schwarzen, wonach zu lauschen Alma ihm aufgetragen hatte. Er hörte seinen eigenen Herzschlag, und so verlässlich wie die Messinstrumente am Armaturenbrett seines Pick-ups maßen diese Schläge die Entfernung seines jetzigen Ichs von dem, das er einst hatte sein wollen. Genau wie Alma es gesagt hatte.

Er dachte über die Eigenschaften seiner Seele nach, über seine vielen Sünden, von denen er reingewaschen würde. Er dachte über Gott nach. Er dachte über den Himmel nach, und den ganzen Gottesdienst lang, der sich bis weit nach der Mittagessenszeit erstreckte, dachte er keine Sekunde lang an Sylvan Glass.

Doch während er dasaß, fühlte er in seinem Körper genau das, was er am Mittwochnachmittag empfand, wenn er mit ihr zusammen war. Er fühlte sich erlöst.

In jedem Wort, das diese Menschen hier äußerten, Menschen, die so arm, so geschmäht, so schlecht behandelt und insgeheim – noch nicht mal insgeheim – mit Verachtung überhäuft wurden, hörte und spürte er, wie sie mit ihrem Leben umgingen, wie sie versuchten, es zu meistern. Er wusste, warum sie Dinge taten, er spürte die Leidenschaften, die in ihren Seelen köchelten, noch immer angekettet durch die Gesellschaft und das Gesetz, wusste um ihre brüchige, schwer erkämpfte Freiheit und ihre endlosen Quellen des Hochgefühls.

Durch ihr Blut waren sie gebunden, ebenso gebunden wie befreit, denn sie waren Außenseiter, so wie er einer war, Ausgestoßene in den Städten, in denen sie ihr ganzes Leben verbracht hatten, Generation um Generation, doch was sie einte, war ein unbezwingbarer Wille, ein Glaube, der ihnen sagte, ihr großer Tag würde kommen, auch wenn sie ihre sterblichen Hüllen zurücklassen mussten, um ihn zu erleben.

»Er ist nicht mehr fern«, verkündete Shadwell ihnen mit Begeisterung in der Stimme, die Jahre später Tausenden, ja Millionen das Evangelium künden würde. »Der Tag der Offenbarung. Der Tag der Entrückung. Freiheit. Mein Volk, meine Brüder und Schwestern – Freiheit!«

Sie alle glaubten, jener Tag würde kommen, ganz gleich, was passierte, und jener Tag würde Freiheit heißen, würde Erlösung heißen, und er würde andauern, bis es im Universum kalt und dunkel wurde, bis die Zeit stillstand und es in keiner dieser Welten mehr Leben gab.

Charlie verließ die Kirche, als das letzte Amen gerufen wurde. Niemand sah ihn gehen, so versunken waren sie alle in ihrer Offenbarung.

Er ging nach Hause, in vollkommenem Frieden. Jetzt

wusste er, dass er mit den Dingen weitermachen würde, die er tat – er würde in die Arbeit gehen, er würde Land kaufen, ohne zu verstehen, warum, und er würde Sylvan Glass sehen, aus Gründen, gegen die er einfach nicht ankam. Doch er wusste auch, alles würde gut werden, was auch immer geschah. Er wusste, das, was er tat, war richtig. Er war dort, wo er hingehörte. Er war endlich zu Hause, am glücklichen und erfüllten Ende seiner langen, beschwerlichen Reise.

Er war daheim.

TEIL ZWEI

DER GEFANGENE DER SÜNDE

15. KAPITEL

»Wir haben Sie am Sonntag beim Essen vermisst«, war alles, was Will am nächsten Morgen sagte. Charlie erwiderte nichts, sondern schliff nur weiter seine Messer.

»Alma hat Sie auch vermisst. Und Sam hat nach Ihnen gefragt, stimmt's, mein Sohn?«

»Auf den Comic-Seiten gibt es was Neues«, sagte Sam. »Roy Rogers. Das wollte ich dir zeigen.«

Der Mann und der Junge schauten ihn an, doch Charlie gab lange keine Antwort.

»Hatte zu tun«, sagte er schließlich. »Im Haus. Muss mich ja um alles selber kümmern.«

»Na ja, Sohn, wir bemühen uns, verstehen Sie. Alma und ich.« Will klang etwas gereizt.

»Das weiß ich, Will. Und ich bin dankbar dafür. Bloß muss ich manchmal einfach allein sein. Für mich.«

»Es ist nicht richtig, wissen Sie. Da ist etwas dran, das nicht richtig ist. Diese Leute ...«

»Mir gefällt es.«

»Sie wissen, dass Sie dort nicht erwünscht sind.«

»Dann wird man mir das sagen.« Charlie hoffte sehr, dass das nicht geschehen würde. Er ging jetzt seit drei Wochen dorthin und hoffte inbrünstig, sie würden ihm nicht irgendwann sagen, er dürfe nicht mehr kommen, besonders da die Frauen aus der Kirche jeden Montag früh in den Laden kamen, so wie sie es immer taten, und manche sogar sagten, es sei nett gewesen, ihn gestern beim Gottesdienst zu sehen.

Aber dann teilten sie es ihm doch mit.

Am vierten Sonntag, gleich nachdem Charlie vom Gottesdienst nach Hause gekommen war und sich umgezogen hatte, saß er draußen auf seiner Veranda und ließ sich das Gehörte noch einmal durch den Kopf gehen, als Lewis Shadwell sich dem Haus zu Fuß näherte und damit in einen Teil der Stadt vordrang, den Schwarze nie besuchten, außer um die Häuser der Weißen zu putzen. Er trat an die unterste Stufe von Charlies Veranda. In seinem Gesicht leuchtete noch immer die Inbrunst, mit der er kurz zuvor seiner Gemeinde gepredigt hatte.

Shadwell war achtundzwanzig Jahre alt, dunkelhäutig, ein wenig schwer, aber kräftig, wie man sah. Damals war er noch nicht der Heißsporn, der er später werden würde, ein Mann, der Sit-ins und Demonstrationen leitete und überall in der Zeitung zu sehen war. An jenem Sonntag jedoch war er einfach nur ein netter, gottesfürchtiger junger Mann, bescheiden und von sanfter Natur, was er auch lange noch bleiben sollte, bis das Leben es ihn anders lehrte. Er trug eine Brille mit Goldrand, und sein Priesterkragen war weiß und gestärkt und saß etwas eng um seinen dunklen, dicken Hals, als wäre er ihm angepasst worden, als er aus dem Priesterseminar kam und einige Kilo weniger auf den Rippen hatte.

»Schönen guten Tag, Reverend Shadwell«, sagte Charlie und erhob sich. »Bitte. Kommen Sie doch herauf. Nein, zum Draußensitzen ist es etwas kalt, also gehen wir besser rein.«

Sie traten ins Wohnzimmer, und Shadwell nahm auf dem Sofa Platz, ohne seinen Mantel abzulegen, als hätte er gar nicht vor, lange zu bleiben. Ihm schien sehr unbehaglich zumute zu sein, der Mantel staute sich um seine Leibesmitte, und der Hund schnüffelte an seinen Füßen. Charlie wusste nicht, was er ihm anbieten sollte, deshalb wartete er einfach ab.

Shadwell räusperte sich. Und wieder. »Es ist Folgendes …«, sagte er und hielt dann inne, als wüsste er nicht genau, wie er weitermachen sollte und worum es überhaupt ging. Dabei wussten er und Charlie das sehr wohl. »Was ich sagen wollte: Wir wissen es sehr zu schätzen.«

»Ich hätte länger bleiben sollen«, sagte Charlie. »Ich hätte einige von den Leuten begrüßen sollen. Entschuldigen Sie.«

»Keine Ursache. Sie nehmen sich, was Sie brauchen, und lassen den Rest einfach, das ist in Ordnung. Tatsache ist jedoch, dass wir uns besprochen haben, die Ältesten der Gemeinde und ich, und wir halten es für keine gute Idee. Es geht einfach nicht. Es tut mir leid.«

»Sie wissen, dass ich nirgendwo anders mehr hin kann. Das wissen Sie.«

»Man hat es mir gesagt. Und das ist schade. Jeder Mensch sollte ein spirituelles Leben haben. Mich hat es gerettet vor dem … Niedergang. Und auch Sie könnte es retten, wenn Sie der Rettung bedürfen, aber das kann ich nicht beurteilen, und nehmen Sie es mir nicht übel …«

»Ich nehme es Ihnen nicht übel.«

»Doch wir können Ihnen nicht geben, was Sie brauchen. Und ich möchte Ihnen erklären, warum nicht.«

»Das brauchen Sie nicht.«

»Aber ich möchte es. Ich möchte, dass Sie wissen, dass wir Ihnen nicht unfreundlich gesinnt sind. Das wollen, nein, das *müssen* wir Ihnen sagen. Tatsache ist, wir sind sogar dankbar. Was Sie getan haben, dass Sie zu uns gekommen sind, war sowohl ein Akt der Kühnheit als auch der menschlichen Güte. Aber Sie stammen nicht aus der Gegend, und es gibt Dinge, die Sie einfach nicht verstehen, nicht verstehen *können.*«

Charlie sagte nichts. Er rief nur den Hund zu sich und saß da, mit Jackie Robinson zu seinen Füßen, und wartete. Sein Herz schlug so laut wie Donner. Er konnte nicht sagen, warum. Es war so, wie wenn man für ein Vergehen, an das man sich gar nicht erinnern kann, in das Büro des Direktors zitiert wird.

»Wir stehen unter Beobachtung, Mister Beale. Jedes Mal, wenn wir den Fuß vor die Tür setzen, schaut jemand, was wir machen. Wir sind die Leute, die auf der ganzen Erde am genauesten beobachtet werden. Auf Schritt und Tritt müssen wir auf der Hut sein. Wenn wir nur einmal vom Wege abkommen, selbst eines unserer Kinder, könnte das das Ende unserer Welt bedeuten. Und ich meine das nicht im übertragenen Sinne. Es ist einfach eine Tatsache.

Diese Leute, meine Leute, bekommen nur die Ausbildung, für die sie selbst sorgen können. Nicht eine unserer Familien besitzt das Haus, in dem sie wohnt, oder wird es je besitzen. Die meisten der Häuser gehören entweder Mr. Glass oder den beiden Zwillingsschwestern, die Sie so gerne mögen.

Aber wir geben nicht auf, versuchen das Beste draus zu machen. Weil uns gar nichts anderes übrig bleibt. Nur glauben können wir, Mister Beale, nur Gott dienen in einem heruntergekommenen Gotteshaus hinter einer Ladenfront, für das wir Miete zahlen und wo wir in Frieden unsere Gottesdienste abhalten können, weil wir wissen, dass sonst niemand in der Stadt auch nur einen Fuß dort hineinsetzen würde. Nicht einmal Mister Glass, dem das Haus gehört. Nicht einmal er, solange er jeden Monat seine Miete bekommt. Und die bekommt er. Jeder Blick der Stadt ist auf uns gerichtet, selbst wenn wir schlafen.

Und wir können es nicht ertragen. Wir lassen es uns nicht anmerken, nie, aber es ist schrecklich und unerträglich. Es bereitet uns Magengrimmen. Denn das eine, was wir nicht tun können, ganz gleich, wie genau man uns beobachtet, das Einzige, was wir nicht tun können, ist zurückschauen. Verstehen Sie, was ich sage, Mister Beale?«

»Sie müssen nicht mehr sagen, Mister Shadwell. Ich komme nicht wieder.«

»Es tut mir so …«

»Nein, nein, das braucht es nicht. Sagen Sie den Leuten in der Gemeinde Danke dafür, dass Sie mich teilhaben ließen. Es hat mir viel bedeutet.«

»Das hoffe ich, Mr. Beale. Das hoffe ich.«

»Sagen Sie es ihnen. Sagen Sie ihnen, dass ich es ihnen nicht vergessen werde.«

Und dann stand Shadwell, *der* Lewis Tobias Shadwell, wie er später bekannt wurde, auf, die beiden Männer gaben sich die Hand, und er ging und ließ Charlie in seinem kühler werdenden Haus allein, ein Mann mit einem ruhigen Hund und ohne Glauben.

Ohne Glauben außer Sylvan Glass.

Als er in jener Nacht im Bett lag, zeichnete er eine Skizze von ihr in sein Tagebuch. Ein Künstler war er nicht, doch er versuchte, ihr Gesicht und ihre Züge so zu Papier zu bringen, wie er sie in Erinnerung hatte. Damit er sie anschauen konnte, wenn kein Mittwoch war. Damit er sie immer bei sich haben würde, sein ganzes Leben lang, bis er sehr, sehr alt sein würde.

Und um ihren Kopf herum zeichnete er einen Heiligenschein und malte ihn mit Gold aus.

16. KAPITEL

Es wurde zu kalt. Sam konnte nicht mehr draußen im Pick-up warten.

Und so kam es, dass Charlie am dritten Mittwoch, als sie in die Auffahrt einbogen und hinter dem Haus, außer Sicht, parkten, um den Wagen herumging und Sam aus dem Pick-up half. Jackie Robinson blieb im Führerhaus. Sie gingen zum Haus hinüber, und die Tür ging auf, kaum hatten sie die Veranda erreicht. Einen Moment lang schien sich Sam unbehaglich zu fühlen. Er blickte schüchtern zu Mrs. Glass empor, unsicher, ein Haus zu betreten, das er nicht kannte.

Dieses Mal war sie wie zum Ausgehen angezogen. Hochhackige Schuhe, ein marineblaues Kleid mit einer roten Rose am Revers, das Haar zu einer unglaublichen Fülle an Löckchen und Locken aufgetürmt, eine Frisur wie vom Cover eines Magazins. Leuchtend rote Lippen. Scharlachrot lackierte Nägel. Ein Plastikarmband, das so rot war wie die Rose an ihrem Revers.

In der Küche war es heiß und blitzsauber, und es roch gut. Wofür auch immer Boaty Glass sein vieles Geld ausgab, für extravagante Inneneinrichtung war es nicht. Der Boden war aus einfachem getüpfelten Linoleum, auf dem Küchentisch lag eine karierte Plastiktischdecke. Zwei schlichte hochlehnige Bauernstühle aus Eiche standen jeweils auf einer Seite, als rechnete man einfach nicht mit Gästen; weder auf dem Boden noch auf dem Tresen, letzterer aus avocadogrünem Resopal, lagen Krümel. An den Fenstern bauschten sich luftig zarte Stores, das einzige Zugeständnis an eine gemütliche Küche. An den Wänden hingen Bilder von alten Haudegen in steifer Haltung und von traurig blickenden kleinen Mädchen mit geschminkten Gesichtern und erstarrten Händen. Auch eine gerahmte Postkarte von einem großen Landhaus mit angelegtem Garten und Palmen rundum, dahinter ein großer, türkisfarbener Swimmingpool, war zu sehen – ein Mitbringsel aus Hollywood.

Der Raum ging in zwei weitere Zimmer über: ein Wohnzimmer voller tristem Mobiliar und ein helles Gästezimmer mit einem weiß gestrichenen Metallbett, schlicht, aber mit einer Art Gazebehang rund um das Kopfende, der mit bunten Bändern und Schleifen am Rahmen befestigt war. Neben dem Bett hing ein vergilbtes Photo in einem Silberrahmen; es zeigte eine hübsche Frau an ihrem Hochzeitstag, der offenbar schon lange zurücklag. Eine Treppe führte nach oben, zu anderen Räumen und anderen Fluren, genau wie in Sams Haus. Schlafzimmer, vermutete er.

Sam wusste sofort, warum es in der Küche so gut roch. Sie hatte Plätzchen gebacken. Das Gebäck stapelte sich auf einem Teller mit chinesischem Muster auf dem Küchentisch, neben einem flachen Stapel Zeitschriften.

»Sam, sei ein braver Junge und sag Hallo zu Mrs. Glass.«

»Hallo, Ma'am.«

»Hallo, Sam«, sagte sie, und ihm gefiel der Klang ihrer Stimme, so jung und leicht und frisch. Als wäre sie in einem schönen Garten weit, weit weg aufgewachsen. »Ich habe ein paar Sachen für dich.«

Sam ging auf den Tisch zu. »Ich hab Nussplätzchen gebacken«, sagte sie. »Und das hier habe ich dir auch besorgt.« Sie hob eines der Heftchen hoch. »Schau mal, Comics.«

»Ich kann noch nicht lesen. Aber fast. Meine Mama und mein Daddy lesen mir jeden Abend vor.«

»Dann schaust du dir einfach die Bilder an und denkst dir deine eigenen Geschichten dazu aus. Schau mal, da sind Captain America und Captain Marvel, und das ist Donald Duck. Er versucht im Wasser Äpfel mit dem Mund zu fangen, aber jetzt hat ihn ein böser, alter Hummer in den Schnabel gebissen. Ist das nicht lustig?«

Sam lachte, verstand aber eigentlich nichts. Er hatte noch nie einen ganzen Comic in der Hand gehabt, nur von ferne gesehen, im Krämerladen. Auch einen Hummer hatte er noch nie gesehen, und so begriff er nicht, was daran so lustig war. Ihm gefielen die anderen Enten auf dem Einband, die kleine Hexenhüte trugen und auf Besen ritten, weil Halloween war. Was ihn jedoch sofort anzog, war Captain Marvel Jr., ein dunkelhaariger, dunkeläugiger Junge wie Sam, nur älter, etwa vierzehn, der einen blaugoldenen Anzug und ein rotes Cape trug und starke Arme hatte. Genau wie er wollte Sam mal werden, wenn er groß war, mit einem Blitz quer über der Brust, wie er da auf einer Kiste voller Goldmünzen stand, die überall hinflogen, umgeben von wilden Piraten und im Hintergrund einem Schiff, das im Hafen lag.

Die Bücher, die ihm seine Eltern vorlasen, waren eine ernstere Angelegenheit. Seine Mutter las ihm aus *Der Wind in den Weiden* vor, oder aus *Mutter Gans,* und sein Vater aus den *Hardy Boys.* Manchmal las er ihm auch aus einem wundervollen, seltsamen Buch vor, das er besaß, seit er so alt wie Sam gewesen war und das *Poppy Ott's Pedigreed Pickles* hieß. Sam fuhr mit dem Finger die Zeilen nach, wenn sie ihm vorlasen, und manchmal sprach er im Geiste auch die Wörter nach und versuchte sie sich zu merken. Er mochte Frank und Joe Hardy, ihre Kleinstadtwelt voller Gangster und Spione und Abenteuer, die es in Brownsburg niemals geben würde.

Aber diese Comics hier waren anders, voller bunter Bilder und seltsamer, exotisch angezogener Tiere und Männern in Capes, die fast so aussahen wie ein paar Leute, die er kannte. Charlie half ihm, sich auf einen Stuhl zu setzen, und er begann, in den dünnen Seiten der Zeitschriften zu blättern, gespannt auf das, was als Nächstes passieren würde.

»Und wenn du keine Lust mehr auf die Comics hast, dann kannst du die hier nehmen …« sie zeigte ihm eine Schachtel mit Buntstiften und einen Zeichenblock, »und uns ein paar hübsche Bilder malen. Möchtest du das?«

»Ja, Ma'am.«

»Sam.« Charlie ging neben dem Stuhl in die Hocke. »Mrs. Glass und ich gehen jetzt eine Weile nach oben, also sei ein lieber Junge und mach keinen Lärm, beschäftige dich einfach und iss ein paar Kekse. Denkst du, das ist okay?«

»Ich glaub schon. Was ist ein Hummer, Beebo?«

»Das sag ich dir später, auf dem Heimweg. Hab einfach ein bisschen Geduld. Und komm nicht ins Zimmer.«

Charlie und Mrs. Glass gingen die Treppe hoch, und Sam war mit seinen Bilderbüchern und seinen Plätzchen allein in der Küche. Er hätte glücklich sein sollen, war es aber nicht. Er machte sich Gedanken um Jackie Robinson, draußen in der Kälte. Und er mochte es nicht, in einem fremden Zimmer allein gelassen zu werden, während in einem anderen Zimmer etwas Sonderbares vorging, aber er wusste nicht, was es war. Es fiel ihm schwer, sich die Bücher anzusehen oder von den Keksen zu essen.

Eine Weile war es ganz still. Dann war etwas durch die Decke zu hören, Stimmen, ein Flüstern, aber keine Schritte. Bestimmt hatten sie sich gesetzt, dachte Sam, und redeten ganz leise miteinander. Vielleicht redeten sie ja über ihn, und das bereitete Sam Sorgen. Er war höflich gewesen, er hatte über die Ente gelacht, obwohl er gar nicht verstanden hatte, was so lustig daran war, und er hatte ein Plätzchen geknabbert und eine Weile darüber nachgedacht.

Dann fingen die Geräusche an, zuerst ganz leise, zarte Geräusche, die von der Decke gedämpft wurden und die deshalb noch viel geheimnisvoller waren. Er hörte, dass oben Musik spielte, eine Frau sang. Es war keine Hillbilly-Musik. Es war etwas anderes, weicher, mit anderen Instrumenten gespielt.

Vielleicht tanzten sie ja. Ganz langsam.

Er wusste, dass das alles Teil des Geheimnisses war. Und er wusste, spürte es bis unter die Haut, dass er niemandem etwas davon sagen durfte, weder über die Musik noch über die lustigen Bücher mit den seltsamen Bildern, die seine Mutter nicht gutheißen würde, oder dass man ihn in der Küche allein ließ, während der Hund draußen im Auto saß, oder über die Kekse und die Milch. Er begriff, dass er über diesen ganzen Tag mit niemandem sprechen durfte. Er war nicht hier. Sie waren nicht hier, weder Sam noch Charlie oder Mrs. Glass. Das wusste er einfach.

Er hörte auf zu lesen und zu essen. Er saß einfach nur da. Er saß da und lauschte.

Manchmal klang es so, als würden Charlie und die Frau lachen. Manchmal klang es so, als tue Charlie etwas weh, und Sams Herz pochte wild vor Angst um ihn. Wenn Beebo etwas zustieß, wie kam er dann nach Hause? Er hörte ein Klacken, das so klang, als würde jemand seine Schuhe auf den Boden fallen lassen, und dann mehr Lachen und Kichern von ihr. Und dann war es wieder mucksmäuschenstill.

Doch nur ein bisschen. Er hörte Charlie stöhnen und ein Geräusch, das sich anhörte, als würde eine Frau wimmern, rasch gefolgt von Charlies leiser Stimme, anders, bestimmter, die rasch sagte: »Psst, Sylvan, psst.« Das hörte Sam. Und dann war sie so still, wie es in der Kirche war, wenn sie beteten, so still wie in seinem Zimmer, wenn seine Mutter abends das Licht ausmachte.

Vielleicht waren sie tot.

Nach einer Ewigkeit, wie es ihm schien, ging die Tür auf und Charlie kam herein. Er sah anders aus, fremd und jung und verschlafen und aufgeregt, alles zugleich. Er hatte die Schuhe in der Hand und setzte sich auf den anderen Stuhl, um sie sich anzuziehen. Während er sie schnürte, blickte er kein einziges Mal zu Sam hoch, und der Junge gab vor, sich die Bücher anzuschauen und an seinen Keksen zu knabbern.

Sie schauten beide auf, als Mrs. Glass in der Tür stand. Auch sie war barfuß. Ihr Kleid trug sie nicht mehr, nur ein weißes, seidiges Hemd, wie es seine Mutter manchmal unter dem Kleid anhatte. Ihr Gesicht war blass, und das Rot auf ihren Lippen war verschwunden. Ihre Haare bauschten sich wild um ihre Schultern. Sie stand einfach da, in ihrem Hemdchen und dem Armband, und rauchte eine Zigarette, die in einem kleinen, silbernen Halter steckte. Ihre Lippen sahen dick und rund und rosa aus, wie die eines Babys. Sie sagte nichts, zu niemandem, und niemand sprach mit ihr.

Charlie stand auf, schnallte seinen Gürtel enger und griff nach seinem Mantel. »Sollen wir gehen, Sam?« Seine Stimme klang leise und sanft, fast wie die einer Frau. »Hol deinen Mantel, wir gehen.« Die ganze Zeit über ließ Charlie Mrs. Glass nicht aus den Augen und bemerkte nicht, dass Sam seinen Mantel gar nicht erst ausgezogen hatte.

Sam fing an, die paar Buntstifte in die Schachtel zu räumen. Charlie schaute sich schnell um. »Halt dich damit jetzt nicht auf. Ist schon in Ordnung. Wir müssen los.«

Sie gingen zur Tür. Sam wusste, dass er die Comics auf dem Tisch liegen lassen sollte. Die Frau rauchte ihre Zigarette fertig und zog sich in den Raum nebenan zurück. Sie hörten, wie sie langsam die Treppe hochstieg. Sie hatte sich nicht einmal verabschiedet.

Im Pick-up drückte Charlie Jackie Robinson an seine Brust und küsste ihn auf den Kopf. Dann streckte er sanft die Hand aus und strich Sam übers Haar.

»Wenn jemand fragt, warum wir so spät dran sind, sag, Mr. Potter sei zu spät mit dem Fleisch ins Schlachthaus gekommen. Okay?«

»Okay, Beebo.«

Zuerst sprang der Pick-up nicht an, doch schließlich klappte es. Sie wendeten und fuhren die Auffahrt hinaus. Charlie schaute nicht einmal nach rechts und links, als er auf die Straße einbog, aber es waren weit und breit keine Autos in Sicht, und so passierte nichts.

An Charlies Hals war ein Kratzer, nicht länger als Sams kleiner Finger, doch am Ende war das Blut zu einer kleinen Kruste geronnen, direkt über seinem Hemdkragen. Sein Mantel stand offen, als würde er die Kälte gar nicht spüren, obwohl der Pick-up ein wenig brauchte, bis er sich aufheizte. Sam zitterte und rieb seine Hände gegeneinander. Nach der Hitze in der Küche war ihm in dem ausgekühlten Führerhaus so kalt, dass er das Gefühl hatte, er würde nie wieder warm werden.

17. KAPITEL

Er wusste, dass das alles zu dem Versprechen gehörte, das er Charlie gegeben hatte, und zu dem Geheimnis. Er musste es vergessen. Das kostete ihn Mühe, jedes Mal, wenn er sich mit seinen Eltern hinsetzte, doch er durfte einfach nie erwähnen, dass er mit Charlie im Haus der Glass gewesen war, dass er Mrs. Glass' Plätzchen gegessen und in ihren Comics gelesen und dass er gehört hatte, was er gehört hatte, auch wenn er nicht genau wusste, was das war.

Doch vergessen konnte er es nicht. Er dachte die ganze Zeit daran. An die warme Küche, das Plastiktischtuch, an die Geräusche von oben, Geräusche, die was bedeuteten? Nein, das konnte er nicht vergessen, und er konnte auch nicht aufhören, Angst zu haben. Angst um Charlie.

Was, wenn etwas Schlimmes geschehen würde, so wie Charlie es angedeutet hatte? Was, wenn Charlie starb? Wer würde sich dann um Jackie kümmern?

Nachts, nachdem er seine Gebete gesprochen und seine Mutter ihn im Dunkeln allein gelassen hatte, sah er alles wieder vor sich, es geschah wieder und wieder, und dann fügte er sein eigenes Gebet an Jesus hinzu und betete darum, dass Charlie nicht sterben würde. Wenn Charlie starb, dann würde es seine Schuld sein, das wusste er, denn das

Einzige, was Charlie umbringen konnte, war, dass er das Geheimnis verriet, von dem er wusste, dass er es nicht verraten durfte.

Und er wollte auch wieder dorthin, wieder und wieder wollte er dorthin, bis er alles wusste und bis er sicher sein konnte, dass Charlie nichts passieren würde. Und so wachte er am Mittwoch immer besonders früh auf und wartete geduldig, während sein Vater ihm aus der Zeitung vorlas und Charlie die Kundschaft bediente, und dann gingen sie nach Hause zum Mittagessen, das seine Mutter jetzt, wo die Schule wieder begonnen hatte, schnell zubereitete, und dann kehrten sie in die Metzgerei zurück, und alles zwischen seinem Vater und Charlie war wie immer, als würde das, von dem Sam wusste, dass es geschehen würde, gar nicht geschehen. Charlie zeigte keine Eile, er ging einfach nur seinen Aufgaben nach, schliff die Messer mit den Griffen aus Rosenholz an Schleifstein und Metzgerstahl so lange, bis sie so scharf waren wie Rasierklingen, und dann endlich sagte er: »Fertig, Sam?«, und Sam antwortete, als wäre das überhaupt nichts, obwohl es eigentlich alles war: »Klar, Beebo«, und dann nahmen sie Jackie Robinson und stiegen in den Pick-up, und dann gingen sie zum Schlachten, was Charlie mittlerweile ganz schnell, aber immer noch sehr sorgfältig und sehr gekonnt erledigte, aber eben schnell, und dann, auf dem Rückweg, fuhren sie wieder in ihre Einfahrt und parkten hinter dem Haus.

Es war immer gleich, und doch war es immer auch anders. Jackie kam mittlerweile mit ihnen ins Haus, weil es zu kalt geworden war. Sie hatte nicht mehr diese roten Lippen wie beim ersten Mal, aber sie hatte immer ein schönes Kleid an, immer ein anderes, nie eines, das sie schon einmal an ihr gesehen hatten, und stets gab es Kekse und Milch und neue

Comic-Heftchen, und die Zeitschriften mit den schönen Frauen vorne drauf, die in Pelz oder in dünnen Stoff gehüllt waren, immer mit großen Augen und einem hoffnungsvollen, erwartungsvollen Mund. Manchmal, wenn die Tür sich geschlossen hatte und Charlie und Mrs. Glass nach oben gegangen waren, schaute sich Sam diese Frauen an und dann küsste er sie ganz zärtlich auf die Lippen, die Augen, auf die gepuderten Wangen.

Oft waren sie lange weg, aber manchmal dauerte es nur zehn Minuten. Manchmal gab es jede Menge Geräusche, und manchmal fast gar keine. Jedes Mal, wenn von Charlie etwas zu hören war, hörte Jackie damit auf, in der Küche herumzuschnüffeln und blieb stocksteif und mit gespitzten Ohren stehen, bis das Geräusch vorüber und Charlie wieder still war.

Einmal kam Charlie herunter, die Schuhe in der Hand, das Hemd aufgeknöpft, und ertappte Sam dabei, wie er den Umschlag der Zeitschrift küsste. Er lachte bloß, kam zu ihm herüber, schaute, was er machte, und strich Sam über den Kopf. »Das ist Ava Gardner«, sagte er. »Sie kommt auch von hier aus dem Süden, aus North Carolina. Alle Frauen dort unten sehen aus wie Ava Gardner.«

»Stimmt nicht«, sagte Mrs. Glass, die in ihrem weißen Unterkleid in der Tür stand und rauchte.

»Na klar tun sie das«, sagte Charlie und schnürte sich seine Schuhe. »Ich bin dort gewesen, Sylvan. Eine Ava Gardner nach der anderen. Die sind alle halb indianisch da unten. Eines Tages fahr ich mit dir dorthin. Dann wirst du es sehen.«

»Oh, Charlie«, sagte sie und lächelte ihn lange an. »Wäre das nicht toll? Einfach göttlich?«

Er blickte von seinen Schuhen auf, schaute sie an und

sagte, diesmal ohne zu lächeln oder zu lachen: »Na ja, ich weiß nicht, wie es für dich ist. Aber für mich wäre es kein Problem.«

Sie hörte auf zu lächeln.

»Ich bin nie nirgendwo gewesen«, sagte sie.

»Nie *irgendwo*«, korrigierte er sie. »Nicht *nie nirgendwo.*«

»Danke. Das stimmt. Ich bin nie irgendwo gewesen, bis auf diese Reise nach Hollywood, und das ist ja wohl irgendwo. Sehen konnte man nichts, ich hab nur diese Sterne im Boden vor dem chinesischen Theater gesehen, und jede Menge von dem Eisenbahnwaggon mit Boaty. Hätte so toll sein sollen. Hätte das sein sollen, was ich mir immer gewünscht habe. Aber es war überhaupt nicht so. Er grunzt wie ein Schwein und schwitzt wie ein Schwein. Ich meine, so schlimm wie beim ersten Mal war es nie wieder, aber ich wusste nie, wie es sein kann, bevor du … na ja, ich wusste nie irgendwas.«

»Du lernst schnell, Mädchen.«

»Schnell, schneller, am schnellsten«, sagte sie lachend.

Man musste Sam immer sagen, was die Ausrede war, der Grund, warum es im Schlachthaus so lange dauerte, für den Fall, dass jemand fragte. Nachdem Charlie die Rinderseite zerteilt und die Stücke auf einem sauberen weißen Tuch ausgebreitet und die Zipfel fest miteinander verknotet hatte, obwohl es gar keine Fliegen mehr gab, sagte er Sam beim Einsteigen ins Führerhaus und dem Anlassen des Motors immer, warum sie so lange gebraucht hatten. Reifenpanne. Potter wieder zu spät. Motorprobleme mit dem verdammten Pick-up, aber sag nicht »verdammt«. Manchmal war es so schnell vorüber, dass sie gar keine Ausreden brauchten. Außerdem fragten seine Eltern sowieso nie. Sie sahen besorgt aus, aber sie fragten nie.

Sie wollten es nicht wissen. Sie wussten, dass Charlie Sam hütete wie seinen Augapfel, und gingen einfach davon aus, dass sie draußen beim Jagen gewesen waren oder auf der Suche nach einem neuen Stück Land für Charlie die Zeit vergessen hatten. Sie wussten nicht, wie sie die Fragen stellen sollten, die ihnen in den Sinn kamen, und so kam es, dass sie einfach mitmachten, zu Komplizen wurden, und keiner sagte etwas.

»Sag noch mal meinen Namen«, bat sie ihn eines Tages, als Charlie gerade sein Hemd anzog.

»Sylvan«, antwortete er, senkte den Blick und schaute sie dann an. »Sylvan Glass.«

»Er sagt nie meinen Namen. Ich hab ihn mir ausgedacht, weißt du.«

»Das hab ich schon vermutet. Wie heißt du denn richtig?«

»Ha. Das wirst du nie erfahren, Charlie Beale, nie im Leben.« Und sie lief lachend die Treppe hoch, und sie fuhren rasch weg und ließen alles auf dem Tisch liegen, damit Sylvan es später aufräumte.

Manchmal, wenn es schnell ging, kam Charlie herunter, setzte sich mit Sam auf dem Schoß an den Tisch und las ihm von Donald Duck oder Captain America vor. Er kitzelte Sam, wenn sie zu den lustigen Stellen kamen, damit Sam wusste, dass es lustig wurde und er laut hinauslachen konnte.

Bei Captain America spürte Sam, wie Charlies tiefe Stimme an seinem kleinen, schmalen Rücken vibrierte, und dieses Kribbeln ließ ihn erahnen, welche Abenteuer der Held mit dem Cape gerade erlebte, wie nah die Gefahr war und wie groß der Triumph über das Böse. Mrs. Glass saß auf dem anderen Stuhl, rauchte und las ihre Zeitschriften, und ab und zu lachte sie auch, während Charlie Sam vorlas.

Sam hoffte, sie wusste nicht, dass er gerade die Frau auf der Vorderseite der Zeitschrift geküsst hatte, die sie so beiläufig in der Hand hielt. Was, wenn sie es wüssten? Wenn sie wie durch Zauber durch den Boden da oben hindurchschauen konnten, wenn es still war, und ihn sahen, wie er diese Zeitschriften küsste? Das machte ihm Angst. Aber sie ließen sich nie etwas anmerken, sondern taten einfach nur so, als wüssten sie gar nichts, und das hoffte Sam auch.

»Was möchtest du zum Geburtstag, Sylvan?« Charlies Stimme wurde immer ganz weich und zärtlich, wenn er mit ihr sprach. An Sams Rücken fühlte sich das an wie das Schnurren einer Katze.

»Nichts, was du mir schenken könntest, schätze ich. Er würde es merken. Vor ihm kannst du nichts verbergen. Er hat eine Geliebte, jeder weiß das, doppelt so alt wie ich, oben in Staunton. Charlotte irgendwas. Schätze, ihr schenkt er Sachen. Schöne Sachen. Einen Pelzmantel vielleicht. Ein Haus. Manchmal kommt er vor zehn nicht nach Hause. Und manchmal überhaupt nicht. Ein paar Mal hat er gesagt, er fährt nach Washington. Wohnt im Hotel. Ich könnte wetten, da nimmt er sie mit. Und dass sie sich amüsieren. Aber wenn's nach mir geht, kann sie ihn haben.«

Ihre Stimme klang wehmütig, mädchenhaft, wenn sie das sagte. »Nein, ich hatte nie etwas. Überhaupt nichts, was mir ganz allein gehört hat.«

»Ich werde mir was ausdenken.«

»Du musst mir nichts schenken. Du gibst mir genug.«

»Was gebe ich dir denn?«

»Das muss ich dir wohl nicht sagen.«

Sie gewöhnten sich so sehr an Sam, dass sie oft redeten, als wäre der Junge gar nicht da, als wäre Sam nichts anderes als ein stummes, schweigsames Haustier wie Jackie Robinson. Er nannte sie Baby oder Kleines, und sie nannte ihn Darling, auf eine seltsam schleppende Weise.

Eines Morgens im Spätwinter kam Boaty in den Laden und erzählte Will, er fahre übers Wochenende mit ein paar Kumpels nach Nags Head, zum Blaufische Angeln und Trinken, und Charlie blickte kurz auf und packte am Abend sorgfältig etwas Fleisch ein, Koteletts, Steaks und Hamburger.

»Das ist eine Menge Fleisch«, sagte Will leise, mit der Stimme, die er benutzte, um Sam zu sagen, er solle nicht zu nahe an den Herd herangehen.

»Ich gehe dieses Wochenende zelten«, antwortete Charlie gelassen, »draußen an der Natural Bridge.« Noch vor Sonnenuntergang war er aus der Metzgerei und hatte alles aufgeräumt, sein Pick-up war bis Sonntagmorgen weg, und obwohl es kein großes Rätsel war, wo er sich aufhielt, machte sich Sam doch Sorgen um ihn und um Jackie. Er sah die Comics vor sich, die auf dem Küchentisch lagen, die Photos von ungeküssten Frauen in den Zeitschriften, und versuchte sich vorzustellen, wie Sylvan und Charlie ihre Zeit miteinander verbrachten.

An jenem Sonntag fuhr Charlie noch vor Sonnenaufgang vor seinem Haus vor. Sam war der Einzige, der ihn heimkommen sah, und dann gingen Charlie und Jackie Robinson ins Haus, und er kam erst am späten Nachmittag wieder heraus. In einem sauberen weißen Hemd saß er auf der Veranda, ohne zu merken, wie kalt es war, und schrieb in seinem Tagebuch. Er schrieb unter ihren Namen: »Wenn sie pfeifen würde, ich würde kommen. Wenn sie mir ins Gesicht schlüge, ich würde ihr die andere Wange hinhalten. Für sie würde ich sterben. Für sie würde ich eine Ewigkeit in der Hölle schmoren.«

Er sah aus wie ein Junge von achtzehn. Sein Herz raste wild wie das eines Mannes, der so verliebt ist, dass er Hals über Kopf ins Verderben stürzt.

18. KAPITEL

Er kaufte ein Haus, ein weiteres Haus. Das hier lag noch hinter dem Schlachthaus, jenseits der Augen und Ohren der Stadt, ein altes Farmhaus inmitten eines dichten Hains aus alten Ahornbäumen. Am Samstag und Sonntag fuhr er ganz allein dort hinaus und richtete es her, stellte einen neuen Holzofen auf, installierte mit Hilfe von Carl Hostetter ein funkelnagelneues Bad, hängte einen Boiler auf und füllte das Haus mit Möbeln, die er auf den Versteigerungen kaufte, nur dass er das diesmal ganz alleine machte. Wann immer er etwas sah, von dem er glaubte, es könne ihr gefallen, kaufte er es. Je schicker es war, desto wahrscheinlicher war, dass er es kaufte, immer in Gedanken an sie. Der Preis war ihm egal, er hielt einfach die Hand hoch, bis alle anderen Interessenten ausstiegen.

Als alles fertig war, ging er aufs Gericht und überschrieb den Besitz auf sie. Es war geheim. Damals war das noch möglich. Man sagte einfach, es solle nicht veröffentlicht werden, und niemand erfuhr etwas. Die Gerichtsbeamtin war eine ehrliche alte Jungfer mit einer Schwäche für gutaussehende junge Männer, und so schrieb Charlie unter ihren Augen einfach »Nicht veröffentlichen« auf die Urkunde, und das befolgte sie auch, was er sehr wohl gewusst hatte. Jeder hätte es nachschauen können, doch das tat niemand.

Er schenkte Sylvan die Besitzurkunde zum Geburtstag. Damals wurde sie zwanzig und erhielt das Dokument mit einem blauen Band drum herum. Sie trafen sich dort, verborgen von dem dichten Wäldchen, und an diesem ersten Mittwoch im Mai trug er sie über die Schwelle. Es war der erste und einzige Boden, von dem jedes einzelne Dielenbrett ihr gehörte.

Bei jenem ersten Mal war es schon genug, einfach nur Hand in Hand durch das Haus zu gehen, von Zimmer zu Zimmer, während Sam und Jackie Robinson draußen auf der Veranda saßen, den Vögeln in den knospenden Bäumen lauschten und sie durch die Fenster beobachteten, wie sie im Haus umherschlenderten und Sylvan jeden Stuhl, jeden Tisch berührte und vorsichtig das Porzellan in die Hand nahm.

Es war nur ein altes Bauernhaus mit gebrauchten Möbeln und allen möglichen anderen Dingen, die einmal fremden Menschen gehört hatten, aber es gehörte ihr und war das Erste, was ihr jemals wirklich gehört hatte. Sie gab dem Haus einen Namen. Sie nannte es Pickfair, weil sie in Hollywood im Haus von Mary Pickford und Douglas Fairbanks gewesen war.

Wann immer sich die Gelegenheit bot, gingen sie dorthin. Jeden Mittwoch, wenn er ins Schlachthaus fuhr und seine Arbeit machte, fand er sie hinterher hier vor, sie wartete darauf, die Schweinekoteletts oder Steaks zu braten, die er mitbrachte, und frisch gebackenes Maisbrot stand zum Abkühlen auf der Arbeitsfläche in der Küche.

Und dann gingen sie ins Bett, während der Junge mit seinen Comics am Tisch saß und Jackie Robinson im Garten

Löcher buddelte. Es ging immer schnell und war nie genug, aber es war alles, was sie hatten, und eine Weile auch alles, was sie brauchten.

An den meisten Samstagen war Boaty zu einem seiner Ausflüge unterwegs, um auf seine unbeholfene Art zu angeln oder zu jagen, wobei er niemals mit irgendeiner Beute nach Hause kam, wenn nicht ein anderer Mann sich seiner erbarmte und ihm eine Forelle oder ein Kaninchen mitgab. Wenn Boaty den ganzen Tag weg war und Charlie nicht arbeiten musste, hatten er und Sylvan mehr Zeit füreinander.

Charlie wartete, bis er Boatys großen Wagen aus der Stadt gleiten sah, und dann nahm er den Hund, holte den Jungen ab, mit Angeln oder einem Jagdgewehr in der Hand, und sie fuhren direkt dorthin, wo er wusste, dass sie auf ihn warten würde. Will und Alma fanden, dass Sam die frische Luft gut tat; er war immer rotbackig und müde, wenn er nach Hause kam. Allerdings bemerkten sie auch, dass diese Ausflüge niemals von einem Fang oder einer Beute gekrönt wurden.

Sie gingen nicht angeln. Und ein Reh sahen sie auch nie. Sie sahen das Innere von Pickfair. Sylvan wartete immer auf sie, angezogen wie ein Filmstar. Sie kam ihnen an der Tür entgegen, als würde sie adligen Besuch willkommen heißen, und ihr seltsamer, runder Akzent begleitete sie ins Haus.

Der Tag verging, für Sam in der Gesellschaft von Donald Duck und Captain America. Jackie Robinson lag zu seinen Füßen oder war schnuppernd in der Küche unterwegs, während Sylvan und Charlie immer weniger Zeit verstreichen ließen, ehe sie sich in die Dunkelheit des Wohnzimmers und die Treppe hoch verzogen, wo Sam sie hören konnte, wie sie sich im Raum bewegten, als würden sie tanzen, jedoch nur ein Weilchen, und dann war nur noch Stille, Stille und Kekse und Comics.

Charlie und Sylvan hüllten ihn ein mit ihrer Wärme und ihrer Kurzatmigkeit und noch etwas anderem, das er nicht benennen konnte, etwas an der Art, wie sie aussahen, als hätten sie auf etwas gewartet, und dieses etwas, auf das sie so lange gewartet hatten, sei endlich eingetroffen, und dann gingen sie nach oben und ließen ihn allein, um – wie er sich vorstellte – über Erwachsenendinge zu reden, Dinge, die ein Junge nicht kennen und nicht verstehen würde. Manchmal hatte Sam das Gefühl, das, worauf sie so lange gewartet hatten, sei er, und das bereitete ihm ein warmes Gefühl im Herzen.

Sie ließen ihn allein, und sie ließen ihn allein mit Büchern und Plätzchen und einem Hund, doch Anweisungen gaben sie ihm nicht, und so wusste er manchmal nicht, wie er die Zeit verbringen sollte. Zuerst versuchte er zu lesen, herauszufinden, was für Wörter da standen, oder er saß auf einem der Schaukelstühle auf der Veranda, während Jackie im Garten herumrannte und Eichhörnchen jagte.

Er dachte an seine Mutter und seinen Vater. Er dachte daran, dass sie ihn nie länger als fünf Minuten allein ließen, und dass sie immer bei ihm waren, um ihn zum Lachen zu bringen oder ihm etwas zu erklären, ihm eine Frage zu beantworten, die ihm gerade erst in den Sinn gekommen war, denn er konnte nicht genug davon bekommen, zu hören, wie bestimmte Dinge funktionierten, woher die Stimmen aus dem Radio kamen, wer diese Leute waren und wie sie lebten. Und wo das Licht herkam, wenn es abends dunkel wurde.

Und er dachte an Charlie und Sylvan. Er empfand etwas für sie, das er nicht benennen konnte, etwas Schönes, aber er hätte nicht sagen können, was es war. Er fühlte sich sicher. Nichts Schlimmes konnte passieren, wenn Charlie da war;

selbst wenn es in einem Teil des Hauses war, in dem Sam nicht erwünscht war. Charlie war da, seine große Hand, sein kurzer, scharfer Pfiff, mit dem er Jackie aus dem Garten rief und den er versprochen hatte, Sam eines Tages beizubringen. Diesen Pfiff wollte er unbedingt lernen.

Es gab so viel, was Sam wissen wollte. Er wusste nicht mehr, wann es angefangen hatte, aber irgendwann waren die Dinge der Welt für ihn in den Mittelpunkt gerückt, und zugleich wurde alles rätselhaft. Alles funktionierte irgendwie, aber er wusste nicht wie, und seine Mutter und sein Vater setzten sich mit ihm hin und erklärten es ihm auf eine Weise, die er nicht einmal ansatzweise begriff.

Manchmal reichte es auch zu wissen, dass sie es begriffen, auch wenn er es nicht verstand. Dann stellte er die Frage wieder und wieder, manchmal tagelang am Stück, und sein Vater sagte irgendwann: »Verdammt, Sam, das hast du mich doch schon gestern und vorgestern gefragt.« Seine Mutter machte das jedoch nie, kein einziges Mal, sondern sie zeigte ihm lieber etwas, zum Beispiel, wie das Brot ganz luftig wurde, wenn man die Hefe vorher an einem warmen Platz am Ofen gehen ließ, oder sie saß da und schaute mit ihm dem alten Käfer zu, wie er ganz langsam den Gartenweg entlang krabbelte, und sagte ihm, wie viele Beine er hatte und was er zum Abendessen verspeiste, wenn er nach Hause kam.

»Woher komme ich?«

Sie hatte ihn auf den Schoß genommen, weil er schon ziemlich schläfrig war.

»Das hab ich dir doch schon gesagt.«

»Sag es mir noch mal. Ich höre es so gern.«

»Du kommst aus dem Himmel.«

»Und wie bin ich dorthin gekommen?«

»Ich bin ganz dick und schwer geworden, und dann bist du aus mir rausgeschlüpft.«

»Wo raus?«

»Aus meinem Bauch.«

»Und warum bist du so dick und schwer geworden?«

»Weil ich auf dich gewartet habe. Ich hab ganz lange auf dich gewartet. Und dein Vater auch.«

»Hat es wehgetan?«

»Ja, Sam. Es hat wehgetan.«

»Lange?«

»Nein, Liebling.«

»Wie alt war ich da?«

»Null Jahre warst du.«

»Und was hast du gemacht, als ich herauskam?«

»Ich hab ›Happy Birthday‹ für dich gesungen.«

»Und wie alt bin ich jetzt?«

»Sag du's mir.«

»Mama, ich bin fünf! Du warst auf meinem Geburtstag. Aber bald werde ich sechs. Das weißt du, oder?«

»Na klar.«

»Und wie viele Tage sind fünf Jahre?«

Sie dachte eine Minute lang nach. »Eintausendachthundertfünfundzwanzig. Sechsundzwanzig. Schaltjahr.«

»Und wie viele sind sechs?«

Jede Frage führte zu einer neuen. Was war denn ein Schaltjahr?

»Dreihundertfünfundsechzig mehr als fünf. Und weißt du, was an jedem dieser Tage passiert? Du gehst ins Bett. Und jetzt ist es auch wieder Zeit für dich, ins Bett zu gehen.«

Manchmal konnte Sam lange nicht einschlafen. Dann kam es ihm vor, als würde er eine lange Treppe hochsteigen, und jede Stufe war eine Frage, bis er über die letzte Stufe trat und in die Dunkelheit fiel, und jeden Morgen war er dann überrascht und froh darüber, in seinem Bett zu liegen, in seinem Zimmer, und die Hand seiner Mutter auf seinem Haar, ihren Kuss auf seiner Stirn in genau dem Moment zu spüren, wenn er die Augen öffnete. Und in dem Augenblick, wo er das Licht sah, fielen ihm all die Fragen, die ihn die Treppe hoch und in die Dunkelheit geführt hatten, nicht mehr ein.

Wenn er über den Captain-America-Comics oder draußen im Garten saß und Jackie Robinson dabei zusah, wie er überall schnüffelte, hatte er eine Million Fragen. Etwa, warum es heiß oder kalt war, oder wohin der lange Ameisenzug ging, wo diese Insekten lebten und was sie fraßen. Und warum eigentlich, zumindest schien es ihm so, im Winter alles zum Stillstand kam und sich im Sommer alles bewegte, während Jackie Robinson hingegen zu jeder Jahreszeit immer etwas wahrzunehmen schien, das in Bewegung war, und für ihn immer etwas geschah, was Sam nicht sehen konnte. Doch er war nicht hier, um Fragen zu stellen. Er wusste, dass seine Fragen keine Rolle spielten. Nicht hier. Nicht mit ihnen im Haus, wo auch immer sie waren. Nein, seine Rolle hier war zu warten, und das tat er, immer, und so kam es, dass Sam, wenn Charlie wieder auftauchte, die Schuhe in der Hand, und sich das Hemd in die Hose steckte, vergessen hatte, was er eigentlich hatte fragen wollen.

Eines Tages jedoch, am Schlachthaus-Tag, als es bereits dunkel zu werden begann, etwa sechs Wochen, nachdem sie begonnen hatten, nach Pickfair zu kommen, war Sam im Garten und hatte vergessen, welche Rolle er in der Vereinbarung spielte. Er vergaß, dass er draußen bleiben sollte. Er vergaß, dass sie die Treppe hoch und an jenen Ort gegangen waren, an dem er nichts zu suchen hatte.

Es war regnerisch. Sam war müde. Jackie Robinson war

auf irgendeiner Fährte, ein Kaninchen, ein wilder Truthahn oder eine anderen Witterung, und Sam vergaß, dass sein Teil der Vereinbarung darin bestand zu warten. Einfach nur zu warten.

Er wollte nach Hause. Plötzlich hatte er Sehnsucht nach seiner Mutter und seinem Vater und seinem eigenen Haus, mehr als alles auf der Welt, mehr als Kekse oder Comics.

Und so ging er ins Haus, hinein in die Wärme und das Licht und den Geruch nach frisch Gebackenem, und wollte wissen, wo sie waren, damit er Charlie sagen konnte, es tue ihm leid, aber er müsse nach Hause.

Er lauschte, aber es war nichts zu hören. Er wanderte durch die Zimmer im Erdgeschoss des Hauses, Zimmer, in denen kein Licht brannte, sodass er kaum etwas erkennen konnte, und dort waren sie nicht. Sie waren oben, wo er noch nie gewesen war. Und in diesem Moment bekam er es mit der Angst zu tun.

Einmal hatte er einen Traum gehabt. Es war ein böser Traum gewesen, und als er aufwachte, befand er sich nicht mehr in seinem eigenen Zimmer. Er war allein im Dunkeln eines fremden Hauses, und etwas war geschehen. Etwas Schlimmes war geschehen, sein Vater war gestorben oder seine Mutter, oder sie hatten beschlossen, dass sie nichts mehr von ihm wissen wollten, und ihn nachts in Decken eingewickelt, irgendwohin gebracht und zurückgelassen.

Er hatte zu weinen begonnen, ganz, ganz leise, weil er sich in diesem neuen Haus so fürchtete, vor den Leuten, auf die er am Morgen treffen würde, Leuten, die ihn nicht kannten und auch nicht wussten, wie sie mit ihm umgehen sollten. Doch er machte keine Geräusche beim Weinen, weil er die neuen Leute nicht wecken wollte, wer auch immer sie waren, wo auch immer sie schliefen.

Und so lag er die ganze Nacht wach, bis das erste graue Licht dämmerte und die Finsternis erhellte, bis die Fensterrahmen, die ihm nicht vertraut waren und die an den falschen Stellen platziert waren, langsam zu sehen waren. Das Grau wurde zu einem blassen Rosa, dann zu Orange, und er wusste, dass er das Aufwachen nicht länger aufschieben konnte, und so öffnete er die Augen, ganz, ganz langsam, zuerst einen Spalt, solche Angst hatte er, und dann sah er die Fenster und die Vorhänge und die Tapete, die schrecklich vertraut und zugleich ganz fremd waren.

Der Nachttisch stand zu seinen Füßen und dort, gleich neben dem Kopfende, wo seine Mutter immer die Kissen für ihn aufschüttelte, wenn sie ihm eine Gutenachtgeschichte vorlas, stand auch die Lampe mit dem Papierschirm.

Und dann wusste er, was los war. Er lag verkehrt herum in seinem Bett. Weil er schlecht geträumt hatte, war er irgendwie herumgerutscht, und so lagen seine Füße am Kopfende, was verrückt aussah, doch es war sein Zimmer, sein eigenes Zimmer bei sich zu Hause, und er lag auf seinen eigenen Kissen, in seinem eigenen Bettzeug.

Nichts war geschehen. Alles würde heute so sein wie gestern und wie immer. Niemand war in der Nacht gestorben, und er war auch nicht in Decken gewickelt und zu fremden Leuten gebracht worden.

Doch es hätte durchaus so sein können. Das wusste er, und er vergaß es nie. Es hätte passieren können. So sicher er sich fühlte, ganz sicher war er nie und würde es nicht sein, und genau das empfand er auch jetzt, während er durch die sauberen, leeren Räume eines Hauses bei Dämmerlicht wanderte, in dem zwar alles da, aber ziemlich gespenstisch war, und Charlie und Sylvan waren irgendwo, aber er brauchte Charlie jetzt und sofort, und er musste nach Hause.

Und so tat er etwas, was er nie getan und wozu man ihn nie aufgefordert hatte. Er stieg in den zweiten Stock hinauf und blickte den Flur mit dem sauberen Teppich und den vier geschlossenen Türen entlang, und dann öffnete er eine nach der anderen, und jede der Türen öffnete sich zu einem sauberen, unbewohnten, leeren Zimmer, alle bis auf die letzte, die er natürlich auch aufmachte, weil er sich sicher war, dass er dahinter die gleiche saubere Leere vorfinden würde, aber das war nicht so. Hier fand er etwas anderes vor. Er fand sie.

Es war der einzige Raum, in dem Licht brannte, das schummrige Licht einer Lampe, die aus der bemalten Gestalt einer japanischen Dame in einem fließenden, bedruckten Kleid bestand, das ihr bis zu den Füßen reichte. Der seidene Lampenschirm war wie ein Hut über ihrem üppigen, schwarzen Haar, und als er diese Lampe sah, wusste er, dass er sie nie vergessen würde, und er sah, dass das Licht der Lampe auf die riesige Hautfläche von zwei Erwachsenen schien, eines Mannes und einer Frau, von Charlie und Sylvan, die nichts anhatten, die einzigen Erwachsenen, die er jemals nackt gesehen hatte, und er wusste, auch das würde er nie vergessen.

Charlie lag auf ihr, das Gesicht an ihren Hals geschmiegt, und die Haut seines Rückens glänzte vor Schweiß, jeder Muskel war angespannt, sein Hals, seine Schultern, sein Rücken, alles war straff und stark und hatte die Farbe einer Rose, einer pudrig roten Rose, und da waren Haare unter seinen Armen, die dunkel und schweißverklebt waren, und seine Unterarme waren stark und glatt, und auch seine Hände waren stark und fest, obwohl sie mit solcher Zärtlichkeit auf ihrer Haut lagen und sie kaum berührten. Er lag auf ihr, Haut an Haut, und schien doch zu schweben, und dabei krümmte und entspannte er sich, wieder und wieder, wie eine Armbrust, und bedeckte sie vollständig, ohne sie auch nur ein bisschen zu berühren.

Sie lag ganz still da, wie ein Teich bei Sonnenuntergang, und ebenso bleich. Ihr Gesicht war ihm zugewandt, die Augen geschlossen, ein Lächeln spielte auf ihrem Gesicht, die Haare wie ein leuchtend gelber Fächer im Licht der japanischen Lampe. Der weiche, seidene Lampenschirm war golden eingefasst, die gleiche Farbe wie ihr Haar. Ihre Augen waren schwarze Schlitze, wie bei der japanischen Dame, und obwohl sie hier war, hier in diesem Raum, in dem Bett auf dem zerwühlten Bettzeug, schien sie so weit weg zu sein, als wäre sie von innen nach außen gekehrt, als hätte sich Sam erneut in seinem Bett gedreht, irgendwann vorher, vor dieser Zeit, die doch die einzige Zeit war, die existierte.

Ihre weiße, weiße Haut war so dünn wie die Seide des Lampenschirms. Er konnte ihre Venen sehen, die durch die Haut schimmerten, und alles an ihr war weich, ohne Muskeln, denn wie sollte sie sich auch bewegen, so bedeckt wie sie war, obwohl sie den Rücken krümmte und ihn Charlie entgegenreckte, um dann wieder in die weißen Laken zurückzufallen.

Sam wusste nicht, was er damit anfangen sollte; er wusste nicht, was da vor sich ging, ob er Zeuge einer Zärtlichkeit oder von Gewalt wurde, so fein war die Trennlinie, doch er wusste, dass er sich nicht bewegen durfte, es nicht konnte. Was auch immer geschah, es geschah nur den beiden, es geschah auf ihrer Haut und in ihren Körpern.

Die Geräusche, die sie machten, waren kein Sprechen, und doch sagten sie etwas, nicht zueinander, sondern jeder sprach mit sich selbst, nicht mit Worten, sondern mit Geräuschen, die Sam nie gehört hatte, und auch ihre Körper, die sich im Gleichklang bewegten, machten Geräusche, ein saugendes Geräusch, wie Stiefel in weichem Schlamm. Irgendwie wusste Sam Bescheid. Er wusste, dass er das hier nicht sehen sollte, dass es etwas Privates war, so wie man die Tür nicht öffnen soll, wenn jemand anderes im Bad ist. Er wusste, dass er diese Geräusche nicht hätte hören sollen, dass es private Geräusche waren und dass sie, ganz gleich, was sie bedeuteten, nicht für seine Ohren bestimmt waren.

Doch jetzt wurden die Geräusche, die vom Bett kamen, heftiger, Sylvan bewegte den Kopf hin und her, und Charlies Atem kam in Stößen, nicht aus seiner Nase, sondern aus dem Mund. Gleich würde jemandem wehgetan. Jemand hatte Schmerzen. Längst konnte Sam nicht mehr sagen, welche Geräusche von welcher Person kamen, sie schienen von irgendwoher im Zimmer zu rühren, und er wünschte, die japanische Dame würde den Kopf abwenden, wünschte, er könne den Platz verlassen, an dem er auf der Schwelle stand, doch er schaffte es nicht.

Er machte sich in die Hose. Er spürte, wie es warm in seine Jeans lief, und schämte sich plötzlich dafür. Er begann zu weinen, zuerst geräuschlos und dann lauter, und dann heulte er, und das veränderte alles, denn sie hörte ihn, nur Sylvan hörte ihn, denn Charlie war in seinem eigenen heulenden Atmen verstrickt, und sie versetzte ihm einen Klaps auf die Schulter, einmal, ganz hart und flach, wie wenn man mit der Hand an einen heißen Herd kommt, und schrie: »Charlie, Charlie, der Junge!«, und Charlie, der sich gerade noch so heftig gekrümmt hatte, blickte auf, sah den Jungen, und auf einmal bewegte sich alles, ihre Körper, Gesichter, die Laken, die japanische Dame kippte vom Tisch, fiel mit lautem Getöse auf den Boden und ging kaputt, sodass das Zimmer plötzlich in eine Beinahe-Dunkelheit gehüllt war, ein tiefes Violett, das jedoch nicht so dunkel war, dass Sam nicht

Charlies Körper gesehen hätte, seinen ganzen Körper. Charlie bedeckte sich züchtig mit einem Laken, voller Scham wie Adam, als er Gott sah, während er von Sylvan weg aus dem Bett sprang, wie eine Katze über den Boden rollte, lief, auf die Knie fiel und Sam in die Arme nahm und seinen zitternden Körper an sich drückte, ihn beschwichtigte, ihm ins Ohr flüsterte, wieder und wieder über sein Haar strich, seinen Rücken, ihm die Tränen vom Gesicht wischte, ihn auf die Wange küsste, den Hals, was er noch nie getan hatte, und schließlich holte er Luft und sagte: »Alles okay, Sam. Es ist nichts. Jetzt ist es vorbei. Bitte, Sam. Alles ist in Ordnung.«

Und dann hielt er ihn in den Armen, ohne darauf zu achten, dass Sams Hose nass war, dass er Angst hatte und sich schämte, er hielt ihn einfach in den Armen, jetzt ganz entspannt, und es schien ihm egal zu sein, dass er sich mit seinem nackten Körper an Sam klammerte. »Alles ist okay, Sam. Sam, schau mich an.« Er tat es. »Alles ist bestens. Bestens, mein Junge.«

Er hielt ihn in den Armen, bis er aufhörte zu weinen und bis Charlies Schultern feucht waren von seinem eigenen Schweiß und von Sams Tränen, bis Sam sich beruhigt hatte und einen Schritt von Charlie wegtrat, wieder allein dastand und über Charlies Schulter hinweg zu Sylvan schaute, die im Bett saß, die Laken fest um sich gewickelt, und sich das Haar flocht, als wäre gerade nichts geschehen in diesem Zimmer, als wäre jetzt nicht alles anders als vorher, und das Licht war nicht mehr rosa, sondern violett und wurde langsam schwarz, weil die japanische Dame zerbrochen war und in tausend Scherben auf dem Boden lag.

»Okay? Alles in Ordnung? Wir gehen jetzt heim, Kumpel. Wie gehen heim zu deiner Mama und deinem Daddy.«

»Aber ich weiß nicht, wo Jackie Robinson ist.«

»Wir finden ihn. Mach dir keine Sorgen. Er kommt schon, wenn wir ihn rufen. Er ist ein braver Hund. Und, Sam? Sam? Du bist ein braver Junge. Warte einfach unten. Warte nur eine Minute, und ich komme runter.«

Sam tat, wie ihm geheißen. Er ging nach unten und wartete. Kurz darauf war Charlie da, mit offenem Hemd, die Schuhe in der Hand. Die Küche war hell erleuchtet, und Charlie ließ seine schweren Schuhe auf den Linoleumboden fallen, knöpfte sich zu, steckte das weiße Hemd in den Hosenbund und setzte sich, um sich die Schuhe zuzubinden. Dann stand er auf, nahm Sam an der Hand, und beide traten auf die Veranda. Jackie kam bereits auf Charlies ersten Pfiff. Dann saßen sie im Pick-up und wendeten rasch, das Führerhaus heizte sich auf, und alles war genau so, wie es immer war, Charlie erzählte Witze, über die Sam lachte, obwohl er sie nicht verstand, Jackie lag zusammengerollt zwischen ihnen, die Füße auf Charlies Schoß und den Kopf auf dem von Sam, und nichts hatte sich verändert, und alles hatte sich verändert, und Sam hätte nicht sagen können, woher er das wusste, doch er wusste es, ja, er wusste es. Er wusste es tief in ihm drinnen. Er wusste es, so wie er die japanische Lampe auf dem Boden hatte zerbrechen hören. Er wusste es, so wie in dem Traum, bei dem er sich im Bett umgedreht hatte und in dem er geträumt hatte, er würde in einem Haus aufwachen, das er nicht kannte, bei Leuten, die nicht seine Leute waren.

19. KAPITEL

Sie hatte eine grüne Strickjacke falsch herum an, mit den Knöpfen nach hinten. Die Jacke hatte genau die Farbe ihrer Augen, und das wusste sie. Die Dame, die sie ihr bei Grossman verkauft hatte, hatte sie darauf hingewiesen – auf dieses Grün, das Grün der Flechten an den Bäumen, die am Flussufer standen. Ihre Augen hatten das gleiche Grün, dieses Flechtengrün, das bei einer gewissen Beleuchtung, zu bestimmten Tageszeiten fast grau wurde, jedoch immer mit Grün durchwirkt war, wie eine Strömung, die nur manchmal sichtbar wird. Es waren Augen wie leuchtende, flinke Fische, die im winterlich kalten Wasser dahinflitzten, die niemals stehen blieben und nichts lange anschauten, bis auf Charlie und auf ihr eigenes Gesicht, das sie stundenlang im Spiegel betrachten konnte.

Sie saß in Pickfair auf den Stufen der Veranda, die kühle Frühsommerluft fuhr am Nacken in ihr blondes Haar, das jetzt etwas blonder war, und sie zog den Rock fester über ihre Knie und beugte sich vor, schlang die Arme um ihre Beine und legte den Kopf auf die türkisfarbene Baumwolle ihres sich bauschenden Rockes.

»Einmal ist, als ich Radio gehört habe, etwas Komisches passiert«, sagte sie.

In diesem Moment, als er ihre Stimme hörte, liebte Charlie sie so sehr, dass er das Gefühl hatte, das Herz würde ihm in der Brust zerspringen. Er liebte sie so sehr, dass er das Gefühl hatte, gleich würde es ihm die Knochen brechen. Sie zu lieben war, wie in Brennnesseln zu liegen, und das Gefühl ihrer Haut an seiner war die einzige Linderung, der einzige Moment, in dem das Brennen aufhörte, während er für sie das warme Bad war, das sie nahm, um sich nach dem kalten Wasserfall von Boatys Gleichgültigkeit aufzuwärmen.

»Es war meine Lieblingssendung, du weißt schon, *Helen Trent.* Die liebe ich einfach. Ich finde es großartig, wie Helen auf eigenen Beinen steht, wie sie sich in ihrem Beruf nach oben arbeitet. Aber ganz besonders gefällt mir, wie sie spricht. Ich wünschte, ich könnte sie eines Tages kennen lernen. Na ja, jedenfalls ist sie und ihr Freund am Reden …«

»Sind am Reden«, sagte Charlie. »Sie *sind* am Reden …«

»Danke. Sie *sind* also am Reden, danke, und Gil fragt sie, ob sie seine Frau werden will, was er ständig fragt, obwohl er weiß, dass sie seinen Antrag ablehnen wird, er fragt sie, weil er sie liebt, und sie liebt ihn auch, aber weißt du, sie kann sich nicht an ihn binden, weil sie an ihr berufliches Weiterkommen denken muss, und an all die Leute, die ihr das Messer in den Rücken rammen würden, wenn sie nur die Gelegenheit dazu bekämen, einfach um sie auszubooten. Und so sagt sie also immer wieder nein, und er fragt sie trotzdem, immer wieder, und dann ist wirklich was Komisches passiert. Willst du wissen, was?«

»Ich will wissen, warum sie ihn nicht heiraten will«, sagte Charlie.

»Ich hab's dir doch gesagt. Wegen ihrer Arbeit. Ihrer Verpflichtung, so weit zu kommen, wie es Helen eben kann. Wie ich gesagt habe. Sie möchte nicht am Felsen der Verzweiflung zerschellen. So heißt es am Anfang jeder Folge. Aber möchtest du wissen, was passiert?«

»Klar.«

»Also, Gil fragt sie, und sie sagt nein, und dann ist es eine Minute lang ganz still, und auf einmal hört man eine Männerstimme, die ganz laut sagt: ›Mensch, verdammt noch mal, warum legst du die Tante nicht einfach flach und bringst es hinter dich!‹ Klar und deutlich konnte man das hören.« Sie lachte, hell wie Musik, und legte den Kopf dabei auf ihre Knie und errötete, weil sie so unflätige Worte gesagt hatte. »Lange Zeit war es richtig still, und dann haben sie einfach weitergemacht, als wäre nichts passiert. Wer das wohl gesagt hat?«

Auch Charlie lachte, setzte sich neben sie auf die Veranda, und dann sagte er zu ihr: »Helen Trent, werde meine Frau.«

Sie hörte auf zu lachen. Schaute ihn lange, lange an. »Ich kann dich nicht heiraten. Ich will nicht am Felsen der Verzweiflung zerschellen.«

Charlie rückte von ihr ab und stand auf.

»Das hier ist das richtige Leben, Sylvan, und kein Hörspiel im Radio. Hast du gehört, was ich gesagt habe? ›Werde meine Frau, Sylvan Glass.‹«

Und so verharrten sie lange und blickten sich an.

»Dann solltest du mich vielleicht noch mal fragen. Ein anderes Mal. Vielleicht solltest du mich hundert Mal fragen, so wie Gil Helen fragt. Er weiß, es ist hoffnungslos, aber er fragt sie. Er ist immer zuversichtlich. Das solltest du auch sein. Nur bitte nicht jetzt.«

Charlie wandte sich ab, sah dem Jungen zu, der im Garten spielte. Sylvan zupfte ihn am Hosenbein. Er blickte zu Boden, als er sprach. »›Mensch, verdammt noch mal, dann leg doch die Tante endlich flach und bring es hinter dich!‹«

Er lachte, ein kurzes, raues Lachen. »Ich liebe dich, Sylvan, falls du das noch nicht wusstest. Falls du das tatsächlich noch nicht bemerkt haben solltest.«

»So was Tolles bin ich nicht.«

»Doch, mein Herz. Das bist du. Du bist wunderbar. Für mich bist du wunderbar. Ein wundervolles Mädchen. Für mich, Sylvan.«

Und er zeigte ihr, was er empfand, wieder und wieder, und nie schien es ihm zu genügen. Seine Worte konnten nie dem gerecht werden, was er mit seinem ganzen Körper empfand, wenn er sich in ihr ergoss. Abgesehen davon fehlten ihm einfach die Worte, um es ihr zu sagen, denn immer schienen sie viel zu unbedeutend und ungenau und nichtssagend zu sein. Er machte sich keine Gedanken darüber, dass sie schwanger werden könnte. Manchmal hoffte er jedoch, es würde geschehen. Dann wäre es vorüber, oder es würde erst beginnen. Und dann würde vielleicht auch dieser Schmerz weggehen.

Wenn sie ihn beim Gehen zufällig berührte oder wenn sie nebeneinander im Auto saßen und ihn beim Schalten ihr kleiner Finger streifte, traf es ihn wie ein elektrischer Schlag. Und dann überkam ihn eine Ruhe, die er nie gekannt hatte, ein vollkommener Frieden, denn er wusste, dass diese Frau ihn berührt hatte, wenn auch nur zufällig. Was für ein Geschenk, dieses Mädchen. Was für ein Wunder.

Er versuchte, es ihr zu zeigen, sie zu überzeugen, und konnte es nicht. Nie war es genug. Und so machte er ihr Geschenke. Etwas, das für Boaty sichtbar wäre oder von ihm bemerkt werden konnte, wie etwa eine Halskette oder ein Seidenschal, kam nicht in Frage. Er konnte ihr nichts schenken, das man hätte erklären müssen, und so schenkte er ihr das, was er bereits besaß. Er schenkte ihr Land.

Zuerst war da das Haus, Pickfair. Dann kamen zwei weitere hinzu. Und dann fünf Farmen. Er gab sie ihr zur freien Verfügung, und im Geheimen. Mit jeder neuen Besitzurkunde wurde seine Liebe zu ihr tiefer, und seine Hoffnung wuchs. Nun war sie keine Landpomeranze aus dem Niemandsland mehr, die rasch an den ersten Mann verscherbelt worden war, der sie haben wollte. Sie war eine Frau, die über Besitz verfügte. Ihr gehörte etwas. Das versuchte er ihr wieder und wieder zu erklären. Eines Tages, sagte er, könne sie frei sein.

Jedes Mal, wenn er ihr wieder ein paar Parzellen seines Landes schenkte, fühlte er sich stärker in Besitz genommen, als hätte er ihr ein Stück von sich gegeben, von seinem Herzen, seinem Körper. Er war hingerissen von ihrer Besitzerrolle. Verliebt in ihre Ansprüche auf das, was doch ihm gehörte. Das machte seine Zuneigung stärker, so wie die Landschaft ihres Körpers immer deutlichere Züge trug, immer mehr Einzelheiten darauf zu erkennen waren – Wasserfälle und Schluchten und Pinienhaine und ein weißes Haus in den Wäldern.

Er hoffte, sie würde ihren Ehemann verlassen. Er hoffte es mit jedem Stück Land, das er ihr überschrieb, mehr. Nun bestand kein Grund mehr für sie, bei Boaty zu bleiben, zumindest keiner, von dem er wusste, und es fiel Charlie schwer, ihr Zögern und ihre Weigerung zu akzeptieren.

»Wir werden sehen«, war alles, was sie dazu sagte. »Wir werden sehen.«

Der Sommer ging ins Land, und er wartete immer noch. Sie war jung. Sie war sich ihrer selbst nicht sicher. All das würde sich verändern, das wusste er. Er hoffte es.

Ihr Zögern veranlasste ihn zu immer größeren und stärkeren Akten der Beherrschung, der Unterwerfung. Die berauschend waren und doch am Ende nutzlos, hoffnungslos. Sie gab sich ihm hin, doch er wusste, dass er sie zwar besitzen konnte, doch gehören würde sie ihm nie. Wie ein Fisch im Glas glitt sie hierhin und dorthin und wurde, ohne sich dessen bewusst zu sein, immer mehr zu einem Geschöpf ihrer eigenen Phantasie und all der flackernden Bilder, die sie auf der Leinwand sah, in Sepia und Platinweiß. Ihre Stimmungen waren so launisch wie die Wolken über den Blue Ridge Mountains, und wenn sie so wetterwendisch war, fuhr urplötzlich ein eiskalter oder auch glühend heißer Wind durch ihre Gespräche, ihr Liebesspiel, doch das machte für ihn keinen Unterschied. Nun, wo er ihr einen Antrag gemacht hatte, wo er ihr gesagt hatte, welche Absichten er hegte, wollte er auch spüren, dass alles auf eine Entscheidung hinauslief, auf die Erfüllung seiner Wünsche. Doch sie war wie das Quecksilber in der Säule, mal eisig, mal fiebrig, und gab nichts zu erkennen. Ihre düstere Kälte erhitzte ihn ebenso wie ihr plötzliches, unerklärliches, hell leuchtendes Feuer.

20. KAPITEL

»Claudie, geh mit mir ins Kino.«

»Was soll ich denn da, Mädchen?« Die Schwarze raffte den himmelblauen Leinenstoff zusammen, nahm eine Stecknadel aus dem erdbeerförmigen Nadelkissen, das sie sich ums Handgelenk gebunden hatte, und steckte die Falten an Sylvans Hüfte fest. Es war eine neue Saison, Sylvan hatte neue Sachen in den Magazinen gesehen, und so waren sie nach Staunton gefahren und hatten mehrere Ballen Stoff gekauft, um Sylvans Kleiderschrank mit der neuesten Mode aufzufrischen. Sylvan erschuf sich neu wie ein Hollywood-Sternchen. Sie war eine Ausgeburt der Phantasie in einem kleinen Ort im Nirgendwo, in dem man nur allzu gut wusste, wie hart die Wirklichkeit sein konnte, einer Stadt, die mit einer Mischung aus Belustigung und offenem Hass auf ihre seltsame Freundschaft mit dieser unangepassten schwarzen Frau blickte. Die Schwarzen waren aus einem bestimmten Grund da, und eine Freundschaft mit ihnen kam nicht in Frage.

»Das Kino ist etwas Herrliches. Es ist all das, was es hier nicht gibt. Es ist schön, wunderschön. Man muss darüber lachen, selbst wenn man todtraurig ist. Alles ist anders, immerzu. Und die Menschen sind so schön.«

Weil Claudie alles wusste, wusste sie auch ganz genau, wer Sylvan war, woher sie stammte, und sie wusste, dass die Freundschaft mit einer Weißen nicht sein durfte. Doch wie bei den meisten Dingen, die ihr gleichgültig waren – was für fast alles außer ihrer Tochter galt – war ihr auch das egal. Sie mochte diese Landpomeranze. Sylvan redete nicht geschwollen daher, wenn sie mit ihr zusammen war, und sie wusste, warum. Und so hörte man ihr immer noch die Einsamkeit ihrer Kindheit im Tal draußen an.

Wie alle weißen Frauen stellte Sylvan zu viele Fragen, als gäbe es Dinge, von denen sie glaubte, sie hätte ein Recht darauf, sie zu erfahren, auch wenn sie sie einen feuchten Kehricht angingen. Die Weißen glaubten, Schwarze hätten kein eigenes Leben, keine eigenen Pläne und Wünsche, und vielleicht stimmte das für die meisten sogar. Doch Claudie Wiley gehörte niemandem, das hatte sie nie getan und würde es auch nie.

»Wo ist denn deine Kleine?«

»Oben, wie immer.« Niemand ging nach oben, über die Werkstatt hinaus, in der Claudie nähte. Und selbst bis hierher schaffte es nicht jede. Sollte Claudie keine Lust haben, an die Tür zu gehen, wenn es klopfte, spähte sie nur kurz durch den Vorhang nach draußen und machte nicht auf.

»Geht sie nie raus? Ich hab sie noch nie irgendwo gesehen.«

»Sie geht nicht raus. Schon seit Jahren nicht mehr.«

»Warum?«

»Es macht ihr Angst, auf die Straße raus zu gehen. Sie ist schon erwachsen. Es ist ihre Entscheidung. Hat keine einzige Freundin auf der Welt. Alle haben sie ausgelacht, und jetzt will sie nichts mehr mit ihnen zu tun haben. Das hat seine Gründe.«

»Was für Gründe?«

»Wenn du sie kennen würdest, wüsstest du, was ich meine.«

»Die Leute sagen, sie ist … sie ist …«

»Ich weiß, was die sagen.«

»Muss hart sein, so eine Tochter zu haben.«

»Was meinst du mit ›so‹?« Mit jedem Wort klang Claudie schärfer, verbitterter.

»So wie die Leute sagen. Dass sie nicht richtig im Kopf ist.«

»Sie ist in Ordnung. Die Leute reden zu viel. Wir leben unser Leben. Es ist in Ordnung. Die Leute sind uns schnuppe.«

»Wie heißt sie?«

»Evelyn. Evelyn Hope Wiley.«

»Wer ist der Vater? Wo ist er?«

Claudie warf Sylvan einen Blick zu, der das Gespräch im Keim erstickte. Einen harten Blick. Eine Weile nähte sie vor sich hin, und das Mädchen war wenigstens so klug, nichts zu sagen, während Claudies flinke Finger sich an dem Leinen rund um ihre Hüften zu schaffen machten.

Dann endlich sprach sie, den Mund voller Stecknadeln.

»Er war nur ein Junge. Aber er hat mich rumgekriegt, ja. Ich wollte nicht, das habe ich ihm auch gesagt, aber er hat es trotzdem geschafft. Er sah gut aus, war clever. Das muss ich zugeben. Er war mein Erster. Ich hab es niemandem gesagt, bis der Punkt kam, wo ich musste, und selbst da verriet ich niemandem seinen Namen. Er ist im Krieg gefallen. Sein Name war Lomax. Ganze neunzehn wurde er. Wusste nicht mal, dass er ein Kind hatte.«

Sie nähte weiter. »Willst du sie sehen? Wäre damit das Gespräch beendet?«

»Ich würde sie gerne kennen lernen.«

Claudie schaute sie an, mit einem Ausdruck puren Hasses. Sie stand auf, ging zum Fuß der Treppe und rief leise hinauf: »Evelyn Hope? Mama braucht dich. Könntest du bitte runterkommen?«

Dann wandte sie sich um und starrte Sylvan unerbittlich an, während beide auf die Schritte auf der Treppe lauschten. Langsame, leise Schritte. »Sie ist kein Tier im Zirkus, weißt du.«

Noch ein paar Schritte, dann war sie da.

Sie war groß, größer als Claudie, schlank und hübsch. Und sie war weiß.

»Sag hallo zu Mrs. Glass, Evelyn Hope.«

»Hallo, Ma'am«, sagte das Mädchen. »Wie geht es Ihnen?«

»Mir geht's gut, Evelyn Hope«, sagte Sylvan. »Schön, dich kennen zu lernen. Du bist ein hübsches Mädchen. Du musst sehr glücklich sein.«

»Mir geht's gut«, sagte das Mädchen. »Mama? Brauchst du mich für etwas?«

»Ich brauch dich immer, Kind. Aber jetzt nicht. Du kannst wieder hoch gehen, Liebes. Ich komm bald nach.«

»War schön, Sie kennen zu lernen«, sagte Evelyn Hope und machte einen Knicks vor Sylvan, die absurderweise zurückknickste. Dann verschwand sie im Dunkeln und ging die Treppe hoch.

Claudie wandte sich voller Zorn Sylvan zu. »Und jetzt, Mädchen? Ist das genug? Ihr Vater war weiß. Ein weißer Junge. Ist das genug? Willst du mehr wissen? Oder reicht das?«

»Ich denke schon.«

»Gut. Sie bleibt im Haus. Die Schwarzen wollten sie nicht, und die Weißen auch nicht, nicht einmal zum Bodenschrubben. Du bist der letzte Mensch auf Gottes Erde, der das erfährt.«

»Warum der Name? Warum Evelyn Hope?«

»Mir gefiel einfach der Klang. Wie Musik. Evelyn Hope. Sie sitzt den ganzen Tag in ihrem Zimmer. Sie hört Radio. Raucht Zigaretten. Seit sie fünf Jahre alt war, war sie nicht mehr draußen.«

»Und wie alt ist Evelyn jetzt? Evelyn Hope?« Sylvan sah Claudies Blick, so flink, wie ein Streichholz aufflammt, und spürte den Stich einer Nadel an ihrer Hüfte.

»Sie ist neunzehn.«

»Dann bist du …?«

»Älter als Jesus, als er starb.«

»Merkt man kaum.«

»Die meisten Leute wissen auf die Minute genau, wie alt ich bin. Die Leute in der Gegend wissen einfach viel zu viel. Die beobachten uns beide, dich und mich. Wenn wir ins Kino gehen, dann werden sie uns nur noch genauer beobachten.«

»Wenn du denkst, das kümmert mich, dann täuschst du dich.«

»Das ist deshalb, weil du reich bist. Und weil du weiß bist. Dir kann es egal sein.«

»Aber wir sind Freundinnen.«

»Ja, sind wir. Wir sind Freundinnen. In diesem Zimmer hier. In diesem Moment.«

»Andere Freunde habe ich nicht. Keinen einzigen.« Sylvan sagte lange nichts. »Na ja, doch, schon. Einen Freund habe ich.«

Claudie rückte die Biesen an der Hüfte zurecht. Sylvan schaute aus dem Fenster, zuckte nicht einmal zusammen, als Claudie sie noch einmal mit einer Nadel stach. Sie fragte sich, ob Claudie sie überhaupt gehört hatte.

»Ja. Ja, ich habe jemanden.«

»Der dich glücklich macht?«

»Er ist das Einzige, was mich jemals glücklich gemacht hat. Der Einzige, der jemals zu mir gehört hat. Ich liebe ihn, o ja, und ich kann es ihm nur zeigen, indem ich niemandem ein Sterbenswörtchen über ihn verrate, niemals. Das hat er mir gesagt. Hast du das verstanden, Claudie? Niemandem.«

Claudie nickte.

»Aber er ist nicht … er ist kein Freund. Das meine ich nicht.«

»Ich weiß, was du meinst. Warum bist du dann nicht mit ihm zusammen?«

»Ich bin verheiratet.«

»Dann beende deine Ehe. Weiße können das.«

»Das ist nicht so einfach.«

»Das ist es nie.«

»Es ist wie im Film. Dinge passieren einfach. Göttlich. Bitte, geh mit mir ins Kino!«

Und eines Tages taten sie es tatsächlich. Claudie Wiley war die erste schwarze Frau in Brownsburg, die auf dem Beifahrersitz eines Wagens mit einer weißen Frau am Steuer saß. Die Leute, die bereits wussten, was sie wussten, aber nicht darüber redeten, fanden, mit Claudie auf dem Beifahrersitz in der Gegend herumzufahren sei nur ein weiteres Beispiel für die Unverfrorenheit dieses Mädchens vom Lande, und sie wussten auch, wenn Boaty es erfuhr, wäre er wütender darüber als über die andere Sache.

Der Film hieß *Heut' gehen wir bummeln* und handelte von drei Matrosen, die nur einen Tag Landgang in New York haben und auf der Suche nach der wahren Liebe sind. Sylvan bezahlte beide Tickets, doch sie und Claudie mussten das Kino durch verschiedene Türen betreten, und Claudie saß als Einzige oben auf dem Rang, eine schwarze Frau ganz allein im Dunkel, am helllichten Nachmittag. Und dann breitete sich New York vor ihr aus, in Technicolor, die Stadt, die sie einst hätte sehen, ja, in der sie vielleicht hätte leben können. Sie fragte sich, was sie hier machte, warum sie hier im Dunkeln saß und einer Gruppe Weißer zusah, die in einer großen Stadt, die sie niemals sehen würde, sangen und tanzten und küssten, und sie suchte die silbrige Leinwand nach wenigstens einem schwarzen Gesicht ab, und es gab keins, nicht ein einziges, höchstens ganz weit hinten.

Sie saß da, mit ihrem Zeichenblock, und skizzierte mit flinken und gekonnten Zügen die Kleider, die die Frauen in dem Film trugen. Sie wusste genau, welches dieser Kleider sich Sylvan wünschen würde, sobald sie es sah, und dann sah sie noch mehr, sie sah, wie es sich bewegte, als einige Frauen darin durch ein Museum steppten, und sie zeichnete schneller, bemühte sich um jedes Detail, bis sie es praktisch dort im Kinosaal nähte, bis sie fast den Stoff unter ihren Fingern spürte und den Rock bereits um die Beine des schönen Südstaatenmädchens wirbeln sah, das da unten bei den Weißen saß. Nicht für sich selbst zeichnete sie, niemals für sich selbst, und ganz gewiss nicht für Evelyn Hope, obwohl Claudie manchmal für sie beide schöne Partykleider aus der *Vogue* schneiderte. Dann machte sie ein Kleid für sich selbst, zum Beispiel ein schickes Ballkleid aus einem komplizierten Schnitt und mit raffinierten Raffungen, und dann genau das gleiche für Evelyn Hope, und sogar noch ein kleines, genauso schönes und ausgetüfteltes für Evelyn Hopes Puppe, ein kleines weißes Ding, das sie überallhin mitnahm und dessen Haarschopf nach all den Jahren längst völlig verfilzt war. Diese Kleider trugen sie dann abends, wenn sie für sich und ihre Tochter einen Braten zubereitete und einen

Kuchen buk, und dann saßen sie wie zwei aufgeputzte Prinzessinnen in dem unordentlichen dunklen Schlund ihres Hauses, bei Kerzenlicht, und die Mäuse huschten raschelnd durch die Schränke, während sie zähes Lamm und einen üppigen Schokoladenkuchen verzehrten. Es waren Partykleider, Kleider, die nichts mit ihrem richtigen Leben zu tun hatten und die ihr heruntergekommenes Haus in eine Art Palast verwandelten.

Doch bei diesem Kleid im Film, diesem grünen Kleid, wusste Claudie, ohne zu fragen, dass es für Sylvan war. Einmal hörte sie sogar, wie Sylvan während *des* Films »Claudie?« rief, und da wusste sie, wusste es ganz sicher, dass sie es für sie anfertigen würde.

Es war leuchtend grün, schmal am Körper und mit weitem Rock, durchgeknöpft vom Saum bis zum Kragen, einem Kragen, der aus schwarz-weiß gewürfelter Seide und gerollt war, ganz aus feinster Seide. Doch erst als die Frau sich in dem Kleid bewegte und darin zu tanzen begann, sahen die beiden den eigentlichen Zauber des Kleides. Während Ann Miller tanzte, öffnete sich das Kleid nämlich immer weiter wie ein Fächer, und man sah, dass es innen mit dem gleichen schwarz-weißen Karostoff gefüttert war wie dieser tiefe, spitz zulaufende Kragen, der ihre schönen Schlüsselbeine und den Hals gut zur Geltung brachte und ihr eher gewöhnliches Gesicht mit jenem besonderen Schein übergoss, den nur die Frauen in den Filmen hatten, wenn sie lächelten.

Genau das war der Moment gewesen, wo Sylvan Claudies Namen rief: als sich das Kleid öffnete und das Futter wie ein Teller über den Beinen der Frau wirbelte. Seide wie die Schwingen eines Vogels, die ihr um die Hüften und die wild wirbelnden Beine flatterte, der Rock, in dessen anmutigem Grün immer wieder das schwarz-weiße Futter aufblitzte, so elegant, so frisch, und immer in Bewegung. Es war die besondere Tatsache, dass sich das Kleid erst dann offenbarte, nachdem seine allererste Wirkung verpufft war, die die beiden Frauen so sehr in Erregung versetzte, als hätte das Kleid selbst ein Geheimnis, das sich erst dann offenbarte, wenn die Zeit gekommen war. Wie ihre Herzen: Denn alle beide waren sie Frauen, die nicht viel von sich preisgaben, die sich nach außen ruhig verhielten, auch wenn es in ihrem Leben stürmisch zuging. Sylvan hatte einen Liebhaber. Und Claudie hatte eine Tochter, die im ersten Stock ihres verwahrlosten Hauses wohnte, für immer und ewig, und nur wenig wurde gesagt und vieles einfach als wahr hingenommen.

Die Matrosen und ihre Mädchen wurden in allerlei Abenteuer verwickelt, es wurde jede Menge geküsst und noch mehr gesungen und getanzt. Doch nach jenem grünen Kleid war nichts mehr davon wichtig. Selbst Frank Sinatra mit seinem jungenhaften Charme oder Gene Kelly mit seinen kräftigen Beinen und der schmissigen Narbe auf der Wange wollte es nicht so recht gelingen, ihre Herzen in Wallung zu versetzen, denn die Aussicht darauf, jenes Kleid für Sylvan zu nähen, stellte alles, aber auch alles in den Schatten.

Sylvan hätte keinen von jenen Männern küssen mögen, auch tanzen wollte sie weder mit ihnen noch für sich allein, und sie wollte auch keine dieser Frauen sein. Sie wollte einfach nur diese knisternde, flirrende Seide auf ihrer Haut spüren, wollte dieses Fließen des Kleides, das für Sekunden ziemlich viel Bein zeigte, wenn sie sich für Charlie Beale im Kreise drehen würde, vielleicht irgendwo draußen im Wald, barfuß auf einem Bett aus Moos, und das Kleid wäre grüner als der ganze Wald ringsum, grüner als selbst das frischeste und winzigste Blättchen am Baum.

Nach dem Kino gingen sie direkt in das einzige Kaufhaus.

Weder hielten sie an, um etwas zu essen, da es auch nur ein einziges Lokal gab, das sie gemeinsam sowieso nicht besuchen konnten, und selbst im Kaufhaus taten sie so, als würden sie sich nicht kennen, und schlenderten einfach nur durch die Gänge der Stoffabteilung, auf der Suche nach der Seide, die sie wollten, und dem Karostoff, durch den das Kleid erst seine besondere Wirkung entfalten würde. Ganz genau das, was sie wollten, fanden sie nicht, doch gaben sie sich durch Blicke und Gesten zu verstehen, welche anderen Materialien auch ihren Zweck erfüllen würden, und dann wählten sie diese, und Claudie stand an der Tür, während das Ladenmädchen den Stoff abschnitt, die beiden Stücke in braunes Papier wickelte und Sylvan mit Geld aus ihrer Handtasche zahlte. Sie gingen auf die Straße hinaus, es war noch heller Tag, und fuhren in dem großen Buick nach Brownsburg zurück, glücklich über ihren Tag und die Gesellschaft, in der sie ihn verbracht hatten, und sie redeten kein Wort, bis Sylvan schließlich, als sie den Stadtrand erreichten, sagte: »Siehst du, Claudie? War es nicht wundervoll? So ist das mit dem Kino.«

21. KAPITEL

Der Junge war immer bei ihnen. Der Junge und der Hund. Allmählich vergaßen sie, dass er da war, vergaßen auch, darauf zu achten, wie sehr sie sich von ihm entfernten oder ob er sie brauchte, und manchmal, wenn sie sich im Freien liebten, dann spürten sie, dass der Junge und der Hund irgendwo im Wald in der Nähe waren, wie sie sie umkreisten, ihre Witterung aufnahmen, ihre Geräusche hörten, aber sie waren so versunken in sich selbst, dass sie sich nicht einmal die Zeit nahmen, darüber nachzudenken.

Sie waren keine schlechten Menschen. Charlie war kein liederlicher Mensch ohne Moral, und Sylvan war auf dem Land aufgewachsen, ganz im Einklang mit der Natur, mit Anstand und einem Begriff von Würde und von dem, was richtig und was falsch ist. Und Charlie liebte den Jungen. Manchmal hielt er sich selbst für dessen Vater. Er wusste, dass es ihm nicht zustand, so zu denken, dass es ein Fehler war, schlecht für ihn, schlecht für den Jungen, dem man in seinem Alter eigentlich nicht hätte zumuten dürfen, eine solch große Last zu tragen.

Und er wusste, dass auch Sam oft, wenn sie zusammen auf den Feldern herumtobten, mit dem Hund spielten oder im Freien schliefen, all die Dinge taten, für die Will schon zu alt war, dass auch der Junge manchmal vergaß, dass Charlie nicht sein Vater war. Sam vergaß nie, wo sein wirkliches Zuhause war, und wem sein ganzes Herz gehörte. Dafür sorgte die Stimme des Blutes, der ewige und unausweichliche Sog. Doch bei Charlie Beale hatte er das Gefühl, beachtet und behütet zu werden, trotz all der Freiheiten und obwohl er nie gescholten wurde und ihm niemand sagte, er solle gerade sitzen oder die Gabel so halten, wie es laut seiner Mutter wohlerzogene Menschen eben taten.

Sam wusste immer noch nicht, was Charlie und Sylvan taten, wenn sie ihr Lager teilten, was er manchmal durch ein Fenster oder durch die Äste einer Kiefer hindurch erspähte, aber er wusste, dass es etwas war, das ihn in seinem Herzen und seinem Körper auf eine Weise anrührte, die er sich selbst nicht erklären konnte.

Sylvan war üppig, wo seine Mutter hager war. Ihre Lippen waren leuchtend rot wie eine Mohnblüte im Sommer, während seine Mutter nur gedeckte Farben trug, mehr die Farben des Winters. Und doch war es Sylvan, die ihn manchmal erschaudern ließ, während seine Mutter ihm Wärme schenkte.

Während die Wärme seiner Mutter ihn des Nachts verließ, nachdem er seine Gebete gesprochen hatte, das Licht gelöscht war und der Wind in den Bäumen vor seinem Fenster raschelte, pechschwarz, war es Sylvans Kühle, die unter seine Laken kroch und ihn vom Schlaf abhielt.

Er lag da, in einem Zustand zwischen Wachen und Schlafen, und dachte über all die Fragen nach, die er Charlie stellen wollte, Dinge, die er in der Welt beobachtete, Dinge, die ihm sonderbar vorkamen, oder komisch, Worte, die er aufgeschnappt hatte und die allen anderen außer ihm etwas Besonderes zu bedeuten schienen, oder auch einfach nur

Dinge, auf die ein Junge in seinem Alter selbst in einer Million Jahren noch keine Antwort wissen würde; Dinge, für die sein Vater gewiss zu beschäftigt oder zu müde war, um sie ihm zu erklären. Charlie jedoch wurde nie müde, ihm etwas zu erklären. Und er wusste auf alle Fragen eine Antwort.

Manchmal lagen sie abends draußen am Fluss im Gras, ohne sie, nur Charlie und Sam und Jackie Robinson, und die Fragen fielen ihm wieder ein, und Charlie wusste immer eine Antwort.

»Beebo?«

»Was denn, mein Sohn?«

»Ich hab nachgedacht. Manchmal ist der Mond riesengroß, und manchmal ist er klein. Warum ist das so?«

Sie sahen zu, wie der Mond über dem Fluss aufging, größer als eine Orange, die man in der Hand hält. Charlie zündete sich eine Zigarette an, während er über die Frage nachdachte, und schaute zum Himmel, als hätte er Sam gar nicht gehört. Charlie konnte mit dem Rauch Ringe blasen, und Sam wusste, wenn er alt genug war, würde er das auch können, ganz genau so, und dass Charlie es ihm beibringen würde.

»Sam? Bist du jemals auf einer Party gewesen? Auf einer Geburtstagsparty?«

»Ein Mal.«

»Und was gab es da alles?«

»Einen Kuchen.«

»Was noch?«

»Geschenke. Und Luftballons.«

»Dachte ich mir. Nun, der Mond ist wie ein Ballon. Am Anfang ist er ganz klein, und dann bläst ihn jemand auf, und dann wird er richtig groß, und irgendwann platzt er. Deiner ist auch geplatzt, oder?«

»Ja.«

»Und dann holt jemand einen anderen Ballon und bläst den auf.«

»Wer?«

»Versprichst du mir, dass du es niemandem verrätst?«

»Versprochen.« Er legte feierlich die Hand auf seine Brust.

»Ich bin das.«

Sam lachte nicht gleich, nicht, bis er wusste, dass Charlie ihn auf den Arm nahm. Dann trommelte er auf Charlies Brust, und Charlie drückte seinen Kopf nach unten, zog an seinen Haaren, und sie rollten auf dem Feld herum, das im Zwielicht lag, Stoppeln bohrten sich in ihre Rücken, und Jackie sprang jaulend vor Begeisterung um sie herum und schnappte nach ihren Fersen.

Sam glaubte, was man ihm sagte. Er war es leid, Dinge nicht zu wissen. Lesen konnte er bereits; er hatte es heimlich gelernt, indem er sich die Wörter auf der Seite merkte, wenn seine Mutter ihm vorlas, und die Comics konnte er fast ganz allein lesen. Er sah keinen Grund, in die Schule zu gehen, wie es für den Herbst vorgesehen war, aber zugleich war er es auch leid, so viele Dinge nicht zu wissen.

Irgendwann wurden dort im Dunkeln – während er insgeheim all die Dinge auflistete und sich zu merken versuchte, die er Charlie fragen wollte, wenn sie sich das nächste Mal sahen –, all die Fragen zu einer einzigen Frage, einer Frage, von der er wusste, dass er sie niemals stellen und niemals eine Antwort darauf bekommen würde. Was machten die beiden, nachdem sie sich ausgezogen hatten? Wieso war es ein Geheimnis? Und wenn er dann wieder bei ihnen war und sie sich wieder angezogen hatten, warum taten sie dann so, als wäre nichts geschehen?

Das alles gab Sam ein Gefühl des Alleinseins, das er noch

nie zuvor empfunden hatte. Im Grunde hatte er Einsamkeit vorher gar nicht gekannt, er hatte sie nie empfunden, bis zu jenem ersten Mal, als er die beiden in Boaty Glass' Haus aus der Tür hatte kommen sehen, als sie in der Küche standen und so taten, als wäre nichts geschehen. Während er sich die Comics angeschaut hatte, hatten sie sich in andere Menschen verwandelt, und irgendwie wusste er, auch er würde irgendwann so werden wie die Menschen, in die sie sich verwandelt hatten, irgendwann, wenn etwas Bestimmtes geschah. Er wusste nicht, was dieses Bestimmte war, er wusste nicht, wie lange es noch dauern würde, er wusste nur, es würde geschehen, und das machte ihn traurig, weil er plötzlich das Gefühl hatte, alles, was bis dahin noch passieren würde, sei auch nicht wichtiger als die albernen Bilder von Enten im Piratenkostüm, die er sich angesehen hatte.

Auf einmal wurde er sich des Körpers bewusst, in dem er steckte, und wusste, dass auch dieser Körper sich irgendwann in etwas anderes verwandeln würde. Er hoffte, es würde ein Körper sein wie der von Charlie – zäh, muskulös, geschmeidig, nicht groß, ganz anders als der seines Vaters. Ein Körper wie der von Will schien ihm viel zu schwer zu sein, um sich darin wohl zu fühlen, denn er schleppte viel zu viel Ballast mit sich herum.

Sein Vater war ganz rund und warm; Charlie hingegen war wie ein Holztisch: Er bestand nur aus harten Oberflächen.

Sam wurde sich nicht nur seines Körpers bewusst, er bekam auch Angst davor. Er schien ihm so zerbrechlich, so klein, so vergänglich. In ihm gingen Dinge vor, die er nicht verstand. Er hörte Geräusche, die Geräusche seines Körpers, der arbeitete wie ein kleiner Zug, der wie geschmiert über die Gleise fährt. Er wusste nicht, wie das alles passierte.

Er wusste nicht einmal, welches die richtigen Fragen gewesen wären, die er hätte stellen können, ebenso wenig wie er wusste, wen er fragen sollte. Seine Mutter nicht. Und auch seinen Vater nicht. Und obwohl er wusste, dass Charlie ihm alles sagen würde, wusste er gar nicht, wonach er ihn fragen sollte.

Doch Sam schlief nicht mehr gut, und so wurde er unleidig. Immer war er müde, und das machte ihn den ganzen Tag über so wütend, dass er begann, mit seinen Eltern zu streiten, sich wie ein Kleinkind zu benehmen und mit den anderen Jungen auf der Straße zu raufen. Er hänselte die Jüngeren, und die Älteren pöbelte er so lange an, bis sie sich wehrten. Dann kam er mit aufgeschürften Knien und einer blutigen Nase nach Hause, und seine Mutter säuberte seine Wunden, klebte ein Pflaster darauf, tröstete und hätschelte ihn, und sein Vater sagte, man müsse immer mehr austeilen als man einsteckte. Alma machte es traurig, wenn er mit anderen raufte, aber Will schien es irgendwie zu gefallen, als hätte der Junge sich den Mantel eines Erwachsenen übergezogen, der zwar noch viel zu groß für seinen schmächtigen Körper war, den er jedoch voller Energie und Zielstrebigkeit trug.

Sam wusste nicht, warum, aber irgendwie war er immer wütend. Wütend und allein, obwohl er doch von Liebe umgeben war. Doch eines wusste er: Er wollte Charlie und Sylvan wieder und wieder und wieder sehen. Er wollte in ihrer Nähe sein, wollte sie riechen und die Geräusche hören, die sie machten, wenn sie sich berührten, wenn sie sich auszogen.

Manchmal wünschte er sich, alles könne wieder so sein wie es gewesen war, als er und Charlie noch allein auf der Welt waren. Manchmal wünschte er, sie hätten nie vor Sylvan Glass' Haus angehalten, aber oft kam das nicht vor. Wenn er sie jetzt auf einer Decke irgendwo am Flussufer liegen sah, oder wenn er sie mit Schweiß auf der Stirn durch das Schlüsselloch des verriegelten Schlafzimmers hindurch beobachtete, während Jackie Robinson im Garten angebunden war und jaulte, dann wollte er sie sein, dann wollte er in dem unendlich schmalen Spalt zwischen ihren beiden sich bewegenden Körpern liegen, wollte ihre glatte Haut an seiner spüren, mit ihnen verschmelzen, bis er nichts mehr war und sie alles – denn genau das waren sie für ihn. Alles.

22. KAPITEL

Am Ende besaß sie alles, was er hatte, und alles, was er war. Jedes Stück Land, das Charlie gekauft hatte, außer dem, auf dem das Haus stand, in dem er wohnte, und dem Grundstück draußen am Fluss, gehörte rechtmäßig ihr. Er schenkte es ihr mit offenen Händen und offenem Herzen. Anders konnte er das nicht ausdrücken, was in seinem stummen Inneren vorging. Er schenkte ihr all das ohne die Hoffnung, etwas dafür zurückzubekommen, und doch hoffte er – so insgeheim, dass er es sich selbst niemals eingestanden oder seinem Tagebuch anvertraut hätte –, dass sie eines Tages Boaty Glass verlassen und seine Frau werden würde. Er wollte sie, und erst als sie alles besaß, was er einmal besessen hatte, fühlte er sich ganz froh und frei. Wenn sie jetzt auf dem Land spazieren ging, das sie in seinem Herzen bewohnte, wenn sie in seinem Haus lebte, dann war ihre Freude an ihren Feldern, ihren Bächen und Wäldern auch seine Freude, tief in seinem Innern.

Sylvan begriff nicht das Ausmaß dessen, was er tat. Sie wusste nicht, dass sie praktisch in jeder Hinsicht die reichste Frau im ganzen County war. Der Besitz von nahezu viertausend Morgen Land war für sie einfach nur ein schlichtes Vergnügen, so als würde sie die klimpernden Armreifen anlegen, die er ihr hätte schenken können. Was er bestimmt getan hätte, wäre es möglich gewesen.

Geschenke von einem Liebhaber. Einfache Dinge. Schlamm und Bäche und Magnolien und Hartriegelsträucher, für sie war alles gleich, und wenn sie die Dielen auf dem Dachboden, unter denen sie ihre Besitzurkunden versteckt hatte, beiseite schob und sich das alles anschaute, dann funkelte es vor ihren Augen wie Talmi. Das war Sylvans Land. Mehr als viertausend Morgen, und nicht schwerer als ein billiges Armband an ihrem Handgelenk.

»Danke«, sagte sie dann, sie sagte es oft, und immer gab er ihr zur Antwort: »Keine Ursache.« Und es war auch keine Ursache, denn für ihn war es nichts im Vergleich zu dem wohligen Schmerz, dem Aufruhr, den die Liebe zu ihr in ihm entfachte, nichts im Vergleich zu dem Ausdruck in ihren Augen, wenn sie in dieser ganz bestimmten Art zu ihm aufblickte, dieser Art, die ihm sagte, dass alles gut werden würde, dass alles gut *war*, und er glaubte ihr, so wie wir immer das glauben, was uns die Menschen sagen, die wir lieben.

Doch wenn er dann des Nachts in seinem schmalen Bett lag – nachdem er gerade erst mit ihr geschlafen hatte oder, schlimmer, an den Abenden, an denen er sie nicht hatte sehen können und wusste, dass es noch Tage dauern würde –, dann spürte er, dass es nicht genug war. Auf der ganzen Welt gab es nicht genug Land, um ihr zu sagen, was er empfand, um sie davon zu überzeugen, und so zeichnete er sie, wieder und wieder, und keines der Bilder ähnelte ihr. Es gab in seiner Schachtel keinen Buntstift für das Flechtengrün ihrer Augen, für den Bernsteinschimmer ihres Haares, wenn sie sich ihm bei Sonnenuntergang unter den Kiefern hingab, es gab keine Farbe für das Drängen in ihm, für die Atemlosigkeit, die Hast, mit der sie sich liebten, für sein Begehren, denn er wusste, was sie beide wussten – wenn der Sonnenuntergang am schönsten war, würde alles zu Ende sein, dann würde sie nach Hause gehen und, war es erst dunkel, unerreichbar für ihn sein.

An den Rand seines Tagebuchs schrieb er oft Verse aus Gedichten, die er noch aus der Schulzeit in Erinnerung hatte: »*In Xanadu Khan Kublai ließ/ein prächtges Lustschloss sich erbauen…*« Nimm mein Herz, dachte er dann. Es ist dein Xanadu. Erbaue es hier.

Und selbst auf die Bibel, auf das Hohelied der Liebe, griff er zurück: »*Setze mich wie ein Siegel auf dein Herz und wie ein Siegel auf deinen Arm*«, oder es waren Erinnerungsfetzen, die gar nichts mit ihr zu tun hatten, bloß dass alles, jedes Wort, eigentlich mit ihr zu tun hatte. In seinem Leben war sie überall.

Er zeichnete sich selbst, mit der Klippe im Hintergrund, erstarrt in der Bewegung wie Karl der Kojote aus dem Looney-Tunes-Comic, einen Schritt vom festen Boden entfernt, kurz vor dem Sturz, dem schnellen Fall, der mit drastischen Strichen in der Luft zeigte, wo kurz vorher noch sein Körper gewesen war. Das war Charlie zu jener Zeit, alles war gleich, und doch veränderte sich alles. Alles hatte er verloren und doch die Welt gewonnen, denn für ihn war sie nicht einfach eine Frau. Für ihn *war* sie die Welt.

Er dachte an sie, wenn er sie zeichnete und ihren Namen schrieb, dachte an die Panik und den Frieden, die ihn in dem Bruchteil einer Sekunde im Moment des Sturzes ereilten. Den Frieden und die Panik.

Ich will dich. Ich liebe dich. Diese Dinge konnte er nicht einmal sagen. Sie waren nicht erlaubt. Worte wie diese gehörten zu anderen Menschen. Es waren Worte gewöhnlicher Menschen, die ein gewöhnliches Leben führten.

Es erstaunte ihn immer wieder, dass er selbst ja auch ein gewöhnliches Leben führte. Er staunte darüber, wie er morgens aufstehen, sich eine Kanne Kaffee machen und seine Hose anziehen konnte, so wie er es immer gemacht hatte. Wenn er am Morgen aus dem Bad kam und sich die nächtlichen Stoppeln wegrasierte, dann konnte er seinen Körper sehen, und er sah ihn so, wie sie ihn sah, und er mochte, was er sah, all die harten Kanten und die weiche, glatte Haut, ruhig und still und fest, seinen Körper, der nicht einfach nur das Behältnis seiner Seele war, sondern etwas aus Fleisch und Muskeln und Blut, das ein anderer begehrte, sein Körper, der ihr gehörte, so wie all das andere, das er einst besessen hatte, nun ihr gehörte.

Er wäre für sie gestorben, so wie er jetzt für sie lebte, für Sylvan und nur für Sylvan. Für sie würde er zu einem besseren Menschen werden, und er würde geduldig sein wie der biblische Hiob, er würde nichts sagen, keinen Druck ausüben, er würde alles wollen und nichts erwarten. Doch es fiel ihm schwer, es war schwer, auf etwas anderes zu achten, sich auf etwas anderes zu konzentrieren, das nichts mit ihr zu tun hatte.

Jeder in der Stadt begann die Veränderung an ihm zu bemerken, die Distanz. Was er mit seinem Körper tat, begann sich in seinem Körper zu zeigen. Zuerst vage und dann immer klarer merkten die Leute, dass seine Begeisterung etwas Bestimmtem galt, und sie wussten, dass dieses Bestimmte eine Frau war.

Charlie Carter sah es als Erster. Er sah, wie Charlie Beale im Dämmerlicht eines Mittwochnachmittags seinen Pick-up aus der Auffahrt von Boaty Glass' Anwesen lenkte, mit einem Beagle und dem Sohn von Will Haislett auf dem Beifahrersitz. Er sah, wie Charlie ausstieg und mit geübter Geschicklichkeit den Riegel vorschob, wie er sich dann umdrehte, um Sylvan zuzuwinken, die im Unterkleid auf der Veranda stand, und so löste sich all die Vorsicht und Planung in einem einzigen Moment in Luft auf. Carter erzählte es seiner Frau, die ihren Mund nicht halten konnte, und schon am Nachmittag darauf wusste die ganze Stadt, dass das Leuchten in Charlie Beales Augen daher kam, dass er der Liebhaber von Mrs. Harrison Boatwright Glass war, und die Leute in der Stadt schüttelten bloß den Kopf und fragten sich erstaunt, wieso sie so lange gebraucht hatten, darauf zu kommen.

Und wenn man sie gefragt hätte, so hätten sie sich sogar für Charlie gefreut.

In Städten wie dieser ist nichts geheim, und so wurde Charlie zum Objekt des Klatsches. Selbst Will und Alma hörten davon, notgedrungen. Sie wussten, dass Charlie nichts tun würde, das dem Jungen schaden könnte, aber sie wussten auch, dass die Liebe die Menschen sorglos und gedankenlos macht, und so begannen sie sich bei den Gesprächen, die sie abends im Bett führten, zu fragen, ob es denn gut sei, dass Sam immer noch so viel mit Charlie unterwegs war. Sie redeten darüber, und sie machten sich Gedanken, aber sie warteten. Worauf sie warteten, wussten sie nicht. Sam würde ab Herbst in die Schule gehen. Vielleicht warteten sie ja darauf, einfach, um jeder Konfrontation aus dem Weg zu gehen.

Beweise gab es nicht. Der Junge hatte nie etwas gesagt. Vielleicht war es ja auch nur Gerede.

Die beiden alten Schwestern wussten es. Wenigstens wussten sie *etwas*, auch wenn sie sich nicht ganz sicher waren, was. Sein Name war in aller Munde, wie es so schön heißt. Eines Tages hielten sie ihn auf der Straße an, als er mittags von der Metzgerei nach Hause zum Essen ging.

»Es ist Baseball-Zeit, Mister Beale«, sagte Miss Allie, die eine oder die andere. Beide hatten rote Kostüme an, dünne Frauen in teuren Klamotten, jede trug ein schweres goldenes Bettelarmband, die eine am rechten, die andere am linken Arm. Und an jedem Armband baumelten Dutzende von Anhängern, schwere, klimpernde Dinger. Die trugen sie immer, damit jeder hörte, dass sie im Anmarsch waren, noch bevor man sie sehen konnte. Das wusste Charlie. »Sie müssen den Jungs Baseball beibringen«, sagte die eine.

»Und einigen der Mädchen auch, wenn Sie wollen, Mister Beale«, sagte die andere.

»Ja. Einigen Mädchen. Vielleicht sogar einigen alten Jungfern.« Sie lachten genau das gleiche Lachen, und ihre dünnen Zähne in den alten Mündern schimmerten blauweiß wie entrahmte Milch. Wenn sie lächelten, sahen sie aus wie hundert oder wie achtzehn, und ihre Gesichter legten sich in abertausend Fältchen, die von ihrer Freude sprachen, von Jahrzehnten der Freude, die sie darüber empfanden, dass sie sich gegenseitig Gesellschaft leisteten.

»Dazu bräuchten wir ein Spielfeld. Und das gibt es nicht, Miss Allie, Miss Allie«, sagte er und schaute zwischen den beiden eifrigen Gesichtern hin und her, weil er nicht wusste, an wen er sich wenden sollte, da sie einander doch so ähnlich sahen.

»Nun, darüber haben wir bereits nachgedacht. Es gibt da ein Feld …«

»… hinter unserem Haus. Flach wie ein Brett.«

»Und unser Vetter Little Walton Mercer hat sich bereit erklärt, es zu planieren, Spielfeldlinien zu ziehen und sogar eine kleine Tribüne zu bauen, wenn Sie mit von der Partie sind.«

»Ach, bitte, sagen Sie ja, Mister Beale. Die Jungs …«

»… und die Mädchen brauchen es, sie sollen einen Platz haben, wo sie hingehen, etwas tun können.«

»… etwas tun können, Mister Beale, und Vetter Little Walton kann es in drei Tagen hinkriegen. Sagen Sie ja, Mister Beale.«

»Bitte, Mister Beale.«

»Natürlich, meine Damen. Es wäre mir ein Vergnügen.«

»Wunderbar! Abgemacht!« Miss Allie schüttelte ihm fest die Hand, und eine wahre Explosion von klimperndem Goldzeug kitzelte ihn am Handgelenk. »Wir setzen eine Ankündigung in die Zeitung, und Sie werden sehen, das kommt an.«

»Toll, dass die Jungs endlich ihren Spaß haben können … und die Mädchen.«

»Na ja, wir denken schon den ganzen Winter darüber nach. Es muss etwas geschehen. Diese Stadt ist so verschlafen wie eine zu weiche Matratze. Braucht ein bisschen Belebung.«

»Und es wird direkt in unserem Garten sein. Danke, Mister Beale, vielen Dank noch mal. Ich werde in meinem Alter noch zum Baseballstar, Elinor, stell dir das mal vor.« Sie schaute ihre Schwester an.

»Und ich auch, Ansolette.«

»Nun, wir werden sehen, meine Damen. Wir werden sehen. Und jetzt muss ich nach Hause, etwas essen. Noch einen schönen Tag, meine Damen.«

Er war schon am Gehen, als eine der beiden – Ansolette? Elinor? – ihn noch einmal anhielt, indem sie rief: »Mister Beale?«

Er drehte sich um. »Ja?«

»Ist denn alles in Ordnung? Alles in Ordnung mit Ihnen?«

Er spürte, wie ihm die Schamesröte ins Gesicht stieg. Er fühlte sich so, als würde er für ein Verbrechen festgenommen, das begangen zu haben er sich gar nicht erinnern konnte. Bloß dass er sich in diesem Fall an jede Einzelheit erinnerte. Alles in ihm verspürte den Wunsch, den alten Damen die Wahrheit zu sagen, wenigstens so, wie er sie verstand. Es ist alles in Ordnung, wollte er sagen, und auch wieder nicht. Doch manche Dinge sagt man nicht. Manche Dinge schleppt man einfach mit sich herum.

Das Wunder ihres Körpers, wollte er sagen, die Art, wie sie mich ansieht, manchmal, nur manchmal, aber dann schon. Zwischen den Zwillingen und da, wo er stand, stand Sylvan; er konnte sie sehen, eine wohlgeformte junge Frau in einem gelben Kleid aus dem Film, und sie lächelte auf die Art und Weise, bei der ihm immer das Herz in der Brust platzte, jedes einzelne Mal. Regelrecht platzte.

»Gut«, sagte er. »Alles klar. Klar wie Kloßbrühe«, und in seinem Lächeln und seinem Achselzucken lag die ganze Richtigkeit des Universums und nichts von seiner Falschheit.

»Nun, wir denken an Sie, Mister Beale.«

»Wir denken oft an Sie, und manchmal reden wir auch über Sie.«

»Nichts Schlimmes, hoffe ich.«

Das war ernst gemeint. Und wurde ebenso ernst beantwortet. »Nein, Mister Beale. Überhaupt nicht.«

»Im Gegenteil. Ganz im Gegenteil.«

»Wir haben nur die besten Gefühle für Sie.«

»Jeder hat die.«

»Jeder in der Stadt.«

Und so machte Charlie mit dem Küheschlachten weiter, aber er machte sich nicht mehr die Mühe zu warten, bis die

Tiere ganz ruhig waren und ihr Schicksal hinnahmen, obwohl er wusste, dass es sie in Panik versetzte, wenn er sie zu schnell tötete, und dass man ihre Angst später im Fleisch schmeckte; er schlachtete Kühe schnell, er tranchierte das Fleisch, unterrichtete Baseball, und dann liebte er Sylvan Glass, oder er hoffte, es war Liebe, und das war sein Leben, sein ganzes Leben. Und der Junge. Den Jungen liebte und brauchte er, denn nichts davon funktionierte ohne ihn, seinen eingebildeten Sohn.

Charlie war wie die Zigarette, die bei fünfzig Meilen in der Stunde auf den Asphalt traf, waghalsig bis auf die eine Sache, bei der er mehr als vorsichtig sein musste, und das war er, schweigsam und überaus vorsichtig. Niemals sagte er ihren Namen in der Öffentlichkeit, nicht ein einziges Mal. Er wollte niemandem schaden. Im Grunde konnte er keiner Fliege etwas zuleide tun. Und vielleicht tat er ja auch dem Jungen nichts zuleide, dachte er, vielleicht, aber eigentlich wusste er es besser.

Der Junge, der mittlerweile um sich schlug und schrie, weil er nicht zu Bett gehen wollte, der Junge, der sich mit allen stritt, die ihm in den Weg kamen. Der Junge, der nicht essen wollte und plötzlich maulfaul war, der nicht mehr »Ma'am« und »Sir« sagte, der Jackie Robinson schlug, wenn er nicht folgte, so oft, dass der Hund den Jungen abwechselnd anknurrte und ihm hündisch ergeben war und ihn oft mit einer Mischung aus Angst und Verehrung betrachtete. Das war der Junge, den er geformt hatte, den er und Sylvan aufgezogen hatten, in einer Welt, die sie für niemand anderen errichtet hatten als für sich selbst. Ihre kleine Familie. Das war Sam, seines Vaters Augenstern, die erste, letzte und einzige Frucht seines Stammbaums, der fünf und mittlerweile fast sechs war, und Charlie liebte ihn und wusste nicht, was er tun sollte, so verloren war er, obwohl er versuchte, ganz normal mit ihm umzugehen, denn ein Gespräch mit dem Jungen war schier unmöglich geworden, und doch brauchte er ihn, er brauchte ihn, weil er Teil des Geheimnisses war, und ihn jetzt zu verlieren, das spürte er, hätte bedeutet, alles aufs Spiel zu setzen.

Charlie versuchte, lieb zu ihm zu sein. Er versuchte, Sam seine ganze Aufmerksamkeit zu schenken, wie er es früher getan hatte, sich seine endlosen Fragen anzuhören und sich Antworten auszudenken, wenn er keine wusste. Warum war der Mond manchmal groß und manchmal klein? Die Frage hatte ihn in Verlegenheit gebracht, wie so viele Dinge, die einem kleinen Jungen im Kopf herumgehen und die er unbedingt wissen will. Kann ein Reh aus purer Angst sterben, und stirbt ein Kolibri manchmal einfach im Schlaf, ohne einen Grund? Ist für immer eine lange Zeit? Oft hätte er ihn am liebsten in den Arm genommen, doch der Junge war nicht sein Kind, eigentlich war er nicht einmal verantwortlich für ihn, obwohl die Bande seiner Sorge um diesen Jungen ihn so fest umschlossen wie eine Kapsel.

Einmal war ihm der Gedanke gekommen, ein Testament aufzusetzen und alles dem Jungen zu überlassen, doch das war zu einem Zeitpunkt gewesen, als er tatsächlich noch etwas besaß, genug jedenfalls, um dem Jungen ein Leben zu ermöglichen und einen Platz auf der Welt zu schenken. Das war es, was er hatte tun wollen, insgeheim, sodass man erst davon erfahren würde, wenn er tot war, doch das konnte er jetzt nicht mehr tun, diese eine Sache, die er aus reiner Freundlichkeit hatte tun wollen.

Wieder und wieder hatten Alma und Will darüber geredet, dass der Junge ihn nicht mehr begleiten solle, an den Nachmittagen, wenn er ins Schlachthaus fuhr, den Tagen am Fluss, in dem Haus in den Wäldern, denn mittlerweile wussten sie wie jeder andere auch, dass der Junge alleine herumlungerte, während Charlie sein Schäferstündchen mit Boaty Glass' Ehefrau hatte, dass Charlie überhaupt nicht angelte, dass er sich beim Schlachten keine Zeit mehr ließ, und dass er um sich herum Zerstörung anrichtete, ohne es zu wollen und letztendlich ohne dass es ihm auch nur etwas bedeutete oder er in der Lage war, sich selbst Einhalt zu gebieten. Sie hatten darüber gesprochen und nichts getan, um es zu stoppen.

Und so geschah es, dass sie, als Charlie zu ihnen kam und eine bestimmte Frage stellte, ja sagten, weil sie gar nicht anders konnten. Wie konnten sie denn nicht einverstanden sein und nicht ebenso wie Charlie denken, dass es dem Jungen vielleicht guttun und ihn wieder auf die rechte Bahn bringen würde, heim zu sich selbst, zu seiner Kindheit und heim zu ihnen, seiner Mutter und seinem Vater?

»Bald hat er Geburtstag«, hatte Charlie gesagt. »Ich möchte eine Party für ihn veranstalten. Ich möchte ihm einfach zeigen, dass es anders geht, und vielleicht bewirkt es ja etwas. Vielleicht wird es seinen Streitereien ein Ende bereiten.«

Und wie hätten sie nein sagen können, wo sie doch wussten, was sie wussten, wo sie doch wollten, was sie wollten, eine Art Rettung, und dass sie den Jungen irgendwie wieder zurückhätten, und dass auch Charlie wieder der Alte wäre, ein Mann, der gerne lachte, der großzügig und liebevoll war, ein Mann, dessen Arme weit offen waren, selbst wenn er die Hände in den Hosentaschen hatte.

Eine Party. Eine Überraschungsparty für Sam, draußen auf der Wiese am Fluss, nur für ihn, denn er wurde sechs; so lange war er schon auf der Erde und würde noch viel länger auf ihr bleiben, und damit musste auch eine Art Frieden geschlossen werden, eine Art Gleichmut geschaffen dem ganzen Leben gegenüber, das doch noch auf sie wartete, auf den Mann wie auf den Jungen.

»Genau das soll es sein«, sagte Charlie. »Gut für den Jungen.«

»Ich möchte es gerne tun«, sagte er. »Überlassen Sie alles mir.«

Und natürlich überließen sie alles ihm. Denn das taten sie schon längst.

23. KAPITEL

4. August 1949. Sam Haisletts sechster Geburtstag. August im Virginia Valley, heiß wie die Hölle, heißer, als man je gedacht hätte, denn früher, nach dem Bürgerkrieg, waren die Leute scharenweise hierher gekommen, um der Hitze der Städte zu entfliehen. Alles war ausgetrocknet, goldengrau, die Wiesen zum zweiten Mal gemäht, und die Äste der Weiden hingen schlaff über dem still dahinplätschernden Wasser, das viel niedriger stand als im Frühjahr, doch es war immer noch da, suchte sich immer noch seinen Weg ins Meer und in die Freiheit. Sengend weiß stand die Sonne an einem sengend weißen Himmel. Das Wasser des Flusses, des süßen Flusses Maury, so frisch und klar, plätscherte noch immer munter durch sein Bachbett, Wasser, das vom Auge Jesu direkt ins Herz Gottes fließt.

In Pittsburgh verfehlte die Baseball-Legende Jackie Robinson vier Schläge, obwohl seine Mannschaft insgesamt vierzehn Treffer landete und die Pirates schließlich 11 zu 3 schlug. Damals holten sie sich den Wimpel und verloren die Serie später an die Yankees. Am selben Tag machten sich die Menschen in Brownsburg Sorgen über die Tatsache, dass die Russen angekündigt hatten, eine Atombombe zu zünden, was sie drei Wochen später auch wahrmachten. Happy

Chandler, der Baseball Commissioner und ein entfernter Verwandte der beiden alten Zwillingsschwestern – so entfernt, dass es ihm selbst gar nicht bekannt war –, verbrachte den Tag zu Hause bei sich in Versailles, Kentucky, und ging in aller Ruhe ein paar juristische Dokumente im Fall von Danny Gardella durch, einem Fall, der den Baseball letztendlich für immer verändern würde.

Es war ein Donnerstag. Im Mann Gulch, einem Flusstal bei Helena, Montana, brach ein Feuer aus, dem am nächsten Tag dreizehn Menschen zum Opfer fallen würden. Montgomery Clift und Olivia de Havilland waren auf dem Cover der *Movie Story.* Große Dinge geschahen. Kleine Dinge geschahen. Alle waren schwer beschäftigt, ob nun auf dem Planeten Erde oder im County. Doch wenn hierzulande die Leute immer noch über diesen Tag reden, dann aus einem einfachen Grund. Der vierte August 1949 war auch der Tag, an dem der sechsjährige Sam Haislett starb und durch einen einzigen Kuss von Charlie Beale ins Leben zurückgeholt wurde.

Danach nannte jeder, der ihn kannte, und auch jeder, der ihn nicht kannte, Charlie Beale Beebo. Man nannte ihn deshalb so, weil es das Erste war, was der Junge sagte, als er wieder die Augen aufschlug, nachdem er durch einen einzigen Kuss von Charlie Beale gerettet worden war, als er ins Leben zurückgerufen wurde, was dem Arzt nicht gelungen war.

Wenn man ein Leben rettet, rettet man die ganze Welt. Das ist es, was die Juden sagen. Nur ein einziges Leben, unter all den Milliarden anderen Menschen, die am Leben sind. Es verändert alles. Und nicht nur für denjenigen, der gerettet wird.

An dem Tag vor dem Tag, der alles veränderte, nahm Charlie Sam auf das Feld am Fluss mit, wo er zuerst gewohnt hatte, als er in die Stadt kam, um dafür zu sorgen, dass das Gras gemäht und geharkt und die Tische aufgestellt waren, lange Bretter auf Sägeböcken, an denen jeweils vierzehn Menschen Platz hatten. Er hatte ein Festmahl geplant, dafür am Dienstag zwei Spanferkel geschlachtet, die über einem gewaltigen Holzfeuer gegrillt werden sollten. Er hackte Holz, und Sam stapelte es für ihn auf. Während sie sich bereit machten aufzubrechen, zeigte er Sam einen Zaubertrick, genauer gesagt den ersten Teil davon.

Er bat Sam, sich seinen Lieblingsbaum auszusuchen, und als Sam ihn am Ufer gefunden hatte, eine junge Weide, die ihre Äste bis ins Wasser streckte, wo die Elritzen hindurchflitzten, hatte Charlie ein Stück Bazooka-Bubblegum aus der Tasche gezogen und es sorgfältig in die weiche Erde an der Wurzel des Baumes gelegt. Als es ganz mit Erde bedeckt war und sie es mit ihren Stiefeln festgedrückt hatten, versprach er Sam für seinen Geburtstag eine Überraschung.

In jener Nacht schlief Sam nicht besonders viel, sondern lag lange im Dunkeln wach, drückte die Finger gegen die geschlossenen Augenlider, um das Feuerwerk zu beobachten, das sich dann im Dunkeln entfaltete, doch irgendwann verfiel er doch in Schlaf, flog zusammen mit Captain America durch die bunt schimmernde Dunkelheit, und als er dann wieder erwachte, war es ein freudiges Erwachen, denn als er an diesem Morgen, seinem sechsten Geburtstag, nach draußen lief, hatte er über zweitausend Tage auf dieser Erde verbracht, allesamt auf den Straßen derselben Stadt, und alles würde wundervoll werden, denn er war auf dem Weg zu Charlie Beale.

Alles ist anders, wenn ein Junge Geburtstag hat. Jeder einzelne Moment ist wie von innen erleuchtet, erfüllt von dem Gedanken, dass jede Geste, jedes Wort eine Geste oder ein

Wort sind, die mit dem Geburtstag zu tun haben. An deinem Geburtstag wissen die Leute, wer du bist.

Beim Frühstück sagte seine Mutter ein Sprüchlein auf: »Jetzt bin ich sechs und schlauer denn je/Drum bleib ich es ewig, so wahr ich hier steh.« Und dann küsste sie ihn und sagte: »Alles Gute zum Geburtstag, mein Schatz«, während Will ihn mit verbundenen Augen auf die hintere Veranda führte, wo ein funkelnagelneues Fahrrad auf ihn wartete. Sein Geburtstag, sein Gedicht, sein Fahrrad.

So rasch er konnte, lief er hinüber zu Charlie, denn er konnte es kaum erwarten zu erfahren, was die nächste Überraschung war. »Guten Morgen, Sam«, sagte Charlie. »Bist du bereit zum Graben?«

Als sie hinaus zu Charlies Feld kamen, war es gerade einmal acht Uhr und bereits heiß, und da war auch die Geburtstagsüberraschung. Auf der Weide waren Hunderte von Kaugummis gesprossen, von den zarten Spitzen der Zweige, die im Wasser trieben, bis zu ihren höchsten Ästen. Ein Kaugummibaum war gewachsen, einfach so, über Nacht. Und Sam wusste, dass jedes Kaugummi einen Penny kostete, weshalb er voller Ehrfurcht auf dieses kleine Vermögen von Kaugummis schaute, die aus einem einzigen Kaugummi, das sie erst gestern gepflanzt hatten, in nur einer Nacht gewachsen war. Er pflückte und pflückte, füllte seine Taschen, doch da war immer noch mehr, hoch oben im Baum, Hunderte von Päckchen, an die er nicht herankam, ein jedes mit einem Kaugummi drin, dazu einem Zettel mit einem Witz oder einem Gutschein für eine kleine Pfeife.

»Sam«, sagte Charlie, um ihn zu bremsen. »Sam. Du hast das ganze Leben noch vor dir. Dieser Kaugummibaum ist für immer da. Immer nur ein Stück auf einmal. Nur eins. Da hast du lange dran. Später ernten wir sie alle und legen sie in ein geheimes Versteck. Okay? Heute hast du Geburtstag, Sam, und vor dir liegt ein Leben mit jeder Menge Kaugummi. Stell dir das mal vor.«

Sam legte die Arme um Charlies Hals, mit vollgestopften Backen, und blieb einfach so, roch den Morgen, roch Charlies Seife, den Fluss, seinen Geburtstag.

Dann ging Charlie mit ihm zum Pick-up und gab ihm noch ein Geschenk: seinen ersten Baseball-Handschuh, einen Wilson, ganz steif und hart, der noch zu groß für Sam war und in den er erst noch hineinwachsen musste. Charlie sagte, abends würden sie Baumwollsamenöl in den Handschuh geben, ihn damit einreiben, und davon würde er irgendwann ganz weich werden und ganz genau auf seine Hand passen, die dann größer war. Dann würde der Handschuh sitzen wie eine zweite Haut. Sam fühlte sich wie im Himmel. Als wäre er gestorben und in den Himmel gekommen.

»Und jetzt graben wir die Grube für die Schweinchen, mein Sohn«, sagte Charlie und nahm sanft die Arme des Jungen von seinem Hals. »Hol dir eine Schaufel aus dem Pick-up.« Sam half ihm eine Stunde und ging dann mit seinem neuen Handschuh am Fluss spazieren, warf immer wieder den Ball hoch und ließ ihn an der straffen, neuen Oberfläche des Handschuhs abprallen, der so wunderbar roch, während Charlie weitere drei Stunden schuftete, um die Grube auszuheben, bis das Loch einen Meter breit und anderthalb Meter tief war, die Ausmaße eines Kindergrabes.

Als die Grube ausgehoben war, füllten sie sie mit Kienspänen und Holzscheiten und machten ein Feuer, das rasch so hell und heiß brannte, dass man sich nur bis auf anderthalb Meter nähern konnte, so heiß, dass ein Scheit wie eine Schlange zischte, wenn man ihn hineinwarf, knallte wie ein Feuerwerk im Sommer und dann sofort lichterloh brannte.

Als das Feuer ordentlich loderte und Charlie einen gewaltigen Stapel Holz aufgeschichtet hatte, fuhren sie zur Metzgerei zurück, um die Schweinchen zu holen, die im Kühlraum lagen und in einer Salzlake geruht hatten. Charlie wusste nicht genau, wie er es machen sollte, doch der alte Tolley, der ihm die drei Wochen alten Ferkel verkauft hatte, der sie für Charlie gemästet hatte, seit sie auf der Welt waren, hatte es ihm genau erklärt, Schritt für Schritt, das mit dem Pökeln, mit der Grube, dass man sie mit geschmolzener Butter und Apfelwein einpinselte, und wie lange, wie heiß und wie nah am Feuer man sie grillte. Das machte der alte Mann schon, seit er ein Junge gewesen war, und vor ihm sein Vater, und so war es fast so, als würde man sich von Leonardo Da Vinci das Malen beibringen lassen, wenn der alte Tolley einem erklärte, wie man ein Spanferkel zubereitete.

»Sind das Baby-Schweinchen?«, fragte Sam und schaute skeptisch auf die beiden graurosa Körper, die in kleinen Wannen in der Salzlake schwammen.

»Na ja, älter werden sie jedenfalls nicht mehr«, sagte Will, »aber das ist mit Sicherheit das beste Schweinefleisch, das du in deinem Leben essen wirst.«

»Ich wünschte, es wären keine Babys.«

»Wenn du etwas isst, dann solltest du auch wissen, woher es kommt. Du bist jetzt sechs Jahre alt. Du musst achtsam sein. Das zeigt Respekt. Denk immer daran. Einen vollen Bauch kriegt man nicht von ungefähr.«

»Nur von Luft und Liebe kann niemand leben«, fügte Charlie hinzu.

»Ich brauche nichts zu essen«, sagte Sam.

»Jeder braucht etwas zu essen.«

»Ich nicht. Ich hab mein Kaugummi!«, rief Sam und ließ einige seiner Schätze aus der Hosentasche purzeln.

»Wo hast du die denn her, Junge?«, fragte Will, sammelte die Kaugummis auf und hielt sie ihm entgegen.

»Von dem Baum. Dem Zauberbaum.«

»Ich war's, Will. Ich hab ihm die gegeben.«

»Wäre mir lieber, das hätten Sie nicht getan, Charlie. Alma wird das nicht gutheißen, wissen Sie.«

»Sam?« Charlie kniete vor dem Jungen auf dem Boden. »Wenn wir ab jetzt ein Kaugummi vom Baum pflücken, fragst du vorher immer deine Mutter, okay?«

»Äh … Na ja, okay.«

»Denk doch mal nach. So halten sie viel länger. So halten sie ewig, dein ganzes Leben lang.«

»Und wie lange wird das sein?«

»Mindestens hundert Jahre. Hundertsiebenundneunzig Jahre.«

»Das ist eine lange Zeit.«

»Das ist eine sehr, sehr lange Zeit.«

»Leben manche Schweine auch so lang?«

»Nein, Sam. Nur Jungen. Nur einige Jungen.«

»Und du auch? Und Daddy?«

»Das hoffe ich ganz fest.«

Während sie sprachen, hatte sich der Himmel draußen von Weiß zu Schwarz verfärbt, die Luft war zum Schneiden dick geworden, und dann gab es plötzlich ein Krachen, einen Blitz, der Himmel öffnete sich, und es gab einen Wolkenbruch, so heftig, dass man die andere Straßenseite nicht erkennen konnte und Will die Lichter in der Metzgerei einschalten musste. Mitten am Tag war es finster wie bei Nacht.

Das Gewitter dauerte fünf Minuten, und als es vorüber war, hatte es ein paar Grad abgekühlt, und der Himmel war so blau wie die Augen eines Babys. Ein perfekter Augusttag in Virginia. Einen solchen Tag zu erleben, auch nur ein einziges Mal im Leben, das war ein Segen.

In gerade einmal fünf Minuten hatte das Gewitter Zerstörung und Perfektion zugleich geschaffen. Äste lagen herum, Telefonleitungen waren gekappt. Susie Hostetter, die Dame in der Telefonvermittlung, packte ihre Sachen zusammen und machte Feierabend.

Das Feuer in Charlies Grube hatte der Sturm nicht gelöscht, doch als sie zu der Grube kamen, stiegen vulkanische Dämpfe daraus empor. Die Schweinchen steckten auf Spießen, bis es ein Uhr war, und wurden alle fünfzehn Minuten per Hand von Charlie mittels einer eigens vom Schmied in Lexington angefertigten Kurbel gedreht. Das Fett von den langsam sich drehenden Körpern tropfte ins Feuer, kleine Flammen zischten hoch und züngelten am allmählich knusprig werdenden Fleisch. Charlie hielt Eimer frischen Wassers aus dem Fluss bereit, um die Kohle damit zu bespritzen, damit die Haut der Schweinchen nicht verbrannte, bevor das Fleisch gar war. Alle zwanzig Minuten strich er das Grillgut mit einem Pinsel ein, den er in geschmolzenes Fett und Apfelwein getaucht hatte.

Ab zwei Uhr kamen die Gäste. Er hatte mehr als hundert eingeladen, auch einige der Schwarzen in der Stadt, obwohl er wusste, dass sie nicht kommen würden, was auch der Fall war. Und sie wussten, dass Charlies Einladung aufrichtig war, von Herzen kam und tiefer Zuneigung zu ihnen entsprach, ebenso wie ihnen klar war, dass sie an jenem Nachmittag auf dem Feld draußen am Fluss fehl am Platze sein würden. Reverend Lewis Shadwell hatte in Erwägung gezogen, hinzugehen und sich sogar angezogen, ein Geschenk für Sam lag eingepackt auf seinem Schreibtisch, doch in letzter Minute geriet er ins Zaudern, hängte dann seine Sonntagskleidung zurück in den Schrank und legte sich im Unterhemd auf sein Bett und machte in der frischen Nachmittagsluft ein Nickerchen. Als er wieder aufwachte, war das, was draußen am Fluss passierte, bereits Geschichte.

Nach dem Gewitter lag ein Gefühl von Leichtigkeit in der Luft und in den Herzen der Menschen. Eine Band, die Charlie den weiten Weg aus Fincastle hatte anreisen lassen, machte Musik, eine Bluegrass-Band, die all die Lieder spielte, mit denen die Leute in der Stadt aufgewachsen waren, die sie aber nicht mehr so oft hörten, Lieder wie »The Knoxville Girl« mit seiner traurigen Geschichte von Mord und Reue. »*She fell down on her bended knees, for mercy she did cry/Oh, Willie, dear, don't kill me here, I'm unprepared to die.*« Der Sänger der Gruppe war ein alter Mann. Er sang die Lieder, die ihm sein Großvater beigebracht hatte, und spielte die Fiedel, ohne auch nur einmal die Miene zu verziehen oder aufzuschauen, während zwei andere Männer Banjo und Gitarre spielten, die Gesichter so scharf und klar wie der Klang ihrer Instrumente.

Die Leute hörten die Lieder, die Musik der Berge und Täler, aus denen sie kamen, Lieder von Liebe und von Mord und unfruchtbaren Feldern, einem harten, harten Leben der Entbehrung, sie hörten den alten Mann, hörten die flachen Stimmen vom Lande, wie sie ihre Großmütter und Großväter gehabt hatten, hörten die Lieder, denen sie auf den breiten Holzveranden ihrer Kindheit gelauscht hatten.

Und dann kam Sylvan. Sylvan und Boaty stiegen aus ihrem vulgären, schicken Auto, und Sylvan trug das grüne Kleid aus dem Film. Sie hatte versucht, Claudie dazu zu bewegen, auch zu kommen, weil sie Claudie für die einzige Schwarze hielt, die genug Chuzpe hatte, hier aufzutauchen, doch Claudie hatte sich aus der Affäre gezogen, indem sie sagte, sie könne Evelyn Hope nicht so lange alleine zu Hause lassen. Doch dann ließ sie sie doch alleine, setzte sich an das Flussufer gegenüber und fertigte Zeichnungen von all dem an, was drüben vorging, vor allem von Sylvan.

Sylvan stand in der vollen Blüte ihrer zwanzig Jahre, und sie war so leuchtend und hell wie die frische Sommerluft am Fluss. Ihre Begrüßung von Charlie fiel sehr diskret aus, weder zu distanziert noch zu vertraut, und dann mischten sie und Boaty sich unter die Leute, als hätten sie und Charlie nie Haut an Haut und Körper an Körper gelegen, vor den Augen des Jungen, der damals noch nicht einmal sechs Jahre alt gewesen war.

Natürlich gab es Geschenke für Sam, jeder hatte ihm eine Kleinigkeit mitgebracht, und er war wie betrunken von all seinen Schätzen. Pfeifen und Jojos, kleine Peitschen und Spielzeugpistolen, jeder hatte etwas gekauft, von dem er glaubte, es würde ihm gefallen, weil sie alle Will mochten und ihn bewunderten, und Alma erst recht. Und auch, weil sie hofften, durch ihre Großzügigkeit die Noten ihrer eigenen Sprösslinge zu verbessern, die sich durch die Schule kämpften, oder die Qualität des Hackfleischs, das sie bei Will in der Metzgerei kauften. Alma schrieb jedes Geschenk in ein kleines Büchlein mit linierten Seiten und fragte sich, wie lange Sam wohl brauchen würde, um sich bei jedem persönlich mit einem Kärtchen zu bedanken.

Charlie sah Claudie am anderen Flussufer, alle sahen sie. Er ging bis zum Wasser hinunter, winkte ihr zu und rief und bedeutete ihr, doch herüberzukommen, aber die Schneiderin gab nicht einmal zu verstehen, dass sie ihn gesehen hatte. Selbst als Sylvan sich aus der Menge löste und sie beim Namen rief, sich einmal um die eigene Achse drehte, sodass jeder das karierte Futter des grünen Kleides sehen konnte, blickte sie nicht auf.

Die Leute wussten nicht, was sie von dem Kleid halten sollten. Es war so extravagant, so jenseits dessen, was irgendeine Frau hier in der Stadt sich je hätte kaufen oder auch nur nähen können. Irgendwie wirkte es wie ein wildes Tier aus Afrika oder wie ein Pinguin vom Südpol. Die Leute sahen nicht, wie hübsch es war oder wie es Leben in Sylvans üppigen Körper brachte: In ihren Augen war es nur ein Trick von ihr, mit dem sie die Leute dazu bringen wollte, etwas anderes in ihr zu sehen als das, was sie war – eine Landpomeranze aus irgendeinem gottverlassenen Tal, das die meisten von ihnen noch nie gesehen hatten. Sie waren an ihre Kapriolen gewöhnt, daran, dass sie die Nase ziemlich hoch trug, doch irgendwie war dieses grüne Kleid auf diesem Feld, in diesen Schuhen, an diesem Nachmittag einfach zu viel des Guten.

Wer dachte sie eigentlich, dass sie war – und wer war sie überhaupt? Und wie lange würde es noch dauern, bis Boaty ihr auf die Schliche kam? Am einfachsten bekommt man ein Geheimnis heraus, wenn man jemanden fragt, der denjenigen, um den sich das Geheimnis dreht, nicht mag. Und eine Menge Leute mochten Sylvan Glass nicht, zumindest mochten sie sie nicht in diesem Moment. Allerdings würde sich das ändern, als das geschah, was geschah, als sie tat, was sie tun würde, denn sie war die Erste, die Mutigste, sie bewirkte zwar nicht das Wunder, aber sie handelte als Erste und tat das Richtige. Für kurze Zeit würde sie ihnen eine Menge bedeuten, diesen Leuten, und man würde ihr mit Liebenswürdigkeit begegnen, aber nur für kurze Zeit, denn danach tat sie etwas anderes.

Und Folgendes geschah: Etwa um drei Uhr nachmittags,

als Charlie und Will gerade die Spanferkel vom Spieß nehmen und sie zum Zerteilen auf die Marmorplatten legen wollten, die sie vom Steinmetz Coffrey zu diesem Zweck geborgt hatten, sah Sam ganz oben in seinem Wunderbaum ein Kaugummi, das er unbedingt haben wollte. Es waren viele Kinder auf die Geburtstagsparty gekommen, und die unteren Äste waren bereits ziemlich leergepflückt. Da alle am Plaudern und hungrig waren, sah niemand, wie Sam auf den Ast hinaufkletterte, der weit über den Fluss hinausragte, doch sie hörten das laute Beben, das durch den Baum ging, und das scharfe Knacken, als der Ast der Weide, der jetzt im Spätsommer knochentrocken war, brach, und auch wenn sie ihn nicht fallen sahen, hörten sie das Platschen, und sie hörten den dumpfen Aufprall des Astes, der Sam am Kopf traf, als er ins Wasser fiel, und sahen die Blutwolke, die sich im Wasser ausbreitete, als der Junge unterging. So schnell kann eine solche Tragödie passieren. Wenn man nur ein Mal kurz wegschaut. Nur ein Blick, den man abwendet, und dann irgendetwas, das man im Augenwinkel wahrnimmt und das ganz und gar fehl am Platze ist. Der Hund und das Auto. Die Messerklinge und dein Finger. Ein Atemzug. Ein Lidschlag.

Alle liefen los, obwohl sie den Jungen gar nicht fallen gesehen, sondern nur gehört hatten, wie der Ast brach. Einige der Frauen schrien. Die Musik hörte abrupt zu spielen auf. Charlie rannte in Richtung Fluss, und er war der schnellste Läufer von allen, doch Sylvan war vor ihm da, sie war bereits im Wasser und tauchte, und so konnte Charlie nur ins seichte Wasser springen und versuchen, den Jungen zu entdecken, wobei er völlig sinnlos seinen Namen rief, so wie alle ihn riefen. Hier war die Strömung stark, das wussten alle, und der Junge trieb bereits in großer Geschwindigkeit flussabwärts im reißenden Strom, wurde gegen Felsen geschleudert, auf den Grund hinabgezogen.

Nein, es war Sylvan, die hinabtauchte, dieses zwanzigjährige Mädchen, in einem grünen Seidenkleid wie aus dem Film, mit kariertem Futter, und ihr Körper schoss wie eine Messerklinge ins Wasser. Wie ein flinker, grüner Strich im sprudelnden, wirbelnden blaugrünen Wasser, und dann waren sie beide verschwunden.

In dem grünen, wilden Wasser konnte sie nichts erkennen, denn das Licht war trüb und wurde von den Blättern an den Bäumen und einer Wolke am Himmel verdunkelt. Sie folgte der Strömung, ließ sich mitreißen, schwamm mit kräftigen Zügen hindurch, weil sie wusste, dass der Junge denselben Weg nahm. Es gab nur eine mögliche Richtung, und der Fluss würde entscheiden, wo sie landen würden. Sie schwamm mit großen Schmetterlingsschlägen durch das Wasser, versuchte den Zipfel eines Hemdes zu erwischen, einen Schuh, eine Hand, die nach hinten hing.

Eine Minute. Zwei Minuten. Sie schoss an die Oberfläche, um Luft zu holen, tauchte wieder ab, und dann fand sie ihn, direkt unter ihr. Er hing an der Feder einer alten Matratze fest, bereits schlaff, leblos. Sie zog, konnte ihn aber nicht losmachen. Sie zog noch einmal, drehte sich dann im Wasser und stemmte den Fuß gegen die Matratze, aus der flinke, grüne kleine Schlangen herausschossen und um sie herumflitzten. Sie packte Sam an den Schultern, zog, und dann konnte sie ihn endlich befreien, ein Turnschuh blieb zurück, seine Schnürsenkel trieben im Wasser wie geisterhafte Luftschlangen.

Der Schlamm am Flussufer war weich, wie noch nicht erstarrter Kuchenguss. Ihre Füße fanden keinen Halt. Sie konnte keinen Fuß freimachen, bekam Sams Kopf nicht über

Wasser. Es war, als würde er tausend Pfund wiegen. Dann schaffte es Charlie zu ihnen, zog an ihrem sich bauschenden Haar, zerrte sie an Land, und der Schlamm saugte sich an ihren Schuhen fest, riss sie los, und der Junge, der Junge in ihren Armen, jetzt in Charlies Armen, wurde hochgehoben und weitergereicht, zu Raidy Tate, zu Charlie Howard, dann zu seinem Vater, der ihn auf den Boden legte, während Doctor Brush über ihm kniete, und dann wurde alles mucksmäuschenstill, während der Doktor ihn abtastete, abhörte und den Jungen dann auf den Bauch drehte, ihm auf den Rücken klopfte, wieder und wieder vergeblich, wie er den Kopf an seine Brust legte, lauschte und schließlich zu Will und Alma emporblickte und fast unmerklich den Kopf schüttelte. Doch diese Geste sagte alles, was es zu sagen gab. *Tot.*

Alma schrie auf, und Will fiel schluchzend auf die Knie, sein einziges Kind, das Licht seines Lebens, und jetzt war es tot, raue Hände strichen die Haare aus Sams Gesicht, als könnte die Sonne ihn mit ihren warmen Strahlen ins Leben zurückrufen, und Alma schrie, fiel den anderen Frauen in die Arme, streckte die Hände nach dem kleinen Körper aus, zu dem ihre Beine sie nicht zu tragen vermochten, kämpfte sich von den Frauen frei, die sie in ihrer plötzlichen, ewigen Trauer einschlossen.

Charlies Gesicht war nass von Tränen und von Schweiß. Von Schuldgefühlen. Das war das Ergebnis seines Geburtstagszaubertricks für Sam – dieser kleine Körper, tot, mit nur noch einem Schuh am Fuß, einer Socke, tot. Sylvan wandte sich ab, dankbar zum allerersten Mal um die Arme ihres dicken Ehemannes, seine schwere Schulter, sodass sie nicht sah, was als Nächstes geschah, nicht sah, wie Charlie Will beiseite schob, sich über den Jungen beugte und dann auf die Knie fiel, indem er den schmalen Körper fest zwischen seine Knie packte, hochhob und ihn dann an seine Brust drückte, wie er ihn dann sanft wieder sinken ließ, den feuchten und dunklen Abdruck des nassen Körpers auf seinem Hemd.

Sylvan sah nicht, wie Charlie sich vorbeugte und dem Jungen etwas ins Ohr flüsterte, etwas, das eine Weile dauerte und das niemand sonst hörte, obwohl die Leute hinterher viel Zeit damit verbrachten zu erraten, was es wohl gewesen war – ein Gebet, ein Gedicht, eine Entschuldigung, ein Bibelvers.

Sylvan sah nicht, wie Charlie dann sein Gesicht dem Gesicht des Jungen näherte und ihm einen langen Kuss gab. Mund zu Mund hielt er seine Lippen ganze dreißig Sekunden lang an die des Jungen, die Frauen heulten und klagten, Will lag noch immer mit gesenktem Blick auf den Knien, sein Atem schwer und nass an seiner Brust, und die Augenlider, hinter denen die Tränen hervorquollen, geschlossen.

Sie sah nicht, wie sich die Augen des Jungen öffneten, wie Wasser aus seinem Mund quoll, doch sie hörte, was alle hörten, die schwache Stimme des Jungen, in einer Mischung aus Angst und Verwunderung, als er das erste Wort seines neuen Lebens sagte.

»Beebo?«, fragte er, blickte zu Charlie auf und rief dann, sich von ihm abwendend, »Mama? Mama?« Und er lebte wieder, das Rosa seines Blutes spülte das Blau aus seinen Adern und seiner Haut, aus seinen Fingerspitzen. Er lebte, wo er doch eigentlich schon tot gewesen war, und die Menge teilte sich, als die Frauen Alma losließen und sie nach vorne stürzte, während Charlie aufsprang und zu dem Schatten der Weide lief, um all die Kaugummis aus den Ästen zu reißen und ins Wasser zu werfen. In der Menge wurde es still, der Junge lebte, und die Männer und Frauen wussten, was auch immer von nun an geschah, würde etwas sein, das nach dem passierte, was sie an diesem Tag erlebt hatten. Dieses Ereignis, für das sie keinen Namen wussten; nur einige Leute wussten ihn und nannten die Sache beim Namen, obwohl ihnen das Angst machte, und sie tun es noch immer, wenn sie erzählen, dass sie dort waren, dass sie es mit eigenen Augen gesehen hatten, das Flüstern und den Kuss und wie der Junge ins Leben zurückgekehrt war, und dann machen sie einfach eine Pause in ihrer Erzählung und schütteln den Kopf angesichts dieses Geschehens, das doch nichts anderes war als – ein Wunder.

Alles in dieser Stadt, in diesem County, in der Geschichte und im Leben dieser Menschen, die dort waren und derer, die nicht dort waren, alles war *vor* diesem Kuss – die Musik, das Mädchen aus Knoxville, das anmutige oder auch unbeholfene Tanzen zu den traurigen Klängen, die Hitze des Morgens und der Donnerschlag gegen Mittag, das Spanferkel, das längst verbrannt und vergessen war, weil auf einmal keiner mehr Hunger hatte–, all diese Dinge waren vorher gewesen, niemand erinnerte sich noch an sie, denn nun waren ihre Herzen voll, und alles andere war *danach*.

Danach wandelte Charlie Beale in ihren Augen – wenigstens für eine kurze Zeit und ganz gleich, was er tat und wohin er auch ging – auf dem Wasser, und es gab nichts, was er falsch machen konnte.

24. KAPITEL

Jeder in Brownsburg, Männer, Frauen und Kinder, liebte Charlie Beale. Jeder bis auf einen Mann. Von dieser Minute an hasste ihn Boaty Glass. Er hatte nicht hingeschaut, als Charlie Beale angefangen hatte, Land aufzukaufen, hatte seinen Stolz sogar heruntergeschluckt, als er hörte, Charlie habe ihn überholt, was die Größe seines Grundbesitzes anging und auch dessen Qualität. Er hatte sich sogar taub gestellt, als die Gerüchte aufkamen, was Charlie Beale mit seiner Frau zu schaffen hatte, obwohl er tief in seinem Herzen wusste, dass die Gerüchte stimmten. Doch sie bedeutete ihm nicht viel, seine Frau mit ihrem üppigen Körper und ihrem schicken Gehabe. Im Grunde bedeutete sie ihm gar nichts, solange sie nur seine Frau blieb.

Er hatte eine auffallende Kühlerfigur für den Wagen seines Lebens gewollt. Glitzernd, funkelnd, schön gearbeitet, etwas, das einzigartig und kunstvoll war. Er hatte das Objekt des Neides sein wollen. Aber vor allem hatte er sich gewünscht, geliebt zu werden, denn mit einem so herrlichen Eheweib an seiner Seite würde man auch ihn selbst bewundern. Aus diesem Grunde trug er sogar einen Ehering, denn wenn er durch die Straßen einer Stadt ging, ob es nun Brownsburg war oder Timbuktu, dann konnte jeder

Fremde mit einem Blick auf seine Hand sehen, dass er geliebt wurde.

Doch der Gedanke, dass nun die ganze Stadt so große Stücke auf Charlie hielt, dass er das Ansehen besaß, das zu besitzen Boaty sich gewünscht hatte, seit seine Mutter gestorben war, kratzte ihm in der Kehle, als hätte er ein Stück Stacheldraht verschluckt. Wenn man Boaty ärgerte, dann hörte er ein konstantes, schrilles Pfeifen in seinem Ohr, und er spürte, wie bittere Gallensäfte in seinen Magen emporstiegen. Es dauerte lange, Boaty wütend zu machen, doch wenn er es dann war, blieb er bei seinem Zorn und wartete geduldig, die Hände über seinem gewaltigen Bauch gefaltet, auf seine Rache.

Selbst Sylvan hatte sich seinem Griff entzogen, seit sie diesen Jungen aus dem Wasser geholt hatte. Sie gehörte ihm nicht mehr so, wie sie ihm zuvor gehört hatte. Leute, die ihr normalerweise nur höflich zunickten oder ihr ganz aus dem Wege gingen, weil sie sie einfach nur als ein Teil seines Besitzes betrachteten, hielten sie auf der Straße an und machten ihr Komplimente für ihre blödsinnige Aufmachung, für all diese Fummel, die sie sich zusammen mit dieser verrückten Schwarzen ausdachte. Sie behandelten sie so, als wäre sie eine Art feine Dame, statt des Hinterwäldlertrampels, als der sie geboren war und der sie immer sein würde.

Das machte er ihr eines Tages recht beiläufig klar – wer sie war, wem sie gehörte, und was sie in ihrer Situation zu tun und zu sagen hatte. Er gab es ihr so deutlich zu verstehen, dass sie eine Woche lang das Haus nicht verlassen konnte, höchstens um sich bei Dunkelheit zu dem Haus der Farbigen zu schleichen und ihr bei einem Stück Kuchen – oder was auch immer sich die beiden Frauen zu Gemüte führten, wenn sie den Nachmittag miteinander verbrachten – das Herz auszuschütten.

Boaty hatte noch nie zuvor eine Frau geschlagen. Er hatte einfach keine gehabt, die er hätte schlagen können, aber irgendwie fand er gleich Gefallen daran und fragte sich, warum er nicht früher darauf gekommen war. Wenn man auf dieser Welt Eindruck hinterlassen will, dann gibt es eine einfache Methode dafür, und es gehörte auch nicht viel dazu.

Und was sollte sie auch groß unternehmen? Ihn verlassen? Wenn sie ihn verließ, dann wurde ihre Familie heimatlos. So lautete der Vertrag. Und wohin würde sie dann gehen? Wenn sie es Claudie erzählte, wem sollte Claudie Wiley es weitererzählen? Ihrer schwachsinnigen Tochter?

Nein. So wie ein guter Farmer im Frühling seine Zäune überprüft, bevor er sein Vieh zum Weiden aus dem Stall lässt, sorgte Boaty dafür, dass sein Besitz sicher eingezäunt war und mit strenger Hand gehütet wurde.

Er wusste instinktiv, dass es besser war, sie nicht mehr ins Gesicht zu schlagen. In jener ersten Woche, die sie zu Hause verbrachte, mit geschwollenem, grün und blau geschlagenen Gesicht, wurde ihm klar: wenn die Leute wüssten, dass er sie verprügelte, dann würden sie ihn nie mehr so ansehen, wie er sich das wünschte. Zwar schlugen eine Menge Männer um ihn herum ihre Frauen, doch diese Männer waren nicht Boaty Glass und die Frauen nicht Sylvan. Und so wurden seine Bestrafungen raffinierter und demütigender. Er schlug sie auf die Beine. Auf den Rücken, die Brüste.

Eines Tages fuhr er sie sogar bis nach Arnold's Valley, zu dem Haus, in dem sie aufgewachsen war. Ihre Familie schaute sie an, als käme sie vom Mars, und sie blieben auch nur so lange, wie es nötig war, um Sylvan klarzumachen, was sowieso schon klar war: nämlich dass ihre Familie sie nicht wollte und umgekehrt sie auch nicht ihre Familie.

Charlie sah die blauen Flecken, die Striemen. Charlie wusste alles. Er hätte Boaty am liebsten umgebracht, sagte zu Sylvan, er würde es tun, doch sie redete es ihm immer wieder aus. Er schlief mir ihr, so wund geschlagen sie auch war, wobei er darauf bedacht war, ihr nicht noch mehr Schmerzen zuzufügen oder nur das geringste Unwohlsein. Er spürte, dass es ein geschädigtes und geschundenes Kind war, das da in seinen Armen lag. Er berührte ihre blauen Flecken mit den Lippen, als könnte sie das heilen und ihre Haut wieder unversehrt machen. Wenn er in ihr kam, weinte er, er schrie ob ihres Schmerzes, ihres Kummers, ihrer Demütigung. Und er verstand nicht, was sie davon abhielt, ihren Mann zu verlassen.

Sie verstand es noch weniger. »Verlass ihn«, sagte Claudie. »Du hast einen guten Mann, einen frommen Mann, einen Mann, der dich liebt und für dich sorgen wird. Warum hältst du dich dann noch mit diesem alten Deppen auf?«

»Ich kann nicht«, war alles, was das Mädchen dazu sagte. »Würde ich nie tun. Es gibt Gründe.«

»Sag's mir. Sag mir die Wahrheit.«

»Wenn ich Boaty verlasse, dann geht er in mein altes Haus und schmeißt meine Familie raus. Sie können nirgendwo hin. Es würde sie umbringen.«

»Sie könnten doch bei dir und Charlie leben. Er würde für sie sorgen.«

»Das könnte er nicht. Das verstehst du nicht. Meine Mama ist nie irgendwo auf der Welt gewesen, hat nie einen Fuß aus dem Tal gesetzt. Mein Vater auch kaum. Diese Farm, dieses Tal – du bist da geboren, und du stirbst da. Wenn sie es jemals verlassen, ist ihr Leben vorüber. Wie ein Fisch, den man aus seinem Glas holt. Sie könnten die Luft nicht atmen. Ihre Füße würden keinen Halt finden.«

»Du bist doch auch dort weg.«

»Ich war schon weg, lange bevor ich damals gegangen bin. Ich war weg, als ich mit fünf Jahren anfing, Radio zu hören. Danach habe ich nie mehr dort gelebt. Hab nur so getan.«

»Aber du bist immer noch da. Du schuldest ihnen nichts. Sie sind erwachsen. Du musst an dich selbst denken. Und das Einzige, was du brauchst, ist er. Lass Glass haben, was er will.«

»Ich brauche nichts«, sagte Sylvan. »Ich brauche nicht mal Charlie Beale. Ich habe …«, doch dann konnte sie nicht sagen, was sie hatte, weil sie sich selber nicht mehr sicher war. Einige Schriftstücke in einem Umschlag unter einer Holzdiele auf dem Dachboden von Boaty Glass' Haus? Was war das schon? Und was bedeuteten die Papiere wirklich?

Sie bedeuteten, dass sie etwas besaß, hatte Charlie ihr gesagt. Die Schriftstücke unter dem Dielenboden bedeuteten, dass sie frei war. Doch offensichtlich war sie das doch nicht. Besessen hatte sie nie etwas. Das Land, auf dem sie aufgewachsen war, das Land, auf dem ihr Vater jeden Tag arbeitete und sie auch – hatte es jemals ihnen gehört? Sie wusste es nicht. Und selbst wenn diese Schriftstücke bedeuteten, dass das Land ihr gehörte – was sollte sie denn damit anstellen? Bäuerin werden?

Sie vertraute niemandem außer Claudie. Wenn sie mit Charlie zusammen war, begriff sie, dass sie die Welt für ihn bedeutete, die ganze Welt, in genau dieser Stunde, während dieses Sonnenuntergangs. Aber danach? Da gab es ein Leben, das er getrennt von ihr lebte. Was machte er, wenn er nicht mit ihr zusammen war? Kam sie ihm überhaupt manchmal in den Sinn?

Sie dachte die ganze Zeit an ihn, doch es war sein Körper, an den sie dachte, seine physische Gestalt, die Art und

Weise, wie er sie in den Armen hielt, wie er sich auf ihr und in ihr bewegte. Sie dachte nicht *an ihn.* Eigentlich wusste sie gar nicht, wer er war oder was er mit ihr tun könnte, wenn sie wirklich die seine wäre.

Denn wenn Boaty, dem Gefühle vollkommen fremd waren – abgesehen von seinem ausgeprägten Gefühl für Besitz und das Recht, sich auf diesem Besitz zu bewegen und auf ihm zu leben –, ihr das alles antun konnte, wozu war dann erst ein Mann fähig, der verliebt war?

Charlie war ein Heiliger, sagten die Leute. Er hatte diesen Jungen ins Leben zurückgeholt. Die Leute sagten, er sei gesegnet. Selbst Claudie sagte das. Sie hatte eine Zeichnung von dem Moment angefertigt, als der Junge von den Toten auferstanden war, und das Bild hing an der Wand des Zimmers, in dem sie Sylvans Kleider nähte und in dem sie heilenden Balsam auf ihre Striemen strich, und Sylvan schaute es sich an und dachte: Wer ist dieser Mann? Was bedeutet er mir?

Er war der Mann, der sagte: »Es tut mir so leid, Baby«, durch seine Tränen hindurch, der Mann, der vor ihr auf die Knie fiel angesichts einer Wunde, die sich quer über ihr Fleisch zog. Er war der einzige Mensch auf der Welt, der ihren Namen sagte, als hätte er eine Bedeutung, als bedeutete er etwas, das größer war als ihr Körper, schöner als ihre Kleider, etwas, das auf der Welt einen Platz und eine Wichtigkeit hatte. SYLVAN. Er ritzte ihren Namen in einen Baum, gleich neben seinen, und schnitzte ein Herz darum, und so wusste sie, wenn sie recht darüber nachdachte, doch, wo ihr Herz denn nun war – genau dort.

Er wollte sie heiraten. Fragte sie wieder und wieder. Sie sei reich, sagte er. Sie könne frei sein. Und dann könnten sie zusammen sein. Doch jedes Mal, wenn sie kurz davor stand, ja zu sagen, sah sie das Gesicht ihrer Mutter vor sich und das ihres Vaters, wie sie heimatlos und entfremdet irgendwo auf einer fremden Veranda vor sich hin starben, weit weg von der Farm, auf der ihre Mütter und Väter begraben waren, und sie brachte es einfach nicht fertig.

In der dritten Woche des September, in einer Nacht, die so warm war, dass Charlie Beale aus dem Bett aufgestanden und hinaus an den Fluss gefahren war, wo er sich auf dem Boden ausstreckte und ohne eine Decke schlief, nur den Hund neben sich, wurde Sylvan Glass von ihrem Ehemann zu Sheriff Ricky Straubs Haus gefahren, wo sie ihn mitten in der Nacht weckte, sagte, sie sei Mrs. Harrison Glass – einen Namen, den er zuerst gar nicht erkannte, schlaftrunken wie er war, und weil er ihn schon so lange nicht mehr gehört hatte – und behauptete, sie sei von Charlie Beale vergewaltigt worden.

Sie fragen sich vielleicht, warum, und ich sage Ihnen, ich weiß es nicht.

Niemand weiß, was sie Boaty gesagt hat oder wann, und niemand weiß, was für Dinge ein Ehemann wie er in einer solchen Situation zu einer Ehefrau wie Sylvan sagen würde oder was er ihr antun könnte, einer Frau, die es Schwarz auf Weiß hatte, dass sie die reichste Frau im ganzen County war, auf Schriftstücken, die sie nur insofern begriff, als sie wusste, dass sie geheim waren und niemand davon wissen durfte und dass sie, statt eine Fahrkarte in die Freiheit für sie zu bedeuten, nur zu einem weiteren Schloss geworden waren, hinter dem ihr Geist eingesperrt war. Ein anderer Mann hatte das getan. Ein besserer Mann als ihr Ehemann, absolut, doch trotzdem auch ein Mann, dessen Besitzansprüche an sie darin bestanden, dass er ihr die Macht über alles gegeben hatte, was er auf der Welt besaß, sodass er selbst nichts mehr hatte, nichts außer ihr, und der jetzt gesucht und festgenommen und ins Gefängnis gebracht werden würde, so wie sie es wünschte, ganz gleich, auf wessen Anweisung hin oder aus welcher Laune von ihr heraus.

Nehmen wir einfach einmal an, Sylvan habe Boaty das, was sie ihm sagte, nicht aus freien Stücken gesagt, sondern weil er von ihr verlangte, dass sie ihm verriet, was er bereits wusste. Nehmen wir einmal an, er habe gesagt, er würde Charlie Beale umbringen, den Mann, den alle in der Stadt wie einen Helden verehrten, und dass er auch sie umbringen würde, eine Frau, die weder einen Begriff von sich selbst hatte noch von ihrem Wert oder ihrem Platz in der Welt.

Ganz gewiss hatte er sie an den Küchentisch gesetzt und ihr zum hundertsten Mal ihren Ehevertrag gezeigt, durch den ihre Mutter und ihr Vater, die ganze Familie, eines Ortes verlustig gehen würden, wo sie leben konnten. Und dass es ihr seltsam vorkam, ihren eigenen Namen auf dem beglaubigten Dokument zu sehen, das sie zu seinem Besitz machte, ihren Namen im gleichen Atemzug wie eine Geldsumme und einen Traktor. Nehmen wir einmal an, dass sie in diesem Moment endgültig begriff, welche Last auf der Sache lag, und dass sie den Gedanken nicht mehr ertragen konnte, wie viel Elend, ja vielleicht sogar den Tod, ihr eigenes Glück möglicherweise verursachen könnte.

Nehmen wir einmal an, er lud sein Gewehr und steckte ihr die Mündung dieses Gewehrs in den Mund, und dabei würgte er sie mit seiner dicken, starken Hand am Hals, aber dann hörte er auf, weil ihm bewusst wurde, wenn er sie umbrachte, würde er seinen wichtigsten Besitz verlieren, während man, wenn er Charlie tötete, bloß sagen würde, er habe das geschützt, was ihm sowieso schon gehörte, und seine Pflicht getan, indem er eine Art Männlichkeit an den Tag legte, die ihm bislang abgegangen war. Nehmen wir einmal an, er sei mit dem Gewehr in der Hand aus dem Haus getreten, als sie etwas hervorstieß, das ihn aufhielt, und dass sie sich dann neben ihn in den Wagen setzte, während er sie zu Sheriff Straub hinüber fuhr.

Zwischen Skylla und Charybdis. Doch wenn Skylla die Vertreibung war und das langsame, elende Sterben ihrer ganzen Familie, und Charybdis der plötzliche, schnelle Tod ihres Liebhabers, dann musste Sylvan sich jetzt wohl entscheiden. Sie traf die Entscheidung, und es brach ihr das Herz und löschte jegliches Licht in ihr aus, aber das hätte jede Entscheidung, ganz gleich, wie sie ausgefallen wäre, mit ihr gemacht.

Später sagte Straub vor Gericht, sobald er seinen Sheriffstern angesteckt und sich bereit gemacht hatte, habe sie schon vor ihm gestanden und ohne zu zögern mehrfach gesagt: »Ich bin Mrs. Harrison Glass, und ich wurde von Charlie Beale vergewaltigt.« Und sie blieb bei dieser Aussage, ohne mit der Wimper zu zucken, ohne rot zu werden oder ins Stottern zu geraten, während Straub ihr all die Fragen stellte, Fragen, die in Brownsburg noch nie gestellt worden waren. Sie sagte ihm, wo, und wann, und wie oft. Sheriff Straub hatte bereits gehört, was alle über Charlie und Sylvan gehört hatten, und er bezweifelte, dass ihre Aussage, so überzeugend sie auch dargebracht wurde, in irgendeiner Weise der Wahrheit entsprach. Doch er sah, dass Sylvan Glass sehr, sehr große Angst vor etwas hatte. Und er wusste auch, dass Harrison Glass Harrison Glass war und dass ihre Geschichte deshalb für bare Münze genommen werden musste, und was er auch wusste, war, dass dann zwangsläufig etwas in dieser Sache unternommen werden musste.

25. KAPITEL

Charlies Bruder tauchte aus dem Nirgendwo auf. Ned Beale war ein einundzwanzigjähriger Zimmermann, ein ungelenker junger Mann, recht gutaussehend, mit einem Kopf voller dicker, blonder Haare, obwohl sein Bart noch so weich war wie der Flaum im Nacken einer Frau. Sowohl an Größe als auch an Gewicht hätte er Charlie kaum weniger ähneln können. Dennoch verfügte er über die stählerne Kraft seines Bruders, hatte Hände, die ebenso fest zupacken konnten, und wie sich herausstellte, auch einen ebensolchen Hang dazu, Hals über Kopf ins eigene Verderben zu rennen.

Charlie schickte ein Telegramm per Western Union, was damals eine übliche Methode war, anderen mitzuteilen, dass man in Schwierigkeiten oder in Geldnot steckte, und oft kam auch jemand. Ned kam. Von wo, das wusste – ebenso wie bei seinem Bruder zuvor – niemand.

Es ist schrecklich, einen Menschen zu sehen, dem man das Herz gebrochen hat und dessen Geist auf unwiderrufliche Weise zerrüttet ist. Wir wenden uns ab. Wir suchen nach einem glücklicheren Gesicht. Aber nicht Ned. Ned kam nach Brownsburg und ließ sich in dem kleinen Haus nieder, das alles war, was Charlie geblieben war, und er kochte ihm die Mahlzeiten, die sein Bruder nicht aß, und räumte die schmutzige Kleidung weg, die Charlie nicht schaffte zu waschen.

Jeden Tag in der Metzgerei war Charlie wie immer, immer noch freundlich und hilfsbereit und geschickt mit dem Messer, und all seine Kundinnen schickte er mit dem nach Hause, was er gut gelaunt als beste Mahlzeit bezeichnete, die sie je gehabt hatten. Doch man sah ihm an, was ihn das kostete, immer weiterzumachen, wo doch nichts, rein gar nichts mehr für ihn eine Bedeutung hatte.

Wenn man dir das Herz gebrochen hat und es keine sichtbare Wunde, keine Anzeichen für Krankheit gibt, was soll man dann auch tun außer weiterzumachen, zu tun, was die Leute von einem erwarten, und das zu erledigen, was nötig ist? Es nützt nichts zu sagen, dass es wehtut. Das weiß man sowieso, jeder kann es sehen, und jeder weiß auch, dass man selbst in einer Million Jahren nichts tun kann, um die Wunde in diesem Menschen, die Stelle, wo die Pein beginnt, zu berühren oder den Schmerz zu lindern.

Ned kannte seinen Bruder kaum. Er war noch ein Baby gewesen, als Charlie von zu Hause weggegangen war. Doch er war der Einzige, der an die Wunde in Charlies Herz herankam, in die Sylvan Glass Salz gestreut hatte. Ned sorgte dafür, dass Charlie den äußeren Schein wahrte, dass er sich rasierte, frische Kleidung anzog, ein wenig aß. Einmal versuchten sie, zu den Haisletts zum Essen zu gehen, doch es war peinlich und schrecklich, selbst der Junge war quengelig, und so wiederholten sie das Experiment nicht, sondern aßen nur belegte Brote zum Abendessen, die sie allein und ohne ein Wort verzehrten. Was gab es denn auch zu sagen, was für ein Thema hätte es geben können? Und *darüber* sprachen sie nicht, das wollte Charlie nicht, und sein jüngerer Bruder wusste, dass es auch keinen Sinn hatte, ihn irgendwie dazu zu bewegen.

Statt zu reden ging Ned auf den Holzplatz, holte Werkzeug und Bretter und begann mit Reparaturen an Charlies Haus. Eine verzogene Diele an der Treppe. Ein wackeliger Balken an der Veranda. Er ging von Zimmer zu Zimmer, und was auch immer gerichtet werden musste, das richtete er. Und er machte es genau und sorgfältig, eine Arbeit, die lange halten würde. Seither hat an dem Haus nichts mehr gerichtet werden müssen, alles ist immer noch picobello in Ordnung.

Es war seine Art, seinem Bruder zu vermitteln, dass es eine Zukunft gab. Ned hatte niemanden, und er brauchte Charlie, brauchte einen Bruder, und so glaubte er daran und tat, was er konnte, um die Dinge wieder ins Lot zu bringen. Charlie würde nach Hause kommen, und es würde ein Zuhause sein, das lange halten sollte.

Die Leute sahen Ned kommen und gehen, und gelegentlich hatten auch sie Arbeit für ihn, die er zu ihrer vollsten Zufriedenheit verrichtete. Es war gute Arbeit, die Sicherheit und Trost schenkte. Wenn er nicht arbeitete und Charlie in der Metzgerei war, saß Ned am Küchentisch, trank Whiskey und zitterte.

Wenn er zu Hause war, redete Charlie nie von Sylvan. Von dem Tag an, als Sheriff Straub aufgetaucht war und ihm gesagt hatte, was gegen ihn vorlag, als er ihn in Handschellen von dem Baseballfeld abgeführt hatte, wo er die Jungs und Mädchen in die Kunst des Baseball einweihte, während die Zwillingsschwestern zuschauten, als Sheriff Straub ihn für eine Nacht ins Gefängnis sperrte, ehe eine Kaution festgesetzt worden war, die Will für ihn bezahlte, hatte er kein einziges Mal ihren Namen erwähnt.

Doch in seinen Träumen verzehrte sie ihn. Nacht für Nacht pickte sie an seinem Fleisch wie ein Falke an einem toten Reh, das am Straßenrand liegt, so lange, bis nur noch die Knochen übrig sind. Sein Tagebuch war noch immer mit ihrem Namen vollgekritzelt, Sylvan, Sylvan, wieder und wieder, doch wenn er sie zeichnete, dann war sie kein Engel mehr, der vom Himmel herabstieg, sondern ein Vampir, der sein Blut saugte, ihr hübscher Mund eine Fratze mit Fangzähnen, von denen das Blut tropfte, Zähne, die ihm Bissen für Bissen das Fleisch herausrissen, bis er nur noch ein Skelett und der Schatten seines früheren Ichs war. Verschwunden waren das Rosa und das Violett, die er benutzt hatte, um ihre Schönheit zu Papier zu bringen, und es gab auch keine zarten, behutsamen Linien mehr. Seine Zeichnungen hatten die Farbe getrockneten Blutes.

»Du musst dir einen Anwalt nehmen.«

»Ich muss gar nichts, Ned.«

»Was ist die Wahrheit? Was ist wirklich passiert?«

»Was passiert ist, geht nur mich was an. Und das bedeutet, dass niemand etwas darüber von mir hören wird. Ganz gleich, was geschehen ist, das bin ich ihr schuldig. Doch das, was sie behauptet, ich hätte es getan, das stimmt nicht, und nur das sollen und müssen die Leute wissen.«

Charlie hatte sie mit einer Wucht geliebt, die wie Strom durch seinen Körper ging, und jetzt, wo die Liebe abgeschaltet war, als hätte sie jemand ausgeknipst, wusste er nicht, was er mit all der Liebe anfangen sollte, die er in seinem wilden Herzen verspürte, und auch mit dem Hass, den er für sie empfand, wusste er nicht, wohin. Und so hielt er einfach den Kopf gesenkt, und seine Lippen waren versiegelt. Er hatte den einen wahren Glauben verloren, den er jemals besessen hatte, den Glauben, der vor so langer Zeit unten am

Fluss über ihn gekommen war – der Glaube nämlich, dass auf der Welt nur eines von Dauer war, nämlich das Gute im Menschen –, und jetzt war nichts mehr übrig, weder in ihm noch von ihm.

Natürlich glaubte ihr niemand. Hinter verschlossenen Türen, wo damals über kaum etwas anderes gesprochen wurde, hieß es nur, es sei die größte Lüge, die man je gehört hatte, und wahrscheinlich habe Boaty sie weichgekocht, denn eigentlich sei sie gar kein schlechtes Mädchen, wie konnte sie auch, nachdem sie ihr Leben riskiert hatte, um den Jungen aus dem Fluss zu ziehen? Sie sei einfach nur ein schlichtes, naives Mädchen vom Lande, bei dem eine Sicherung durchgebrannt war, das mit dieser Claudie herumzog und sich einbildete, sein Leben sei ein Hollywoodfilm, den nur sie sich anschaute. Vielleicht war sie ja untreu gewesen, aber allgemein war man der Meinung, wenn eine Frau mit Boaty Glass verheiratet war, dann sei Untreue sicher nicht das schlimmste Vergehen auf der Welt.

So redete man bis zu dem Sonntag, als sowohl bei den Baptisten als auch bei den Methodisten die Priester von der Kanzel ihr Urteil sprachen und den Leuten sagten, was sie davon zu halten hatten. »Er ist ein Gefangener der Sünde«, sagte der eine und zitierte die Heilige Schrift. »Er hat uns alle in den Schmutz gezogen«, sagte der andere.

»Lasset dem Gesetz seinen Lauf, aber er wird in der Hölle schmoren«, sagten sie fast zur selben Zeit. »Er wird für immer dort brennen.«

»Wer auch immer mit ihm zu tun hat, ob Mann oder Frau, wird mit ihm zur Hölle fahren. Lasst ihn nicht in eure Häuser und verbannt ihn aus euren Köpfen und Herzen. Niemand kann euch in den Schmutz ziehen, wenn ihr euch nicht in den Schmutz ziehen lasst.«

»Und auch wenn ihr es heimlich tut und ihn in euer Haus oder eure Herzen lasst, wenn ihr ihm helft oder auch nur auf geringste Weise Trost spendet, dann wird der Zorn Gottes über euch kommen, und ihr werdet bis in alle Ewigkeit mitten unter den Schmutzigen, den Würdelosen und den Gemeinen leben.«

Die beiden Priester sprachen so, als hätten sie sich abgesprochen, was sie denn nun ihren Schäflein verkünden sollten, und das war auch so, und die Schäflein glaubten ihren Hirten, auch wenn es ihnen das Herz brach, ihre Türen und Herzen vor Charlie Beale zu verschließen. Und doch taten sie genau das. Es waren fromme Leute, und sie hatten nicht vergessen, welche Pflichten sie gegenüber ihrem Glauben und ihren Pastoren hatten.

Die Ehemänner sagten, Charlie Beale hätte nichts anderes getan als der Natur ihren Lauf zu lassen, und dass das Höllenfeuer gar nichts damit zu tun habe, doch ihre Frauen blieben eisern. Ihre Herzen, die doch immer weich gewesen waren, wenn es um Charlie ging, hatten sich verhärtet und waren bitter geworden, und ihre Angst war nicht mehr zu beherrschen. Der Aberglaube und die moralische Strenge ihrer Großmütter aus dem Gebirge floss noch immer durch ihre Adern, und jetzt pulsierte sie jeden Augenblick des Tages in ihren Herzen und ihren Köpfen.

Einige der Männer gingen an der Tankstelle auf Charlie zu, als er Benzin in den Tank des Pick-ups füllte, mit dem er doch nirgendwo mehr hinfahren konnte. »Wir wissen nicht, wie wir es Ihnen sagen können«, begann einer von ihnen, ergriff Charlies Hand und schüttelte sie, doch es war mehr eine Geste des Abschieds als der Begrüßung.

»Nicht nötig«, sagte Charlie. »Ich hab's gehört. Sie wissen, wer ich bin. Sie wissen, wie es mir geht.«

Und sie schüttelten ihm alle die Hand, und dann stand man eine Minute verlegen herum, bis Charlies Tank voll war, und man schaute überallhin, nur nicht in sein Gesicht, und dann war es vorüber. Charlie schraubte den Tankdeckel zu, stieg ins Führerhaus seines Pick-ups und fuhr langsam davon, winkte zum Abschied noch einmal aus dem offenen Fenster.

Danach ließ er sie alle in Ruhe. Er bot ihnen nicht an, bei ihnen Blätter zu rechen oder ihre Dächer zu reparieren oder ihre Autos zu waschen, und er brachte ihren Kindern auch nicht das Autofahren bei oder zeigte ihnen Baseball-Tricks. Er liebte diese Leute. Er wollte sie nicht in Verlegenheit bringen. An die Hölle glaubte er nicht, doch er wollte auch nicht, dass sie dorthin kamen.

»Irgendwie scheinen die dich nicht mehr besonders zu mögen«, sagte Ned eines Abends, als Charlie versuchte, es ihm zu erklären.

»Das ist nicht der Punkt. Du verstehst das nicht. Sie müssen mich nicht mögen. Manchmal ist es einfach wichtig, sich daran zu erinnern, dass man für andere Leute etwas empfinden kann, auch wenn sie umgekehrt für einen nichts empfinden.«

»Kommt mir vor wie Zeitverschwendung«, sagte sein Bruder. »Und eine Welt voller gebrochener Herzen.«

»Aber das ist sie doch sowieso, oder? Eine Welt voller gebrochener Herzen. Eine große, weite Welt.«

Und so bewegte er sich von da an durch die Stadt, so wie er es früher getan hatte, als er gerade angekommen war: allein, ein Mann, über den man redete, den man anstarrte, aber mit dem man nicht sprach. Seine Zuneigung zu den Menschen in Brownsburg konnte er nur zeigen, indem er sie vollkommen in Ruhe ließ und umgekehrt von ihnen das gleiche Verhalten hinnahm.

Einige Tage, nachdem die Priester ihr Machtwort gesprochen hatten, blieben die Frauen der Metzgerei fern, man aß Huhn aus dem eigenen Stall, bis die Männer begannen, sich zu beschweren und nach Steak fragten, und dann kamen sie zu Will zurück, doch es herrschte die stillschweigende Übereinkunft, dass Will sie bediente und man nur mit ihm kommunizierte, auch wenn Charlie immer noch derjenige war, von dem man erwartete, dass er das Fleisch tranchierte und abwog. Seine Aufmerksamkeit, die Tatsache, dass er immer ein wenig mehr einpackte, seine schicken Metzgerschleifen, mit denen er jedes Päckchen verzierte, als wäre es ein Geburtstagsgeschenk, wurden kommentarlos hingenommen, als gäbe es sie gar nicht. Man nahm ihn einfach nicht mehr wahr. Jetzt wusste er, wie sich die Schwarzen in der Stadt fühlten.

Reverend Shadwell kam ihn besuchen. Er saß auf die gleiche steife, bemühte, makellose Weise bei ihm, aber er schien auch von einem Zorn erfüllt zu sein, der wie ein Windstoß die ruhige Oberfläche seines Gesichts zum Kräuseln brachte.

»Wir kennen die Wahrheit«, sagte er.

»Wer ist wir, und welche Wahrheit?«, fragte Charlie, der ebenso steif dasaß wie der Priester, und dieses Mal mit der gleichen unterschwelligen Verärgerung, die sich hinter seinem kühlen Auftreten verbarg.

»Diese Frage könnte ich Ihnen auf verschiedene Weise beantworten, Mister Beale. Ich könnte sagen, wir wissen, dass die Frau lügt. Oder ich könnte sagen, dass die Stadt voller Heuchler ist. Oder ich könnte einfach nur sagen, dass die Welt von einer Gemeinheit des Geistes erfüllt ist, die in keiner Weise Gottes Liebe zu uns widerspiegelt.«

»Die Welt ist, was sie ist.«

»Vor einem Jahr habe ich Ihnen gesagt, dass sie bei uns am Sonntag nicht willkommen seien. Das war nicht richtig von mir, und ich entschuldige mich dafür. Jetzt wären Sie bei uns willkommen.«

»Jetzt möchte ich nicht mehr. Aber danke.«

»Möchten Sie jetzt mit mir beten? Knien und beten?«

»Nein. Danke.«

»Warum gehen Sie nicht von hier fort?«

»Sie vergessen, dass es ein Gerichtsverfahren geben wird. Vielleicht komme ich ins Gefängnis, und man schickt mich für lange Zeit nach Harrisonburg in den Knast. Ziemlich lustig übrigens. Harrison. Burg. Ist mir gerade erst aufgefallen.«

»Sie haben nichts verbrochen.«

»Sie wissen so gut wie ich, dass viele Leute ins Gefängnis kommen, ohne etwas verbrochen zu haben.«

»Man wird für Sie aussagen.«

»Der Prozess ist in Lexington, das wissen Sie. Niemand dort kennt mich. Außerdem hat die einzige Person, die etwas zu sagen hätte, ihre Aussage bereits gemacht, und das ist nach allem, was bekannt ist, die Wahrheit. Die Menschen sind einfach zu allem fähig.«

»Nicht Menschen wie Sie, Mister Beale.«

»Sehr freundlich von Ihnen, dass Sie das sagen. Ich bin Ihnen wirklich dankbar.«

Doch in Wahrheit wusste Charlie nicht genau, ob er nicht auch zu den anderen Menschen gehörte. Vielleicht stimmte es ja, was sie behauptete. Beim allerersten Mal hatte er sie genommen, weil er sie haben musste, weil ein Feuer in seinem Blut lichterloh brannte, und sie hatte zuerst nein gesagt, bevor sie ja sagte, und dann war sie geblieben, weil sie nirgendwo anders hinkonnte. Möglicherweise hatte es wirklich gestimmt, damals, eine Zeit lang. Und vielleicht kommt man über manche Dinge einfach nicht hinweg, selbst wenn man später Gefallen an ihnen findet, ja sogar für sie lebt.

Auch nach alldem, was geschehen war, war sie immer noch das Einzige in seinem Leben, was ihm wirklich etwas bedeutete. Noch immer würde er für sie sterben, und sterben würde er sonst für niemanden, ganz gleich, wie sehr er sein Herz berührte. Nicht einmal für den Jungen. Nicht einmal für seinen eigenen Bruder. Und so kam es, dass an der Stelle, wo das Objekt seiner Liebe hätte leben sollen, nichts war, nur eine große Leere, und eine schreckliche Stille hatte sich auf Charlie Beale herabgesenkt, eine Stille, in der nur er lebte, die ihn nicht schlafen ließ und in der kein Ton aus seinem Munde kam, wenn er ihn öffnete.

»Reverend. Danke, dass Sie gekommen sind. Für mich ist jetzt Zeit zum Abendessen.«

»Ich wollte nicht kommen, Mister Beale. Und jetzt will ich nicht gehen. Ich möchte Sie nicht alleine lassen.«

»Mein Bruder ist hier. Er leistet mir Gesellschaft.«

»Ich rette Seelen, Mister Beale. Das tue ich seit meinem zehnten Lebensjahr, damals in einem Zelt in Memphis. Ich habe in tausend Augen geschaut und sowohl die Gnade als auch das Verderben gesehen, das dahinter lebt wie in einem Haus. Und jetzt schaue ich in Ihre Augen, Mister Beale. Ihr Haus ist sauber.«

»Nicht jeder wird gerettet, Reverend. Selbst Sie …«

»Ja. Ich weiß, Mister Beale. Selbst ich …«

»Also.«

»Dann wären wir fertig.«

»Ich fürchte, ja. Aber ich bin Ihnen dankbar.« Charlie streckte die Hand aus, und der Reverend schüttelte sie.

»Sie werden erlöst werden, Bruder. Die Erlösung wird kommen. Für jeden von uns.«

Charlie schaute dem Reverend in die Augen und erhaschte einen Blick auf etwas, das in der Zukunft lag, und der Reverend erwiderte Charlies Blick und sah darin die Geschichte der ganzen Welt bis zu diesem Moment.

26. KAPITEL

Ned machte sich Sorgen. Er war gereizter Stimmung.

Er war den ganzen Weg hierhergekommen, um Charlie zu helfen, weil Charlie gesagt hatte, er brauche Hilfe, aber er konnte nichts für ihn tun. Charlie wollte sich keinen Anwalt nehmen, er wollte weder gestehen noch leugnen, er hielt sich einfach nur über Wasser und lebte mit seinem Körper und mit dem, was er sagte, in einer stählernen blauen Stille, die nicht durchbrochen werden konnte. Ned rauchte das erste Viertel von achtzig Zigaretten am Tag. Er leerte Aschenbecher und kehrte die Kippen von der Veranda, von dem Moment an, wo er aufstand, bis zu dem, wo er ins Bett ging. Lucky Strikes. Sie kosteten fünfzehn Cent pro Packung. Er machte Charlie die Wäsche, die dieser einfach irgendwo liegen ließ. Er brachte ihn dazu, sich umzuziehen, wenn die Sachen schmutzig waren. Er kochte für ihn, weil Charlie Will und Alma mit seiner Anwesenheit nicht noch mehr belasten wollte als nötig.

Alles störte Charlie. Es gab nichts, was ihn nicht verdross. Dass er sich an heißem Essen die Zunge verbrannte und ihm von kalten Getränken die Zähne wehtaten. Wie seine Kleidung an seinem Körper saß, wie die Baumwolle an seinem Rücken klebte und der Denimstoff seiner Jeans an den Beinen. Wie das Kissen sich des Nachts um seinen Kopf schmiegte, wenn er sich hin und her warf, weil er nicht schlafen konnte, um dann schließlich aufzustehen, irgendwelche armseligen Klamotten überzuwerfen und zum Fluss hinauszufahren, zu seinem letzten Grundstück, mitten in der Nacht, um auf den dicken, fetten Mond zu blicken und auf das erste Vogelzwitschern zu warten, verdrossen, verärgert.

Doch nichts störte ihn so sehr wie Jackie Robinson, der Charlie brennende Tränen der Liebe in die Augen trieb, nur um einen Moment später in ihm den Drang zur Grausamkeit zu wecken. Er hasste die erbärmliche Art, mit der der Hund zu ihm aufblickte und ihm gänzlich ergeben war, obwohl Charlie ihn vernachlässigte. Da ist etwas an der Hilflosigkeit, das uns die Hilflosen verachten lässt. Und da ist etwas an der Verzweiflung, das es uns unmöglich macht, Zuneigung zu ertragen. Wenn Charlie im Haus auf und ab wanderte, folgte ihm der Hund überall hin, war ihm mit der Schnauze auf den Fersen, was manchmal rührend war, dieser Gleichklang ihrer Schritte – das harten Klacken von Charlies Absätzen auf dem Holzboden, das sanfte Tapsen von Jackie Robinson. Störend, endlos.

Manchmal hielt er den Hund in den Armen, zärtlich und voller Liebe, legte den Kopf an Jackies Rücken und ließ ihn dort ruhen, weil er wusste, dass der Hund sich an ihn schmiegen würde. Und dann, nur einen Moment später, wollte er nichts so sehr, wie ihn loszuwerden, bloß weil Jackie sich wand, weil er ihm das Gesicht ablecken wollte, weil er sein Handgelenk sanft in sein Maul nehmen wollte, weil er ihn liebte, meine Güte, und das konnte Charlie einfach nicht zulassen. Manchmal dachte er, der Hund würde ihn verrückt machen.

Jackie Robinson war verängstigt, verwirrt von all den Signalen, die er nicht zu deuten vermochte, er wusste sich nicht mehr zu benehmen, er bellte, er hob im Haus das Bein, bis Charlie aufstand, ihn packte und ihm einen Schlag auf den Kopf versetzte, etwas, das er vorher nie getan hatte und sogleich bereute, denn in diesem Augenblick sah er, dass er zu weit gegangen war. Was auch immer zwischen ihm und dem Hund schiefgelaufen war, es war nicht wieder gutzumachen und würde nur schlimmer werden. Er holte sich eine Schnur, band sie um Jackies Hals, führte ihn die Straße hinunter und zwang Alma und Will, ihn zu nehmen. »Ich kann das nicht. Ich kann ihn nicht mehr halten«, und sie wussten, er sagte die Wahrheit, und so nahmen sie ihn bei sich auf, mitten in der Nacht, ohne zu wissen, wie sie für ihn sorgen sollten, wo sie doch den ganzen Tag außer Haus waren. Sie sahen es Charlie einfach an, dass es für ihn ein Ding der Unmöglichkeit war, den Hund zu behalten.

Sie nahmen ihm die Leine des Hundes aus der Hand, standen mit Jackie da und schauten Charlie hinterher, wie er traurig die Straße zurückging und in seinen Pick-up stieg, um an den Fluss zu fahren und dort die Nacht zu verbringen, in der allmählich abkühlenden Luft, auf dem harten Boden.

Am nächsten Morgen wachte er auf, und alles tat ihm weh, er war steif, durchgefroren und schwitzte zugleich, als wäre er die ganze Nacht betrunken gewesen. Er sah den Fluss, nahm seine ganze Schönheit in sich auf und dachte, er könne einfach hineinwaten und ein Bad nehmen, doch er tat es nicht. Es war zu weit. Alles war ihm zu viel.

»Trink einen Kaffee«, sagte Ned, als Charlie ins Haus kam. »Rasier dich. Zieh dich um. Ein Schritt nach dem anderen, das ist alles.«

»Halt die Klappe«, sagte Charlie. »Halt deine dreckige Klappe.« Und sein Bruder nahm es einfach hin, hielt ihm eine Tasse mit heißem Kaffee entgegen und schaute ihn genau so an, wie der Hund ihn angeschaut hatte, und Charlie überkam eine Welle der Liebe und Bedauern für diesen Bruder, den er nicht kannte, und er wurde rot vor Scham, weil er ihn so behandelte.

»Besorg mir einen Anwalt«, sagte Charlie. »Könntest du das für mich organisieren?«

»Hab ich schon«, sagte Ned. »Sag Bescheid, es ist alles vorbereitet.«

Das alles setzte ihm immer mehr zu, und doch wechselte er das Hemd, wie Ned ihn gebeten hatte, er ging in die Arbeit und schnitt den ganzen Tag Steaks und Braten und Koteletts für Frauen, die ihm nicht mehr ins Gesicht blickten, bis auf Claudie Wiley, die ihn anschaute und ihn, obwohl sie die Antwort sehr wohl kannte, fragte: »Wie geht es Ihnen, Mister Beale?« Worauf er antwortete: »Alles bestens, Miss Wiley«, was das Einzige war, das ihm einfiel, obwohl ihm klar war, sie wusste, dass er log und am liebsten noch mehr gesagt hätte, ihr alles gesagt hätte, obwohl sie das meiste sowieso schon wusste, aber da gab es Grenzen und Gesetze, und so musste dieses »Alles bestens« genug sein für all das, was unausgesprochen war und was sie füreinander empfanden.

Sie würde dieser Frau sagen, dass sie ihn gesehen hatte, dieser Frau, die nie mehr in den Laden kam, und ihr Ehemann auch nicht. Die beiden hatten sich an einen Ort zurückgezogen, wo Paare hingehen, wenn sie nicht wollen, dass die Welt die blauen Flecke und Blessuren ihrer Ehe sieht, und so schickten sie Claudie Wiley in die Metzgerei, damit sie für sie das Fleisch holte, und die sagte der Frau, es gehe ihm bestens und er habe ein sauberes Hemd an, doch rasiert sei er nicht gewesen, und das würde ihr Nachricht genug sein. Fast alles, was zu tun war, war getan, und keine wie auch immer geartete Nachricht an ihn würde daran etwas ändern. Claudie hatte das alles gesehen, sie hatte in jener Nacht Zeichnungen angefertigt, die sie Evelyn Hope zeigte und sonst niemandem. Die Zeichnungen hatten ihr Angst gemacht, doch Evelyn Hope hatte vor vielen Dingen Angst.

Jeden Mittwochnachmittag fuhr Charlie Beale hinaus zum Schlachthaus, so wie er es immer tat, und meistens nahm er den Jungen mit, und dann fuhr er, ohne hinzuschauen und ohne anzuhalten, an ihrem Haus vorbei, und am liebsten hätte er zu Sam gesagt, pass auf, dass dir so was nie passiert. Und jede Woche schaute Sam aus dem Fenster, winkte und rief: »Schau mal, Beebo. Da ist Mrs. Glass. Schau, Beebo.« Doch Charlie drehte nie den Kopf, um sie dort stehen zu sehen, wie aus dem Ei gepellt, geschminkt, wie sie von ihrer breiten Terrasse den Hügel hinab zur Straße blickte.

Stattdessen redeten sie über die World Series, die gerade vorbei waren. Die Yankees hatten gewonnen und damit Sam das Herz gebrochen, denn wenn die Dodgers verloren, dann hatte auch Jackie Robinson persönlich verloren, und dennoch war der Gedanke an das allererste Baseballspiel unter Flutlicht aufregend für ihn und Charlie; sie stellten sich vor, wie das Gras in diesem strahlenden Grün leuchtete, all die weißen Männer und Jackie, ein Schwarzer, der mittlerweile zusammen mit anderen schwarzen Männern das Spielfeld betrat, Newcombe, Campanella, alle Männer wie in Zeitlupe, wie sie ihre Augen vor dem ungewohnt grellen Licht beschirmten, und das Leuchten des Baseball war noch leuchtender geworden. Joe Page, der Fireman, war zum MVP, zum wichtigsten Spieler, ernannt worden, und

Jackie Robinson war nach Hause zu seiner Frau gegangen. Sie waren alle nach Hause gegangen, so wie sie es jeden Oktober taten, ob nun als Gewinner oder als Verlierer. Aber Sam nahm es persönlich.

Nach einem dieser Nachmittage fuhren Charlie und Ned nach Lexington hinüber. Ned musste fahren, weil Charlie heftig zitterte, weil er rauchte, im Führerhaus ein Bier trank und sein Hemd immer noch mit Tierblut beschmiert war. Sie waren mit Charlies neuem Anwalt verabredet, einem Mann namens Cully Blake, hager und herausgeputzt und mit rotem Gesicht. Er war bereits jetzt betrunken, war es schon seit zehn Uhr morgens, so wie jeden Tag. Cully Blake war weiß, sauber rasiert und hatte polierte Fingernägel, er trug makellos gestärkte Hemden und war jeden Tag ab zehn Uhr morgens hackevoll, worin er sich nicht allzu sehr von vielen Südstaaten-Männern seiner Herkunft und seiner Zeit unterschied und was ihn in keiner Weise in der Ausübung seines Jobs beeinträchtigte, der so und so nur sehr lau lief. Cully war ein fauler Mann aus gutem Hause, intelligent, aber antriebslos. Er schaute sich diese beiden reichlich unähnlichen Brüder an, die da am Ende des Tages in seinem Büro saßen, und fragte sich jetzt schon, ob sie seine Rechnung wohl bezahlen würden.

Als hätte er es geahnt, zog Charlie fünfhundert Dollar in bar aus der Tasche und legte das Geld auf den Tisch. »Meinen Sie, das ist genug, Mr. Blake?«, fragte er, und Cully wusste, es würde genügen, ohne es auch nur zu zählen. Einen Haufen Geld hatte er vorher auch schon gesehen.

»Sagen Sie mir, was passiert ist, Charlie. Es macht Ihnen doch nichts aus, wenn ich Sie Charlie nenne?«

»Macht es schon. Das ist mein Geld da auf dem Tisch, Mr. Blake.«

»Dann also Mr. Beale. Sir. Sagen Sie mir, was passiert ist.«

»Ich hab's nicht getan.«

»Was haben Sie denn getan? Normalerweise hat der Mann in solchen Fällen etwas getan, selbst wenn er nicht das getan hat, was die Frau behauptet.«

»Ich hab nichts verbrochen. Und ich werde nicht darüber reden.«

»Mrs. Glass sagt ...«

»Erwähnen Sie mir gegenüber nie mehr diesen Namen.«

»Das wird wohl ein bisschen schwierig.«

»Schwierig oder nicht, es ist, wie es ist.«

»Sie wird vor Gericht eine Aussage machen. Und Dinge sagen, die Sie in der Öffentlichkeit bestimmt lieber nicht gesagt haben möchten.«

»Was auch immer sie sagt, ist das, was geschehen ist.«

»Sie sehen schuldig aus, Mister Beale«, sagte Blake und dachte bereits an sein nächstes Glas Whiskey. »Sie sehen aus wie ein Mann, der Dreck am Stecken hat.«

»Könnte sein. Jeder Mann hat doch irgendwie Dreck am Stecken. Ich hab auch Sachen gemacht. Jede Menge Sachen. Aber das hab ich nicht gemacht. Das hier hab ich nicht getan. Guten Abend, Mister Blake. Lassen Sie mich wissen, wann ich vor Gericht zu erscheinen habe.«

Sie fuhren in der herbstlichen Dunkelheit nach Hause. Während er noch ein Bier trank, dachte Charlie: Wie kannst du so viel von dir geben, ohne zu lieben? Wie kannst du all das mit deinem Körper tun, deinen Lippen, deinen Brüsten, deiner Zunge, und nicht wenigstens eine Spur Liebe in deinem Herzen verspüren? Er war verwirrt, aufgewühlt und noch verwirrter, je mehr Bier er trank – er, der sich aus Alkohol sonst nicht viel machte, war zum ersten Mal nach langer Zeit auf dem besten Wege, sich zu betrinken.

Sie blieben lange auf und tranken in der Dunkelheit von Charlies Küche, ab und zu sagte Ned leise etwas. Charlie weinte, manchmal liefen ihm in dieser schrecklichen Stille einfach nur die Tränen übers Gesicht, oder er schluchzte, ein großes, tiefes Schluchzen.

Und alles, was er sagte, oder genauer gesagt lallte, bevor er in sein Bett torkelte, war: »Hab nix gemacht. Gar nix.«

27. KAPITEL

Nein, Sir.«

Ein sechsjähriger Junge in einem kratzigen neuen Wollanzug und einem blütenweißen Hemd, an das eine Fliege geheftet ist, all das bei Mr. Swink in Lexington gekauft, dieser kleine Junge sitzt auf einem harten Holzstuhl in einem fast leeren Gerichtssaal in Lexington. Es tagt das County-Gericht von Rockbridge County im Bundesstaat Virginia. Der Junge begeht einen Meineid nach dem anderen, er lügt und lügt, bis sie einfach aufhören, ihm Fragen zu stellen. Er weiß, er wird in die Hölle kommen, wenn er lügt, aber wenn er zwanzig Lügen sagt, ist das auch nicht schlimmer als eine einzige Lüge, er lügt, weil er weiß, dass das, wonach sie ihn fragen, mit der Vereinbarung zu tun hat, die er vor langer Zeit mit Charlie getroffen hat, nämlich über bestimmte Dinge mit niemandem zu reden, und weil er weiß, wenn er es doch tut, dann wird Charlie etwas Schreckliches passieren, das viel schlimmer ist als die Feuer der Hölle, von denen er weiß, dass sie auf ihn warten.

Sei ein braver Junge, hatte seine Mutter ihm gesagt, sag einfach die Wahrheit. Doch er wusste, dass er das nicht konnte; zwar war ihm nicht klar, was genau denn passieren würde, wenn er alles verriet, Charlie hatte es ihm nie gesagt, aber bestimmt würde es schlimmer sein als aller Schmerz, den er je erlebt hatte, schlimmer als in dem grauen Flusswasser vergeblich nach Luft zu schnappen, nicht mehr sehen, nicht mehr atmen zu können, bis er schließlich aufgegeben hatte und unterging. Schlimmer als das.

Als er damals Charlie sein Versprechen gab, an jenem kalten Herbsttag im Pick-up, da wäre ihm gar nicht in den Sinn gekommen zu hinterfragen, was denn ein solches Versprechen bedeuten könnte oder wie er es halten sollte, wenn die Zeit gekommen war. Man hatte ihn dazu erzogen, die Wahrheit zu sagen, und das tat er auch, und wenn man ihn fragte, so gab er auch immer auf dieselbe ehrliche Art Antwort. Ja, er hatte den Stein geworfen und die Fensterscheibe zerbrochen. Nein, seine Hausaufgaben hatte er nicht gemacht. Seine Mutter behauptete, es sei viel einfacher, wenn man die Wahrheit sagte, weil man sich dann nicht merken musste, was man gesagt hatte; und wenn einem die Frage noch einmal gestellt wurde, dann antwortete man automatisch gleich.

Die erste Lüge fiel ihm am schwersten, weil es seine Mutter war, die die Fragen stellte, und er liebte sie. Er wusste, dass sie nicht wollte, dass er in die Hölle kam, und dass sie das nicht verdient hatte, weder von ihm noch von sonst jemandem, und er begriff auf der Stelle, dass sie wusste, dass er log. Und dass jedes Mal, wenn er log, diese Lüge so klar zu durchschauen war wie das Glasfenster, bevor der Stein hindurchflog.

Dinge gehen so leicht kaputt, und wenn sie es erst einmal sind, dann kann man sie auch nicht mehr reparieren. Sie heilen nicht. Und sie kommen nie wieder.

»Nein, Ma'am«, sagte er, er habe Charlie und Mrs. Glass nie zusammen gesehen. Seine Mutter schaute ihn ganz komisch an, ein kurzes, winziges Zögern, bevor sie wieder blinzelte, und da wusste er, sie würde ihn nie mehr anders ansehen als so, ihn nie wieder so anschauen wie früher. Sie sah traurig aus, irgendwie gebrochen, als wäre etwas passiert, mit dem sie von nun an leben müsse.

»Bist du sicher? Niemals?«

»Nein, Ma'am. Nie. Ich bin mir sicher.«

»Nicht ein Mal?«

»Sie kam in Daddys Metzgerei. Ich schätze ...« Er blickte ihr unverwandt in die Augen. Es war schrecklich, und es schnitt in sein Herz wie mit einem Messer. Es war ein Schmerz, der ihm durch und durch ging.

»Ich meine, außerhalb der Metzgerei. Allein.«

»Nein, Ma'am. Nie allein.«

Was ja auch fast der Wahrheit entsprach. Denn bis auf jenes allererste Mal, wo er draußen im Pick-up gewartet hatte, war er immer dabei gewesen, und folglich waren sie auch nicht auf die Art und Weise allein gewesen, die sie meinte. Auch Jackie Robinson war da gewesen, und selbst ein Hund zählte doch irgendwie, oder?

»Eines musst du bedenken, Sam. Denk immer daran. Wenn du dich schlecht benimmst oder einen Fehler machst, dann kannst du dich später besser benehmen oder den Fehler wiedergutmachen, und niemand hat etwas dagegen. Aber wenn du lügst, auch nur einmal, wirst du immer ein Lügner sein. Wer einmal lügt, dem glaubt man nicht. Verstehst du das?«

»Ja, Ma'am.«

Jede Lüge war wie ein Messerstich in sein Herz, aber bei jedem Mal war es leichter, der Schmerz wurde weniger, und sein Gehirn verhärtete sich um die Tatsache herum, dass er ein Mensch geworden war, der nicht die Wahrheit sagte und es nie wieder tun würde.

Das mit den Lügen und den Fragen erzählte er Beebo nicht. Beebo wusste es, und er schien den Jungen mit neuem Respekt zu behandeln und begegnete ihm mit noch größerer Freundlichkeit als zuvor. Sie beide brauchten nicht darüber zu reden. Es war einfach eine Tatsache, und dieser Tage hatte jeder seine Geheimnisse, und jeder log. Log über das, was er wusste. Log über das, was er war.

Sie gingen wieder einmal angeln, die beiden ganz allein, mit dem Hund, und hielten auf dem Gipfel des House Mountain nach Adlern Ausschau. Sam hatte die Welt noch nie von so weit oben gesehen. Das Tal lag vor ihnen ausgebreitet wie ein Teppich, und er stellte Tausende von Fragen, die Charlie alle geduldig und mit großer Behutsamkeit beantwortete, und er zeigte ihm, wo ihre Stadt lag, Sams Haus, ein winziges Pünktchen unter Tausenden von anderen winzigen Pünktchen. Und Charlie zeigte ihm auch all die Farmen und Flüsse und den Wasserfall, die ihm einmal gehört hatten.

Ihre Freundschaft war enger und noch beständiger geworden, als sie es je gewesen war, doch irgendwie fühlte es sich auch wie ein Abschied an. Sam lernte, dass man nicht unbedingt alles sagen musste, was einem in den Sinn kam, ja, dass sogar die meisten Dinge, die einem in dem Sinn kamen, im Grunde ungesagt und unbemerkt blieben, auch wenn man sich später über sie wunderte oder sich Gedanken darüber machte. Er wusste nicht einmal, was man Charlie eigentlich vorwarf, aber er hütete sich davor zu fragen.

In den Wochen vor dem Prozess kam ihm Charlie die ganze Zeit nervös vor. Er gab sich Mühe, Sam aufzumuntern, obwohl sie nie darüber redeten, was eigentlich der Grund dafür war, dass es Sam schlecht ging. Er wusste es einfach und war manchmal kurz davor zu weinen, aber darüber redeten sie nicht, nur über andere Dinge, aber insgeheim wusste Sam, dass Charlie versuchte, ihm all seine Kraft und seinen Mut zu vermitteln.

Charlie fuhr den Jungen den ganzen Weg nach Lexington, um ihm ein Softeis zu kaufen, und dann gingen sie in ein Kino, sie beide ganz allein. Sie sahen *Red River*, und selbst Sam fand, dass Charlie wie der Schauspieler in dem Film aussah. Eines Nachts zeigte Charlie zum Himmel und benannte einen Stern nach Sam Haislett, doch als der Junge am nächsten und übernächsten Abend nach ihm suchte, konnte er ihn nicht mehr finden.

Jetzt, an einem warmen Oktobertag, an dem alle Fenster im Gerichtssaal offen standen, tat Sam, was er für richtig hielt, obwohl er gleichzeitig wusste, dass es falsch war. Er verriet nichts.

Außer dem Richter, den Anwälten und den Justizbeamten befanden sich nur wenige Menschen im Gerichtssaal. Da war ein Polizist, der Sam nie aus den Augen ließ. Seine Mutter und sein Vater. Claudie Wiley. Der Mann, der ihm Fragen stellte. Charlie und sein Anwalt, Charlie in einem funkelnagelneuen Anzug von J. Ed Deavers an der Main Street. Seine Krawatte saß zu eng an seinem Hals. Sein Bruder Ned war da, der aussah wie der Leibhaftige. Die einzigen Leute, die aus der Stadt gekommen waren, waren die Zwillingsschwestern, und sie saßen direkt hinter Charlie. Sie waren zu alt, um sich darum zu scheren, dass ihr Priester gesagt hatte, sie sollten nicht zum Prozess gehen, sonst würden sie zur Hölle fahren, und außerdem fanden sie, wenn sie einen Tag im Gericht saßen und Charlie Beale zeigten, dass er doch noch Freunde auf der Welt hatte, würde das wohl auch keinen großen Unterschied machen, was ihr Schicksal für die Ewigkeit anging.

Und natürlich saß da am anderen Tisch Mrs. Glass, ganz in Schwarz, mit einem Hut und kurzen weißen Handschuhen, und hinter ihr ihr Ehemann, so aalglatt wie Seide und so ruhig, dass man glauben mochte, er schlafe, bloß dass er mit seinen schwarzen Boatwright-Augen Sam permanent anstarrte, und selbst er wusste, dass Sam log, jedes Mal, wenn er den Mund aufmachte.

»Weißt du, was Lügen ist, Sam?«, fragte der große, hässliche Staatsanwalt.

»Ja«, sagte Sam. Das wusste er natürlich, und wenn er sonst gar nichts wusste.

»Was ist Lügen, Sam?«

»Das ist, wenn man nicht die Wahrheit sagt.«

»Und was passiert mit kleinen Jungs, die lügen?«

»Sie kommen in die Hölle«, sagte Sam so leise, dass der Richter ihn bat, seine Antwort noch einmal zu wiederholen.

»Sie kommen in die Hölle.« Sam schrie es fast.

»Ja!«, schrie der Anwalt zurück. »Aber weißt du, wo sie vorher noch hinkommen? Sie kommen ins Gefängnis. Sie kommen ins Gefängnis, Sam, und da dürfen sie weder in die Schule gehen, noch werden sie ihre Mama und ihren Daddy je wiedersehen, und wenn sie das überleben, *wenn* sie das überleben, dann werden sie ebenso böse und unwissend sein wie die Farbigen. Ist es das, was du willst, Sam? Weil ich mir nämlich ziemlich sicher bin, dass du gerade lügst.«

»Euer Ehren.« Cully Blake erhob sich leicht schwankend von seinem Stuhl. »Der Herr Staatsanwalt bedrängt und bedroht auf ungebührliche Weise einen Sechsjährigen. Er hat das gesagt, was er weiß, und was er weiß, ist nicht von Bedeutung. Schämen Sie sich.« Mit diesen Worten und einer überheblichen Drehung seines Halses in dem weißen Kragen, der so hart gestärkt war, dass man die Reibung des Stoffes an der geröteten Haut seines Halses hören konnte, wandte er sich dem Staatsanwalt zu.

»Bitte, halten Sie sich an die Fakten«, sagte der Richter.

»Er lügt, Euer Ehren«, beharrte der Staatsanwalt.

»Nun, dann überführen Sie ihn dabei oder lassen Sie ihn in Ruhe. Das ist eine Anordnung.«

»Na gut.« Der Staatsanwalt wandte sich an Sam. »Versuchen wir es anders herum. Du sagst, sie waren nie allein miteinander?«

»Nein, Sir.«

»Was – du hast es nicht gesagt, oder sie waren nie allein?«

Was war die richtige Antwort? Jetzt war Sam etwas verwirrt. »Ich glaube, sie waren nie allein miteinander.«

»Nun, wenn sie nicht allein miteinander waren, haben sie denn je miteinander geredet?«

»Nein, Sir.«

»Haben sie sich jemals berührt, wenn sie nicht allein miteinander waren?«

»Einspruch.« Blake erhob sich erneut.

»Nicht stattgegeben«, sagte der Richter. »Setzen Sie sich, Mr. Blake. Ich lasse es vorerst zu.«

»Und wenn sie nicht alleine miteinander waren, hat Charlie Mrs. Glass jemals geküsst?«

»Nein, Sir.«

»Haben sie sich ausgezogen?«

Er hatte sie gesehen. Er hatte alles von ihr gesehen, und dieses Bild in seiner Erinnerung war so klar, so scharf, dass es fast so war, als hätte er sie selbst berührt. Sie hatte ihm Plätzchen gebacken und ihm Comics geschenkt, und dann waren sie in ein anderes Zimmer gegangen, sie hatte sich ausgezogen, aber er wusste mehr, wie sich das angehört hatte, als wie es aussah, und er hatte die Geräusche besser einordnen können als die Vorstellung von ihr, so biegsam, so überall, so blond.

»Nein, Sir.«

»Verdammt. Ich geb's auf. Du lügst, Sam. Das weißt du. Ich weiß es. Jeder weiß es, einschließlich des Gottes, der dich in die Hölle schicken wird, und des Richters, der dich …«

»Einspruch.«

»Stattgegeben.«

»… für lange Zeit ins Gefängnis stecken wird. Tut mir leid, Euer Ehren. Ich habe noch eine weitere Frage. Sam. Wenn du mit Charlie allein warst, hat er dann jemals etwas über Mrs. Glass gesagt?«

Sam saß einfach nur lange Zeit da. Gefängnis. Der Gedanke an auch nur eine Nacht im Gefängnis, weit weg von seiner Mutter und seinem Vater, ängstigte ihn fast zu Tränen, und die Hölle war für immer, so viel wusste er.

»Sam?«

»Ja, Sir?«, erwiderte er in einem winzigen Stimmchen.

»Sprich lauter, Sam. Lauter. Was hat Charlie gesagt?«

»Beebo sagte … er sagte, er würde für sie sterben.«

»Bitte?«

»Für sie sterben. Er sagte, er würde für sie sterben.«

»Danke, Sam. Könnte sein, dass er das auch wird.«

Blake sagte, er habe keine weiteren Fragen, und sprach dann überschwänglich vom Alter des Jungen, das noch sehr zart sei, und so weiter, und Sam saß einfach nur da, bis sie ihm sagten, es sei Zeit zu gehen und er könne wieder bei seinen Eltern Platz nehmen. Seine Mutter nahm seine Hand und drückte sie fest, und er wusste, es war nicht vorbei, so wie sie gesagt hatten. Es war alles andere als vorbei.

Als Nächste kam Claudie Wiley, die sich aufgedonnert hatte, als würde sie zu einer Schwarzenhochzeit bei den Baptisten in New York City gehen. Ihr Kleid war leuchtend fuchsiarosa, nach einem Muster genäht, das sie in der *Vogue* gefunden hatte, und es stand ihr ausgezeichnet. Es hatte einen passenden Hut mit Schleier und Schuhe, alles in derselben intensiven Farbe, der Farbe des Sonnenuntergangs, diesem letzten Aufbäumen von Farbe, bevor es dunkel wird.

Sie schwor auf die Bibel und hatte tatsächlich vor, die Wahrheit zu sagen, denn auch wenn sie das, was sie zu sagen hatte, schrecklich fand, war ihre Angst vor weißen Männern und Gerichtssälen so groß, dass sie sich dazu verpflichtet fühlte, denn sie wollte weder ihre Freiheit noch ihre Tochter und ihre Hoffnung verlieren. Weiße Männer konnten einen einlochen, das wusste sie ganz sicher, und würde es sich keine zwei Mal überlegen. Einen sechsjährigen weißen Jungen ins Gefängnis stecken? Das würde nie geschehen. Doch eine schwarze Frau, die ihre Meinung für sich behielt und sich um sonst nichts scherte? Die würden sie in ein dunkles Loch werfen, ihre Tochter würde ins Heim kommen, und das würde sie beide umbringen.

»Nun, Claudie«, sagte der Staatsanwalt, den sie auf der Stelle hasste.

»Sollten Sie mich eigentlich nicht Miz Wiley nennen, oder was?«, fragte sie keck.

»Ich kann Sie nennen, wie ich will, aber wenn Sie Mrs. Wiley wollen, dann nenne ich Sie so. Sind Sie denn überhaupt eine Mrs. Wiley? Ich meine, gibt es einen Mr. Wiley?«

»Nicht mehr.«

»Ich meine, hat es ihn je gegeben?«

»Nicht ganz.«

»Nun, wie Sie wollen, Mrs. Wiley.« Das war fast ein Fauchen. »Wie gut kennen Sie Mrs. Harrison Glas?«

»Recht gut, Euer Ehren.«

»Ich bin nicht der Richter. Den Richter, der hier sitzt, den spricht man mit ›Euer Ehren‹ an.«

»Entschuldigen Sie. Sie ist so ziemlich meine einzige Freundin.«

»Und sprach denn Mrs. Glass einmal mit Ihnen über Charlie Beale?«

»Die ganze Zeit. Sie redet über fast nichts anderes.«

»Und was sagt sie so?«

»Sie sagt, wie süß er ist, dass er aussieht wie irgendein Filmschauspieler. Letzte Woche haben wir den im Kino gesehen. Mir kam er nicht gerade wie ein netter Mann vor, dieser Schauspieler, in dem Film.«

»Ist denn Charlie Beale im richtigen Leben ein netter Mann?«

»Schätze schon. Er hat die Macht. Er hat die Gabe.«

»Was für eine Gabe, Mrs. Wiley?«

»Die Gabe zu heilen. Ich habe es selbst gesehen.«

»Hat sie denn in der ersten Septemberwoche etwas Besonderes, irgendetwas Außergewöhnliches, zu Ihnen gesagt, was Charlie Beale betrifft?«

Sie war eine Königin, diese Claudie. Sie saß ganz allein im Zeugenstand, zitternd vor Angst und Aufregung zugleich. Sie genoss die Aufmerksamkeit und kämpfte um ihr Leben.

»Sie sagte, er habe sie vergewaltigt. Sie sagte, er habe sie drei Mal vergewaltigt.«

»Drei Mal?«

»Ja, Sir. Da war sie sehr pingelig. Sie ließ es mich aufschreiben.« Sie zog ein Stück Papier aus ihrer Handtasche. »Er vergewaltigte sie am neunzehnten November 1948. Am zwölften April 1949 und dann wieder in der letzten Augustwoche, gleich nachdem er den Jungen gerettet hatte, am vierundzwanzigsten.«

»Kann ich dieses Stück Papier sehen?« Claudie reichte es dem Staatsanwalt, und der gab es an den Richter weiter, dann an Blake, der es zu den Beweismitteln legte.

»Hat sie denn gesagt, wie er es gemacht hat?«

»Er hat es so gemacht wie immer, schätze ich. Er hat den Jungen mit zu ihr gebracht, und während sie mit dem Jungen spielte, hat er sie von hinten gepackt und sie vor den Augen des Jungen vergewaltigt.«

»Und wie oft?«

»Frage gestellt und beantwortet«, warf Blake ein.

»Drei Mal.«

Jetzt kam ihr der Staatsanwalt viel netter vor. »Danke, Mrs. Wiley. Sie haben uns sehr geholfen. Ihre Zeugin«, sagte er zu Blake, und dann setzte er sich, ein zufriedenes Lächeln auf dem Gesicht.

Mr. Blake stand auf. Er kam ihr nicht zu nahe, so wie der Staatsanwalt. Er vermied es, zu nahe bei Leuten zu stehen, damit sie seine Whiskey-Fahne nicht bemerkten.

»Mrs. Wiley, das ist ein sehr schönes Kleid, das Sie anhaben.«

»Danke.«

»Sie machen auch für Mrs. Glass die Kleider, stimmt's?«

»Ja. Sir.«

»Und Sie sind auch befreundet miteinander, richtig?«

»Schätze schon. Ich schätze, sie ist die einzige Freundin, die ich habe.«

»Wie oft haben Sie Mrs. Glass im letzten Jahr gesehen?«

»Viele Male. Vielleicht ein oder zwei Mal die Woche.«

»Hundert Mal?«

»Könnte sein.«

»Und in all dieser Zeit, hat Mrs. Glass da jemals diese angeblichen Vergewaltigungen vor jenem einen Mal erwähnt?«

»Nein, Sir, hat sie nicht.«

»Nicht am neunzehnten November, direkt nachdem es zum ersten Mal passiert war?«

»Nein, Sir.«

»Oder am dreizehnten April, dem zweiten Mal?«

»Nein, Sir.«

Bei dem, was Claudie mit Sylvan einstudiert hatte, waren sie nicht so weit gekommen. Sylvan hatte gedacht, allein die Festlegung der Daten würde reichen, einschließlich der Uhrzeit, des Ortes; all das waren sie durchgegangen, aber das schien jetzt gar nicht von Interesse zu sein. Claudie wusste, dass ihre Freundin von ihr erwartete, dass sie für sie log, aber so weit ging eine Freundschaft mit einer Weißen dann doch nicht. Claudie würde sich nicht erwischen und ins Gefängnis stecken lassen, bloß weil eine Weiße es von ihr verlangte.

»Nicht einmal an dem Tag nach dem vierundzwanzigsten August? Dem letzten Mal?«

»Nein, Sir, sie hat nie etwas gesagt.«

»Wann hat sie Ihnen denn zum ersten Mal von diesen angeblichen Vergewaltigungen erzählt?«

»Vor etwa zwei Wochen, Sir.«

»Und als Sie dann endlich alles gehört hatten, ihre ganze Schilderung dieser brutalen Vergewaltigungen, die bereits fast ein ganzes Jahr vor sich gingen, wie haben Sie sich da gefühlt?«

»Zuerst tat es mir leid. Sie mag ihn. Glaube ich.«

»Und dann?«

»Ich habe ihr nicht geglaubt.«

»Einspruch, Euer Ehren. Spekulation.«

»Abgelehnt.«

»Und dann, Mrs. Wiley?«

»Ich hab's nicht geglaubt, und ich glaube es immer noch nicht. Ich glaube ihr nicht.«

»Einspruch. Das ist reine Spekulation.«

Der Richter ignorierte die Proteste des Staatsanwalts und entließ Claudie aus dem Zeugenstand, den sie verließ wie einen Thron, eine entthronte Königin, die erhobenen Hauptes davonschritt.

Der Gerichtsdiener rief Mrs. Harrison Glass auf, und die beiden Frauen, die sich noch vor wenigen Momenten nahe gestanden hatten wie Schwestern, gingen blicklos aneinander vorbei.

Als Sylvan durch die Schwingtür trat, die zum Zeugenstand führte, richtete sich Charlie leicht auf und drehte sich um, um sie anzusehen, und sprach, so leise und atemlos, dass nur Elinor und Ansolette, die direkt hinter ihm saßen, es hören konnten.

»Sylvan«, sagte er. Sie blieb stehen, ohne sich ihm zuzuwenden. »Mädchen, was geschehen ist, ist geschehen. Tu das nicht, sag es nicht. Nicht mir ins Gesicht. Nicht vor dem Jungen.«

Sylvan trat in den Zeugenstand und blickte sich um, als wüsste sie nicht, was sie tun sollte. Die Jury nahm alles an ihr in sich auf: ihre Haltung, ihr schwarzes Kleid, aus einem Hollywoodfilm kopiert, die weißen Handschuhe, die sie sich mit peinlicher Sorgfalt von den Fingern zog.

Man legte eine Bibel vor sie hin und wies sie an, die linke Hand darauf zu legen, was sie schüchtern tat, denn sie war sich nicht sicher, was nun geschehen würde.

»Schwören Sie feierlich, die Wahrheit zu sagen, die ganze Wahrheit und nichts als die Wahrheit?«

Und dann warteten sie einfach nur. Sie war in ihrer steifen Körperhaltung erstarrt und sah in ihrem schwarzen Kleid, dem Hut mit dem Schleier und dem blonden Haar wie eine Statue aus, eine elegante Gestalt in Trauer.

»Mrs. Glass?«

»Könnten Sie das bitte wiederholen?«

»Schwören Sie feierlich, die Wahrheit zu sagen, die ganze Wahrheit und nichts als die Wahrheit?«

Sie hüstelte, räusperte sich, und dann sprach sie mit leiser, vornehmer Stimme, der Stimme, die sie an so vielen Nachmittagen im Dunkel des Kinosaals so geduldig und sorgfältig geübt hatte, der Stimme, die sie jedes Mal fünfundzwanzig Cent gekostet hatte, abgeschaut von den Mündern von Frauen, denen sie nie begegnen und die sie nie und nimmer sein würde, ganz gleich, wie innig sie sich das wünschte.

»Nein, ich glaube, das werde ich nicht. Ich glaube nicht, dass ich das tun werde. Sie müssen mich entschuldigen.«

Und dann zog sie ganz ruhig ihre Handschuhe wieder an, zuerst den linken und dann den rechten, schob den Schleier wieder vor ihre Augen, und dann trat sie aus dem Zeugenstand und ging langsam und gemessen durch den Gerichtssaal, durch die Tür und schließlich die steile Marmortreppe hinab, wischte sich den Mund mit einem weißen Spitzentaschentuch ab und ging in die Herbstsonne hinaus. Und dann war es vorüber.

Es war der letzte und einzige Moment in ihrem Leben, den sie selbst bestimmt hatte. Sie war erst zwanzig Jahre alt und war einen Augenblick lang zu dem eigenständigen Menschen geworden, der sie nie wieder sein würde.

Sie hatte ihre große Szene gehabt.

Was auch immer sie getan hatte, sie war kein schlechtes Mädchen. Was auch immer Sie denken, schlecht war sie nicht.

Das Leben war hart zu ihr gewesen, und dieses eine Mal hatte sie zurückgeschlagen.

28. KAPITEL

Sie lag zwei Wochen im Bett und weinte. Sie weinte so heftig, dass ihr der ganze Körper wehtat. Als sie dann endlich aufstand, verprügelte er sie so sehr, dass sie eine weitere Woche im Bett blieb. Für sie gab es nichts mehr, an dem sie sich festhalten konnte, und nichts, das sie loslassen konnte. Bis auf eines: Sie hatte immer noch ihr Geheimnis, die Dokumente, die in ihrem Versteck unter den Dielenbrettern auf dem Dachboden lagen.

Als sie wieder aufstand, war es, um wieder Mrs. Harrison Glass zu sein, das und nichts anderes. Ihr ganzer Hollywood-Putz, all ihre schicken Sachen blieben im Schrank, und sie verbrachte den Tag in Hauskleidern, die ihre Figur verhüllten und ihre Stellung im Haus offenbarten. Bis sie dann eines Tages, fünf Tage nachdem sie wieder aufstehen konnte und die Schwellungen zurückgegangen waren, all ihre Kleider, über denen Claudie so viele Stunden gesessen hatte, aus dem Schrank nahm – das grüne Kleid, das sie getragen hatte, als sie den Jungen aus dem Wasser gezogen hatte, all die schicken Fummel, die sie für Charlie angezogen hatte, um etwas anderes darzustellen, als sie war –, in den Garten trug, Benzin darüber goss und alles anzündete, und dann schaute sie dabei zu, wie sich der Mensch, der sie versucht hatte zu sein, in Flammen auflöste. Sie weinte, als das alles zu Asche wurde. Ihre Kleider. Ihr anderes Ich. Wenn sie nicht das sein durfte, wovon sie geträumt hatte, was sollte sie dann sein? Wer war sie?

Warum war nicht alles so wie im Film? Warum war die Leinwand dunkel geworden? Als sie sich die Figur zurechtgelegt hatte, die sie spielte, ihr Gesicht flackernd vor dem silbrigen Bildschirm ihrer glänzenden Augen, was hatte sie da sein wollen? Die Flammen gaben ihr keine Antwort. Sie war ein ungebildetes Mädchen vom Lande, das alles, was es wusste, von Menschen gelernt hatte, die es gar nicht gab, und sie hatte Charlie Beale geliebt, so viel war klar. Und ganz kurz, einen blinden, blendenden Moment lang, hatte sie dort im Dunkeln das erlebt, worauf sie gewartet hatte.

Danach gibt es nichts mehr, dachte sie. Es gibt kein Danach.

Er war ihr ganzer Hollywoodfilm gewesen, ihr Filmstar, aber hatte sie ihn wirklich geliebt? Sie hatte sein Aussehen geliebt, wie er sich gab, wie er sich bewegte, wie er leise mit dem Jungen über irgendeinen Blödsinn lachte, den nur die beiden verstanden, wenn sie über Fische oder Vögel oder Steine oder Gott und die Welt redeten, sie hatte ihn geliebt, noch bevor er damals jenes erste Mal zu ihr kam, doch dann war er gekommen, und er war nicht mehr eines der hellen, flackernden Bilder, die sie hinter ihren Lidern sah, wenn sie des Nachts die Augen schloss und die Dunkelheit hereinließ, ihn hereinließ, damit er ihr Herz und ihre Seele stahl, dort in der Dunkelheit, in ihren Träumen. Wenn er gekommen war, dann waren da Gerüche und seine Haut und ein Mund, der überall war, und sein Gewicht machte ihr Angst, seine Hände, sein Körper, so wirklich, so fest und muskulös, kleiner als ihr eigener, doch prallvoll mit Macht, mit Begehren, der Begierde nach ihr, einer endlosen Begierde, die kein Traum war, die nicht flackerte, die nie enden wollte, und das konnte sie nicht ertragen, konnte es nicht hinnehmen, konnte es nicht aushalten. Und so hatte sie ihm die Tür vor der Nase zugemacht, hatte das Licht gelöscht und sich im Dunkeln hingesetzt, und jeder Zoll ihrer Haut wollte jeden Zoll seiner Haut, genau wie im Film, und sie hatte ihn ausgeschlossen, den einzigen Mann aus Fleisch und Blut, den sie je gekannt hatte, das vollendetste, vor Leben strotzendste menschliche Wesen, das ihr jemals begegnet war, und sie konnte es einfach nicht aushalten.

Sie redete sich ein, dass sie es getan hatte, um ihren Eltern das Elend des Verlustes zu ersparen und ihnen etwas von der Fürsorge zurückzugeben, die sie ihr in all den Jahren hatten angedeihen lassen. Sie sagte sich, dass sie es getan hatte, weil Boaty ihn sonst umgebracht hätte. Doch irgendwo, ganz verschwommen, wusste sie, dass sie es getan hatte, weil sie die Phantasiewelt des Films in ihrem Kopf der Wirklichkeit von Charlie Beale vorzog.

Und jetzt wanderte sie in ihrem schlichten Hauskleid auf dem Anwesen ihres Mannes hin und her, verwitwet und doch noch verheiratet, und trauerte um einen Mann, den sie nie wirklich gekannt hatte.

Sie kroch ins Dickicht, legte sich auf den kühlen, herbstlichen Waldboden und berührte sich selbst, dachte daran zurück, wie seine Hände sie berührt hatten, spürte die Wellen der Lust, die sie überkamen, und dann stellte sie sich ihn wieder vor, aber diesmal als Schatten ohne Gewicht und ohne Atem, ohne Geruch oder Geräusch oder einen Hunger, der größer war als der ihre.

Sie wusste, dass sie sein Leben ruiniert hatte. So oberflächlich war sie nicht. Doch Männer erholen sich. Sie kommen wieder auf die Beine. Er war vierzig Jahre alt und von einem Begehren und Verlangen nach Liebe erfüllt, das zu groß, zu verzweifelt war. Sie war sich ziemlich sicher, dass sein Herz nicht zum ersten Mal gebrochen worden war, und war er nicht trotzdem zu ihr gekommen?

In den Wäldern um sie herum fielen die Blätter von den Bäumen, die Vögel flogen gen Süden, während sie dasaß, den Rock bis zur Taille aufgerollt, und versuchte, in ihrem Kopf den Film abspulen zu lassen, in dem sie für den Rest ihres Lebens würde leben können, die niemals enden wollende Filmspule ihrer Phantasie.

Mittlerweile nannte sie Boaty Mister Glass, wenn sie mit ihm zusammen war. Er nannte sie überhaupt nicht, schlief getrennt von ihr und berührte sie weder, noch kam er in ihre Nähe.

Er schien sich zu überlegen, was er mit ihr tun sollte. Ja, hinauswerfen könnte er sie, aber dann würde sie eine Stange Geld kosten, und eine so gute Ausrüstung warf man nicht einfach so weg. Sie machte ihm Abendessen und benahm sich, soweit er das sagen konnte, und außerdem hatte sie all die blöden Bilder von der Wand genommen und ihre peinlichen Klamotten verbrannt, und sie hatte mit ihrem Geschwätz über Hedy Lamarr und diese Kanaillen vom Film aufgehört, und deshalb würde er einfach abwarten und sehen, wie sie sich aufführte.

Er war älter. Attraktiv war er nie gewesen. Er hatte einfach nur keine Lust auf eine Hetzjagd. Abgesehen davon war das Pferd längst aus dem Stall. Er sah den Ausdruck im Gesicht der Leute, spürte die Blicke in seinem Rücken, wenn er sich entfernte. Ein Mann, dem seine Frau Hörner aufsetzte. Seit er erwachsen war, hatten sie hinter seinem Rücken gelästert, was kümmerte es ihn dann, wenn sie es immer noch taten?

Außerdem: Jetzt, wo die Wahrheit heraus war – oder was die Leute dafür hielten –, war er von der schrecklichen Bürde befreit, die es für ihn darstellte, sie berühren zu müssen, sie des Nachts zu besuchen, denn dieser lästige Kram lag hinter ihm. Kein Geturtel mehr. Da war es mit den eigenen Händen besser, er hatte seine Zeitschriften unter dem Bett, im Dunkeln, und morgens stand das Frühstück auf dem Tisch.

Er konnte sie nicht mehr ertragen, selbst ihren bloßen Anblick hielt er nicht sehr lange aus, doch solange sie sein Haus sauber hielt und das Essen pünktlich auf dem Tisch stand, warum sollte er sich noch mehr Probleme schaffen? Sie gehörte ihm, er hatte sie mit gutem Geld gekauft, und einen solch kostspieligen Besitz einfach loszuwerden, darauf hatte er keine Lust.

Nein, er würde sie behalten, würde sie behalten wie Rapunzel in ihrem Turm, denn er wusste, dass sich ihr kein Prinz mehr nähern würde, nie mehr. Er würde es mit den Blicken der Leute und ihrem hämischen Grinsen aufnehmen, weil er wusste, dass sie irgendwann sowieso damit aufhören würden. Er würde sich sogar damit abfinden, dass ihm ab und zu Charlie Beale über den Weg laufen würde, solange der Mann den Mund nicht aufmachte oder ihn irgendwie anschaute.

Die Wahrheit ist, Harrison Boatwright Glass war sowohl faul als auch feige, und er wusste, es würde ihn viel Kraft kosten, Charlie entgegenzutreten, und dass Charlie ihn wahrscheinlich umbringen würde, wenn er ihn blöde anredete. Wenn der Mann einen Funken Verstand besaß, ging er einfach weg, ging dorthin zurück, von wo er gekommen war, oder in die nächste Stadt, zu der nächsten Frau, die einem anderen gehörte.

Eines Tages nahm Sylvan die Autoschlüssel aus dem Versteck, an dem Boaty sie aufbewahrte – er war leicht zu durchschauen –, und fuhr in die Stadt, um Claudie Wiley zu besuchen, doch zwar war Claudies Auto direkt vor der Tür geparkt, aber sie machte nicht auf, obwohl Sylvan klopfte und klopfte. Irgendwann schob Claudie den Vorhang an ihrer Glastür zurück – schließlich musste sie Geld verdienen, und es hätte eine Kundin sein können, die einen Saum genäht oder ein Kleid geändert haben wollte – und starrte eine ganze Minute zu Sylvan hinaus, ehe sie den Vorhang wieder fallen ließ und in die Stille ihres Hauses zurückkehrte, zu ihrem Leben, das nach Nadelstichen bemessen war. Claudie würde ihr nie wieder die Tür öffnen. Sie würde sie jeder Frau öffnen, die ein Stück Stoff und einen Traum hatte, aber ihr nicht.

Sylvan fuhr nach Lexington und besuchte noch einmal das State Theater, ohne auch nur zu der Anzeigetafel hoch zu schauen, was denn gespielt wurde. Sie setzte sich auf ihren Stammplatz, dachte eine Sekunde lang daran, wie Claudie damals mit ihrem Zeichenblock oben auf dem Balkon für die Schwarzen gesessen hatte, dachte an die Tage, als das alles gut und möglich gewesen war, und dann holte sie Luft, während die Lichter im Kinosaal ausgingen und der Film begann. Dasselbe silbrige Licht, dieselben strahlenden Gesichter mit ihren schönen, großen Zügen, die in einer verdunkelten Welt ihr Licht zu verbreiten schienen, doch da war nichts für sie. Nicht mehr. Sie verließ das Theater, trat hinaus in den blendend hellen Herbstsonnenschein auf der Nelson Street, kramte in ihrer Handtasche nach den Schlüsseln und versuchte, durch die blendende, eisige Helligkeit ihren Weg zu finden, zurück zu ihrem Wagen, zurück zu ihrem Leben, zu ihrem Ich. Zurück zu dem Mädchen vom Land, das sie nicht kannte und nie gekannt hatte.

29. KAPITEL

In jenem Jahr fiel der erste Mittwoch im Dezember auf einen siebten. Es war Pearl Harbor Day, und alles war beflaggt. Am Nachmittag würden in allen Kirchen Gottesdienste abgehalten werden, um der fast fünftausend Menschen zu gedenken, die an jenem schrecklichen Tag, der nur acht Jahre zurücklag, getötet oder verwundet worden waren. Jeder Mann und jede Frau in der Stadt trug eine kleine Rosette, um an die Tragödie zu erinnern, die ihnen allen noch so frisch im Gedächtnis war, jenen Tag der Schmach, wie sie ihn nannten. Doch es ging auch auf Weihnachten zu, und so hing Weihnachtsschmuck zwischen den Flaggen, und es wurde fleißig geschlachtet und für die Feierlichkeiten vorbereitet. In der Welt passierte so manches: Chiang Kai-shek floh aus China nach Taiwan, doch kaum jemand in Brownsburg bemerkte es. Das Schicksal von Millionen Chinesen war bei weitem nicht so bedeutsam wie das Schicksal der Menschen, an deren Seite man Tag für Tag lebte. Die fruchtbare Erde des hügeligen, steinigen Countys lag still und stumm da, kalt, aber noch nicht gefroren. So steinig es auch sein mochte, war das Land doch gut zu seinen Bewohnern gewesen, und so war man im Allgemeinen auch recht gut zueinander, um dies wettzumachen. Vielleicht war das etwas, das das Land ihnen zuflüsterte, vielleicht war das ja die Botschaft – dass es das Gute im Menschen gibt. Überall. Es war hart erarbeitet, lange erinnert und kaum bemerkt, doch es war da. Für immer.

Als Charlie erwachte, war er verzweifelt, so wie er es jeden Morgen war. Wenigstens wachte er diesmal in seinem eigenen Bett auf und nicht auf dem Sofa oder dem Küchenboden, wo er sich so oft wiedergefunden hatte seit jenem Morgen, an dem sie den Gerichtssaal und sein Leben verlassen und den Lauf seines Lebens so sehr verändert hatte, dass er nicht mehr wiederzuerkennen war.

Obwohl er für die Menschen, denen er begegnete, aussah wie immer, jene Leute, die ihn ebenso liebten wie sie ihn ausgestoßen hatten, konnte er sich selbst kaum wiedererkennen. Mittlerweile brauchte er jeden Morgen eine Stunde, um wieder so auszusehen wie immer, er musste seine Augen spülen, um klar zu sehen, musste ein heißes Bad nehmen, um den Nachtschweiß abzuwaschen, diesen glitschigen Film aus Angst und Zorn, der seinen Körper des Nachts bedeckte. Sein Körper, dünner geworden und doch auch stärker, lag träge in der Wanne, und irgendwann waren die nächtlichen Schrecken abgespült, aufgelöst in dem Wasser, das allmählich abkühlte, und wenn er dann, auch nur einen Moment lang, von Frieden erfüllt war, erhob er sich tropfnass aus der Wanne, so wie damals – so lange war das her – aus dem Fluss, und er zog sich an, schlich sich an der Tür vorbei, hinter der sein Bruder schlief, Whiskey und Sägespäne, dieser drahtige Junge, der einfach gekommen war und keinerlei Anstalten machte, wieder zu gehen, als wüsste er instinktiv, dass Charlie Beale nicht mehr alleine leben konnte, dass er sich weder ernähren konnte noch um die Hilfe bitten, die er brauchte, und so konnte sie ebenso gut auch von seinem eigenen Fleisch und Blut kommen. Wenigstens Trost konnte er ihm spenden.

Es war hart für Charlie geworden, Alma gegenüberzutreten. Es war ihre Herzenswärme, die er nicht ertrug, denn er wusste, unter diese Wärme mischte sich auch Missbilligung, und das zu Recht – ihre Missbilligung darüber, wozu ihn seine Begierden getrieben hatten. Sie war nie anders als freundlich, doch jetzt hatte sie auch Angst, sie hatte Angst um ihn und natürlich auch um ihren Jungen. Sie und Will hatten sich am Abend zuvor unterhalten. Die Ausflüge mussten aufhören, da waren sie sich einig, es musste ein Weg gefunden werden, den Mann von dem Jungen zu trennen, auch wenn Sam offenbar zu Charlies einzigem Trost geworden war und es Alma das Herz brach, wenn sie nur daran dachte, aber es musste sein. Sam verbrachte jetzt den halben Tag in der Schule und hätte besser mit Jungen seines Alters gespielt, anderen Erstklässlern. Wenigstens war das der Grund, den sie nannte, während Sam auf der obersten Treppenstufe stand und zuhörte.

Sie setzte gerade den Kaffee auf, als sie Charlie auf seinem Weg in die Metzgerei vorbeikommen sah. Er trug keinen Mantel, und seine Manschetten waren nicht zugeknöpft. Beides hielt Alma für ein sicheres Zeichen geistiger Verstörung. Verrückte trugen im Winter nie genügend Kleidung, und im Sommer waren sie zu warm angezogen. Ihr schien, als wüsste er nicht recht, wo er war, obwohl er auf direktem Weg zur Metzgerei marschierte. Früher – als es noch ein Früher gab – wäre er auf eine Tasse von ihrem Kaffee und einen ihrer selbstgebackenen Kekse hereingekommen. Aber das hatte er seit jenem Tag im Oktober nicht mehr getan. Ein Mann, der unschuldig war, der aber gesündigt hatte. Und jetzt ein Gefangener der Sünde, wie er im Buche stand.

Sie maß das Kaffeepulver ab und fragte sich, was sie tun sollte. So vieles geschieht, dachte sie, wenn man Kekse im Ofen hat. Sie fühlte mit ihm, doch weder rief sie nach ihm noch winkte sie. Wäre er hereingekommen, hätte sie nicht gewusst, was sie hätte sagen sollen, aber das würde er sowieso nicht tun. Nicht mehr.

Charlie schritt in dem klaren Licht eines Dezembertages die Straße entlang, schloss die Tür des Ladens auf und machte die Lichter an. Er ging seiner vertrauten Routine nach, wischte den Boden, prüfte, was im Kühlraum war, schrubbte den Metzgerblock ab. Alles schien ihm so zart, so verletzlich zu sein. Das traurige, kalte Fleisch im Kühlraum, das grobe Salz und die Stahlbürste auf dem Holz, die Lauge auf dem Marmortresen. Seine Hände, die all diese Dinge taten, die wischten und schrubbten, alles für den Tag fertig machten, den Tag, den er sich nicht vorstellen und mit dem er nicht wirklich beginnen konnte, obwohl er doch da war und all diese Dinge tat, alles, wie es sein sollte. Stell mir bloß keine Fragen, flehte er Will insgeheim an, der immer noch am Frühstückstisch saß. Schließlich hisste er an der Stange vor dem Laden noch die Flagge, um die Toten und den Tag zu ehren.

Als Will um neun Uhr hereinkam, war alles perfekt in Ordnung, die Schneidemaschine und der Fleischwolf blitzten und schimmerten, die Messer waren gewetzt und so scharf wie Rasierklingen, und die gesamte Ware, die Koteletts und das Hackfleisch, prangte in der Auslage. »Pearl Harbor Day«, sagte Will, reichte Charlie eine braune Papiertüte. Darin war, wie er wusste, ein Sandwich mit Ei und Speck, das er, wie sie beide wussten, nicht essen würde. »Traurig.«

»Ja, Sir«, sagte Charlie.

»Haben Sie jemanden verloren?«

»Dort nicht, nein.«

»Ich auch nicht. Trotzdem.«

»Ja.«

»So viele junge Männer.«

Der Morgen begann, die schwarzen Frauen kamen wie immer als Erste, sie zählten ihr Geld in Münzen auf die Theke, sprachen wenig. Dann kam die Parade der weißen Frauen, die alle nur mit Will redeten, während Charlie sie bediente, und dabei wünschte sich jede von ihnen, diejenige zu sein, die den Mann retten würde, der den Jungen gerettet hatte, und jede von ihnen wusste, dass sie es nicht sein würde, sollte es denn überhaupt jemanden geben, in dessen Macht es stünde, ihn wieder in ihre Mitte zurückzuholen. Doch was geschehen war, war für immer und ewig, es gab keine Besserung und keine Entlastung, auch akzeptieren würde man ihn nie wieder. Wenn sie diese Tatsache auch nur einen Moment vergaßen, waren da immer noch ihre Priester, die sie Sonntag für Sonntag daran erinnerten, und ihr Glaube war wie ein Stöpsel, mit dem sie jene Wahrheit in ihren Herzen verschlossen, so traurig sie dies auch machte.

Wäre er inmitten all dieser Frauen auf die Knie gefallen und hätte um Erlösung gebeten, so wie Sylvan es getan hatte, hätten die Priester ihre Hände auf ihn gelegt und ihn wieder ganz gemacht, dann wäre alles anders gewesen. Doch das würde Charlie nicht tun, und so kam es, wie es kam.

Sie alle wünschten sich etwas anderes, doch was es war, hätte keine von ihnen benennen können, nicht einmal sich selbst gegenüber. Jede wünschte sich, sie wäre diejenige gewesen, jene Frau. Es war keine unter ihnen, die nicht in die Hölle mit ihm gegangen wäre, so wie dieses Glass-Mädchen, keine, die nicht die Tür für ihn geöffnet hätte, ganz gleich, wie fromm sie war.

Doch sie sagten nur Will, was sie an diesem Tag brauchten, und nahmen die Päckchen wortlos von Charlie entgegen, wobei sie wieder einmal bemerkten, wie dünn er geworden war, wie traurig und wie gezeichnet von seiner schändlichen Sünde. Ja, er hatte den Jungen gerettet, doch auch die Mächtigen können tief fallen, und selbst das Göttliche ist manchmal verdammt. Sie waren voller Güte, zumindest dachten sie das, doch vergeben konnten sie nicht. Vielleicht würde Gott es ja tun – dessen waren sie sich gewiss –, doch sie nicht.

Bis Mittag waren die meisten Damen gekommen und wieder gegangen, und Sam kam von der Schule heimgelaufen. Ein Junge hatte auf den Boden gepinkelt, und der Lehrer hatte ihn vor der Klasse ein Baby genannt und ihn für den Rest des Tages auf einem Babystuhl sitzen lassen. Das war so ziemlich das Aufregendste, was in der Schule jemals vorgekommen war, und Sam war nur froh, dass ihm das nicht passiert war.

Zum Mittagessen gab es Schweinekoteletts, in einer gusseisernen Pfanne gebraten. Ned aß mit. Er war verkatert und sah so aus, als könnte er nicht bis drei zählen. Alma versuchte sich ihre Traurigkeit nicht anmerken zu lassen, den Verlust an Respekt und die Wut, die sie im Herzen trug auf diesen Mann, der ihren einzigen Jungen, ihr Fleisch und Blut, von den Toten zurückgeholt hatte, eine Tat, die in ihren Augen noch immer ein Wunder war. Die Männer langten ordentlich zu, sie selbst aß nur wenig.

»Sam? Bist du bereit, die Kühe zu besuchen?«, wandte sich Charlie an den Jungen.

»Will?«, fragte Alma und schaute ihren Mann an. Sie hatten sich doch auf etwas geeinigt, oder?

»Ach, lass den Jungen doch mitgehen, Alma. Es ist ein

schöner kalter Tag, er könnte ein bisschen frische Luft gut brauchen, nachdem er den ganzen Tag in der muffigen Schule gesessen hat.«

Alma eilte zu ihren Schulklassen zurück und ließ das schmutzige Geschirr im Spülstein stehen, wo es ihr später, bei Einbruch der Dunkelheit, so sehr die Tränen in die Augen treiben würde, dass sie sich an der Arbeitsfläche festhalten musste, um nicht hinzufallen.

Am Abend, später, gingen ihr all die Dinge nicht aus dem Sinn, die sie hatte sagen wollen – über Vergebung, über ihre Dankbarkeit darum, dass das Leben des Jungen weitergehen würde, ein Weitergehen, dass alles andere möglich und fast alles andere erträglich machte bis auf das, bis auf ihre eigene Nachlässigkeit. Am Abend konnte sie nur auf das schmutzige Geschirr starren und über all das nachdenken, sich fragen, wie sie denn etwas zu Essen machen sollte, und wie sie überhaupt weitermachen sollten, ein Abendessen nach dem anderen. Und sie konnte nur denken: Es gibt kein Höllenfeuer. Es gibt nur Gnade.

Doch das war später. Nach dem Mittagessen ging Ned nach Hause, um in seinem Krimi weiterzulesen und eine brüchige Diele auf der hinteren Veranda auszutauschen, und Will kehrte in die Metzgerei zurück, um auf Kundschaft zu warten, die nie kam, und so vertrödelte er den Nachmittag, schwatzte mit anderen Ladenbesitzern und wusste, um halb vier Uhr würde er den Laden zusperren und mit Alma den Gottesdienst zu Ehren der Gefallenen des Überfalls auf Pearl Harbor besuchen.

Charlie nahm seine Messer aus dem Laden, Sam holte seinen Baseballhandschuh, den er mittlerweile überallhin mitnahm, bis auf die Schule, wo es nicht erlaubt war. Dann hievte Charlie den Jungen in das Führerhaus des Pick-up und wartete, bis Jackie neben ihm auf den Fahrersitz gesprungen war. Etwa um halb zwei Uhr fuhren sie aus der Stadt und hörten dabei Radio.

»Beebo, warum hängen überall Fahnen?«

»Weil an diesem Tag etwas Schreckliches passiert ist, Sam.«

»Was denn?«

Wie sollte er das Schreckliche dieser Katastrophe erklären, dieses Knirschen von Metall unter den Bomben, diese Männer, die da saßen wie auf dem Präsentierteller, und dann kommen die Bomber wie aus dem Nirgendwo und spucken Feuer… Wie sollte er erklären, wie viele Mütter und Väter ihre Kinder verloren hatten, und die Rede des Präsidenten im Radio? Wie sollte er die Ausmaße all dessen einem sechsjährigen Jungen erklären?

»Das war im Krieg, bevor du auf der Welt warst. Es kamen einige Flugzeuge, warfen Bomben ab, und viele Menschen sind gestorben.«

Genau in diesem Moment kam ihr Lieblingslied im Radio und zauberte Licht in ihre Herzen, und Charlie und Sam lachten und sangen mit dem Count Basie Orchestra mit.

Did you see Jackie Robinson hit that ball?
It went zoomin cross the left field wall.
Yeah boy, yes, Jackie hit that ball.

Auf einmal wieder jung, jung und frei und vollkommen entspannt, sang Charlie aus vollem Halse mit, zog an seiner Lucky Strike und warf den Stumpen aus dem Fenster, doch die Sonne strahlte so gleißend hell, dass die Funken nicht zu sehen waren.

Yes, yes, yes … Jackie's a real gone guy.

Das Lied endete, als sie an ihrem Haus vorbeifuhren, wie sie es immer taten, bloß dass sie diesmal auf der Veranda stand, und diesmal blickte Charlie auf und zu ihr hinüber, und er sah sie, ein schlichtes Mädchen auf einer einfachen, weiß gestrichenen Veranda, das einmal sein Mädchen gewesen war. Nein, dieses Mal sah er sie deutlich, und sie war kein Hollywood-Filmsternchen mehr, diese Zeit war vorüber und würde nicht wiederkommen, aber er sah sie, wie sie war, wie Gott sie geschaffen hatte, und er sah auch seine Felder und seine Häuser, das Haus im Wald, und er begehrte sie über alle Maßen. Als er weiterfuhr, war es nur mit einem winzigen Zögern, einem kaum wahrnehmbaren Abbremsen des schwarzen Pick-up. Er verwuschelte dem Jungen das Haar, sang: »*Yes, yes, yes, Jackie's a real gone guy*«, obwohl sie längst ein anderes Lied spielten, und ihm schien, als hätte er nie etwas anderes getan als zu schauen, als hätte er jenes erste Mal nicht angehalten, wäre nicht durch ihre Einfahrt gefahren, um dann den Pick-up hinter dem Haus zu verstecken.

Ganz plötzlich schien Charlie endlich frei zu sein, als wären die Vorwürfe erst in diesem Moment ad acta gelegt worden. Er war frei von Schuld, frei auch von Besitz, und er lachte mit dem Jungen, redete mit ihm darüber, wie lange es noch bis zum Beginn des Frühjahrstrainings war und was Sam glaubte, was der richtige Jackie Robinson wohl in dieser Minute mache, da oben in Connecticut, wo er lebte. Er spiele mit seinen Kindern, vermutete Sam. Und mache ein Mittagsschläfchen, so wie Sam es immer noch jeden Tag machen musste, außer am Mittwoch, wenn er mit Charlie ins Schlachthaus fuhr. An diesen Tagen musste er früher ins Bett, um den Schlaf wieder aufzuholen, obwohl er dann trotzdem lange wach lag, bis die ganze Straße schlief und im Dunkeln lag, nur für den Fall, dass er etwas verpasste, nur für den Fall, dass jemand sich in ihr Haus schlich und seine ganze Familie ermordete, seine Mutter und seinen Vater, die er doch, dort im Dunkeln, beschützen wollte, so gut er konnte.

Im Schlachthaus ging es schnell. Sam wartete draußen mit Jackie und trödelte herum. In dieser Jahreszeit gab es keine Fliegen und somit nicht viel zu jagen für Jackie, und so spielten Sam und Jackie Ball: das leise Aufprallen des Balls im Handschuh, das Rennen des Hundes, der den Ball dann apportierte, ganz nass vom Hundespeichel, bis der Handschuh innen davon ganz dunkel geworden war; Charlie drinnen, der schnitt und tranchierte, der seine Arbeit machte, bei der er nicht gerne unterbrochen wurde, weshalb er auch keine Zeit hatte, um mit dem Jungen zu spielen.

Als alles fertig geschlachtet und gesäubert war und die Rinderhälften in der Kühlbox auf der Ladefläche hingen, alles voller Steaks und Koteletts und Schnitzel und Keulen, kam Charlie aus dem Schlachthaus, sein schärfstes Messer baumelte in einem Lederetui von seinem Gürtel, und er schaute den Jungen an und sah selber wieder wie ein Junge aus, frisch und bereit und ausgeruht, und dann spielten Sam und er eine Runde Ball, während Jackie zwischen ihren Beinen durchwuselte und versuchte, sich den Ball zu schnappen. Charlie fing ihn, sprang hoch, wirbelte in der Luft herum wie ein Halbspieler, ein Wunder an Geschmeidigkeit und Flinkheit in jeder seiner Bewegungen, und dann warf er ihn ganz behutsam, behutsamer, als man es der kraftvollen Bewegung seines Armes angesehen hätte, und der Ball landete mit einem leisen Klatschen in Sams Handschuh.

»*Out! Out* als Erster!«, schrie Sam, warf den Ball hoch über seinen Kopf, so hoch, dass er ihn kaum sehen konnte, und sah mit Verwunderung, wie Charlie losrannte und den fallenden Ball fing und zur gleichen Zeit Sam in seine Arme riss, ihn herumwirbelte und mit einer einzigen anmutigen, geschmeidigen Bewegung in den Pick-up hievte, den Ball in den Handschuh auf Sams Schoß legte und Jackie neben ihn setzte, und dann ließ er den Wagen an, zündete sich eine Lucky an, schaltete wieder das Radio an, wo sie jetzt Country-Songs spielten, Lieder, gesungen im näselnden Timbre der Berge, begleitet von einer einsamen Fiedel und einem schwatzhaften Banjo.

Auf der Landstraße fuhr Charlie schneller als je zuvor, bis sie um die Kurve bogen, und da stand ihr Haus, und sie war immer noch auf der Veranda, und selbst Sam sah ihrem Gesicht an, dass sie traurig war, als wäre gerade ihr Hund überfahren worden. Ein geblümter Hausmantel stand über ihren Knien offen, und obwohl es Dezember war, hatte sie bloße Füße, ein Mädchen von gerade mal einundzwanzig Jahren, ganz allein in seinem Kummer, doch Charlie fuhr an ihr vorbei, schaute, drehte den Kopf, fuhr etwa fünfzig Meter am Haus vorbei, und dann trat er voll auf die Bremse, was sowohl den Jungen als auch den Hund gegen das Armaturenbrett schleuderte. Der Ball rollte auf den Boden. Charlie hielt an, legte den Rückwärtsgang ein und fuhr ebenso schnell zurück wie er eben vorwärts gefahren war, und dann saß er einfach nur da, und die beiden, Charlie und Sylvan, starrten sich eine Minute lang an.

Schließlich warf Charlie seine Lucky Strike aus dem offenen Fenster und wandte sich an Sam. »Ich bin in einer Minute zurück. Muss etwas erledigen. Sei ein braver Junge, Sam. Pass auf Jackie auf.« Er berührte den Jungen am Kopf, schaute ihm tief in die Augen und gab ihm den zweiten Kuss, den er ihm je gegeben hatte, diesmal auf den Kopf. Dann war er auch schon ausgestiegen, durch das Tor gegangen und die Anhöhe hoch, und dabei brüllte er ihren Namen. Er ging schnell, mit gesenktem Kopf. Eine Hand hielt er hoch, aber Sam hätte nicht sagen können, ob er der Frau zuwinkte, deren Namen er rief, oder sich von ihm verabschiedete. Dann war er bei Sylvan angekommen, und sie standen da und blickten sich an, ohne ein Wort zu sagen, und dann drehte sie sich abrupt um, und er folgte ihr ins Haus.

Im Radio sang Doc Watson: »*Go with me, little Omie, and away we will go, we'll go and get married and no one will know.*« Dann hörte Sam das erste Geräusch, ihren Schrei, den ersten von sieben an diesem Nachmittag, und er stieg aus dem Pick-up, mit Jackie auf den Fersen, und lief in den Garten hoch, blieb vor dem Haus stehen und lauschte, versuchte festzustellen, woher die Geräusche kamen, zuerst aus dem Erdgeschoss und dann aus dem ersten Stock. Es waren schreckliche Geräusche, Charlie brüllte, und Sylvans Schreie waren wie Nadelstiche in seinem Gebrüll, und das Klirren von zerbrechendem Geschirr und Krachen von umgeworfenen Möbeln, ein furchterregender Lärm.

Hatten sie nicht erst vor einer Minute miteinander gesungen, Charlie und Sam? Hatte sich Charlie nicht fröhlich im Kreis gedreht wie ein kleiner Junge und ihn auf den Kopf geküsst, wo sein Haar sich noch warm anfühlte?

Das waren nicht die Geräusche, die sie sonst machten. Sam hatte Angst und dachte schon daran, die Treppe zur Veranda hochzusteigen und durch das Fenster zu schauen, aber er fürchtete sich zu sehr. Was da geschah, ging nur die beiden etwas an, und er wollte es nicht sehen, fürchtete sich zu sehr vor dem, was er vielleicht sehen würde.

Jetzt waren sie auf dem Dachboden, das hörte er an den Geräuschen, und alles bebte und krachte und fiel um und ging zu Bruch. Und dann war es etwa zehn Minuten ganz still, kein Mucks war zu hören, dann kam jemand mit noch mehr Lärm die Treppe herunter, und Sam machte ein paar Schritte nach hinten, wich vor dem zurück, von dem er wusste, dass es auf ihn zukam, und er holte tief Luft, ein Zeuge, und er wollte kein Zeuge sein, wollte nicht wissen, was geschehen war. Sonst schon, sonst wollte er immer wissen, was vorging, wollte wissen, was die Dinge bedeuteten, den geheimen Grund dafür, dass es sie gab, doch vor dem hier wollte er nur weg, und er wollte auch nichts davon wissen, wollte sich nicht für den Rest seines Lebens daran erinnern müssen. Und dann trat wieder ein langes Schweigen ein, zehn, fünfzehn Minuten vielleicht, in denen nichts zu hören war außer Charlies bellenden, knappen Befehlen, und die waren sogar noch beängstigender.

Doch es fing wieder an, die Schreie, ihr Name, der gebrüllt wurde, der Name, den Charlie an diesem Tag kein einziges Mal gesagt hatte, den er nur an jenem Tag vor Gericht einmal zu ihr gesagt hatte, und das so leise, dass niemand es hören konnte – bis auf die Zwillinge, die es doch gehört und später erzählt hatten.

Dann kam Sylvan aus der Tür, und Sam wusste, was los war.

Sylvan kam aus der Tür, und auf ihrer Brust waren lauter kleine, rote Sterne, sieben Stichwunden, und da war Blut überall, es sickerte und quoll heraus, ein sprudelnder roter Fluss auf den bunten Blumen des biederen Hauskleides, und dann fiel sie tot zu Boden, und ihr letzter Schrei endete in einem hohlen, klagenden Seufzen, das erst am Schluss kam, als sie aufs Gesicht fiel, quer über die Treppe, auf der sie ein paar Stufen hinabglitt, bis sie schließlich liegen blieb, halb auf der Treppe, das Gesicht zum Garten, und das Blut floss nach unten und tropfte von der letzten Stufe, sammelte sich in einer Pfütze um ihr Gesicht. Charlie kam hinter ihr, das blutige Messer in einer Hand, in der anderen Hand einen großen braunen Umschlag, auch der voller scharlachroter Flecken, und alles war rot und glitschig vor Blut.

Charlie stieg über Sylvans Körper hinweg, schaute hinab, sah, was er getan hatte, und einen Moment lang fürchtete Sam, er würde sich über sie beugen und sie zerlegen wie ein Stück Vieh. Doch dann richtete er sich auf und gab ein letztes Heulen von sich, ein Heulen tiefsten Kummers darüber, dass nun alles zu Ende war, alles, alles, und dann schaute er nur und kam zu Sam herüber, der zu weinen begonnen hatte. »Beebo, Beebo«, sagte der Junge, fast flüsternd, ein Flehen, dass das alles endlich vorüber wäre, dass es gar nicht erst geschehen wäre, denn er begriff, was geschehen war. Dazu musste er nicht mit dem scharfen, stählernen Geruch des Sterbens aufgewachsen sein.

Charlie stand über dem Jungen, dem Jungen, den er von den Toten zurückgeholt hatte, ließ den Umschlag zu Boden fallen, streckte die Hand aus und legte sie dem Jungen auf den Kopf.

Seine Hand ist mit Blut bedeckt, und jetzt ist auch Blut am Kopf des Jungen, und auf Charlies Gesicht sind Kratzer, und Angst steht in seinen Augen, die Angst des Tieres in der Sekunde, bevor der Jäger den Abzug drückt, bevor es in den Knien einknickt und zusammenbricht, und das Fleisch seines wunderschönen Körpers vor Angst verdirbt, doch in Charlies Augen ist sie nicht nur einen Moment lang, sie steht dort für eine Ewigkeit, leuchtend hell, seine Augen überziehen sich mit einem Film aus Tränen und Blut, während er in diese See aus

Blut und Bedauern schaut, in die er sich hineinkatapultiert hat, und der Umschlag liegt auf dem Boden, und das Messer in Charlies Hand ist glitschig vor Blut, ein scharlachroter Schimmer auf dem Stahl. Charlie berührt den Jungen im Gesicht, am Haar, und spricht mit einer Stimme, die er nur ein einziges Mal bisher benutzt hat, nämlich als er im Gerichtssaal die Frau, die ihn verraten hat, um Gnade anflehte, und er erhebt diese Stimme und sagt: »Denk daran, Sam. Denk daran. Nimm diesen Umschlag und verlier ihn nicht, niemals. Er gehört dir. Es ist das, was ich dir zum Geburtstag schenken werde, Jahr für Jahr. Versuch ein guter Junge zu sein. Und bitte vergiss mich nicht«, als könnte Sam das jemals tun. Und dann hebt Charlie den Kopf, schaut zum spätnachmittäglichen Himmel empor, und es ist Zeit geworden für den Gottesdienst zu Ehren der Toten in der Stadt, und die Glocken beginnen zu läuten, jeweils eine Glocke für eine verlorene Seele, und Charlie hebt seine Hand unter sein eigenes Kinn, legt den Kopf weit in den Nacken, und dann schneidet er sich selbst die Kehle durch, ein sauberer, schneller, tiefer Schnitt von Ohr zu Ohr, und die Glocken läuten, und das Radio im Pick-up spielt immer noch: »Go down go down you Knoxville girl with the dark and roving eye«, und die Glocken läuten, und vor acht Jahren sind die Bomben gefallen, wie Regen, auf all die unschuldigen jungen Männer, und seine Mutter und sein Vater knien jetzt auf der Kirchenbank, nicht weit entfernt, und sind nicht hier, um ihm zu sagen, was er tun soll, sind weit weg, im Gebet versunken und doch, hätte er das nur gewusst, in Gedanken bei ihm, ihrem Kind, in die Flammen der Japaner gehüllt, und fast im selben Moment geht Charlie zu Boden, sein Kopf ist kaum mehr mit dem Hals verbunden, und er fällt auf den Jungen, mit seinem ganzen Gewicht, und da ist sein Geruch, das Blut, der Seifenduft seines Hemdes, das jetzt mit

Blut aus seinem Hals vollgespritzt ist, und auch der Junge ist vollgespritzt und eingeklemmt unter dem Gewicht von Charlies Körper, und dem Schwall Blut, das aus ihm herauskommt, bis er sich unter Charlie herauswinden kann, bis er wieder steht, und Jackie schnüffelt bereits an dem Blut des Mannes, der ihn all die Zeit jeden Morgen und jeden Abend gefüttert hat, Jackie ist ganz nervös, weil er weiß, etwas stimmt nicht, und er schaut zu dem Jungen, als wüsste er Rat, als könnte er ihm einen Befehl geben, und dann sagt der Junge: »Ab, Jackie!«, und er schreit: »Hau ab!«, und Jackie weicht zurück, schaut Sam dabei mit diesen Augen an, diesen Augen, die sagen: »Was ist denn los, was soll ich bloß tun?«

Sam schnappt sich den Umschlag und läuft los. Der Pickup parkt immer noch auf der Straße, nutzlos, weil Sam nicht Auto fahren kann, er kommt nicht einmal mit den Füßen an die Pedale, und so läuft er die Straße entlang, eine Meile bis in die Stadt hinein, was viel ist für einen Jungen, gefolgt von dem Hund, dessen Nase mit dem Blut seines Herrn beschmiert ist, »Go down go down you Knoxville girl«, und Sam kennt eine Abkürzung und nimmt sie auch, den Umschlag, der klebrig von Charlies Blut ist, an die Brust gedrückt, sein Geschenk, hat Charlie gesagt, aber er weiß nicht, was es ist, bloß dass er es nicht verlieren und sich an ihn erinnern soll, nicht einmal darüber reden soll er, aber sich erinnern, und was soll er mit noch einem Geheimnis? Wo er doch weiß, dass er alles verraten wird, weil er es muss, weil er nichts begreift und es ihm doch jemand erklären muss.

Jetzt biegt Sam von der Straße ab und läuft in den Wald hinein, der jetzt, im Herbst, dicht zugewachsen ist, und er verliert einen Schuh im Gebüsch, läuft aber trotzdem weiter, völlig zerkratzt von den wilden Blaubeeren und Himbeeren und den langen Nadeln der Kiefern. Er weint, hat jetzt richtige

Angst, und so läuft er zu dem einzigen Platz, den er kennt, und den einzigen Menschen, die sich seiner annehmen werden, Jackie dicht auf den Fersen.

Die Glocken läuten nicht mehr, als sie die Stadt erreichen, und Sam läuft nach Hause und setzt sich auf die Veranda. Er heult hysterisch, und seine Beine und auch sein Gesicht sind mit Kratzern und Schrammen bedeckt, Blut klebt an seinem Haar, und als seine Mutter ihn sieht, ihn zuerst hört und dann sieht, denkt sie, dass es einen Unfall gegeben hat, dass der Pick-up verbeult irgendwo im Straßengraben liegt, mit Charlie hinter dem Steuer und Schlachtfleisch überall auf der Straße verteilt, doch Sam kann nicht sprechen, kann nicht sagen, wo es wehtut oder was passiert ist, kann nur heulen, und der Hund heult jetzt auch, und die Nachbarn sammeln sich am Ende des Gehsteigs und sparen sich ihre Gebete für später auf, und wo ist denn sein Baseballhandschuh, den ihm Charlie zum Geburtstag geschenkt hat, und seine Mutter fragt ihn, wo es wehtut, tastet seine dünnen Arme und Beine ab, um festzustellen, ob etwas gebrochen ist, fragt, ob es einen Unfall gegeben habe, und Sam schüttelt den Kopf, nein und nochmals nein, nichts sei passiert, aber Charlie sei verletzt, ganz schlimm verletzt, und sie hätten es ihm nicht geglaubt, doch tatsächlich ist Charlie nicht da, und der Junge ist voller Blut, und etwas, irgendetwas, muss wirklich passiert sein, und so steigen sie ins Auto, und Sam zeigt ihnen heulend den Weg, sie haben die Scheinwerfer eingeschaltet, bis sie zu Charlies Pick-up kommen, der immer noch vor ihrem Haus steht, das Radio spielt immer noch in dem menschenleeren Wagen, und dann sehen sie sie selbst, das junge Mädchen, den gutaussehenden Mann, mit dem Gesicht am Boden und tot, und dann ist es offiziell, das einzige Verbrechen, das jemals in Brownsburg, Virginia, geschehen ist, ist vorbei und vorüber, die Ballade ist verklungen, die Saite gerissen, der letzte Ton gespielt.

30. KAPITEL

Es dauerte vier Stunden, bis sie ihn begraben hatten. Am Ende blieb nur der Bruder, der es tun konnte. Die Priester hatten über Sünde und Höllenfeuer gewettert und gesagt, wer immer Charlie Beales Körper berühre oder auch nur in seine Nähe komme, würde genauso sicher in der Hölle enden, wie er bereits dort war. Will bot seine Hilfe an, doch am Schluss wusste sein Bruder, dass es etwas war, das er ganz allein tun musste, etwas, für das er, ohne es zu wissen, eigentlich gekommen war.

Sylvan war gleich weggebracht worden, Scheinwerfer wanderten über ihre Leiche hinweg, während Männer in Uniform im Dunkeln herumwuselten, und Boaty Glass saß währenddessen auf seiner Veranda, stumm und reglos, und sah dabei zu, wie seine Frau zuerst vom Leichenbeschauer untersucht und dann zum Bestattungsinstitut von Kenneth Harrison gebracht wurde, um für das Begräbnis vorbereitet zu werden. Als der Leichenbeschauer ihm sagte, Sylvan sei schwanger gewesen, als sie starb, zuckte er nicht mit der Wimper. Wahrscheinlich wusste er, von wem das Kind war, so wie es jeder in der Stadt wusste, aber das war ihm mittlerweile egal.

Er wollte sie in einem der alten Kittel beerdigen, die er im

Schrank gefunden hatte, doch dann tauchte diese Negerin mit irgendeinem Fummel auf, den sie für sie genäht hatte und den Sylvan nie getragen hatte. Es war aberwitzig, aber warum auch nicht. Schuhe sollte sie allerdings keine tragen. Er fand, sie könne als die barfüßige Landpomeranze aus der Welt gehen, die sie nun mal war.

Boaty wollte sie gleich am nächsten Tag beerdigen lassen, ohne dass sie noch einmal jemand würde sehen können, denn ihr Körper war sowieso geschunden, das Gesicht aufgeschlagen vom Fall von der Treppe, und er wollte, dass sie so bald wie möglich unter die Erde kam und am nächsten Tag, ehe es dunkel wurde, aus seinem Leben verschwunden war. Er wollte, dass sie auf dem Stadtfriedhof zu Grabe getragen wurde, allerdings möglichst weit weg von seiner eigenen Familie, und da ihre eigenen Leute dort nicht begraben waren – Gott, wo waren sie eigentlich begraben? Auf irgendeinem Acker in Arnold's Valley?, – musste sie irgendwo am Rand ihren Weg in die Ewigkeit antreten, möglichst weit weg von den Menschen, die über ihr standen. Aber er ging nicht im Dunkeln hinüber, um eine Stelle für sie auszusuchen. Es war ihm einfach nicht wichtig.

Boaty hatte sowieso nicht vor, sich groß um ihr Grab zu kümmern, und so war es ihm gleichgültig. Irgendeine Grabstelle, die frei war, würde den Zweck erfüllen.

Charlies Leiche blieb die ganze Nacht draußen liegen. Es herrschte bereits Frost. Es war nicht einmal jemand da, der die Totenwache hielt, aber wer hätte das auch sein sollen? Alma lag im Bett und trauerte; Will saß bei seinem Sohn Sam, den nächtliche Ängste quälten und schier verrückt machten. Will tröstete ihn, so gut er konnte, er tat, was in seiner Macht stand, doch nichts half, Sams Ängste konnten weder durch Berührung noch durch Worte oder Gebete gelindert werden; Jackie zuckte bei jedem Geräusch zusammen, denn er hatte immer noch den Blutgeruch in der Nase; die ganze Stadt war aufgewühlt, traurig, aber irgendwo auch erregt, berührt vom gewaltigen Ausmaß der Tragödie, die da direkt bei ihnen im Hinterhof stattgefunden hatte; Ned saß betrunken im Haus und weinte, so wie er wohl für den Rest seines Lebens weinen würde. Selbst der Leichenbeschauer wollte Charlie nicht berühren. Besudelt, sagten die Priester. *Verdammt.*

Die Geistlichen ermahnten ihre Gemeinden in hastig zusammengerufenen Gebetsrunden, dass Sylvan ermordet worden und damit, in den Augen Gottes, ein unschuldiges Opfer sei, weshalb sie auch in geweihter Erde bestattet werden könne. Charlie hingegen sei sowohl ein Mörder als auch ein Selbstmörder, beides Dinge, die ihn zur Hölle verdammten und seine Beerdigung auf dem städtischen Friedhof unmöglich machten. Nein, er konnte unmöglich bei den Frommen beerdigt werden, die in den Himmel kamen, und kein gläubiger Mensch durfte ihn berühren, ohne Gefahr zu laufen, ihm ins ewige Höllenfeuer zu folgen. Die Frauen glaubten den Priestern, und die Männer hörten ihnen wenigstens zu, und dann taten sie, wie ihnen geheißen.

Und so gab es nur noch Ned, und niemand außer ihm selbst war sich sicher, ob er das ganz allein schaffen konnte. Bei einigen Dingen weiß man einfach, wie man sie macht, auch wenn man sie noch nie getan hat. Wie man sein eigen Fleisch und Blut unter die Erde bringt, ist eine dieser Sachen. Und Ned war Zimmermann, weshalb er es nicht nur einfach in seinem Herzen wusste, sondern bis zum letzten Zoll Holz und zum letzten Nagel.

Er ging zum Sägewerk und bestellte das, was er brauchen würde. Charlie Austin stellte alles zusammen und gab es ihm einfach, kostenlos, ohne auch nur einen Cent zu berechnen, denn das war das mindeste, was er tun konnte, und ganz gewiss würde es ihn nicht in die Hölle bringen, wenn er diesem armen, hilflosen Jungen, dessen Trauer wie ein Amboss auf ihm lastete, ein paar Dinge aus seinem Lager schenkte. Der Junge fuhr zurück zum Haus und holte den einzigen Anzug, den Charlie besaß und den er vor Gericht getragen hatte. Er nahm ihn aus dem Schrank, den Alma im Jahr zuvor bei einer der Versteigerungen ergattert hatte, damals, als alles gerade begonnen hatte, doch bevor wirklich etwas begann, damals, als es noch leere Räume und volle Herzen und leuchtende Hoffnung und eine unbegrenzte Zukunft gab, und dann nahm er eine schwarze Krawatte, die einzige, aus der Schublade, und wickelte all diese Dinge in eine saubere Bettdecke, stieg in den Pick-up, und erst auf halbem Wege fiel ihm ein, dass da auch noch ein gutes Paar Schuhe waren, und Socken gab es bestimmt auch, und vielleicht sogar etwas Unterwäsche, das alles war es, was sein Bruder tragen würde, bis ans Ende aller Zeit, doch er würde nicht mehr zurückfahren, jetzt nicht, nicht, bis alles erledigt war. Er fuhr zu dem Haus, stieg aus, um das Tor zu öffnen, und dann rumpelte er mit dem Pick-up über das Viehgitter, stieg wieder aus, um das Gatter sorgfältig zu verschließen – obwohl Boaty schon seit Jahren kein Vieh mehr hielt und deshalb auch keine Gefahr bestand, dass irgendwelche Tiere wegliefen –, und als er das getan hat, war er ganz allein damit, bereit und doch auch nicht bereit für die Aufgabe und die Trauer, die ihm jetzt bevorstanden, nackt im Angesicht eines kalten Spätmorgens.

Und es haute ihn einfach um, ließ ihm die Knie weich werden, und er lag auf dem Boden und schluchzte wie ein Kind. Dinge, die man nicht ertragen kann, werden doch ertragen; und Luftholen tut der Körper von ganz allein. Die Dinge hören nicht auf. Sie tun es einfach nicht.

Zuerst stellte er ein paar Sägeböcke auf, und dann begann er die Bretter abzumessen und zuzuschneiden. Beim Sägen wurde ihm warm, und er zog seine Jacke aus und arbeitete in Hemdsärmeln weiter. Der Schnaps der letzten Nacht begann ihm aus den Poren und über die Haut zu strömen, zusammen mit den Tränen, die einfach nicht aufhören wollten zu fließen. Und er baute einen schlichten Kiefernsarg, größer als der Körper seines Bruders, den er massiger in Erinnerung hatte, als er gewesen war, und er hielt kurz inne, als die Glocken zu läuten begannen und den Beginn jenes anderen Begräbnisses verkündeten, und er konnte sich vorstellen, nur eine Minute lang, wie die ganze pflichtbewusste Stadt Aufstellung nahm, um ihren Respekt zu bezeugen, nicht so sehr ihr gegenüber als vielmehr Boaty, Boaty Harrison Glass, und der Pfarrer sagte das, was ihm Boaty aufgetragen hatte und was niemand glaubte, und die Männer stellten sich selbst jetzt, wo sie tot war, vor, wie die beiden miteinander im Bett gewesen waren, während die Frauen versuchten, sich das Kleid vorzustellen, drinnen im Sarg, von dem sie gehört hatten. Als die Männer im Dunkeln zum Abendessen nach Hause kamen, hatten sie ihnen von dem Kleid erzählt, das Claudie in den Händen gehalten hatte, dem Kleid, das Sylvan tragen würde, wenn sie, mit bloßen Füßen, an die Himmelspforte klopfte.

Während Ned mit dem Hammer Nagel für Nagel einschlug, bewegte sich der Leichenzug von der Kirche auf den Friedhof. Boaty ging ganz allein hinter dem Leichenwagen her, und am Grab wurde gesprochen, was gesprochen werden musste, und dann ließ man Sylvan Glass, einundzwanzig Jahre alt, langsam und für immer in die Grube hinab.

Als der Sarg fertig war, zog Ned seinen Bruder nackt aus und versuchte ihn so gut zu waschen, wie es mit dem kalten Brunnenwasser eben möglich war, das er in einem alten Eimer hochgezogen hatte, und als Lappen nahm er eine alte Decke, die er hinten auf dem Pick-up gefunden hatte. Selbst er konnte die Schönheit dieses Körpers erkennen, seine Würde, und wie alles zu allem passte, als wäre es gemeißelt. Er wusch die Leiche, und an alldem war nichts Sanftes, nicht einmal das leise Weinen des Bruders, nicht einmal die Stille des Todes im Körper von Charlie Beale – selbst darin war eine Grobheit, eine Wut darüber, dass da Dinge getan werden mussten, die er nicht tun wollte, die aber doch getan werden mussten –, und dann trocknete sein Bruder ihn mit der Decke ab, zog ihm, etwas unbeholfen, das Hemd und den Anzug an und versuchte ihm die Krawatte zu binden, doch die Tränen wollten einfach nicht aufhören zu fließen, sie strömten und strömten, und so gab er es schließlich auf und schlang die Krawatte einfach so um den Hals seines Bruders mit der tiefen, klaffenden Wunde, in der Hoffnung, es würde so auch gehen. Schluchzer erfassten seinen Körper, aus Trauer um den Mann, den er kaum gekannt hatte, an den ihn nur Blutsbande knüpften und den er gerade deshalb umso mehr liebte. Er weinte darum, was sie füreinander hätten sein können, um Dinge, die sie nicht hatten retten können, nicht mehr, um Vergehen, die er selbst begangen hatte und von denen sein Bruder nichts gewusst hatte, um die Vergehen seines Bruders, für die er jetzt schon berühmt war und die nicht mit ihm sterben würden.

Dann hob er sich den Leichnam seines Bruders auf die Schultern, den schweren Anzug, den leichten, aber reglosen Körper, seine nackten Füße, und versuchte ihn in den Sarg zu befördern, doch in dem Moment merkte er, dass die Augen seines Bruders immer noch offen standen, und er versuchte sie zu schließen, doch das ging nicht, und er hatte auch keine kleinen Münzen, um sie auf die Lider zu legen, und so schaute Charlie, während Ned den Sarg zunagelte, ein Brett nach dem anderen, in die einbrechende Dämmerung, auf dem Gesicht einen Ausdruck, der immer noch an ein in seiner Angst erstarrtes Tier erinnerte, der Angst eines Tieres, kurz bevor die Waffe abgedrückt wird, für immer und ewig, Amen.

Die Sonne stand bereits tief über den Bergen im Westen, und er zog den Sarg bis zum Pick-up, bekam ihn irgendwie hoch auf die Ladefläche, und dann fuhr er in die Stadt, und während er sie durchquerte, schlossen die Menschen, zurück von dem Begräbnis einer Frau, die sie nicht geliebt hatten, die Vorhänge, Jalousien und Rolläden vor dem Leichnam eines Mannes, den sie geliebt hatten, damit sein Geist ihre Häuser nicht heimsuche und darin spuke, als wäre er immer noch am Leben, als bitte er sie noch immer auf seine sanfte Art um Vergebung, die sie ihm gewähren würden, doch heute nicht, nicht heute Nacht, nicht, solange sie unter dem Befehl der Männer auf den Kanzeln standen.

Ned fuhr zum Friedhof, nicht schnell, nicht langsam, er fuhr einfach, und er parkte vor dem Tor, das bereits für die Nacht verschlossen war, und spähte in den Friedhof hinein, um zu sehen, ob er das Grab von Sylvan Glass erkennen konnte, und da war es, zu erkennen an einem einzigen Rosenstrauß vom Kiwanis Club, und er trommelte mit den Fäusten ans Tor, bis seine Hände bluteten, rüttelte an dem verrosteten Stahl, aber niemand machte auf und niemand kam, niemand hörte ihm zu, obwohl ihn doch alle hörten, die ganze Stadt. Und so zog er den Sarg von der Ladefläche, ließ ihn grob auf den Boden fallen, weil er zornig war, weil er zornig und sprachlos war vor Kummer und vor Einsamkeit, weil er all das ganz allein durchstehen musste, ein Junge, ein junger Zimmermann, der nicht einmal sein Bestes hatte tun können, um seinen Bruder zu begraben, nur eben das, was er konnte.

Er zog den Sarg um die hohe Mauer des Friedhofs, bis er zu einem freien, leeren Platz an der Straße kam, ganz in der Nähe von der Stelle, wo Sylvan lag, und dann sagte er laut »Scheiß drauf«, ging zum Pick-up zurück, holte eine Schaufel und begann nahe der Wand zu graben, die Charlie Beale von Sylvan Glass trennte, und es dauerte lange. Einmal hielt er inne, weil er dachte, es sei tief genug, doch dann sah er in dem dämmrigen Licht, das langsam immer schwächer wurde, dass es noch nicht genug war, und so sprang er in die Grube zurück und grub, bis es dunkel war. So musste es eben reichen, und er spürte, wie eisig die kalten Wände des Grabes seines Bruders waren, und dann ließ er den Sarg hineingleiten und begann das Grab wieder zuzuschaufeln, und bei jedem dumpfen Rieseln, mit dem eine Schaufel Erde auf den Sarg traf, zuckte er zusammen, als hätte ihn jemand ins Gesicht geschlagen, wieder und wieder.

Als ihm die Erde im Grab seines Bruders bis zum Bauch stand, warf er die Schaufel auf die Straße und kletterte hinaus, und dann begann er, die Erde mit den Füßen hinein zu scharren, als hätte er gerade eine Reihe Kartoffeln gepflanzt, und er scharrte und schob, bis sich ein flacher Hügel gebildet hatte, nicht höher als sein Schienbein, und er hielt inne, versuchte sich an ein paar Worte zu erinnern, die er hätte sagen können, ein paar Worte, die anders und wahrer gewesen wären, als diejenigen, die man am Grabe von Sylvan gesprochen hatte. Er sprach von Blut, von den Banden des Blutes, und er sprach von Schmutz und von den Tieren, und von schlagenden Herzen, den schlagenden Herzen von Brüdern.

Und dann war es getan, es war vorbei, und Charlie war zur letzten Ruhe gebettet, wenn man überhaupt von Ruhe reden konnte, und Ned hob seine Schaufel vom Straßenrand auf, achtsam selbst in diesem Moment, weil er mit seinem Werkzeug immer so umging, und dann fuhr er nach Hause, zurück zu dem einzigen Haus, das Charlie noch gehörte, setzte sich auf die Veranda, bei eingeschaltetem Licht, zurückgelehnt in einen alten Stuhl aus Peddigrohr, und er trank Whiskey bis zur Bewusstlosigkeit, und alle schauten ihm dabei zu, alle, die in dieser Nacht aufwachten, schauten ihm zu. Und als er zu sich kam und es immer noch dunkel war, und er zwar betrunken, aber nicht betrunken genug war, ging er ins Haus, holte sich noch mehr Whiskey und trank, bis er wieder die Besinnung verlor, und so verbrachte er seine Tage, in einem Schmerz, der öffentlich war, einer Kakophonie aus Trauer und Suff. Tag für Tag und Nacht für Nacht saß er da und trank und trank, nichts konnte ihn davon abhalten, und alle wussten es, und die Frauen begannen ihm Essen zu bringen und die Männer Schnaps, und manchmal besuchten ihn die Zwillingsschwestern und setzten sich eine Weile zu ihm, saßen einfach nur da, denn sie wussten, es gab keinen Trost, den sie ihm hätten spenden können, so tief war dieser Kummer, so freigiebig war dieser liebenswerte junge Mann mit seinem Herzen gewesen. Es gab keine Ablenkung von dem, was geschah, und so leisteten sie ihm Vorschub, weil sie zwar dachten, sie sollten es besser nicht tun, aber wussten, dass es für sie als Christen nichts anderes zu tun gab, und so dauerte es ganze sieben Wochen, bis sich der Junge zu Tode getrunken hatte, auf einer offenen Veranda mitten in der Stadt, alle schauten ihm dabei zu, und bis dahin hatte sich Harrison Boatwright Glass bereits eine neue Braut gekauft, eine echte Rothaarige, die mitten in eine Situation hinein kam, von der sie nichts wusste, die die Rolle als zweite Ehefrau übernahm und versuchte, das Beste daraus zu machen, die rothaarige Schönheit, die nicht eins und eins zusammenzählen konnte, und sie war die neue Ehefrau, und der Bruder Ned war tot, es war Winter, und der Schnee fiel auf die Gräber von Sylvan Glass und Charlie Beale, die Gräber, die niemand besuchte, niemals mehr, und das war das Ende der Geschichte. *Beinahe* das Ende der Geschichte.

31. KAPITEL

Wir sind heute Morgen hier angekommen ...«, sagte der Mann.

»Sie kamen hierher, weil Sie, wie alle, die hierher kommen, sich beim Friseur die Haare haben schneiden lassen, oder weil Sie drüben auf der Kräuterfarm ein paar Lavendelsäckchen gekauft haben, und der Friseur oder der Metzger hat gesagt, sein Sohn sei ein richtiger Beebo, und das hatten Sie noch nie gehört, und Sie wollten wissen, was das bedeutet, und man hat Ihnen gesagt, Sie sollen mich fragen. Sie haben Ihnen gesagt, ich sei hier. Und ich hätte ihn gekannt.«

»Ja«, sagte der Mann. »So war es. Beim Friseur.«

Sie sitzen mir gegenüber, der Anwalt und seine Frau, sie haben den ganzen Tag hier gesessen, und es ist spät, und es ist kein Kaffee mehr da, ich kann riechen, wie der Rest in der überhitzten Kanne anbrennt, und entrahmte Milch gab es sowieso nicht mehr, und sie wollen es wissen. Sie wollen es alle wissen. So eine einfache Sache, oder wenigstens haben sie das gedacht, als sie zur Tür hereinkamen. Aber sie können es nicht wissen, sie können es nicht verstehen, wenn sie nicht die ganze Geschichte kennen.

»In jener Nacht habe ich nicht geschlafen, ich hab kein Auge zugetan. Niemand tat das. Bevor der Morgen graute, stand ich auf, und nur ganz oben an der Straße brannte Licht, dort, wo der Bruder im Dunkeln saß und trank.

Ich zog mich an, damals war es kalt, der Winter war da, und so warf ich mir einen Mantel über und schlich die Treppe hinunter, damit meine Eltern mich nicht hörten, und ich lief durch die Stadt zum Friedhof, an all den Häusern vorbei, wo die Vorhänge und die Rollläden immer noch geschlossen waren, denn ich wollte es sehen. Ich musste einfach wissen, wo er war.

Als ich zum Friedhof kam, wurde es bereits hell, und ich konnte durch die Gitterstäbe des Zauns schauen, quer über die Gräber hinweg, bis zu dem neuen Grab, und das musste ihres sein, aber ich wollte es genau wissen. Es gab nur dieses eine frische Grab auf dem Friedhof, also musste er woanders sein.

Ich umrundete die ganze Mauer, ganz nah an der Wand ging ich vorbei, ich spürte die Kälte der Steine, und es war ein langer Weg. Es war ein alter Friedhof, auf dem schon seit zweihundert Jahren Menschen begraben wurden, weshalb er groß war, und der Weg schien mir sehr, sehr lang zu sein.

Doch dann sah ich es, und im selben Moment sah ich sie. Claudie stand im Dunkeln, in Schwarz, ohne Mantel, aber mit einem Schleier vor dem Gesicht. Neben ihr stand ein weißes Mädchen, das ich noch nie gesehen hatte und das ich nie wieder sehen würde. Sie hielten Stoffballen in der Hand – Leinen und Seide und Baumwolle, und die drapierten sie rund um den Grabhügel, unter dem Charlie Beale lag.

Sie standen da, und wo sie standen, war ein Berg aus Blumen. Wunderschönen Blumen. Der Berg reichte mir bis über den Kopf, sogar über Claudies Kopf, es mussten alle Blumen sein, die in Lexington und Staunton erhältlich gewesen waren, weiße Ranken und rote Rosen, und Lilien, alle Blumen aus allen Kühlräumen, die es dort gab. Hie und da waren auch Gestecke zu sehen, wie man sie für Begräbnisse herrichtet, Trauersträuße und Kränze mit Satinbändern, auf denen stand: Unserem lieben Freund, der schmerzlich vermisst wird, oder: Unsere Gebete sind bei dir, oder: Lebwohl, und die Leute dieser Stadt waren einfach losgefahren, jeder für sich, insgeheim waren sie in die Blumengeschäfte gefahren, hatten Blumen gekauft und sie auf das Grab gelegt. Und all das war nun umkränzt und umwoben von den Stoffen der Kleider, die Claudie nie für Sylvan machen würde.

Claudie kam zu mir herüber, und sie nahm mich an der Hand, und dann standen wir da, bis die Sonne aufging und wir den Frost auf den Blumen sehen konnten, und es gab nichts zu sagen, wir wussten es, wir wussten alles, und so bestand gar keine Notwendigkeit zu sprechen. Wir waren froh, dass die Leute der Stadt in dieser Nacht ihre Häuser mit den verrammelten Fenstern verlassen hatten und dass sie ihn nicht einfach dort liegen ließen, ungeliebt, unbetrauert.

Wir standen da, die schwarze Frau und ich und die fremde junge Frau, bis es ganz hell geworden war und der Frost sich so vollständig aufgelöst hatte, dass kein Glitzern mehr zu sehen war. Charlie Beale hatte seine Reise ins Dunkel nicht unbemerkt angetreten.

Frau, Mädchen und Junge. Schwarz und weiß. Die Sonne, die über einem Ereignis aufging, das gestern gewesen war, dem Tag vor gestern, der Vergangenheit. Doch es war keine Vergangenheit, und es war nicht vorüber, und wir beide wussten es, obwohl wir nie ein Wort darüber verloren haben, weder damals noch später. Es war genug, es zu wissen, die Geschichte zu kennen, ein Teil von ihr gewesen und von diesen Menschen berührt worden zu sein, von ihnen Zeugnis ablegen zu können, von ihrer Wahrheit, die zur Legende werden würde. Und deshalb sind Sie hier.«

»Und der Umschlag?«

»... natürlich enthielt er die Besitzurkunden für jedes einzelne Grundstück, Dutzende, steinige Grundstücke und fruchtbare Äcker und Wasserfälle und sumpfiges Flussland, und all das war für Boaty Grund zu so großer Sorge und Beunruhigung, dass er sogar einen Prozess anstrengte, doch dieses Mal war das Gesetz nicht auf Boatys Seite, und so wurde ich im zarten Alter von sechs zum reichsten Landbesitzer in ganz Rockbridge County.«

»Wirklich«, sagte der Mann.

»Ja, wirklich. Und Sie wollen ein Stück Land davon kaufen, richtig? Pickfair, das alte Haus. Und ich werde es Ihnen verkaufen, denn es ist Zeit. Ich bin nicht mehr jung, habe keine Frau oder Kinder, hatte sie nie, was vielleicht, wie so mancher Seelendoktor sagen würde, seinen Grund in all dem hat, diesem Leben, das ich geführt habe, abgesondert von Anfang an, allein von Natur aus und aus Gewohnheit, ein Leben, das ich nicht besonders mag, an das ich mich jedoch gewöhnt habe. In diesem Haus hier habe ich gelebt, in Charlie Beales Haus. Nicht in dem Haus meiner Eltern, sondern in diesem hier, wo er gelebt hat, wo der Bruder sich in der Kälte draußen auf der Veranda zu Tode trank, mit Essen und Schnaps versorgt von seinen fürsorglichen Nachbarn.

Es ist eine brutale Geschichte. Und es ist, so lieblich sie auch aus der Luft aussieht, keine einfache Gegend. Aber man kann nicht auf dem Land leben, ohne es zu kennen, man kann nicht darauf gehen, ohne zu wissen, dass man nicht der Erste ist, der es betritt.

Claudie Wiley und ich standen an jenem Morgen da, und

wir wussten, dass wir die Geschichte bewahren mussten, für uns und für andere. Den Toten gebührte Respekt, doch es dauerte nicht lange, bis der erste Barbier oder Metzger seinen Sohn sah, wie er in die Luft sprang, einen Ball fing und seine Hüften schwang, um ihn zur ersten Base zu werfen, sich in Ehrfurcht erstarrt ob der Anmut und Geschmeidigkeit dieser Bewegung an seinen Nachbarn wandte und sagte: ›Das ist mein Junge. Ein richtiger Beebo.‹ Und wann immer seit jenem Tag ein Junge gut im Baseball oder Football oder Lacrosse ist, nennen sie ihn einen Beebo, und dieser Junge trägt den Namen mit Stolz, ohne die Geschichte zu kennen, aber wissend, dass es für einen Jungen kein größeres Lob gibt.«

»Gilt das auch für Mädchen?«, will die Ehefrau wissen.

»Nein, Ma'am«, sage ich. »Leider nicht, aber so ist es nun mal. Man könnte sagen, nicht jeder Junge ist ein Beebo, aber jeder Beebo ein Junge.«

Wir diskutieren über den Preis, über Wasser und über Nutzungsrechte, all diese traurigen modernen Errungenschaften, die heutzutage ein Stück Land aufwerten, und es sind gute Leute, denke ich, sie müssen sich noch ein bisschen die Hände schmutzig machen, aber sie schaffen das schon. Sie stehen auf, um zu gehen. Wir geben uns die Hand. Es war ein langer Tag.

»Jetzt gehört das Land Ihnen. Aber es war mir wichtig, Sie daran zu erinnern, dass es nicht nur Ihr Land ist. Es hat eine Geschichte, und jetzt sind Sie ein Teil davon. Gute Nacht.«

Und weg sind sie.

Ich spüle die Kaffeekanne aus und richte den Kaffee für den Morgen her, sodass ich in der Früh nur noch auf den Knopf drücken muss. Ich stelle mir eine Tasse, einen Unterteller hin, lege einen Silberlöffel auf den Rand, es ist das Hochzeitsporzellan meiner Mutter und ihr Hochzeitssilber, und ich benutze es jeden Tag, weil mir nur noch diese Tage bleiben, und dann gehe ich leise in Charlies Haus auf und ab, knipse die Lichter aus, eins nach dem anderen, bis nur noch der Schein der Straßenlaternen die Räume in ein geisterhaftes Licht hüllt. Ab und zu rüttelt der Wind draußen an den Dachrinnen, doch alles ist in Ordnung und gerichtet in diesem Haus, in dem ich seit fast fünfzig Jahren lebe, diesem Haus, dessen Zimmer ich kenne, Räume, in denen seither nichts, rein gar nichts geschehen ist, in denen nichts bewegt, renoviert oder verändert wurde, bis auf den heutigen Tag.

EPILOG

Ich liege im Bett und denke an diese eifrigen jungen Leute, die mit ihrem Geld zurückkehren und Pickfair übernehmen werden, und dann werden sie einige Wände einreißen, um eine Wohnlandschaft zu schaffen, wie sie es nennen, und sie werden einen Pool bauen und ihre Kinder großziehen, und ich frage mich, ob sie sich erinnern werden, ob sie es in ihren Herzen spüren werden oder ob das, was da ist, doch allmählich in Vergessenheit geraten wird. Ich habe es versucht. Ich habe versucht, alles am Leben zu erhalten. Aber das ist nicht möglich. Es ist unmöglich.

Wie ich ihnen gesagt habe, ich bin nicht mehr jung, und es ist an der Zeit, loszulassen. Ich wünschte, ich müsste es keinen Fremden überlassen, aber so ist das nun mal. Es gibt niemanden sonst. Die Welt, in der ich lebe, ist jetzt voller Fremder, die Alten sind längst nicht mehr, und den Jungen ist die Vergangenheit gleichgültig.

Nein, jetzt bin nur noch ich da. Nur noch ich.

Ich schalte das Licht aus, liege im Dunkeln und rauche beim Licht der Straßenlaterne eine Lucky Strike. In Charlie Beales Haus, in Beebos Bett. Machen Sie draus, was Sie wollen. Und plötzlich fällt mir ein, was ich ihnen sagen wollte, und ich sage es ihnen jetzt, bevor ich einschlafe:

Hier in diesem Tal gibt es ein wildes Herz, das schlägt. Es war immer da und wird es immer bleiben. Und wenn ich einmal nicht mehr da bin, wird es für euch schlagen, und wenn ihr nicht mehr da seid, für eure Kinder und deren Kindeskinder, für immer. Für immer. Bis es kein Wasser mehr gibt, keine Luft, kein Grün im Frühling oder Gold im Herbst, keine Sterne am Himmel und keinen Wind aus dem Norden.

Und wenn ihr nicht sprechen könnt, dann spricht dieses Herz für euch. Wenn ihr nicht sehen könnt, dann sieht es mit euren Augen. Und wenn ihr euch nicht erinnern könnt, wird es euer Gedächtnis sein. Euch wird es nie vergessen.

Und wenn ihr nicht treu sein könnt, dann wird es euch einen Platz für eure Rückkehr bewahren. Das ist ein Geschenk an euch, das euch niemand nehmen kann. Es gehört euch für immer.

Es ist die Geschichte dieser Welt, und das Notizbuch eures kleinen Lebens, und wenn ihr zu Asche geworden seid und im tiefen Dunkel des Grabes liegt, wird es eure Geschichte erzählen.

DANKSAGUNG

Ich glaube, ich bin der glücklichste Schriftsteller in ganz Amerika. Lynn Nesbit ist meine Agentin, Chuck Adams mein Lektor, und meine Bücher erscheinen bei Algonquin. Kein Schriftsteller schreibt ein Buch allein, und keiner könnte ein stärkeres Team um sich herum haben. Allen Verlagsleuten bei Algonquin – Chuck, Robert Miller und Michael Tackens, Ina Stern, Elisabeth Scharlatt, Kelly Bowen und Brunson Hoole, Craig Popelars und Lauren Mosley, ebenso wie der außergewöhnlichen Kendra Poster – möchte ich von ganzem Herzen meinen Dank aussprechen.

Es gibt Menschen, die haben ein Talent für Freundschaft. Guy Trebay ist einer von ihnen. Seine Unterstützung, seine Beständigkeit und seine Ratschläge sind ein Geschenk des Himmels. Auch Liz Wright gehört dazu – die beste Cheerleaderin, die ein Schriftsteller haben kann. In Dana Martin Davis hat meine Seele eine neue Schwester gefunden, und ihre Freundlichkeit und Freundschaft machen mich jeden Tag von neuem froh.

Dankbar bin ich auch Beckett Rosset, der Charlie einen Körper verliehen hat, James Whiteside, der ihm sein wildes Herz und seine Seele vermachte, sowie Robert Hoyt, von dem er seine leidenschaftliche und verwegene Art hat. Diesen Männern, die sich untereinander nicht kennen, ist seine Freundlichkeit, seine Intelligenz und seine Kraft gemein, und sie haben Charlie in diesem Buch zum Leben erweckt. Ich danke ihnen.

Mitchell Kaplan und Cristina Nosti, von Books & Books, haben etwas ganz Außergewöhnliches für mich getan: Sie schenkten mir ein Paradies aus Raum und Licht und Zeit, um dieses Buch zu schreiben, und ohne sie wäre es nie fertig geworden.

Stephen und Julie Perkins waren mir ein steter Quell der Freundschaft, der Freude und der Zuneigung, und würden sie irgendwann nicht mehr ein paar Häuser weiter wohnen, müsste ich umziehen.

Ellen Goldsmith-Vein und Luke Sandler sind mehr für mich als nur meine Produzenten. Wir sind Freunde geworden, und ihre Unterstützung und Begeisterung erhalten mich jeden Tag aufrecht.

Schließlich danke ich all meinen Freunden und Kollegen, die in den unabhängigen Buchläden des Landes arbeiten, ob groß, ob klein, ob in der Stadt oder auf dem Land. Ihr seid meine Helden. Eure Intelligenz und euer Wagemut machen mich staunen und erfüllen mich mit Ehrfurcht und Demut.

Robert Goolrick

Eine verlässliche Frau

Roman

368 Seiten, Broschur
ISBN 978-3-442-74047-5

Eine berechnende Frau.
Ein verbitterter Mann.
Womit keiner gerechnet hat,
ist die Liebe

tb

»Was wollten wir über Wisconsin im Jahr 1907 wissen? Bislang nichts, aber nach dieser dramatischen Lovestory zwischen einem Industriellen und einer Hure möchten wir am liebsten dort wohnen!«

Petra

»Ein grandioser Roman um Liebe, Lügen, Leidenschaft und Mordgelüste.«

Madame

»Einfach betörend!«

Donna